LA MÁSCARA *del* TRAIDOR

Amber Lake

Editado por Harlequin Ibérica.
Una división de HarperCollins Ibérica, S.A.
Núñez de Balboa, 56
28001 Madrid

© 2018 Josefa Fuensanta Vidal
© 2018 Harlequin Ibérica, una división de HarperCollins Ibérica, S.A.
La máscara del traidor, n.º 162 - 1.7.18

Todos los derechos están reservados incluidos los de reproducción, total o parcial. Esta edición ha sido publicada con autorización de Harlequin Books S.A.
Esta es una obra de ficción. Nombres, caracteres, lugares, y situaciones son producto de la imaginación del autor o son utilizados ficticiamente, y cualquier parecido con personas, vivas o muertas, establecimientos de negocios (comerciales), hechos o situaciones son pura coincidencia.
® Harlequin, HQN y logotipo Harlequin son marcas registradas por Harlequin Enterprises Limited.
® y ™ son marcas registradas por Harlequin Enterprises Limited y sus filiales, utilizadas con licencia. Las marcas que lleven ® están registradas en la Oficina Española de Patentes y Marcas y en otros países.
Imágenes de cubierta utilizadas con permiso de Fotolia.

I.S.B.N.: 978-84-9188-402-6
Depósito legal: M-14283-2018

A mis padres, a quienes tanto les debo

*De acero el pecho fuerte,
De acero el brazo armad,
Independencia o muerte,
¡Muerte!
¡O libertad!*

Canción guerrera
Francisco Martínez de la Rosa (1787-1862)
Poeta, dramaturgo, político y diplomático español

PRIMERA PARTE

Capítulo 1

El Heraldo de Sevilla, 24 de marzo de 1808

Graves sucesos en el Real Sitio de Aranjuez han acabado con la abdicación de Carlos IV en su hijo, el Príncipe de Asturias.

Relato de los hechos: Durante todo el día 17 una gran multitud, llegada desde diferentes lugares y atraída por los rumores de que la Familia Real pretendía huir del país, se congregó ante el Real Sitio e impidió que los Reyes lo abandonaran. Esa misma noche, grupos de revoltosos armados con palos, azadas y teas se dirigieron al palacete del primer ministro con la intención de prenderlo. Los insurrectos entraron en la casa destrozando y saqueando todas las estancias, sin lograr dar con él.

Al día siguiente, forzado por los acontecimientos y las demandas del populacho, el rey decidió destituir a Godoy de todos sus cargos y asumir él mismo esos poderes, con la esperanza de contentar a los agitadores y salvar la vida de su favorito. Pero los amotinados, no contentos con esas medidas, continuaron con los tumultos y enfrentamientos hasta obligarle a abdicar en su hijo don Fernando el día 19...

Rafael dobló el periódico con gesto de preocupación. Aunque conocía la noticia desde la tarde anterior, no estaba al tanto de los motivos que habían provocado la abdicación, y estos le inquietaban; presagiaba que el problema no se iba a resolver de forma fácil.

Desde mediados de mes, y a causa de la numerosa presencia de tropas francesas asentadas a las afueras de la ciudad, se conocía la intención de los reyes de abandonar Madrid y viajar hasta Sevilla, sin que ese hecho supusiese su deseo de huir a México.

Estaba convencido de que el partido fernandino, partidario de la abdicación de Carlos en su hijo, había hecho correr ese rumor, alentando la revuelta ante el temor de que el exilio del rey impidiera a su candidato toda opción de hacerse con el trono.

Pese a no defender la política llevada hasta ese momento por Godoy, Rafael era escéptico en cuanto a la labor de Fernando en el trono. El nuevo rey parecía más deseoso que su padre de agradar a Napoleón y, como se había demostrado, ese tipo de alianza no daba ninguna garantía.

No le sorprendía la entusiasta respuesta de la muchedumbre a la hábil manipulación de los fernandinos, pues era cuestión de tiempo que ocurriese algo similar. Desde hacía meses, venían sucediéndose pequeñas revueltas y conatos de levantamientos por todo el país, que eran sofocados con rapidez por las autoridades, pero que mostraban el malestar general y hacían presagiar acontecimientos de mayor envergadura. El pueblo no podía soportar por más tiempo los desatinos de un rey inútil, la avaricia de su primer ministro y el yugo opresor del ejército galo asentado en buena parte del territorio desde varios meses antes.

Esperaba que Fernando se mantuviese firme y exigiera a Napoleón la inmediata retirada de las tropas. Si ya fue imprudente dejarlas pasar para la pretendida invasión de Portugal, había sido un gravísimo error permitirles quedarse en nuestro suelo ocupando las principales ciudades del norte del país —enclaves importantísimos desde el punto de vista estratégico— sin ser molestados y con el beneplácito de los gobernantes, que no veían los muchos peligros que acarrearía esa decisión; no obstante, se temía que Bonaparte no iba a acceder por las buenas a los deseos de los españoles.

La entrada de unas personas en la sala apartó a Rafael de sus lúgubres pensamientos. Se trataba de tres mujeres, una mayor y dos jovencitas. Cuando pasaron frente a él las observó con detenimiento. La mujer mayor, de agrio rostro y famélica figura vestida de negro —signo de un luto reciente—, se sentó en una silla situada en el rincón más alejado e indicó con un gesto a las otras dos que ocuparan el diván a su lado.

Rafael centró su interés en una de las jóvenes, la más alta y espigada, que llamaba la atención por su esbeltez y belleza. En su rostro, de una palidez lechosa poco habitual entre las mujeres andaluzas, destacaban unos enormes ojos de un raro azul violeta y una hermosa boca de generosos labios. En cuanto a su cabello, que apenas podía vislumbrar bajo la mantilla, le pareció tan pálido como el trigo en verano.

Después de observarla durante unos minutos, su rostro le resultó familiar. Se preguntó dónde había visto con anterioridad a aquella joven que se sonrojaba ante su insistente mirada. Era una agradable visión que contribuyó a alejar de su mente la intranquilidad por el caótico estado del país.

—¡No deja de mirarte!
—Cállate, Amalia; nos va a oír —pidió Eugenia a su amiga.

Eugenia estaba aturdida y evitaba mirar al caballero sentado ante ellas, convencida de que no se equivocaba. A pesar de los cambios en su aspecto, lo había reconocido desde el primer momento. Era Rafael Tablada, el hombre del que se había enamorado a los trece años.

–Es guapo, ¿no crees?

Eugenia miró a Amalia con disgusto. ¿Es que no podía mantener la boca cerrada? Si bien, tenía que darle la razón. Rafael había ganado en gallardía durante esos cinco años que llevaba sin verle. Incluso la forma de mirarla era diferente, casi indecente; como indecentes eran los pecaminosos pensamientos que sus ojos abrasadores le provocaban. «Debo de estar como una grana», pensó, por el calor que sentía en el rostro.

Él no le quitaba ojo desde su llegada; ¿la habría reconocido?

–¿Qué estará haciendo aquí? ¿Esperando a su esposa o a su amante? Apuesto por lo segundo –continuó Amalia divertida, y ocultó el rostro detrás del abanico para ampliar la sonrisa. No comprendía la repentina timidez de su amiga. Debería estar acostumbrada a la admiración de los hombres.

Una nueva mirada de Eugenia, en esta ocasión reprobatoria, tampoco hizo enmudecer a la locuaz joven. Ella también se lo había preguntado, convenciéndose de que estaría casado o, al menos, comprometido.

–Debe de ser un gran amante, con esas manos tan grandes y el brillo diabólico de sus ojos –cuchicheó de nuevo Amalia–. ¿No negarás que lo has pensado?

El gemido de impotencia de Eugenia fue coreado por la risita traviesa de su amiga.

–Creo que es mejor que nos marchemos. Ya vendremos en otra ocasión que haya menos gente –indicó Mariana con gesto adusto y mirando al hombre sentado en el otro extremo de la habitación.

—Tía, si cancelo la cita, doña Manuela no podrá terminar el vestido para el baile de la Sociedad Patriótica —se quejó Eugenia.

—Se tomará buen empeño en terminarlo para esa fecha. No va a consentir perder a una de sus clientas más distinguidas.

Mariana se levantó de la silla y las jóvenes la imitaron. Rafael se puso en pie y se inclinó en galante gesto cuando pasaron ante él. Mariana lo ignoró y se dirigió con altivez a la salida. Eugenia se negó a obrar tan groseramente como su tía y saludó con una tímida inclinación de cabeza. Amalia, por el contrario, le sonrió con descaro y dejó caer su abanico para que él lo recogiera.

Cuando iban a abandonar la estancia, se oyeron voces por el pasillo.

—¿Se marcha, señorita Madrigal? Siento el retraso. La atiendo de inmediato —se apresuró a decir doña Manuela, entrando en la habitación seguida por una joven.

—Me he acordado de que debo hacer un recado. Aunque si ya puede atenderme... —aventuró Eugenia mirando a su tía.

—¿Eugenia? —La voz procedía de la joven que acompañaba a la modista.

Eugenia la miró y los ojos se le agrandaron por la sorpresa.

—¡Beatriz! —exclamó con alegría al reconocerla, y la abrazó—. ¡Cuánto tiempo sin verte! Las hermanas me dijeron que ya no asistías a las clases.

—Las abandoné el verano pasado cuando... cumplí los dieciocho años —contestó nerviosa, y se apresuró a cambiar de tema—. ¿Dónde has estado todo este tiempo?

—El verano lo pasé en la hacienda como todos los años, y a finales de septiembre acompañé a mi padre a Madrid. Allí hemos estado hasta hace unas dos semanas, por eso no he tenido tiempo de visitarte. Pero, dime, ¿te has comprometido ya con tu apuesto pretendiente?

Beatriz empalideció ante la pregunta, lo que no pasó desapercibido a Eugenia.

Se oyó un ligero carraspeo a sus espaldas y Eugenia se volvió para toparse con la intensa mirada de Rafael, que se había acercado al grupo sin que ella lo hubiese advertido.

—Tal vez recuerdes a Rafael, mi hermano. Me acompañaba en ocasiones al convento cuando éramos niñas —indicó Beatriz con alivio en la voz.

—Es un placer, señorita Madrigal —saludó. Le cogió la mano que ella le ofrecía y se la llevó a los labios para depositar un ligero beso en el dorso.

Rafael estaba sorprendido. No acababa de creer que aquella niña delgaducha, con cara de ratoncillo asustado y mirada huidiza a la que su hermana tenía tanto cariño, se hubiese convertido en la hermosa mujer que tenía ante él. ¡Vaya si había cambiado la hija del marqués de Aroche!

Eugenia sintió la presión y el calor de esos labios sobre el guante de encaje y un estremecimiento la recorrió. Turbada, retiró la mano que él continuaba sujetando con la suya. ¿Cómo era posible que Rafael Tablada continuase alterándola después de tantos años? Se repuso con esfuerzo y les presentó a sus acompañantes.

—Mi tía, doña Mariana Jiménez de Arilza y Aliaga, y Amalia Solís de Vereda y Ortiz de Chávarri, hija de los condes de Bermejo y antigua condiscípula nuestra.

Tanto Mariana como Amalia se limitaron a inclinar la cabeza, desviando la mirada de inmediato.

—Señoras... —saludó Rafael con una cínica media sonrisa, divertido a su pesar ante los esfuerzos que hacían por ignorar su presencia. No le molestaba que se mostraran groseros con él, pero sí que lo hicieran con algún miembro de su familia.

Eugenia se sintió abochornada por el desplante hacia Beatriz y su hermano.

—No puedo continuar charlando contigo, doña Manuela me espera. ¿Querrás venir esta tarde a casa? Tenemos mucho que contarnos —propuso Eugenia, intentando relajar la tensa situación.

—¡Me encantará! —respondió Beatriz con entusiasmo.

—En eso quedamos.

Se abrazaron y Eugenia, seguida por Mariana y Amalia, acompañó a la modista a una de las habitaciones de pruebas.

—No debiste invitarla, Eugenia —le susurró Amalia—. Mañana se sabrá en toda la ciudad.

—¿Y por qué no debí hacerlo? Es mi amiga y llevo mucho tiempo sin verla —replicó aún alterada. Tenía que pensar con calma en las emociones que Rafael le provocaba porque ahora no era el momento.

—Ya te contaré —volvió a susurrarle de forma misteriosa.

Ambas callaron ante la tosecilla de Mariana detrás de ellas, una clara advertencia de que terminasen con los cuchicheos de inmediato.

—No sabía que conocía a la señorita Tablada —comentó con curiosidad doña Manuela una vez dentro del probador.

—Nos conocimos en el convento de las Madres Clarisas, donde ambas acudíamos desde niñas.

Una ayudante comenzó a desvestir a Eugenia mientras la modista daba algunos retoques al traje, que se encontraba colgado de un perchero.

—Lástima que no atendiera los sabios consejos que las buenas monjas debieron de darle; se habría evitado toda la tragedia que acarreó su loco comportamiento.

Eugenia levantó los brazos para que le colocaran el vestido. La mujer era muy curiosa y parlanchina. Ella desaprobaba esa tendencia a la murmuración y sabía que no debía dejarse tirar de la lengua, pero se sentía interesada por el secreto que rodeaba a Beatriz y que todo el mundo parecía conocer.

Miró a Amalia que, sentada junto a Mariana, sonreía de forma enigmática. Su tía le advirtió, con un gesto de cabeza, que no continuara interesándose por el tema. Ella lo ignoró.

–¿Le ha ocurrido alguna desgracia que desconozca?

–¿No se ha enterado? –preguntó a su vez la mujer, sorprendida de que no estuviese al tanto del escándalo provocado por los Tablada casi un año antes y del que se continuaba hablando.

–Lo cierto es que no. A Madrid llegan muy pocas noticias de las provincias –se justificó Eugenia–. Cuénteme, por favor.

Doña Manuela se sintió feliz por tener la oportunidad de explayarse en el tema. Lanzó una fugaz mirada a Mariana que, con malhumorado gesto, se esforzaba en escuchar lo que hablaban, y continuó ajustando con alfileres las sueltas costuras de la prenda.

–A pesar de que no me agradan los chismorreos sé que acabará enterándose, por ello la pondré al corriente. Resulta que la señorita Tablada se vio envuelta en un desagradable asunto hace unos ocho meses. –Hizo un corto silencio para aumentar la expectación y prosiguió en voz baja–. Tuvo un romance con el capitán Ramón Quesada de Almela, segundo hijo del conde de Palomares, y huyó con él. Algo reprobable sin duda, pero que podría haberse pasado por alto si al final hubiese terminado en el altar como tantas otras. Lo malo es que, según cuentan, esa acción disgustó tanto al hermano de ella que acabó retando al novio a duelo. El capitán tuvo la mala fortuna de resultar muerto, dejando a la joven deshonrada de por vida. Tras ese escándalo, a la pobrecilla se le han cerrado las puertas de las mejores casas de Sevilla y, desde el trágico suceso, apenas ha salido a la calle –lamentó con un gesto de pesar–. He oído decir que piensan trasladarse a Cádiz. Allí la sociedad es más tolerante con estas cosas, dicen; sin embargo, no creo que dejen pasar por alto algo tan vergonzoso.

Capítulo 2

El relato de doña Manuela dejó muda de asombro a Eugenia, que sintió al mismo tiempo una gran pena por su amiga. No comprendía cómo Rafael había sido capaz de matar al hombre que Beatriz amaba. ¿Por qué no dejó pasar la pequeña afrenta y permitió que se legalizase la unión entre ellos en vez de llegar a ese fatal desenlace? A él le tocaba tomar la decisión ya que era el cabeza de familia y responsable de su única hermana. ¿Cómo era posible que aquel joven amable y jovial, que le robó su púber corazón, se hubiese convertido en el monstruo que la modista describía?

–Dese prisa, doña Manuela. Tenemos muchos recados que hacer antes de la comida –apremió Mariana, molesta por los cuchicheos entre ellas.

–Ya casi he terminado, señora.

La mujer se apresuró. No quería que la tía de la marquesita, como solía llamar a Eugenia, tuviese motivo alguno de queja. Desde su regreso a Sevilla convertida en toda una mujer, le había encargado tres vestidos y quería asegurársela como cliente habitual. Su padre era un aristócrata muy influyente en la ciudad y ese tipo de parroquianos le daban prestigio a su establecimiento, eran solventes y realizaban gran número de pedidos.

La mayoría de sus clientas, de la pequeña burguesía o nobleza menor, apenas le encargaban un par de trajes por temporada y, por lo general, tardaban en pagarle o no lo hacían. Ella tenía una familia que alimentar y un taller con diez empleadas que mantener. No podía permitirse ser tan generosa.

Ayudada por una de sus oficialas, terminó de coger el bajo del vestido con alfileres y dio una vuelta alrededor de Eugenia, que estaba subida en una peana de madera, para comprobar el resultado. Tras ello, indicó con un gesto a otras dos jovencitas que acercaran un gran espejo para que la joven se contemplara en él.

–¿Qué le parece, señorita Madrigal?

Eugenia observó la imagen reflejada en el espejo y se giró un poco para mirar la parte trasera del vestido, que se alargaba en una pequeña cola. Comprobó que doña Manuela había reproducido con fidelidad sus indicaciones.

–Ha quedado muy bien. –Su sonrisa de aprobación dejaba constancia de la satisfacción que sentía por el resultado.

–¿No le gustaría el escote un poco más bajo? –sugirió la modista.

–Sí, Eugenia. Con los hombros al descubierto quedaría más elegante –opinó Amalia, que ya no podía aguantar por más tiempo las ganas de hablar.

–Creo que está demasiado bajo para lo que dictan las normas de la decencia. Esto no es Madrid, Eugenia. Bastante vas a dar que hablar con los brazos al descubierto y esa tela tan fina que casi deja trasparentar lo que hay debajo –señaló Mariana, mirándola con disgusto.

Eugenia frunció el ceño, pero no replicó. Su tía tenía razón. El estilo inglés, de líneas sencillas y telas livianas, era aceptado sin reservas en la capital. No así en aquella ciudad provinciana y castiza, en la que era habitual ver a las mujeres ataviadas con las basquiñas y jubones típicos del «traje a la española» y cubiertas sus cabezas con mantillas y peinetas, en vez de los sombreros o elegantes tocados que utilizaban las damas en Madrid. Debía conformarse si no quería disgustar a su tozudo padre y poner más en contra a su insufrible tía. Ya tendría tiempo de ir introduciendo las novedades poco a poco.

«Su sobrina había adquirido ideas demasiado revolucionarias durante esos meses», se dijo Mariana. Entre las familias de rancio abolengo como la suya no eran bien vistas esas modas tan descocadas. Estaba ansiosa por presenciar el momento en el que su cuñado se echase a la cara a su hija, vestida con aquella especie de camisón impúdico que se le pegaba al cuerpo marcando todas sus formas. Esperaba que no la hiciese responsable a ella, que había intentado disuadirla de que continuase con el proyecto.

Si se tratase de su propia hija sería otro cantar. Ella sabía cómo educar a una jovencita. En cambio, Esteban era un blando con Eugenia y la malcriaba, accediendo a todo lo que le pedía. Como la estancia en aquel colegio tan caro en Madrid.

Una mujer no necesitaba aprender esas ridículas lenguas que ya no se hablaban; tampoco francés, aunque fuese lo que se acostumbraba en la Corte. Ser una buena cristiana, saber llevar una casa y bordar primorosamente eran suficientes cualidades para convertirse en una buena esposa; lo demás solo servía para perder el tiempo y el dinero.

—¿Para cuándo estará terminado, doña Manuela? —Eugenia estaba ansiosa. No veía el momento de tenerlo en su poder.

—Mañana con toda seguridad, señorita Madrigal. Los zapatos tardarán un par de días más. El artesano que los está haciendo ha sufrido un accidente y se ha retrasado con el encargo. Pero me ha prometido que los terminará para la fecha señalada. Descuide, podrá lucirlos en el baile como es su deseo.

—Gracias. Cuando lo tenga todo, envíelo a casa.

Eugenia acabó de vestirse y, junto a Mariana y Amalia, abandonó el taller.

—Ha sido un grave error invitar a Beatriz Tablada. Debiste pedir permiso a tu padre antes de hacerlo. No creo que le agrade ver en su casa a gente de su calaña —la recriminó Mariana una vez subidas a la calesa que aguardaba en la puerta.

—Es cierto; desde el escándalo, los Tablada no son recibidos en las casas decentes —secundó Amalia.

—¿Y por qué no iba a estar mi padre de acuerdo? Ella no tiene la culpa de lo que pasó.

—Por supuesto que la tiene. No debió fugarse con su pretendiente. Esa conducta es impropia de una joven respetable. El hecho de no proceder de familia noble no es excusa para comportarse de forma deshonesta. Ahora está deshonrada. Me atrevo a asegurar que a tu padre le molestará que te relaciones con ella, y más de forma tan íntima —insistió Mariana.

—Mi padre no es dado a hacer caso a murmuraciones —afirmó Eugenia.

—No seas infantil. Ya has oído a doña Manuela, la historia está en boca de todos y nadie de la buena sociedad le da entrada en su casa. Y ella ha contado la versión más benévola de las que circulan para no desprestigiar demasiado a una de sus clientas. Lo que yo he oído en varias bocas es que tu amiga persiguió durante meses al hijo del conde de Palomares, una familia ilustre e intachable, y se entregó a él de la forma más vergonzosa, pensando que le obligaría a casarse con ella y emparentar por ese medio con la nobleza. Pero el joven no estaba dispuesto a unirse a una ramera que había tenido tratos con otros compañeros de su mismo regimiento y rechazó el matrimonio. El hermano de ella, haciéndole responsable de la desgracia recaída sobre la familia y sin tener en cuenta que Quesada era solo un pobre inocente engañado por esa descarada con aires de grandeza, le retó a duelo y lo mató con malas artes. ¿Te parece razón suficiente para que se les repudie? —concluyó Mariana con manifiesta reprobación.

—¡Esos comentarios son falsos! —A Eugenia le horrorizaron las palabras de su tía, a las que no daba crédito—. Beatriz siempre se ha distinguido por su honestidad y es incapaz de acciones tan infames. Las noticias se tergiversan y más entre mentes cerradas.

Estaba convencida de que nadie sabía a ciencia cierta lo ocurrido. Las afirmaciones de ese tipo solo contribuían a enfangar el buen nombre de su amiga, y ella no estaba dispuesta a tolerar que se criticase en su presencia a personas que no se podían defender.

—Doña Mariana repite lo que dicen todos, Eugenia. No deberías dar más crédito a esos advenedizos que a una familia con linaje como los Palomares —opinó Amalia—. Los Tablada son unos simples burgueses a los que se les tolera por su dinero, que vete a saber cómo lo han conseguido. Ya antes del escándalo eran escasas las familias nobles que les daban entrada en sus casas, solo algunos de su ralea y los políticos porque sacan buena tajada de ellos.

—¿Cómo puedes ser tan cruel, Amalia? ¡Fue tu compañera de estudios! —se encrespó Eugenia. Nunca había tolerado las injusticias y menos con personas a las que apreciaba desde años—. Si Beatriz ha cometido un error, debemos ser comprensivos y no castigarla como hacéis vosotras. Tampoco creo que su hermano matase adrede al capitán Quesada. Espero que mi padre sea justo y no permita que se la excluya de nuestra casa.

—Tu padre es una persona recta y opina lo mismo que la mayor parte de la alta sociedad sevillana. Demuestras no conocerlo cuando hablas así. Le darías un gran disgusto obligándolo a aceptar en su casa a esa impúdica. Por ello, le enviarás un recado excusándote de recibirla esta tarde. Ya encontrarás alguna explicación adecuada —indicó Mariana sin querer darse por vencida.

—No pienso hacer tal cosa, tía. La recibiré si ella viene y le agradeceré que la trate con respeto. Es más, pienso continuar invitándola cada vez que me apetezca.

—¡No puedes obligarme a aceptar a personas que desprecio! —se indignó.

—No tema, esa no es mi intención. Es más, no creo que sea apropiado que permanezca en la casa cuando Beatriz llegue. Debe de tener algo que hacer a esa hora, como acudir a la iglesia para rogar al Señor que le procure un juicio más tolerante con las flaquezas de los demás.

Mariana se sintió congestionada por la ira. ¿Cómo era posible que esa mocosa descreída y caprichosa le faltase al respeto, y delante de testigos? Fue a responderle como merecía, pero se contuvo. Aún no estaba en posición de enfrentarse a ella. Su situación era precaria y no debía ponerla en peligro. Al no tener fortuna ni casa propia en la que vivir, subsistía de la generosidad de su cuñado.

Debía ser prudente y aguantar sus desplantes si no quería regresar al humilde hogar de su madre, al que tuvo que recurrir cuando, tras la muerte de su esposo, descubrió que estaba arruinada. Aun así, esa grosera necesitaba un buen escarmiento y ella se encargaría de proporcionárselo a su debido tiempo.

Eugenia advirtió el relámpago de cólera brillar en los ojos de Mariana y sonrió. Le agradaba devolverle un poco de su propio veneno. Nunca le había profesado la menor simpatía e imaginaba que el sentimiento era mutuo, pero la animosidad entre ambas se había acentuado desde que su padre la invitó a acompañarlos a Madrid.

El tenerla esos meses a su lado, vigilante y censurando todo lo que hacía, había originado que terminase odiándola. Y si llegó a pensar que con su regreso a Sevilla lograría librarse de su presencia, veía frustradas sus esperanzas. Ella continuaba insistiendo en acompañarla a todos lados, lo que la desesperaba. A cada momento salían a relucir sus ideas trasnochadas y su severo carácter. Sabía que no iba a cambiar, pero no permitiría que la intimidara ni que eligiese sus amistades.

Beatriz, casi un año mayor que ella, era una persona excelente, alegre y generosa, con la que congenió desde el primer momento; y el sufrir los rigores de la estricta educación monástica sirvió para unirlas de forma entrañable.

Crecieron y maduraron juntas, compartiendo sus más íntimos secretos. Por ello, Eugenia sabía que su amiga estaba enamorada de un joven oficial, con el que se había prometido en secreto hasta que consiguieran el permiso familiar.

¿Qué había sucedido para que terminase en tragedia aquel amor tan apasionado? ¿Tanto desagradaba a Rafael el pretendiente de su hermana que le prohibió casarse con él, o fue la familia del difunto la que se negó a que esa boda se celebrase? Se inclinaba por lo último.

Los condes de Palomares tenían fama de celosos guardianes de su ilustre apellido y no estarían dispuestos a emparentar con alguien que no ostentase rastro alguno de hidalguía. Si ese era el caso, comprendía la reacción de Rafael.

Decidida a conocer la verdad, Eugenia se preguntaba quién le proporcionaría una versión fidedigna de los hechos. Se temía que solo los implicados podrían dársela, pero ella no estaba dispuesta a preguntar a Beatriz.

Capítulo 3

—Se comenta que el mismo rey Fernando encabezaba la revuelta que hizo abdicar a su padre y que varios nobles disfrazados de labriegos, entre los que se encontraba el conde de Montijo, persuadieron a los servidores del palacio y a muchos soldados de la guardia del rey Carlos para que los secundasen a cambio de una generosa recompensa.

—Convencieron a los paisanos de las cercanías de que Godoy quería llevarse a los reyes fuera del país para arrancarles la repudiación al príncipe de Asturias y usurpar él la Corona.

—Cierto. Los fernandinos han sabido manejar bien la situación y sacar provecho de ello. Ya tienen lo que pretendían.

—Al menos nos hemos librado de Godoy. Está preso en el castillo de Villaviciosa de Odón, a las afueras de Madrid.

—Deberían haberlo ajusticiado. No se merece otro destino que la horca.

—Lo que deberían haber hecho es dejarlo en manos del populacho que asaltó su casa. Ellos habrían dado buena cuenta del Príncipe de la Paz.

—Tardaron varios días en encontrarlo, según cuentan. Al parecer, estaba escondido en una de las buhardillas bajo esteras viejas. El muy cobarde tuvo que salir de allí cuando la sed le apretó el gaznate.

Una carcajada general coreó las últimas palabras, emitidas por uno de los miembros de aquel grupo de tertulianos.

Rafael escuchaba las opiniones que se vertían a su alrededor sin prestar demasiada atención. Sus pensamientos estaban ocupados desde hacía días por otras cuestiones, y una de ellas tenía nombre de mujer.

No era entusiasta de ese tipo de celebraciones en las que se reunía la flor y nata de la sociedad sevillana, en su mayoría aristócratas, que continuaban mirando con reparos a los que se atrevían a escalar posiciones y amenazar su cerrado círculo social, como él mismo.

Era consciente del rechazo de la mayoría de los presentes. Su condición de simple plebeyo enriquecido con el comercio, y el hecho de haber matado a uno de los suyos en duelo, suponía una gran lacra que pesaría durante mucho tiempo sobre su cabeza.

No le importaba. No necesitaba a esas personas ni le agradaba relacionarse con ellas, aunque en ocasiones no pudiera evitarlo. Tampoco tenía una buena opinión de la mayoría. Había descubierto que no eran más que parásitos que se valían de sus privilegios hereditarios para medrar. Despreciaban a los burgueses, a los que envidiaban su solvencia económica, pero recurrían a ellos para paliar sus propias carencias, ofreciendo favores políticos a cambio de algunos dividendos en los negocios.

Rafael pensaba que un hombre debía demostrar su valía con sus hechos y no por el apellido que llevase o el escudo que adornase el portal de su casa. Ese concepto se lo había inculcado se padre, demostrándolo con su propio ejemplo.

Pedro Tablada había sido un simple jornalero que, con el esfuerzo de muchas horas de trabajo de sol a sol, logró crear una pequeña serrería y, poco después, un modesto astillero que se convirtió con los años en un próspero negocio. A su muerte, él lo había ampliado, dedicando al comercio con los países del otro lado del Atlántico algunos de los barcos que construía y en los que llevaba las mercancías de muchos de los presumidos caballeros con título que se encontraban en aquel salón; esos mismos caballeros que ni le habían dirigido una leve inclinación de cabeza a modo de reconocimiento.

—¿Qué opina de ello, Tablada?

Con franco desconcierto, Rafael giró la cabeza hacia la voz que le había nombrado.

—Disculpe, don Mateo, no he oído bien la pregunta.

—Ya le veo algo despistado esta noche, joven —rezongó el anciano militar—. Le preguntaba si cree que el nuevo rey mantendrá los acuerdos que su padre y Godoy suscribieron con Napoleón.

—Pienso que esa cuestión no depende de él. Lo que deberíamos preguntarnos es si el Emperador va a permitirle conservar el trono o le obligará a restituirlo a su anterior propietario —opinó Rafael.

—Sí. Veremos lo que le dura a Fernando la corona sobre su cabeza —le apoyó otro de los contertulios.

—¿Insinúa que Napoleón intrigará para que Carlos sea restituido? Creo que usted ve fantasmas donde no los hay, Tablada —discrepó don Antonio Morote, dueño del *Heraldo de Sevilla*, uno de los periódicos con mayor tirada en la ciudad y partidario de los fernandinos.

—No sería extraño dado que no debe confiar en el joven Fernando desde la fallida confabulación de hace meses, en la que ya intentó usurpar el trono a su padre, y por ello no ve con buenos ojos la abdicación. Me temo que intentará restablecer a Carlos en el trono y con él a Godoy, su fiel lacayo; siempre que no esté pensando en alguien más adecuado a sus intereses –insinuó Rafael sin querer comprometerse.

Esa era otra de las razones por las que desconfiaba del nuevo rey. Fernando, una vez descubierto el complot urdido por su camarilla y encabezado por él mismo, no dudó en delatar a sus colaboradores con el fin de obtener el perdón real. Ese hecho decía mucho de su carácter.

–¿Y en quién podría pensar como sucesor del rey Carlos si no es en el legítimo heredero al trono? –insistió don Antonio.

¿A nadie le parecía extraña la entrada en Madrid del ejército francés al mando de Murat, según había leído esa misma tarde en *El Heraldo*?, se preguntó Rafael exasperado ante la ceguera casi general. Daba igual el bando al que perteneciesen, la mayoría de las personas con las que hablaba estaban convencidas de que Napoleón solo pretendía lo mejor para el país.

Fue a contestar cuando descubrió a Eugenia avanzando por el salón del brazo de su padre. Los ojos le brillaron de admiración al contemplar a aquella preciosa jovencita con cuerpo de mujer, que el atrevido vestido se encargaba de remarcar. Aunque no fuese la más bella de las que se encontraban allí, resultaba la más llamativa, y no solo por el atuendo a la última moda. Sus hermosos ojos claros y el color de sus cabellos, de un dorado más brillante que los rayos del sol a mediodía, destacaban entre tanta belleza morena de oscuros iris.

No había dejado de pensar en ella desde el encuentro en casa de la modista unos días antes, creciendo en él el deseo de volver a verla. Pero, consciente de que nada bueno les acarrearía a ambos, lo había reprimido con firmeza. Lo que no esperaba era encontrarla allí esa noche; algo de lo que, para ser sinceros, se alegraba. La que iba a ser otra de las tediosas reuniones sociales a las que se veía obligado a acudir podía convertirse en una agradable velada.

Al igual que Rafael, todos los que formaban el grupo se giraron hacia la dirección en la que tenía puesta la mirada, quedándose impactados por la presencia de la joven.

—La hija del marqués de Aroche se ha convertido en toda una belleza. ¿No opinan lo mismo, señores? —intervino con malicia don Antonio Morote, al ver el interés que había despertado en Rafael.

Se escucharon varios murmullos de aprobación que irritaron a Rafael, consciente de que todos los hombres que llenaban el salón, la mayoría viejos crápulas, estarían desnudándola con la mirada.

Musitó una disculpa y se alejó de allí, dedicándose a observarla con avidez desde un solitario rincón. Pero lo que veía no le gustaba. Eugenia parecía encontrarse muy feliz entre los agasajos y las miradas de deseo de los hombres, de los que siempre tenía un buen puñado rodeándola como los zánganos a una olorosa flor. La vio coquetear con unos y otros, bailar sin descanso, reír ante los comentarios ingeniosos de los acicalados petimetres y sonrojarse por las lisonjas de los aduladores. Todo ello bajo la mirada vigilante de su padre, que se mostraba muy orgulloso de su bella hija.

Rafael imaginaba que el marqués estaría evaluando a los posibles candidatos para decidir cuál le proporcionaría un matrimonio más ventajoso. Él nunca podría contarse entre ellos.

Don Esteban Madrigal de Castro y Mendoza, quinto marqués de Aroche, uno de los aristócratas más notables de la ciudad, miembro de la Real Maestranza de Caballería, antiguo miembro del Cabildo Municipal y declarado simpatizante del partido que había conseguido acabar con Godoy y entronizar a Fernando VII, lo detestaba al igual que la mayoría de los de su clase, aunque su inquina sobrepasaba el mero desprecio de sus congéneres y él conocía la causa.

Tres años antes, cuando Rafael adquirió las bodegas del suegro de don Esteban, se negó a comprarle las uvas que producía en su hacienda al precio que antes recibía del padre de su mujer, y que era desorbitado para la baja calidad de las mismas. Ello obligó al marqués a malvenderlas con el consiguiente descalabro económico. A partir de ese momento, y gracias a la influencia que ejercía en las altas esferas de la administración local, Aroche había intentado vengarse de esa afrenta vetándole los permisos de exportación de vinos y licores. Que no lo hubiese conseguido aún era un auténtico milagro, lo que le debía causar un enorme disgusto.

Con el nuevo cambio político que se avecinaba, en el que los fernandinos acabarían ocupando la mayoría de los cargos en la administración local, temía que su rival iba a lograr la anhelada revancha. No le preocupaba. La mayor parte de sus negocios se encontraban en Cádiz y allí el gobierno de la ciudad no estaba tan dominado por las oligarquías aristocráticas como en Sevilla.

Don Esteban era un hombre poderoso y se vanagloriaba de ello, creyéndose con derecho a despreciar a los que no podían presumir de hidalguía y olvidando que él tuvo que recurrir a los mercaderes que tanto denigraba. Porque, pese a su orgullo de noble estirpe y los rígidos y arcaicos principios que marcaban su existencia, por todos era sabido que se casó con la hija de un burgués para continuar manteniendo su posición social.

La espléndida dote que su mujer inglesa aportó al matrimonio le salvó de la ruina y le permitió poner en funcionamiento otra vez la hacienda, que se dedicaba a la cría de toros y caballos para los festejos y en la que también se cultivaban viñedos, olivares y otros productos agrícolas estacionales.

Con todo, había oído comentar que Aroche estaba otra vez al borde de la ruina debido a un conjunto de factores adversos. A la serie de malas cosechas que habían asolado cultivos en toda Andalucía durante los últimos años, debía sumar el menor precio recaudado por la cosecha de uva y por la supresión de las corridas de toros en 1805. Todo ello había acabado con su bonanza económica, algo que el orgulloso marqués no estaba dispuesto a admitir.

Sabía que había tenido que desprenderse de algunos bienes no sujetos al mayorazgo para continuar manteniendo la ostentación que tanto le agradaba. Su palacio en el barrio de San Bartolomé era uno de los más suntuosos de Sevilla y ese invierno tampoco se había privado de pasarlo en el palacete que tenía en Madrid. Todo ello le llevaba a pensar que don Esteban no tardaría en encontrar un acaudalado pretendiente para su hija que aliviase sus deudas y le permitiera reparar su maltrecha economía.

Rafael continuó observando a Eugenia durante un buen rato hasta que la vio dirigirse hacia la parte privada de la residencia y decidió seguirla. Era una imprudencia, lo sabía, pero deseaba hablar con ella. Si se hubiese guiado siempre por la prudencia, la fortuna no le habría sonreído de igual manera.

Como don Esteban se había quedado charlando con algunos miembros del Concejo Municipal, aprovechó la oportunidad. La siguió por el corredor hasta que la vio desaparecer por una puerta. Rafael dedujo que se trataba del cuarto dedicado a la *toilette* femenina al ver salir y entrar a otras mujeres, y se apostó ante ella para esperar a la única que le interesaba esa noche.

Eugenia, sentada en un diván, se abanicaba con energía para mitigar el bochorno de aquel cuarto repleto de mujeres dedicadas a aliviar sus necesidades fisiológicas y a retocar su ya esmerado aspecto. Las doncellas que las atendían procuraban mediar entre los conatos de disputas surgidas de las rivalidades por ser la primera en recibir sus cuidados. Las jóvenes no podían demorarse mucho en aquel lugar pues corrían el riesgo de perder la oportunidad de conquistar a algún buen partido, de ahí la urgencia por terminar lo antes posible los retoques.

Ella no tenía prisa. Prefería el bullicio que reinaba en la pequeña sala al agobio del salón de baile. Allí podría descansar unos minutos y reponer fuerzas para enfrentarse a la corte de admiradores que la venían asediando desde su llegada.

—¿No te refrescas, Eugenia? —preguntó Amalia.

Ella aceptó el ofrecimiento y dejó que la doncella le rociase el rostro y el cuello con agua de rosas pulverizada. Denegó, en cambio, que le aplicara polvos de arroz en el rostro, a los que el resto de mujeres eran tan aficionadas pues aclaraba su cetrina tez. Ella ya tenía la piel demasiado clara y no necesitaba blanquearla más. Además, prefería prescindir de cosméticos. Le gustaba llevar la cara limpia, sin afeites, recurriendo al polvo de pétalos de rosas para dar color a sus mejillas y a un ungüento en los labios confeccionado con una mezcla de cera y pétalos de geranio, que su madre solía utilizar para animar la palidez de su cutis.

Capítulo 4

Una vez que Amalia hubo terminado de acicalarse, salieron del cuarto. A Eugenia se le aceleraron los latidos del corazón al ver la alta figura apoyada en la pared a pocos metros de ella. ¡Rafael Tablada!

«¿A quién estaría esperando?», se preguntó tras el primer momento de desconcierto. Sabía que Beatriz no había acudido, por lo que debía de estar aguardando a su prometida.

Eugenia reconocía que aquel sentimiento que nació en ella tiempo atrás continuaba anidado en su corazón. No sabía si se trataba de amor o solo la sugestión típica de una impresionable chiquilla de trece años, pero lo cierto era que las emociones estaban allí y resultaban igual de intensas.

Recordó la primera vez que lo vio, una tarde de abril cinco años atrás. Beatriz estaba nerviosa porque su hermano iba a llevarla a clases de equitación y ella la tranquilizó asegurándole que no tenía nada que temer. Eugenia era una experta amazona ya que montaba desde los cuatro años. Su madre había insistido en ello y se ocupó de enseñarla durante los largos veranos que pasaban en la hacienda. En la ciudad no tenía oportunidad de montar y lo echaba mucho de menos.

Cuando esa tarde Rafael se presentó a recoger a su hermana a la salida de las clases, Eugenia quedó fascinada por el atractivo joven que se inclinó y le besó la mano. Desde ese día vivió solo para aquellos momentos, esperando ansiosa su llegada, devorándolo con la mirada escondida detrás de la verja del convento, incapaz de superar el aturdimiento que su presencia le provocaba.

No dejaba de acosar a Beatriz para que le hablara de Rafael. Cualquier cosa que le mencionase, por insignificante que fuese, representaba un gran tesoro para ella. Fueron días de total ensoñación, desesperando por la lentitud de las horas que separaban aquellos dichosos momentos. Y, si en alguna ocasión él reparaba en ella y le dirigía una sonrisa, su felicidad era completa.

Un día, tres semanas después, Beatriz le anunció que ya no acudiría a las clases. Eugenia se sintió angustiada; ¿cuándo lo vería?

Se las ingenió para que Beatriz la invitara a su casa con la esperanza de encontrarlo allí, pero la noticia que recibió fue demasiado para su pequeño corazón anhelante: Rafael había emprendido viaje en barco hacia América y tardaría dos años en volver. El dolor que sufrió ante esa noticia fue tal que creyó morir en ese mismo momento.

Tardó más de un mes en reponerse de la postración en la que la sumió el desconsuelo, convencida de que no volvería a verlo. Con el tiempo fue olvidando aquellos sentimientos y a la persona que se los había inspirado. Incluso, si alguna vez rememoraba ese periodo tan tumultuoso de su pubertad, sonreía asombrada de su candidez. Ahora se daba cuenta de que nunca llegó a olvidarle por completo. Había bastado una mirada para que los rescoldos de aquel ingenuo enamoramiento se avivaran, prendiendo un fuego que amenazaba con consumirla.

La proximidad de Rafael le alteraba los sentidos con una fuerza mucho mayor que cualquier otro. No era como los fogosos pero torpes petimetres que la habían acosado desde su llegada, ni como los orgullosos aristócratas que había conocido en los bailes y reuniones durante su estancia en Madrid.

Él continuaba conservando ese brillo salvaje en su mirada, de inconformista, de espíritu aventurero, que la cautivó tantos años antes. Ahora, el joven atractivo e impetuoso se había convertido en un hombre arrebatador, de oscuros y seductores ojos que prometían placeres que ella ni sabía mencionar y que habían invadido sus sueños de vergonzosos anhelos insatisfechos.

–Disculpe, señorita Madrigal; ¿podría hablar con usted? –preguntó Rafael acercándose a ella.

Eugenia se tensó, sobrecogida por una inoportuna agitación. Amalia intervino con semblante serio y un gesto despectivo en la boca ante la vacilación de su amiga.

–Debemos regresar al salón, Eugenia.

–Solo serán unos minutos –insistió él, ignorando la advertencia implícita en las palabras de la joven.

Eugenia se encontraba en un gran aprieto. Su padre le había ordenado, en la disputa que mantuvieron tras la visita de Beatriz días antes, que no volviera a relacionarse con los Tablada ni que los invitase a su casa. Justificaba su intransigente postura afirmando que le desagradaban las jóvenes que se comportaban de una manera indecente y deshonrosa, al igual que no aprobaba que se recurriera a los duelos para zanjar los litigios de honor. Pero ella no iba a ser tan grosera de negarles el saludo por mucho que a su padre le incomodase.

Sin darse cuenta, se oyó diciendo con decisión:

–Me reuniré contigo en el salón, Amalia. No es necesario que me esperes.

Amalia la miró de forma reprobatoria. Ante el firme gesto de Eugenia, comenzó a caminar por el pasillo, preocupada por haber dejado a su amiga sola con un hombre al que consideraba poco menos que un asesino.

–Usted dirá, señor Tablada.

–¿Le apetece que salgamos al jardín? Aquí hace demasiado calor.

Eugenia aceptó y posó su mano sobre el brazo que él le ofrecía.

Rafael se dirigió a una de las puertas laterales para evitar que el marqués los viera. Sabía que, en cuanto lo descubriera en compañía de su hija, acudiría para arrebatársela y armaría un buen escándalo. Nada le agradaría más que causarle un buen disgusto a don Esteban, pero no estaba dispuesto a ocasionarle una afrenta a Eugenia en un lugar público.

El jardín estaba muy concurrido. Las buenas temperaturas que se disfrutaban en aquellas fechas animaban a los asistentes a salir al exterior, aparte de proporcionar algunos apartados rincones donde las parejas se perdían en busca de intimidad.

Rafael condujo a Eugenia hasta un banco cercano a la gran fuente central y la invitó a sentarse, haciéndolo él a su lado.

A ella le costaba desprenderse de la turbación que sentía y se recriminaba por ello. Tampoco tenía una clara opinión de Rafael tras los comentarios escuchados durante esos días. Sin embargo, no quería juzgarlo sin conocer la verdad de los hechos que llevaron al duelo y su fatal desenlace. Decidió concederle el beneficio de la duda y oír lo que tuviera que decirle. No creía la opinión general, que le tachaba de tirano sin conciencia que no se detenía ante nada cuando alguien le molestaba.

Eugenia recordaba a Beatriz hablándole con cariño y admiración de su hermano mayor, que se había hecho cargo de la familia y del negocio a la muerte de su padre cuatro años antes. Siempre lo describía como una persona generosa y amable que cuidaba de ella y de su madre con auténtica devoción. ¿Tanto había cambiado en un año para convertirse en el déspota sanguinario que todos señalaban?

Cuando Beatriz acudió a su casa, Eugenia no se atrevió a preguntarle qué había ocasionado su caída en desgracia y el ostracismo social. Como no daba crédito a la versión de Mariana, decidió indagar para conocer las verdaderas circunstancias que desembocaron en ese trágico suceso. Escuchó comentarios tan dispares que llegó a la conclusión de que solo los implicados podrían esclarecer la verdad.

—Quería agradecerle la deferencia que tuvo con mi hermana al invitarla a su casa. Como ya sabrá, a nuestra familia se le han cerrado muchas puertas y el que usted no lo haya hecho es un detalle que la honra. Beatriz no tiene apenas amistades y el conservar la suya es muy importante para ella… y para todos nosotros. —Rafael la miraba de forma directa y sin atisbo de orgullo en los ojos.

Eugenia se emocionó al advertir la preocupación que sentía por su hermana. Parecía estarle muy agradecido por el gesto.

—Señor Tablada, desde niña me enseñaron a no dar pábulo a los chismorreos ni dejarme llevar por lo que dicta la mayoría, y me complace hacer gala de ello. Beatriz siempre fue mi amiga y espero que continúe siéndolo; así se lo he comunicado —respondió con total sinceridad, confiando en que su padre depusiese su intransigente postura y le permitiese reanudar la relación entre ambas con total normalidad.

—El permanecer fiel a sus amistades es un gesto que le honra, señorita Madrigal. Espero que nos haga el honor de obsequiar nuestra casa con su presencia en el momento que desee. Creo que conoce a mi madre.

–Cierto. Recuerdo cuando acompañaba a Beatriz al convento.

Eugenia se sintió acalorada al asaltarle otra vez los recuerdos. «¿Se acordaría él de aquellos días?», se preguntó ilusionada.

–En ese caso, no debe dejar de acudir. A mi madre le agradará saludarla y que le comente pormenores de su estancia en la capital.

–Iré encantada. Tengo muchas ganas de volver a verla –se comprometió con una sonrisa que iluminó su rostro.

Una vez superada su inicial timidez, Eugenia se sentía muy cómoda al lado de Rafael. Estuvieron hablando durante largos minutos de aquellos remotos días, sorprendiéndole que él la recordase. Incluso le describió un bonito sombrero que solía llevar y que había pertenecido a su madre.

–La acompañaré al salón. Su padre debe de estar buscándola –ofreció Rafael.

A Rafael le habría gustado permanecer más tiempo en su compañía reviviendo los recuerdos del pasado y disfrutando de la camaradería surgida entre ellos, pero no debía comprometerla más. Prefería dejar los roces con el marqués para otra ocasión y evitar amargarle la noche a su hija.

–Cierto –admitió ella. Le costaba separarse de él.

–¡Eugenia!

La autoritaria voz de don Esteban se escuchó con toda su potencia. Ambos se giraron para descubrir al hombre que se acercaba con el rostro sombrío.

Rafael inclinó la cabeza a modo de saludo, gesto que el marqués ignoró.

–Ve al salón, que es donde debes estar y no en el patio como una vulgar mujerzuela –le espetó con ira contenida.

Eugenia enrojeció por las hirientes palabras y el desaire hacia el hombre que la acompañaba.

Rafael torció el gesto ante la hostilidad del marqués. No era momento ni lugar de enzarzarse en una disputa y hacerle ver que acababa de insultar a su propia hija.

—Ya iba a entrar, padre. Solo quería tomar un poco el fresco y Rafael ha sido muy amable al acompañarme.

—La próxima vez que decidas aliviarte el calor te agradecería que me lo comunicases y yo mismo te acompañaré o mandaré a alguien adecuado para que lo haga. —El gesto de desprecio en el rostro era tan expresivo que casi le desfiguró los rasgos, acentuando la larga cicatriz que le cruzaba la mejilla izquierda.

Eugenia, avergonzada, miró de reojo a Rafael. Este exhibía una cínica media sonrisa sin mostrar el haberse inmutado por las ofensivas palabras.

—Le agradezco que me haya dedicado estos minutos, señorita Madrigal —dijo Rafael antes de marcharse.

A Eugenia le invadió una profunda congoja. Se giró hacia su padre y se encaró con él.

—¿Cómo ha podido ser tan descortés? —le recriminó indignada.

—Te advertí que no te relacionaras con los Tablada. No vuelvas a desobedecerme —respondió Esteban con voz cargada de rencor.

—¿Por qué, padre? ¿Qué mal le ha hecho esa familia?

—Te expliqué mis razones el otro día. Aparte de eso, que ya es grave, no pienso rebajarme a tener tratos con simples mercaderes que, por haber hecho fortuna con sus sucias artes, se creen que pueden compararse con los de nuestra clase. Y de todos ellos Rafael Tablada es el peor. Es un pendenciero, un hombre sin honor... —intentó justificarse.

—¿Cómo puede hablar así? No son de ilustre linaje,

pero los tiempos han cambiado y es estúpido aferrarse a esas arcaicas costumbres. No todos tienen la suerte de haber nacido con un título. Es su forma de vida y hay que respetarla. En cuanto al duelo, no debe juzgarlo con tanta severidad. Muchos nobles se ven envueltos en ellos con idéntico resultado y no se les margina, como ha sucedido con él.

—No le defiendas sin conocer la naturaleza de sus actividades. Es un contrabandista y un negrero. ¿O cómo crees que se ha enriquecido con tanta rapidez? Esa infame forma de ganarse la vida merece el mayor de los desprecios.

Eugenia no lo creyó. El traficar con personas era la actividad más atroz que conocía. Debía de ser otra falsa acusación guiada por los prejuicios que muchos aristócratas tenían hacia los burgueses que se dedicaban al comercio. Le exasperaba la estrechez de miras y la testarudez de su padre. Era incomprensible que continuase defendiendo esas rancias ideas cuando se había casado con la hija de un burgués adinerado y, según las malas lenguas, por su dinero.

Tuvo que escuchar esos comentarios más de una vez por parte de alguna malintencionada compañera de clase y le dolieron, preguntándose si tenían razón. Lo cierto era que nunca vio que su padre dedicara ningún gesto cariñoso a su esposa, y eso le hacía dudar de su amor.

Ella sabía que su madre sí le había amado. Aunque tenía solo siete años cuando murió, ya podía apreciar esas cosas. Recordaba que pasaba horas arreglándose para recibirle cuando llegaba a casa para la cena, la adoración con la que lo miraba, la constante inquietud por satisfacer sus necesidades… Todo ello demostraba que estaba muy enamorada de su esposo, pero su intuición le decía que no era correspondida como se merecía y necesitaba.

Eugenia no estaba de acuerdo con los casamientos acordados por intereses de las familias. Eran prácticas vetustas que, por suerte, tendían a desaparecer. Tras su estancia en Madrid, y a pesar de que la Corte estaba marcada por las tradiciones, había comprendido que un paso tan importante en la vida de una mujer no podía dejarse a criterio de su familia, sin dar opción a la interesada de elegir marido.

Era lo que su abuelo le aconsejaba en sus cartas: «Cuando te cases, hazlo con el hombre al que ames y asegúrate de que eres correspondida. Nunca cedas a un matrimonio arreglado pues tu vida podría convertirse en un infierno». Eugenia no sabía si se refería al suyo o al que había concertado para su única hija. Eso le influyó hasta el punto de que no concebía una boda sin amor, en la que cada uno de los contrayentes aportaba algo material que el otro deseaba, excluyendo los sentimientos. Resultaba mezquino, como un contrato comercial.

Eugenia estaba decidida a no ceder a un arreglo de ese tipo. Prefería quedarse soltera a casarse con alguien al que no amase solo por complacer a su familia. Sabía que la intención de su padre al llevarla ese invierno a Madrid fue, en último término, buscar un buen partido. De hecho, en los pocos bailes y reuniones sociales a los que asistió, su padre se esforzó en presentarle varios caballeros que ensalzaba ante sus ojos. Hasta pensó en dar una gran fiesta para celebrar su cumpleaños, a la que asistiría lo más granado de la aristocracia madrileña y en la que esperaba cerrar algún compromiso matrimonial.

Ese proyecto se vio malogrado por la repentina decisión de abandonar la capital un mes antes de esa fecha debido a las preocupantes noticias de las revueltas contra el rey y su primer ministro y el descontento de la población por la libre circulación de las tropas francesas.

En cuanto a Rafael Tablada, no comprendía la inquina que su padre sentía hacia él y su familia, y que parecía tener su origen en algo más que el escándalo que los rodeaba o su poco honrada ocupación. El genuino odio reflejado en sus facciones no se justificaba con las excusas que se empeñaba en mantener. Su padre era un hombre apegado a las tradiciones y al linaje, aunque de noble carácter.

Los duelos constituían una forma frecuente de solventar las disputas, sin que fuese necesario que terminasen de forma trágica. Lo habitual era que el vencedor se conformase con la primera sangre y la admisión de su derrota por parte del vencido. Al menos, Rafael había recurrido a un medio honorable en el que él corría el mismo riesgo de perder la vida. Otros se limitaban a contratar a unos matones para que castigasen a su rival o acabasen con su vida.

Si el pretendiente de Beatriz fue tan insensato de poner en entredicho su honor fugándose con ella, bien se merecía un escarmiento por parte de la familia ofendida. Que hubiese resultado muerto en el duelo solo se podía achacar a la mala fortuna. Por lo tanto, debían de existir otras razones que justificasen la animosidad que su padre sentía por los Tablada y ella estaba decidida a averiguarlo.

Capítulo 5

Mi querida amiga.
Tanto para mi madre como para mí, sería un honor recibirte en nuestro hogar esta tarde a la hora que estimes conveniente. Asimismo, nos agradaría que decidieras acompañarnos en la cena.
Recibe un afectuoso abrazo.
Beatriz

Eugenia sonrió satisfecha al leer la nota que, como respuesta a la suya, el sirviente acababa de traerle.

¿Qué le había impulsado a actuar de esa forma, consciente de que estaba incumpliendo las órdenes de su padre? No iba a engañarse inventando excusas porque lo cierto era que no había conseguido quitarse la imagen de Rafael Tablada de la cabeza.

El deseo de volver a verlo se había convertido en necesidad y esa mañana no pudo aguantar más. Sabía que era una locura y que cabía la posibilidad de que no lo encontrara allí, pero tendría una oportunidad al menos. Debía comprobar si el desasosiego que no la dejaba descansar por las noches se debía al recuerdo de unos oscuros ojos que plagaban sus sueños de inquietantes anhelos.

—¿De qué se trata, niña? –preguntó Emilia curiosa.

Eugenia no pensaba mentirle sobre el contenido de la misiva. Sabía que no lograría ocultarle por mucho tiempo sus intenciones, aunque sí podía falsear un poco la verdad. Necesitaba su ayuda si deseaba ocultar a su padre y a Mariana lo que pensaba hacer.

Emilia la había cuidado desde pequeña, convirtiéndose en una segunda madre para ella tras la muerte de la suya. Siempre la había protegido y esperaba que continuase haciéndolo. Su querida Mila, como la llamaba desde que aprendió a pronunciar su nombre, era la persona a la que más quería, aparte de a su padre y a Leandro, su hermano pequeño, al que apenas veía pues se encontraba interno en un colegio de Osuna.

—Beatriz quiere que le devuelva la visita y me invita a su casa. He pensado ir esta misma tarde. Hace mucho que no veo a doña Soledad y deseo saludarla.

Emilia dejó su labor para mirarla con ojos desorbitados.

—¡Virgen de la Macarena!, ¿te has vuelto loca, criatura? –exclamó con el rostro congestionado–. Ni se te ocurra pensarlo o tendrás serios problemas con tu padre.

«Esta niña va a matarme un día de estos», se dijo Emilia. ¿Cómo se le ocurría semejante idea? ¿No le había prohibido Esteban que se relacionase con los Tablada? ¡Y ahora pretendía ir a su casa!

—Le prometí a Beatriz que la visitaría, y tú siempre insistes en que se deben cumplir las promesas –se justificó Eugenia.

La mentira no llegó a colorear lo más mínimo su rostro. Cualquier señorita educada en un convento de monjas poseía esa habilidad, que ella había perfeccionado durante los casi diez años que estuvo acudiendo a uno.

—Hay promesas que se pueden romper sin que se corra

el riesgo de incurrir en pecado mortal, entre ellas las que se hacen a la ligera y sin pensar en las graves consecuencias que acarrearán. ¿O quieres que tu padre se enfurezca más y decida cumplir la amenaza de ingresarte en el convento?

–Esa cantinela ya la tengo muy oída. Cada vez que se enfada me amenaza con lo mismo –repuso con gesto burlón. ¿Cuántas veces había escuchado la misma advertencia? Él ladraba mucho, pero nunca acababa mordiendo.

–Alguna vez te vas a llevar una buena sorpresa, niña. Es hueso más duro de roer de lo que te imaginas.

Eugenia se encogió de hombros de forma displicente. Su padre se enfadaría si se enteraba de que le había desobedecido, no lo dudaba, aunque ya resolvería ese problema cuando surgiera.

–No te preocupes, Mila. Estaré solo un par de horas y regresaré antes de que padre lo haga. Con suerte, no se enterará. Y tía Mariana tiene rosario en San Bartolomé esta tarde. Procuraré marcharme después de ella. Si pregunta por mí a su regreso, espero que le digas que he ido al convento.

–No apuestes por ello. Siempre habrá algún bienintencionado que se lo comente. El escándalo está muy reciente y los Tablada continúan siendo el centro de atención de los menesterosos. –El gesto de fastidio en su rostro daba a entender la opinión que le merecían esas personas, que siempre estaban dispuestas a calumniar a los demás por el simple hecho de satisfacer un malsano sentimiento de superioridad moral.

Emilia estaba enterada de los rumores que corrían por la ciudad sin dar pábulo a las murmuraciones. Conocía la fama del fallecido y se inclinaba por una de las versiones que circulaba: que el joven capitán no quiso cumplir con

Beatriz una vez que hubo tomado su inocencia. Así se lo había dicho a Eugenia cuando le preguntó, sin importarle estar en desacuerdo con Esteban y Mariana; algo habitual entre ellos.

Aunque se había criado con los marqueses de Aroche, Emilia discrepaba de las vetustas normas sociales y los rígidos criterios morales que marcaban la existencia de la familia. El hecho de ser la hija de un hidalgo empobrecido le aportaba una mentalidad más abierta y acorde con la realidad de la época.

Con apenas cinco años, y al morir sus padres, Emilia fue recogida por la marquesa de Aroche, prima lejana de su madre, y se mudó a vivir con ellos. Para doña Catalina representó la hija que nunca tuvo y la consideró como tal; en cambio, el marqués siempre la trató como la advenediza que era, por ello su situación empeoró al morir la marquesa diez años más tarde.

La joven huérfana, que se libró de ser expulsada porque doña Catalina hizo prometer a su marido y a sus hijos que la cuidarían cuando ella faltase, se convirtió en una especie de ama de llaves sin sueldo, haciéndose cargo de la casa, del viejo marqués y de sus dos hijos que continuaban solteros.

También desempeñó esa labor tras casarse Esteban. Su joven esposa era de salud delicada y le suponía un gran esfuerzo la dirección de un patrimonio tan grande, que incluía el palacete en Sevilla, una casa en Madrid y Torre Blanca, la hacienda situada al noroeste de Andalucía, en tierras cercanas a Portugal.

Emilia nunca congenió demasiado con el primogénito, tan diferente de Jaime, su hermano menor. Al estar destinado a heredar el título y las obligaciones que conllevaba, Esteban fue educado en la severidad que su alta condición exigía. Eso, unido a su carácter seco y distante desde la infancia, le convirtió en una persona fría e intransigente con la que discrepaba de continuo.

Eso no impidió que fuese feliz en aquel hogar, al que consideraba como suyo, y en el que siempre se sintió querida por la mayoría de sus miembros, en especial por Katherine, la madre de Eugenia, y por sus dos hijos. A la muerte de esta, que supuso un duro golpe para todos menos para su marido, se ocupó de los niños y de la administración de la casa como si fuese la dueña. Esteban delegaba en ella esas cuestiones, ocupado siempre con sus asuntos políticos, sus largas estancias en Madrid y la amante de turno.

Por desgracia, la situación había cambiado con la llegada de Mariana. La viuda de Jaime, fallecido en una reyerta a la salida de una taberna, había alterado la paz que se venía disfrutando en la casa.

Nunca se habían llevado bien y Emilia no comprendía la causa. Desde que se conocieron, al poco de casarse con Jaime, comenzó a notar esa animosidad por su parte, que no dejó de aumentar con el paso del tiempo.

Mariana, que había conseguido ganarse el favor de Esteban en los meses que estuvo acompañándoles en Madrid, intentó desde el primer momento arrebatarle su autoridad y su posición en la casa, desacreditándola ante Esteban al resaltar los fallos, sobre todo en la educación de los niños, y relegándola a una condición de invitada forzosa en la que se sentía incómoda.

–Está bien. Si te empeñas en visitar a Beatriz, te acompañaré. No voy a permitir que vayas sola –sentenció Emilia.

–No es necesario, Mila; me acompañará mi doncella.
–Eugenia no quería implicarla. Si su padre se enteraba, no aceptaría de buen grado que la hubiese secundado en ese plan; y más si intervenía Mariana, que mostraba en todo momento una notoria antipatía hacia Emilia.

—No temas por mí; sé cómo manejar a tu padre –la calmó, imaginando sus temores–. Y deseo saludar a la madre de Beatriz. Su hija me comentó que está muy desmejorada. Llevo mucho tiempo sin verla. Charlaremos de nuestra niñez y puede que la anime.

Fueron grandes amigas durante su niñez y adolescencia, aunque no se habían vuelto a ver desde que Soledad se casó. Emilia sabía que vivía en la ciudad desde hacía años, sin haberse atrevido a visitarla. Era consciente de que a Esteban le disgustaría, y ella no quería aumentar las rencillas entre las dos familias. «Ya es hora de poner las cosas en su sitio», se dijo con determinación.

—¿Os conocéis desde niñas? –se interesó Eugenia.

—Sí. Tus abuelos pasaban la mayor parte del año en Torre Blanca y, cuando éramos pequeños, tu padre, tu difunto tío y yo solíamos jugar con los niños del pueblo cercano. Soledad era la hija del alcalde, teníamos casi la misma edad y nos convertimos en grandes amigas.

Una nostálgica sonrisa iluminó el ancho rostro de Emilia ante los gratos recuerdos. Sí, aquella fue la época más feliz de su vida.

A las cinco de la tarde, tras la obligada siesta, Eugenia llamaba a la puerta de la casa de los Tablada en el barrio de San Vicente.

Se trataba de una edificación rectangular dividida en dos plantas, con un balcón corrido en la superior, grandes ventanas enrejadas y una puerta de doble hoja en roble tallado adornada con filigranas de hierro. El palacete, sin ser de los más lujosos de la zona, estaba bien conservado, lo que indicaba el poder económico de sus moradores.

El sirviente que les abrió la puerta las encaminó hacia el patio central, engalanado con arcos de traza árabe y azulejos de vivos colores, al que daban las habitaciones de la planta baja, dedicada a vivienda de verano como en la mayoría de casas de estilo andaluz.

En un fresco rincón, cerca de una pequeña pileta de mármol que recogía las aguas de un surtidor adosado a la pared, se hallaban sentadas madre e hija.

—¡Soledad, que alegría verte de nuevo! —exclamó Emilia eufórica, y abrazó a su amiga con cariño.

—Doña Emilia, es un placer recibirla en mi casa —respondió Soledad más comedida, aunque emocionada al volver a ver a su antigua compañera de juegos. Llevaban más de veinticinco años sin verse y se sentía cohibida. No olvidaba que, al fin y al cabo, Emilia era familia de un marqués y ella una plebeya enriquecida con el comercio.

—¡Por Dios bendito, mujer! ¿A qué se debe ese trato? ¿Has olvidado cómo me tirabas de la trenza cada vez que te ganaba a la trompa?

Soledad rio al recordar aquellas lejanas travesuras.

—Lo recuerdo, al igual que no he olvidado cómo me empujabas cuando corría delante de ti para que no llegase antes —dijo Soledad, volviendo al trato cordial que antaño se prodigaban.

—Cierto, a ninguna nos gustaba perder. Ni cuando competíamos con los chicos —suspiró Emilia, feliz al evocar aquellos alegres años.

—Éramos unas mocosas endiabladas, como decía siempre doña Catalina.

Emilia asintió. Recordaba que la marquesa, persona dulce y generosa, siempre la animaba a que intentase superar el defecto de su pierna, que había curado mal tras una fractura, y participase en todos los juegos.

—¡Cómo has crecido, Eugenia! La última vez que te vi llevabas vestido corto y unas graciosas coletas. Has dado un gran estirón en todos estos años —se sorprendió Soledad. Con la enfermedad y muerte de su marido se había encerrado en casa, encargando a las sirvientas la tarea de acercar a su hija hasta el convento de las Madres Clarisas para sus lecciones diarias.

Eugenia sonrió. La madre de Beatriz siempre la trató con afecto. La mujer había envejecido mucho desde la última vez que la vio. La recordaba como una bella señora con el cabello muy oscuro, los enormes ojos negros alegres y vivaces y una perenne sonrisa en el rostro. Ahora tenía el cabello encanecido, el rostro surcado de arrugas y los ojos habían perdido su anterior brillo, apareciendo tristes y huidizos.

–Por favor, sentaos. He dispuesto que nos preparen un chocolate; pero si preferís otra cosa, solo tenéis que decirlo.

–Una taza de chocolate me vendrá muy bien para calentar un poco el estómago –aceptó Emilia, que era muy aficionada a esa bebida.

Eugenia también aceptó el ofrecimiento.

–Entonces diré que sirvan chocolate para todas. Espero que os quedéis a cenar.

–No será posible. A Esteban le gusta cenar en familia. Ya sabes lo apegado que está a las tradiciones –respondió Emilia. Si lograba evitar que se enterase de esa visita, se ahorrarían una discusión.

Soledad asintió. Recordaba al serio jovencito que siempre la observaba de manera intensa; el mismo que, con los años, se había convertido en un arrogante aristócrata que la miraba con desdén en las pocas ocasiones en las que se habían cruzado; y recordaba la tragedia que estuvo a punto de ocurrir.

Capítulo 6

Tras unos minutos, las dos jóvenes dejaron a las mayores charlando sobre sus recuerdos y subieron a la habitación de Beatriz con la excusa de examinar los últimos vestidos y accesorios que había adquirido.

–Cuéntame cosas sobre la vida en Madrid –pidió Beatriz con voz ilusionada. Cuando estuvo en casa de Eugenia días antes, le comentó que su hermano realizaba periódicos viajes a la capital y que estuvo tentada de acompañarle en alguna ocasión.

Eugenia no se consideraba una experta. Al no haber sido presentada en la Corte de forma oficial, apenas había participado de la vida social madrileña. Y, aunque asistió a algunos eventos durante su estancia allí, la mayor parte de sus conocimientos procedían de sus compañeras de la academia de señoritas en la que estudió unos meses y que eran muy dadas al chismorreo; por ello, apenas podía satisfacer la curiosidad de su amiga.

Le habló de la maravillosa ciudad, de los espléndidos bailes y numerosas actividades culturales que se celebraban, de la elegancia de los apuestos caballeros y las bellas damas, del frío que reinaba casi todo el invierno en contraposición de la soleada Sevilla... Y le relató varias anécdotas que hicieron las delicias de Beatriz.

—Nos trasladamos a Madrid con la intención de permanecer allí hasta junio, cuando acaba la temporada social y la Familia Real abandona la capital para evitar los rigores del verano; pero el ambiente que se respiraba era tenso y mi padre decidió regresar. En septiembre volveremos y haré mi presentación.

—¿Te refieres a las revueltas populares que han causado la abdicación del rey Carlos?

—Sí. Las protestas contra Godoy resultaban cada vez más tumultuosas y el descontento con los reyes era general. Por suerte, todo se ha solucionado. El rey Fernando ha traído la esperanza de nuevo; así lo demuestran las muestras de cariño y entusiasmo del pueblo en su entrada a Madrid como el nuevo monarca.

—Es cierto, se han depositado en él grandes esperanzas. Espero que no nos defraude como hizo su padre. Rafael opina que lo primero que debería hacer es expulsar a las tropas francesas del país. Teme que la intención de Napoleón sea invadirnos y arrebatarle el trono.

—¡¿Cómo puede pensar eso?! —exclamó asombrada.

—Le resulta sospechoso que el mariscal Murat, al mando de las tropas francesas asentadas a las afueras de Madrid desde hace meses, haya asumido el gobierno a la espera de que el Emperador confirme la abdicación —explicó Beatriz, que compartía los temores de su hermano.

—Pienso que no hay que alarmarse. Napoleón siempre ha sido nuestro aliado y la presencia de los soldados franceses garantiza el orden. Existen muchos partidarios del rey Carlos y de Godoy que desean impedir la entronización de Fernando. No hay nada que temer —discrepó Eugenia con optimismo.

—No estoy tan segura. Mucha gente piensa que Napoleón le tiene echado el ojo a nuestro país y no parará hasta que lo anexione a su imperio, al igual que ha hecho con otros estados europeos, para luego colocar al frente de él a alguno de sus parientes. El paso de las tropas por nuestro suelo con la excusa de ocupar Portugal y tener así una mayor ventaja a la hora de invadir Inglaterra, es solo un medio para acabar tomando España.

—No creo que cometa esa locura. Y si esa fuese su intención, tampoco se lo permitiríamos. El rey Fernando no se dejará sobornar como le ocurrió a su padre.

—Eso espero. De todas formas, no estaría de más prepararse para lo peor. Nosotros pensamos trasladarnos a Cádiz.

—¿Os marcháis de Sevilla? ¿Cuándo? —se sorprendió Eugenia, sin evidenciar la verdadera razón de ese interés.

—No está fijada la fecha, depende del desarrollo de los acontecimientos. Mi hermano lleva insistiendo desde hace meses para que nos instalemos allí, al ser una ciudad más segura que Sevilla y una vía más rápida para abandonar el país en caso de necesidad. Como ya te he dicho, no le gusta el cariz que está tomando el asunto y no cree que se resuelva pronto. Por otra parte, la mayor parte del negocio está en esa ciudad y él se ve obligado a realizar continuos viajes. Ya es hora de abandonar Sevilla y evitarle ese trabajo. No lo hemos hecho antes porque mi madre se resistía a marcharse, al estar mi padre enterrado aquí. Pero ha comprendido que, si él viviese, no pondría en peligro a su familia. Era una persona muy razonable.

Beatriz calló, permaneciendo con la cabeza baja y la mirada abatida. Tras unos segundos, elevó los ojos y volvió a mirar a su amiga.

—En realidad, esa no es la única razón que nos empuja a marcharnos. Estarás al tanto de lo que sucedió hace un año y de las repercusiones sociales que nos ha acarreado, ¿no es cierto?

Eugenia asintió con un gesto.

—No debes darle tanta importancia. Con lo revuelto que está el país, ya nadie se acuerda del incidente. —No le agradaba hablar de ese tema con Beatriz. Comprendía que era doloroso para ella.

—Lo recuerdan muy bien —comentó con pesadumbre—. La mayoría de la sociedad sevillana no acepta a las familias que, como la mía, han conseguido cierta posición social por medio del dinero, y menos que intenten emparentar con ellos. Por eso no van a perdonarnos nunca. A mi madre y a mí apenas nos saludan y a mi hermano lo toleran porque muchos hacen negocios con él.

Eugenia reconoció que era cierto lo que Beatriz decía. El que ella fuese hija de una alianza de ese tipo le había hecho mirar con menos escrúpulos a la creciente clase social de burgueses. Su padre no opinaba lo mismo, y llevaba luchando muchos años por borrar la mancha que ese casamiento había supuesto en su inmaculado árbol genealógico.

—Te agradezco que hayáis venido esta tarde. Mi madre sufre por esta situación y por mí —prosiguió Beatriz con pesadumbre.

—Siempre hemos sido amigas y ese hecho no va a cambiar por mucho que la gente murmure. Lo que me apena es el dolor que te causaría la muerte del hombre que amabas.

Una mueca de honda amargura alteró el rostro de Beatriz. Comprendiendo que Eugenia solo conocía la versión de los demás, decidió relatarle los verdaderos acontecimientos que acabaron en aquella terrible desgracia. No deseaba que su única amiga estuviese engañada, por mucho que eso la dejase a ella en peor lugar.

—Sé que habrás oído decir que seduje a Ramón y lo incité a fugarnos con el único fin de atrapar al hijo de un conde; y que, al no querer casarse conmigo, mi hermano lo retó a duelo y lo mató a traición.

Eugenia la escuchaba abochornada. No quería herir sus sentimientos ni negar que conociera las diferentes versiones que circulaban por la ciudad.

—Se dicen muchas cosas, a las que yo no doy ningún crédito —quiso eludir el tema.

—No tienes que avergonzarte, Eugenia. Es normal que se murmure ante un hecho de esa relevancia y que estés al tanto de ello. La buena sociedad sevillana siempre ha encontrado gran placer en fraguar historias sin fundamento y eso es lo que ha ocurrido en esta ocasión, como en tantas otras. —Su dolor y resentimiento eran patentes—. No me importa lo que digan de mí; lo merezco por haber sido tan ilusa. Lo que más me duele es que se está acusando injustamente a mi hermano de una acción infame cuando él solo ha sido una víctima más.

—No debes considerarte responsable, Beatriz.

—Sí, Eugenia, yo tengo la mayor parte de culpa en todo ello por no haber advertido a tiempo la clase de persona que era Ramón. Me engañó con su gallardo semblante y su fina labia y caí rendida a sus pies. Pero no es cierto que huyera con él. Yo nunca acarrearía ese deshonor a mi familia. —Su voz destilaba toda la rabia y frustración que sentía.

Eugenia se sorprendió por las revelaciones de su amiga. Al observar su reacción, Beatriz continuó hablando. Necesitaba desahogarse, que al menos ella supiese la verdad.

—Es cierto. Ramón insistía en cortejarme y, como conocía la opinión que mi familia tenía de él, lo veía a escondidas. También hice oídos sordos a su fama de juerguista y mujeriego y a todo tipo de comentarios que me llegaban sobre su carácter pendenciero y derrochador porque estaba muy enamorada y no quería abrir los ojos a la realidad. Fui una ilusa al creer en sus promesas de amor, convencida de que el mío podría redimirle y acabaríamos persuadiendo a las familias de que permitieran nuestra unión. ¡Qué equivocada estaba! Ahora pienso que solo fue una ilusión, una locura, de la que desperté al descubrir cómo era en realidad.

Beatriz ahogó un sollozo, sobrecogida por la amargura de sus recuerdos.

Eugenia sufría al ver el dolor reflejado en el rostro de su amiga.

—No es necesario que me cuentes nada más. Sea como sea, nuestra amistad no va a resentirse por ello.

—Quiero hacerlo. Pocas personas conocen lo que ocurrió y deseo que tú seas una de ellas. No imaginas cómo me retuerce las entrañas el saber que se nos atribuye a Rafael y a mí toda la culpa de lo sucedido cuando fue ese canalla el único responsable.

Beatriz se limpió las lágrimas que comenzaban a correr por sus mejillas y, con valentía, continuó exponiendo los hechos:

—Ramón deseaba desde el primer momento tener más intimidad, pero yo me negaba hasta que estuviésemos casados. Un día, él me llevó con engaños a una posada en el camino de Ronda y allí me… forzó. —Un fuerte rubor cubrió sus mejillas y fijó la mirada en sus manos, cruzadas sobre su regazo—. Rafael le exigió que cumpliera con su deber cuando se enteró de lo ocurrido y él se rio en su cara y le dijo que no pensaba desposar a la hija de un comerciante que estaba acostumbrada a entregarse a esos placeres. Mi hermano montó en cólera y lo retó a duelo.

Ramón no tuvo más remedio que aceptar pues había sido desafiado en presencia de testigos.

Beatriz hizo otra pausa y miró a Eugenia. La benevolencia que vio en su rostro le animó a continuar.

—Cuando estaban enfrentados en el campo del honor, el muy cobarde no respetó las reglas y se giró antes de tiempo, disparando a mi hermano por la espalda. Por fortuna, Rafael fue alertado y consiguió esquivar la bala, que solo le alcanzó en un brazo. Ante ese hecho, uno de los padrinos de mi hermano disparó contra el infractor, hiriéndole en el pecho y muriendo en el acto. Para evitar la deshonra a su familia por ese acto de cobardía, así como la implicación de uno de los mejores amigos de Rafael en la trágica muerte, los presentes, entre ellos el hermano mayor de Ramón, pactaron ocultar los verdaderos hechos y atribuir la muerte a Rafael en justo duelo, quedando así el mérito de ese traicionero a salvo. Por desgracia, no ha ocurrido igual con mi hermano, que se ha visto vilipendiado por todos desde entonces.

—¡Pero no es justo! —exclamó Eugenia indignada al conocer por boca de su amiga la realidad de lo sucedido—. Se debe saber lo que ocurrió y acallar a los calumniosos que propagan mentiras sobre vosotros.

—¿Crees que si no fuera por la promesa que Rafael hizo al hermano de Ramón y por los problemas que acarrearía a su amigo, el auténtico causante de la muerte, no habría revelado la verdad para que todos supiesen de qué calaña era uno de los miembros más destacados de la nobleza sevillana? —inquirió con impotencia—. Esa es la causa de mi silencio, Eugenia. Te lo he contado porque sé que no lo divulgarás.

—Aunque no esté de acuerdo en guardar tu secreto, lo haré si así me lo pides. Si bien, continúo opinando que se deberían conocer los verdaderos hechos para libraros del estigma que os han impuesto.

—Ya no tiene importancia; podemos vivir con ello. Esta sociedad, y perdona si te ofendo, es tan presuntuosa y superficial que preferimos no tener tratos con ella. Rafael no lo necesita, ni lo desea. Es la mejor forma de llevar sus negocios, dice. En cuanto a mí, ya estoy arruinada para un matrimonio decente. Aunque contara la verdad, no me creerían. Nadie está dispuesto a admitir que el hijo de un conde es capaz de obrar de forma tan indigna; en cambio, un comerciante sin escrúpulos puede inventar cualquier historia ya que no tiene honor —declaró con voz desolada.

Eugenia sintió un gran pesar por su amiga, a la que habían destrozado la vida. Y estaba en lo cierto: los nobles siempre defendían a los suyos ante los burgueses a los que odiaban por poseer más riqueza y estar consiguiendo escalar puestos en la sociedad que antaño se reservaban a ellos.

—Por eso, pienso que en Cádiz estaremos bien —continuó Beatriz con una animación que en realidad no sentía—. Allí tenemos conocidos que nos aprecian y podremos llevar una vida social más normal. Madre no ha salido a la calle desde que ocurrió la tragedia, ni recibe visitas. Se ha alegrado mucho de veros. Ha sido una sorpresa muy agradable para ella encontrarse de nuevo con la prima de tu padre. A veces me cuenta historias de su niñez en el pueblo, de lo amiga que era de los hijos del marqués, con los que pasaba tan buenos ratos jugando, y veo que le brillan los ojos. Fueron unos años muy felices para ella.

—Mila insistió en acompañarme cuando le dije que venía a visitaros. Ella tenía muchas ganas de verla, pero tampoco sale de casa. Su pierna está cada vez peor —quiso justificarla a pesar de que le costaba entender que hubiese dejado pasar tantos años para visitarla.

–¿De verdad que no os podéis quedar a cenar? Nos encantaría, y así saludarías a mi hermano –sugirió Beatriz.

Eugenia tuvo que negarse. No quería comprometer a Emilia. Ya se había arriesgado a la ira de su padre al acompañarla. Le desilusionaba no ver a Rafael, pero ya tendría otra ocasión.

Bajaron al patio para reunirse con las mujeres mayores y al llegar se llevaron una agradable sorpresa. Rafael se hallaba sentado entre ellas y en animada charla.

–Me alegra que hayas venido a visitarnos –dijo Rafael, que se había levantado al entrar las jóvenes.

Eugenia sintió un repentino sofoco ante la brillante mirada de sus oscuros ojos y le dio la mano, que él besó con delicadeza.

Emilia, que no se perdía detalle de la escena, hizo una mueca de contrariedad ante la familiaridad con la que Rafael trataba a Eugenia, y que ella aceptaba con gusto. Como se temía, su niña estaba encaprichada del joven Tablada y el empeño en visitar esa casa era por verle. Ya lo había presagiado. Lo que no sabía el diablo por listo lo sabía por viejo.

–Estábamos comentando los últimos acontecimientos de la Corte, Eugenia. ¿Crees que Fernando será mejor rey que su padre? –preguntó Rafael.

–Esperemos que sí. Al menos, que sepa rodearse de ministros y consejeros más competentes y honrados.

–Y que plante cara a Napoleón y le exija retirar las tropas que ha desplegado en el país –intervino Beatriz.

–No creo que esa circunstancia se dé, al menos de momento. El nuevo rey ha promulgado un decreto condenando a los españoles recelosos de los franceses y pidiendo que confraternicen con ellos –anunció Rafael.

—Es increíble que actúe de esa manera con los problemas que están causando en las ciudades que tienen ocupadas —Beatriz estaba atónita.

—Ha dispuesto lo mejor para el país, no me cabe duda —repuso Eugenia convencida. Su padre llevaba años defendiendo al Príncipe de Asturias. Lo calificaba de hombre honrado y buen político, que ayudaría al país a salir de la mediocridad en la que Carlos IV la había sumido al convertirla en vasalla de Francia.

Rafael opinaba que, la obsesión de Fernando por congraciarse con Napoleón y conseguir su reconocimiento, decía mucho de su débil carácter, pero prefirió no continuar con la polémica. Eugenia, al igual que otros muchos, estaba deslumbrada por el nuevo rey.

—Creo que pasado mañana piensan oficiar una misa en la catedral para bendecir al monarca y augurarle una fructífera gestión. Iremos a rogar a Dios que lo ilumine en su difícil andadura —comentó Soledad, que era muy devota.

—Nosotras también acudiremos —anunció Eugenia.

Emilia decidió intervenir viendo el rumbo que estaba tomando la conversación. No quería propiciar nuevos encuentros entre ellos.

—Debemos marcharnos, niña. Tu padre estará por llegar y no le gusta esperar para la cena.

Eugenia la miró con disgusto. Deseaba permanecer más tiempo en compañía de Rafael.

Él se ofreció a llevarlas en su carruaje.

—No es necesario, hemos traído el nuestro. Mis piernas ya no me responden como antaño y no me veía capaz de venir andando; pero no he querido dejar pasar más tiempo para visitarte, Soledad —se excusó Emilia.

—Te agradezco el esfuerzo, querida amiga, y espero que te repongas de tus dolencias.

—A mi edad ya no creo en milagros. Me conformo con que el Señor no me prive de mis escasas fuerzas y me vea imposibilitada en una cama el resto de vida que me quede.

—Por favor, Mila; no seas agorera. Ha sido el frío invierno que hemos tenido lo que ha empeorado tu problema. Ahora que empieza el buen tiempo, podrás retomar tus paseos por la ciudad como solías hacer en años anteriores —la animó Eugenia aun sabiendo que no era cierto. Emilia había empeorado de su pierna tullida hasta el punto de que debía apoyarse en un bastón para caminar.

Eugenia ayudó a Emilia a levantarse y se despidió de Beatriz y de su madre. Emilia se entretuvo unos minutos con Soledad, momento que aprovechó Rafael para charlar con Eugenia a solas.

—¿Piensas acudir al teatro el próximo domingo? —le preguntó cuando ya estaba por salir.

—No creo que pueda, aunque me agradaría. Dicen que la obra que representan, *Las mujeres vengadas*, es muy entretenida —respondió con fastidio. Había disfrutado mucho en las pocas ocasiones que tuvo la oportunidad de presenciar una representación, pero estaba resignada a perdérselo porque a su padre no le gustaba que asistiese a esos espectáculos, a los que acudía gente de baja extracción social, decía.

—A mi hermana le gusta mucho la ópera. Tenemos alquilado desde hace años un palco para toda la temporada. Ahora se niega a acudir. Tal vez si nos acompañas…

Eugenia recordó que su padre se marchaba de viaje en un par de días y estaría unas dos semanas fuera de la ciudad. ¿Por qué no aceptar la invitación? Con un poco de suerte, no se enteraría. Y, si llegaba a hacerlo, siempre podía argumentar que no estaba para pedir su permiso.

En cuanto a asistir con los Tablada, se excusaría aduciendo que había acudido con una amiga y, al encontrarlos allí, ellos insistieron en que ocuparan su palco.

—Será un placer —contestó con entusiasmo.

—Gracias. Beatriz estará encantada con tu compañía. ¿Te parece bien que pase a recogerte sobre las nueve? El espectáculo comienza una hora después, tiempo suficiente para llegar y ocupar nuestros sitios.

Eugenia dudó. Si Mariana o alguno de los criados la veían subir al carruaje de los Tablada, su padre se enteraría. No era una buena idea que fuese en persona a recogerla, ni que enviara a por ella.

—Prefiero salir por la puerta posterior. Te agradecería que me esperases en la esquina de la calle, si no te importa.

—Como desees. —Rafael comprendió el motivo de esa extraña petición: no quería que le vieran esperando frente a la casa.

Quería ocultarle a su padre la escapada porque el marqués le habría prohibido que se relacionase con él. Aunque parecía que a ella no le gustaba acatar órdenes. Sonrió. Una chica valiente. A don Esteban no le agradaría cuando se enterase. Porque acabaría enterándose, de eso no le cabía duda.

La llegada de Emilia interrumpió el diálogo.

—¿De qué hablabas con Rafael Tablada? —preguntó una vez de camino.

—Sobre mi estancia en Madrid. Conoce bien la ciudad porque la ha visitado en varias ocasiones —mintió Eugenia. Le dolía hacerlo, pero sería más beneficioso para Mila desconocer sus proyectos; así nadie la culparía por secundarlos.

Era una insensata por continuar frecuentando la compañía de esas personas. Ya no se trataba solo de lealtad hacia su amiga, era por Rafael. Su presencia le provocaba una extraña exaltación. Cuando él la miraba con esos ojos tan oscuros y brillantes como el azabache, sentía hervir la sangre en las venas. Y luego estaban los sueños plagados de indecentes anhelos impropios de una señorita educada en las más rígidas normas morales.

No debería, pero no podía evitarlo. Necesitaba verlo y que él la mirase de aquella forma que la hacía sentir una mujer.

Capítulo 7

Eugenia salió de la casa por la puerta trasera que daba a un callejón poco transitado. Cerró con llave la cancela, la guardó en el pequeño bolsito de mano y se encaminó, con paso ligero y una sonrisa en los labios, por el pasaje en penumbras hacia el carruaje que esperaba a escasa distancia.

Pese a la euforia que sentía, se notaba molesta. Le desagradaba mentirle a Emilia.

Tuvo que contarle sus planes, ya que necesitaba su ayuda para ocultarle a Mariana la salida de esa noche, pero no tenía intención de confesarle que iría acompañada de los Tablada.

Emilia desaprobaba el trato injusto que se le estaba dando a esa familia y no le parecía mal que se visitasen siempre que la relación quedara en el ámbito privado. Le había aconsejado a Eugenia que evitase reunirse en lugares públicos con unas personas que no gozaban del aprecio de la mayor parte de la sociedad sevillana. Por ello, se había visto obligada a ocultarle la verdad, diciéndole que iría con Amalia y rechazando su ofrecimiento de acompañarla con la excusa de no agravar sus dolencias.

En pocos minutos, Eugenia llegó hasta el elegante landó cubierto y tirado por dos bellos caballos negros. Rafael la esperaba al pie del mismo y sus ojos resplandecieron al contemplarla.

–Veo que eres puntual.

La voz profunda de Rafael pareció envolverla como un cálido manto.

–La puntualidad es una de las buenas costumbres que heredé de mi madre, imagino –respondió ella con coquetería.

Cuando Eugenia subió al carruaje, nadie ocupaba su interior.

–¿Y Beatriz? ¿Ha cambiado de idea?

–Espero que no. Vamos de camino a recogerla. No había regresado de su visita al hospicio –dijo Rafael; y ante la muda pregunta que vio en su rostro, explicó–: Suele ir tres veces por semana al hospicio de niños abandonados y pasa la tarde allí. Colabora en la educación y cuidado de los más pequeños.

–Una labor muy altruista por su parte –reconoció con admiración.

–Lo es. La mayoría se limita a dar un donativo con el que limpian su conciencia. Para ella eso no es suficiente. Les entrega todo el cariño que guarda en su corazón y del que tan faltos están.

Eugenia se sintió sobrecogida. Su amiga era un alma noble y generosa y no se merecía el suplicio al que la estaban sometiendo.

–¿No tienes un pretendiente que te reclame? –preguntó Rafael, sin apenas darse cuenta de que lo hacía y sorprendido por la ansiedad con la que aguardaba su respuesta.

Ella se sobresaltó, aunque contestó con aplomo.

–No lo tengo.

—¿No te agradó ninguno de los jóvenes que conociste en el baile de la Sociedad Patriótica, o es que has dejado un enamorado en Madrid esperando ansioso tu regreso?

—Conocí en la capital a algunos agradables caballeros, pero pienso que es demasiado pronto para casarme.

—Acabas de cumplir dieciocho años. Es una buena edad para ello.

A Eugenia le sorprendió que estuviese al tanto de ese detalle.

—Tal vez, pero prefiero aguardar un poco antes de que llegue ese momento.

Rafael pensó que su padre no tardaría en encontrarle un esposo que le fuese útil a sus intereses, y ella, por muy renuente que estuviese, no tendría otra opción que aceptar. ¿Por qué la imagen de Eugenia en brazos de otro hombre le revolvía el estómago de esa manera?

—¿Y qué proyectos tienes para el futuro? ¿Piensas trasladarte a Madrid?

—Esa era la intención de mi padre, aunque dependerá de cómo evolucionen las cosas.

Eugenia reconoció que le gustaba la idea hasta que volvió a verlo. Ahora ya no tenía tanto interés en disfrutar de las fiestas de la Corte ni de la bulliciosa vida social de la capital. Prefería quedarse en Sevilla, a su lado.

—Y tú, ¿tienes pensado fundar una familia? —preguntó a su vez con aparente inocencia. Sabía por Beatriz que no estaba prometido, pero eso no quería decir que no tuviese alguna dama de su preferencia.

—Mi vida es demasiado ajetreada para plantearme esa posibilidad.

Eugenia se sintió decepcionada. No esperaba que le pidiera matrimonio, pero sí que mostrase algo más de entusiasmo por el sagrado vínculo. Debió imaginarlo. Que permaneciera soltero hacía suponer que era reacio al casamiento. La gran mayoría de hombres a su edad ya estaban casados.

Cuando llegaron al palacete de los Tablada, Rafael bajó y regresó a los pocos minutos con su hermana del brazo.

Las dos jóvenes se saludaron y partieron de inmediato; el espectáculo estaba próximo a comenzar.

Por la gran cantidad de carruajes de todos los tipos y tamaños que ocupaban las inmediaciones, Eugenia pensó que el teatro debía de estar a rebosar. Tuvieron que caminar unos metros hasta llegar a la puerta, que estaba franqueada por dos porteros uniformados. Al reconocer a Rafael, les dieron paso de inmediato.

Llegaron sin demora al palco reservado y se acomodaron en los mullidos asientos. La representación no había comenzado y Eugenia pudo admirar el interior del bello recinto, decorado con dorados y telas de brillantes colores.

Como había anticipado, el teatro estaba atestado de gente, situándose la mayoría del público en el patio de butacas y en las gradas superiores, destinadas estas a los menos pudientes.

Pronto observó que eran el centro de atención. Numerosos rostros se volvían hacia ellos con insistencia y no tardarían en hacer correr la voz por el recinto, pensó con fastidio. Al día siguiente, buena parte de la ciudad comentaría su asistencia al acto en compañía de los Tablada. Podía perder la esperanza de que su padre no se enterase, por lo que debía inventar un buen motivo que explicara su presencia allí.

Si hubiese convencido a Amalia de acudir a la representación, tendría la excusa que necesitaba. Tampoco quería escudriñar el teatro en busca de su amiga; se sentía demasiado avergonzada para hacerlo. Ahora comprendía su error, aunque no se arrepentía de ello.

—No debes preocuparte, Eugenia. Es normal que levantes gran expectación, y no solo porque estés con nosotros. Tu belleza es tan deslumbrante que atrae la mayoría de las miradas de esta sala.

Rafael intentó tranquilizarla al ver el gesto de preocupación en su rostro, pero sus palabras solo consiguieron alterarla más. Y no solo eran sus palabras. Su proximidad aumentaba la agitación que sentía. Él se había acercado tanto a su rostro que pudo sentir en su mejilla el cálido aliento masculino. Un tibio calorcillo comenzó a calentarle las entrañas y su respiración se volvió más irregular.

Eugenia decidió ignorar a los descarados murmuradores. Miró a Beatriz y advirtió su palidez; ella también estaba pasando un mal rato.

Los cuchicheos cesaron al salir el maestro de ceremonias al escenario. Tras la presentación, dio inicio la función. Los cantantes no eran unos virtuosos, pero el espectáculo resultaba ameno y Eugenia lo siguió con interés. En el descanso, la mayoría de personas que ocupaban el pequeño teatro volvieron a centrar su atención en el palco de los Tablada.

Para mitigar el calor que hacía en la sala, Rafael se ofreció a traerles un vaso de agua de limón perfumada con menta fresca.

—No debimos someterte a este bochornoso episodio, Eugenia. Debí adivinar que acudirían las lenguas más viperinas de la ciudad. Sería mejor que nos marchásemos —se disculpó Beatriz cuando su hermano se marchó.

—No digas tonterías. A la gente le gusta cotillearlo todo. Hoy nosotros somos la novedad y mañana lo serán otros. No hay que concederle mayor importancia —intentó quitar gravedad a la situación a pesar de la incomodidad que sentía.

No le importaba que la vieran con los Tablada excepto porque temía la reacción de su padre, y no iba a dejarse amedrentar por unas murmuraciones sin importancia. Con todo, se prometió elegir mejor los lugares a los que acudir en compañía de Beatriz y de su hermano. No estaba dispuesta a perder la amistad con su amiga ni a dejar de ver a Rafael.

—¡Qué desfachatez, presentarse en este lugar! No tiene vergüenza.

—Es una descarada. No tuvo bastante con perseguir a Quesada por cada esquina de la ciudad y enviar a su hermano a matarlo cuando comprendió que no la desposaría.

—Hasta se vanagloria de ello presentándose como si nada hubiese ocurrido.

—Le habrá echado el ojo a otro.

—Lástima me da el pobrecillo. Lo veremos muerto dentro de unos meses si no acepta pasar por el altar.

Una risotada general coronó la conversación mantenida por un trío de voces femeninas que, desde el otro lado de la cortina que cerraba el palco, llegó a los oídos de las dos jóvenes.

Eugenia miró a Beatriz. Al observar el gesto de dolor en su rostro, sintió un súbito acceso de ira e hizo intención de levantarse para encararse con las calumniadoras. Beatriz la sujetó del brazo impidiéndole que lo hiciera.

—No es justo que te acosen de esa manera. Deberías contar la verdad para acallar las bocas maliciosas de una vez —protestó Eugenia indignada. No comprendía cómo soportaba las injustas acusaciones sin defenderse.

—No merece la pena. ¿Quién iba a creerme? Ramón era una persona muy popular y querida entre la alta sociedad, y no solo por ser un importante aristócrata. Su simpatía y apostura seducían a quienes lo trataban, como hizo conmigo. Logró ocultarme su verdadero temple y...

—Su rostro adquirió una expresión de infinita amargura—. Además, mi hermano hizo una promesa y no voy a permitir que la incumpla. No seremos nobles de sangre, pero sí lo somos de conciencia.

Eugenia comprendió sus razonamientos y no continuó. Si ella no hubiese hecho la promesa, se encargaría de divulgar el verdadero temperamento de Ramón Quesada.

Beatriz cogió entre las suyas las manos de su amiga y las apretó con fuerza, en un gesto de genuino afecto. Eugenia era una persona honrada y fiel. Recordaba que, cuando llevaba un año en el convento y se sentía desdeñada por las otras niñas, todas hijas de destacadas familias de la nobleza sevillana que no la admitían por no pertenecer a su clase social, llegó la voluntariosa Eugenia y todo cambió.

Desde el primer momento se hicieron inseparables; incluso logró que algunas de las compañeras la aceptaran. Y así continuaron hasta el verano anterior, cuando se marchó a la hacienda como todos los años y ya no volvió a verla.

Beatriz pensó que, al enterarse de lo ocurrido, la rehuiría como casi todos en la ciudad, y ese convencimiento contribuyó a aumentar su pesar. Por eso le agradecía tanto que estuviese dispuesta a continuar la amistad que les unía desde su niñez y que no le importase mostrarlo ante todos.

—Que continúen murmurando —dijo Beatriz con una sonrisa que pretendía ser animosa—. De todas formas, me queda poco tiempo de permanencia en esta ciudad. Y, si alguna vez regreso, se habrán olvidado de nosotros.

—¿Cuándo pensáis marcharos? —preguntó Eugenia con avidez. Si Rafael abandonaba la ciudad, ¿cuándo lo vería?

—Mi hermano embarca en unos días para un largo viaje y, cuando regrese, comenzaremos a preparar el traslado.

Eugenia sintió una gran congoja ante aquella noticia, que intentó disimular.

La llegada de Rafael con los refrescos interrumpió la conversación. Ambas recobraron su aspecto alegre, decididas a que los comentarios y la actitud de los presentes no les amargasen el espectáculo. Cuando hubo concluido, salieron para evitar al mayor número de personas. Una vez que dejaron a Beatriz en su casa, Rafael y Eugenia continuaron hacia el palacete de los Aroche.

—¿Qué te ha parecido la obra, Eugenia?

La voz profunda de Rafael se dejó oír en el reducido habitáculo. Se encontraba sentado frente a ella y, a la mortecina luz que proyectaba el farolillo interior del carruaje, apenas podía distinguir sus rasgos, en los que destacaban el brillo de obsidiana de sus rasgados ojos.

—Ha estado bien interpretada. Y el teatro es magnífico. No tiene nada que envidiar a los de la capital.

Eugenia estaba nerviosa a su pesar. El vehículo propiciaba una intimidad inquietante que la llevaba a fantasear con ciertas imágenes y deseos poco apropiados. Sintió que se acaloraba y agradeció la semioscuridad reinante que ocultaba su sofoco.

Rafael asintió con la cabeza al tiempo que en su rostro se curvaba una media sonrisa divertida. ¿A qué se debería la agitación que mostraba su acompañante desde que Beatriz había bajado del carruaje? ¿Era temor o algo diferente?

—Opino igual. Incluso asistí a la misma representación en Madrid el año pasado y he de decirte que los cantantes no ponían la garra interpretativa que he presenciado esta noche.

El coche disminuyó la marcha hasta que se paró. Rafael ladeó la cortinilla y miró por el ventanuco.

–Hemos llegado –anunció. Se levantó y bajó del carruaje, alargando la mano para ayudarla.

Eugenia descendió los dos peldaños y se posó sobre el empedrado de la calle.

–Te acompañaré –ofreció él.

–No es necesario. La entrada está a pocos metros. –Eugenia hizo intención de dirigirse hacia el oscuro callejón al que daba la puerta trasera de la casa.

–Insisto. Estas no son horas para que una dama se adentre en una zona tan poco iluminada.

Rafael la cogió del brazo y comenzó a caminar con ella. Cuando llegaron a la puerta de cancela, que se abría al amplio jardín posterior de la vivienda, Eugenia registró en el pequeño bolsito que colgaba de su brazo y extrajo una larga llave.

–Permíteme –pidió él, arrebatándole la llave de la mano.

Abrió la puerta y se adelantó unos pasos para observar el interior y cerciorarse de que no había ningún peligro. Aunque un alto muro cerraba esa extensa zona, siempre cabía la posibilidad de que algún intruso se hubiese colado.

La escasez provocada por las malas cosechas, que unos años antes ocasionaron la ruina de los campos y la muerte a muchos labriegos, impulsaron el éxodo a la ciudad de familias enteras con la esperanza de sobrevivir, sin que ello les hubiese solucionado el problema.

Sevilla ya no era la ciudad rica y próspera de una centuria antes, cuando los barcos cargados con el oro y la plata del nuevo continente llegaban con regularidad a los muelles del río. Desde que perdiera el monopolio en el comercio con las colonias americanas a favor de la marítima

Cádiz, se había empobrecido, de ahí que los pedigüeños y maleantes hubiesen aumentado de forma alarmante, y los robos y delitos de cualquier especie se cometiesen con mayor frecuencia; todo ello ante la desidia de los gobernantes, que no sabían cómo erradicar el mal que infectaba la ciudad.

Una vez satisfecho con la inspección, Rafael se dispuso a marcharse.

–Has hecho posible esta deliciosa velada, Eugenia. Te estoy muy agradecido –confesó mientras se llevaba una de sus manos a la boca y besaba el dorso.

–Yo también he disfrutado mucho con la representación –repuso alterada. Él continuaba reteniéndole la mano entre las suyas, lo que le ocasionaba un hormigueo que se propagaba por su interior.

La oscuridad reinaba en aquella parte del patio y las fragancias de las flores saturaban el aire, envolviéndolos con sus aromas penetrantes. Eugenia se sintió débil y confusa bajo el brillo de aquellos ojos que le hacían anhelar cosas impuras. Quería que la abrazara, que la envolviera con su masculino calor.

A Rafael le costaba separarse de ella, deseaba estrecharla entre sus brazos y posar sus labios sobre aquella jugosa boca que lo había estado tentando durante toda la noche, pero era consciente de que, por mucho que desease cortejarla, sus intentos estaban condenados al fracaso. Mejor cortar de raíz aquel pequeño brote que había comenzado a crecer en su corazón, decidió.

Eugenia lo miraba con sus grandes ojos expectantes y la respiración acelerada, esperando que él diese el anhelado paso. Al advertir su indecisión, sintió un impulso incontenible y elevó los brazos para enroscarlos en su cuello, al tiempo que rozaba con sus labios la boca masculina.

La sorpresa inicial dio paso a una encendida reacción en Rafael que, arrastrado por una fuerza más poderosa que su voluntad, la estrechó entre sus brazos y tomó posesión de aquella boca que se le ofrecía con tanta candidez. Sintió el pequeño espasmo de ella con el primer contacto e incrementó la presión, olvidado su anterior propósito.

Tras unos primeros momentos de turbación, Eugenia reaccionó y se pegó a él con ansia, abandonándose a sus caricias. Rafael se sintió excitado por su ingenuidad y, por unos segundos, perdió la noción de dónde estaba y de quién era ella en realidad, dedicándose a disfrutar de la dulce criatura que tenía entre sus brazos.

Pero pronto recuperó la cordura y la separó de él. No podía permitirse ese placer por mucho que Eugenia le atrajese. Había sido una estupidez dejarse arrastrar por el deseo que ella le provocaba y responder de esa forma a su invitación. Su padre nunca permitiría una relación entre ellos y él no iba a comportarse como los canallas que seducían a inocentes jovencitas y las abandonaban después de saciarse de ellas, sin reparar en el dolor y la humillación que causaban a la afectada y a toda su familia.

Eugenia se sintió desilusionada al perder el contacto con aquel cálido cuerpo e hizo el gesto de volver a abrazarlo.

Rafael la rechazó con firme delicadeza.

—Debes entrar ya. Y no te olvides de cerrar la cancela —dijo con una nota de frustración en la voz.

Ella no hizo ningún intento por ocultar su decepción y lo miró con ojos suplicantes.

—¿Podré volver a verte antes de que emprendas viaje? —le preguntó con anhelo.

Rafael imaginó que Beatriz le había informado de sus futuros planes. Fue a negarse y descubrió que era incapaz de resistirse al ruego que encerraban sus palabras. El que se vieran una vez más no tenía importancia. A su regreso, se marcharía de la ciudad y no volverían a tener la oportunidad de encontrarse; y para entonces, ella estaría encaprichada de otro.

–¿Te agradaría dar mañana un paseo en barca por el río? Creo que el tiempo continuará igual de agradable.

–¡Me encantaría! –respondió Eugenia con entusiasmo, fascinada con aquellas pupilas que brillaban como estrellas relucientes en la negra noche. Quería verlo otra vez, lo necesitaba con desesperación.

–En ese caso, ¿te parece bien que pase a recogerte a las doce de la mañana, o es demasiado pronto para ti?

–Estaré aguardando a esa hora.

–¿En el mismo lugar que hoy? –preguntó con cierta ironía.

Eugenia asintió avergonzada, consciente de que él comprendía su deseo de ocultar esos encuentros. ¿Pero qué podía hacer si su padre se negaba a ser razonable?

Rafael se marchó y Eugenia cerró la cancela y se dirigió a la puerta posterior de la casa, que Emilia había dejado abierta. Esta la esperaba dormitando en una silla.

–¡Mila! –la llamó, y la zarandeó para que despertase. Le apenaba verla en tan incómoda situación.

Emilia despertó con un sobresalto.

–¿Ya has llegado?

–Sí; vete a dormir. No necesito nada. –Y la ayudó a levantarse de la silla.

–¿Te has divertido?

–Mucho. Mañana te contaré. Es tarde y me caigo de sueño –mintió para no retrasarla simulando un poco elegante bostezo. Demasiadas imágenes bullían en su cabeza como para permitirle entregarse a los brazos de Morfeo de forma inmediata.

Emilia se retiró a su cuarto y Eugenia subió al suyo. Se desvistió ella misma. No deseaba despertar a Juanita, su doncella. Una vez arropada en el cálido lecho, rememoró las horas transcurridas y, en especial, los últimos momentos entre las sombras del patio.

Capítulo 8

Eugenia se despertó aquella mañana inusualmente temprano a pesar de haber pasado una agitada noche, en la que los sueños la sacudieron con inquietantes imágenes.

Tenía el regusto de la boca de Rafael en la suya. Si se pasaba la lengua por los labios podía rememorar su sabor. Tembló al recordar los excitantes momentos vividos en sus brazos. Nunca pensó que se pudiera sentir tanto placer y dolor al mismo tiempo: placer por las deliciosas sensaciones y dolor por la necesidad de que esas mismas se incrementaran.

Recordó que casi había llegado a gritar de frustración cuando él interrumpió el abrazo, sintiéndose como un perrito abandonado. Era tal la locura que se apoderaba de ella cuando lo tenía cerca, que desesperaba por estar entre sus brazos para volver a experimentar aquel torbellino de felicidad que le provocaba.

Se levantó de un salto y, colocándose una ligera bata sobre la camisa de dormir, fue a buscar a Emilia. La encontró en su alcoba, situada en la planta baja. Debido a su dolencia, hacía unos años que se había trasladado a ese cuarto para evitar subir y bajar escaleras, que tanto le molestaba, sin importarle que fuese menos lujoso y que estuviera cerca de la cocina y del resto de las dependencias de la servidumbre.

—¿Qué haces levantada tan pronto, niña? ¡Si apenas son las nueve de la mañana! —se extrañó Emilia.

—No podía dormir, Mila, tengo hambre —respondió alegre, y la abrazó con efusividad.

—Deja, zalamera. Algo buscas. No es normal que estés tan cariñosa y de tan buen humor a estas horas.

—No seas quisquillosa. No quiero nada extraordinario, solo me gustaría que me hicieses un favor.

—Ya sabía yo que algo buscabas —rezongó la mujer con una sonrisa—. ¿Y qué favor es ese, si puede saberse?

—Prometí a la madre superiora acudir al convento hoy a las doce. Quiero llevar algunas ropas que se me han quedado pequeñas para que las distribuya entre las jóvenes necesitadas, pero no voy a poder ir y me preguntaba si tú no tendrías inconveniente en acercarte. Podrías llevar el coche y así evitarías ir andando.

—Puedo caminar esos metros, no soy una inválida —se quejó molesta—. Desde luego, yo las llevaré. Pero dime, ¿por qué no puedes ir tú misma?

—He quedado con Amalia para acompañarla a la modista, luego pasaremos por la calle de la Sierpe. El otro día vi una preciosa peineta de marfil que armonizaría con la mantilla blanca que me regaló padre para mi cumpleaños —mintió de forma descarada porque era lo único que podía hacer. No quería implicarla demasiado en sus asuntos ya que ella misma sabía que no estaba actuando de forma correcta. Si su padre se enteraba de esa salida y Emilia no estaba allí para impedirlo, nunca podría acusarla de favorecer sus tratos con los Tablada.

—Pídele a Mariana que os acompañe como el otro día —sugirió.

—Preferimos ir solas, Mila. Así podremos recorrer todas las tiendas que nos apetezca sin necesidad de llevarla detrás protestando. Ya conoces su carácter, siempre de mal humor y regañando por todo. Y a ella le gusta acudir a la misa del *Ángelus* en la catedral y no quiero que la pierda por nuestra culpa.

Emilia torció el gesto. La conocía demasiado bien para ignorar que le estaba mintiendo. Solo rogaba estar equivocada y que no se tratase de Rafael Tablada. Había observado el interés que despertaba en Eugenia y no quería verla sufriendo por esa razón. Esteban nunca permitiría una relación entre ellos.

—Que te acompañe Juanita hasta su casa. No es correcto que vayas sola por la calle.

—No es necesario, Mila; ella vendrá a recogerme en su carruaje.

Encargó a una criada el desayuno y, mientras lo traía, le relató una versión bastante distorsionada de los hechos.

Emilia no dejaba de observarla. Ese brillo en la mirada y el entusiasmo que mostraba a una hora tan temprana, cuando solía dedicarse a haraganear hasta mediodía, le indicaban que algo inusual había sucedido la noche anterior.

Llegó el desayuno y Eugenia comió con apetito; tras lo cual, indicó que le preparasen el baño y subió a su habitación. Tenía poco más de dos horas para arreglarse y no podía perder ni un minuto. Con la ayuda de Juanita, preparó el hatillo que Emilia debía llevar al convento y comenzó a arreglarse con esmero para su cita con Rafael.

Poco antes de las doce, una inquieta Eugenia observaba desde la ventana de su habitación la puerta de la casa. Primero vio a Mariana, con su inconfundible atuendo negro y la rígida postura, encaminándose a su misa diaria. A los pocos minutos salió Emilia, con paso trabajoso y acompañada de una sirvienta, en dirección al cercano convento. Esperó a verla desaparecer para dirigirse a la esquina donde Rafael estaría esperando.

Como la noche anterior, él la aguardaba al pie del carruaje. En esta ocasión se trataba de una pequeña calesa descubierta y tirada por un caballo zaino que conducía él mismo.

Mientras avanzaba hacia su encuentro, Eugenia admiró su apuesta figura. Era más alto que la media y delgado, aunque fibroso, como había podido comprobar cuando la abrazó la noche anterior. Su rostro era de líneas clásicas, como los de algunas estatuas que había visto en el museo de Madrid, y en él destacaban sus grandes y rasgados ojos oscuros y su boca de labios bien dibujados.

Vestía con sobria elegancia, con sus largas piernas enfundadas en un ajustado pantalón color crema y botas altas de rígida piel. El frac cruzado marrón oscuro se ajustaba a su poderoso torso y hacía destacar sus anchas espaldas. Completaba su atuendo un sencillo corbatín y se tocaba con un sombrero de copa alta, como los que había visto utilizar a muchos caballeros en la capital. Sin duda, era uno de los hombres más apuestos que había contemplado en su vida.

Conforme avanzaba hacia él su respiración se aceleró y sintió arder las mejillas. Las imágenes de la noche anterior, cuando le permitió aquella intimidad, la avergonzaban a la luz del día. No pensó que se iba a sentir de esa manera ante su presencia.

—Buenos días, Eugenia. ¿Has descansado bien? —la saludó, besando la mano que ella le tendía, y la ayudó a subir a la calesa.

La boca de Rafael se curvó en una media sonrisa muy atractiva y sus ojos chispearon de placer. Ella estaba muy hermosa con esas mejillas sonrojadas y la agitada respiración que tensaba el corpiño de su vestido. El recuerdo de aquellos senos aplastados contra su pecho le provocó un repentino hormigueo en su interior que le hizo sentir incómodo.

—Sí, gracias —respondió algo cohibida, pero exultante de felicidad por volver a verle.

Eugenia subió y él la siguió, sentándose a su lado. Una vez acomodados, agarró las riendas con firmeza y se pusieron en marcha hacia uno de los muelles del río.

Rafael se arrepintió desde el primer momento de no haber traído el espacioso landó, que le hubiese permitido un mayor distanciamiento. El tener a la joven pegada a su costado no contribuía a aplacar sus alteradas emociones.

—Espero que anoche no tuvieras ningún contratiempo por lo avanzado de la hora. ¿Tu padre no se molestó?

—Mi padre se encuentra en la hacienda y no regresará hasta dentro de unos días —le informó con la esperanza de que esa noticia le animara a continuar invitándola.

Rafael comprendió a qué se debía la libertad que disfrutaba en los últimos días. Si el marqués se hallase en la ciudad, no podría salir a su antojo como llevaba haciendo.

Eugenia se sentía sofocada por la proximidad de Rafael. ¿Dónde quedaban el arrojo y la desenvoltura propias de su temperamento?, se preguntó fastidiada. Aunque no tenía experiencia en citas con caballeros, sí estaba familiarizada con las reuniones sociales; entonces, ¿por qué se estaba comportando como una colegiala timorata?

Se esforzó en iniciar una conversación que aliviara el incómodo silencio que se había establecido entre ellos. Por suerte, llegaron en pocos minutos a la orilla del río, donde se encontraba una pequeña barca que Rafael había dejado custodiada por un sirviente.

Él la ayudó a subir y se puso a los remos con Eugenia sentada en la proa. El sirviente se ocupó de la calesa aguardando su regreso.

—Acabas de convertirte en el capitán de este buque. ¿Hacia dónde nos dirigimos? —bromeó Rafael.

Eugenia le sonrió con coquetería, superada la inicial turbación.

—¡Le ordeno navegar río arriba, grumete! —exclamó, forzando la voz y señalando con su sombrilla la dirección a seguir.

Él rio a carcajadas, divertido ante la graciosa imitación.

El día era espléndido y el sol lucía majestuoso, lanzando sus dorados rayos sobre las mansas aguas. Eugenia suspiró con placer. Levantó el rostro y permitió que la calidez del sol lo acariciara durante unos minutos, antes de desplegar el parasol y protegerse bajo él. Sabía que no debía exponerse demasiado pues tenía tendencia a enrojecer, y lo que menos deseaba en ese momento era que sus mejillas se convirtieran en dos tomates maduros.

—¿Cuándo partes de viaje? —preguntó ella, esforzándose en evitar que la ansiedad que sentía se filtrase a su voz.

—Pasado mañana zarpamos hacia La Habana. Aprovecharemos el convoy que va en esa dirección para estar más protegidos. Los buques de guerra ingleses suelen disparar antes de preguntar bajo qué pabellón se navega; al igual que los franceses, si te topas con uno.

Rafael no quiso confesarle que él solía navegar en solitario y alejado de las rutas habituales. Esa, junto a su pericia y el valor de las tripulaciones de sus barcos, eran las razones de que hubiesen conseguido librarse de ser hundidos por alguno de los contrincantes. Llevaba tres años cruzando el Atlántico, intercambiando mercancías de un lado a otro con grandes beneficios, lo que le convertía en uno de los comerciantes más fiables y con mayor volumen de transacciones de los que trabajaban en Cádiz y Sevilla.

En todos esos años había sorteado con éxito el bloqueo inglés al puerto de Cádiz y apenas había tenido un par de encuentros desagradables con los barcos de guerra de una u otra bandera que patrullaban a ambos lados del ancho océano, y rogaba por continuar teniendo la misma suerte.

Algunas veces recurría al truco de cambiar de bandera según le convenía o de sobornar a los capitanes enemigos, pero eso eran riesgos que se tenían que correr y él los asumía como parte de su negocio. Sabía que muchos lo tachaban de pirata e, incluso, de prestar servicios poco honorables. No le importaban las opiniones que pudiera generar, él conseguía llevar a puerto sus barcos con las mercancías que transportaba y eso ero lo importante y lo que sus clientes le demandaban.

–¿Te apetece que descansemos un poco al abrigo de aquellos árboles, Eugenia? –sugirió a los pocos minutos de navegación.

–Es una gran idea.

Él dirigió la barca hacia la orilla izquierda, atracándola en el lecho de arena. Bajó y extendió los brazos para acogerla en ellos y evitarle que se ensuciara los botines de fina piel.

Eugenia, que no había advertido en un primer momento su intención, se sobresaltó cuando se sintió izada y rodeada por aquellos fuertes brazos. Pero superó pronto la sorpresa inicial, que dejó paso a la expectación. Le echó los brazos al cuello y apoyó su mejilla en su hombro, aspirando el personal aroma que desprendía y rozando con sus labios la piel de esa zona. Una deliciosa calidez la fue invadiendo. ¡Él pensaba al fin hacer realidad sus sueños!, concluyó radiante de felicidad.

Rafael se envaró un tanto. No era su intención fomentar falsas ilusiones en ella y repetir el beso de la noche anterior; ya había advertido que era peligroso. Pero le estaba resultando muy difícil resistirse a sus encantos.

La llevó hasta un frondoso olivo y la dejó de pie, quitándose el frac y colocándolo en el suelo para que se sentase encima.

–¿Qué te parece la vista? Se pueden ver las murallas de la ciudad y la torre de la catedral destacando por encima de ellas –señaló Rafael, sentándose algo apartado.

–Es magnífica, sin duda.

Eugenia intentaba ocultar la decepción que sentía ante su fría actitud. ¿Qué esperaba? ¿Qué la estrechara en sus brazos nada más verla? Sí, eso era lo que esperaba y deseaba, no aquella correcta galantería que le mostraba en todo momento. Había pasado las horas desde su despedida la noche anterior soñando con el momento de verle, imaginando las fantasías que quería ver convertidas en realidad. O él no recordaba nada o no le importaba lo que había sucedido entre ellos.

Rafael, muy a su pesar, no podía evitar fijar su mirada en la mujer que tenía a su lado. Era muy hermosa y su inocencia y apasionamiento juveniles le atraían con intensidad. La noche anterior se había dormido con una plácida sonrisa en el rostro y un considerable acaloramiento en el cuerpo al rememorar las agradables sensaciones que le había provocado su excitante inexperiencia. «Tal vez no sería tan grave repetirlo», se dijo en un intento por justificar sus anhelos. Pero su nobleza de carácter se impuso. Él no era como Ramón Quesada.

Con un notable esfuerzo, decidió ignorar la seducción que ella ejercía.

–¿No has pensado en la posibilidad de marchar a casa de tus parientes en Inglaterra, Eugenia? Se avecinan tiempos poco halagüeños. Tu padre debería considerar esa posibilidad –le sugirió con la intención de prevenirla contra el peligro que corría quedándose en España y para apartar de su mente los peligrosos deseos que la rondaban.

El marqués debía de sospechar que, el grave conflicto interno que estaba viviendo la monarquía, iba a acabar en guerra entre los partidarios del nuevo y del antiguo rey o contra Napoleón, si decidía anexionarse el país aprovechando el aparente vacío de poder.

Acababa de leer en los periódicos la noticia de que Fernando VII, acompañado de sus consejeros privados y guiados por el mariscal Murat y el embajador francés Beauharnais, había emprendido viaje hacia la frontera francesa para entrevistarse con Napoleón y tratar temas cruciales, como la retirada de las tropas imperiales apostadas en suelo español. Sin embargo, él sospechaba que el motivo principal de esta reunión era legalizar la abdicación de su padre por medio del reconocimiento del Emperador, al tiempo que concertaba un enlace matrimonial ventajoso con alguna dama de la familia Bonaparte.

No confiaba en que el inexperto, y ambicioso, Fernando consiguiese convencer al astuto estratega de que no interviniese en los problemas de estado; más bien pensaba que Napoleón le haría ver, de uno u otro modo, la conveniencia de continuar con las tropas desplegadas en suelo español, ya que era la mejor forma de luchar contra los partidarios de Godoy, que continuaban copando puestos clave en el ejército, la armada y la administración civil.

En cualquier caso, la situación se tornaría peligrosa, y don Esteban debería pensar en enviar a su familia a un lugar seguro. Y, en esos momentos, la casa de su abuelo en Londres parecía el más idóneo. Él mismo tenía pensado esperar algún tiempo hasta ver en qué derivaban las cosas y, si se cumplían sus peores vaticinios, embarcaría a su madre y a su hermana rumbo a La Habana, donde tenía una casa, para que aguardaran allí a que la situación se normalizase; cosa que podría tardar varios años.

—Mi padre está convencido de que el rey Fernando exigirá al Emperador que retire las tropas y acabará con el bochornoso embrollo que Godoy ha creado, por lo que no ve la necesidad de abandonar el país.

—Me sorprende que sea tan crédulo. Las tropas francesas llevan días ocupando la capital y el cuñado de Napoleón, que las comanda, parece tener la intención de gobernar imponiéndose a la Junta que el nuevo rey dejó al mando cuando partió al encuentro del Emperador. La intención es evidente, al menos para mí.

—El mariscal Murat lo único que hace es proteger los intereses del rey ante los partidarios del rey Carlos, que piensan en restituirlo. Y si surgiera algún tipo de amenaza por parte de las tropas francesas, Sevilla está alejada de la capital y eso la convierte en una ciudad segura.

A Rafael le asombraba que la mayoría de personas con las que hablaba pensaran que Fernando iba a solucionar un problema de años en cuestión de días. En cuanto a Eugenia, no le extrañaba que se mostrara tan crédula, ya que estaba influenciada por su padre y no alcanzaba a ver lo que ocurría en el país desde hacía meses.

En Sevilla estaba a salvo solo de momento, pues nadie podía vaticinar lo que depararía el futuro. De todas formas, y por muy preocupado que estuviese por su seguridad, solo podía advertirle del peligro que corría en el futuro si el marqués no tomaba medidas.

—¿Tu abuelo qué opina? Él es un hombre muy sensato e inteligente.

—¿Lo conoces?

—Tuve ese placer cuando estuvimos en tratos para la compra de la bodega. Con posterioridad, en mis viajes a Londres, he procurado visitarle. Le agrada que le lleve noticias de primera mano. Él estuvo vinculado muchos años a este país y continúa interesándose por las personas que conoció y apreció aquí.

A Eugenia le sorprendió esa revelación. No estaba al tanto de que Rafael Tablada hubiese comprado las bodegas que su abuelo tenía en Jerez tres años antes. Esa debía de ser la causa de la hostilidad que su padre sentía por él. Había oído decir a Mariana que el nuevo propietario se negó a adquirir la cosecha de uva de Torre Blanca y que, desde entonces, su padre tenía serios problemas para venderla.

–Desconocía que fueses el nuevo propietario. No se creen en la necesidad de hablarme de esos temas, ni él ni mi padre. Me consideran demasiado niña para ello, olvidándose de que ya he cumplido dieciocho años –se quejó con fastidio.

–No creo que esa sea la causa. Su intención es evitar abrumarte con temas tan poco agradables –respondió, divertido por el gesto casi infantil de ella.

Eugenia lo miró y el corazón le dio un vuelco ante su apostura. Se había quitado el sombrero y los rayos del sol hacían que su oscuro cabello brillase como las plumas de un cuervo. Tenía los ojos semicerrados para que la intensa luz no le molestase y la boca curvada en una media sonrisa que confería a su rostro un singular aire de pilluelo. Era tan atractivo que cortaba la respiración. No sabía poner nombre a los sentimientos que ese hombre le despertaba, pero estaba segura de que no los había experimentado con ningún otro.

–Entonces, ¿no me consideras una niña? –preguntó, dirigiéndole una sugerente mirada que revelaba sus deseos.

Rafael la miró receloso por el cambio de actitud. No, desde luego que no era una niña; muy al contrario, se trataba de toda una mujer, y tan seductora que estaba consiguiendo que se tambaleasen los férreos cimientos de su honradez.

—No, Eugenia, no te considero una niña —replicó, obligándose a no dejarse arrastrar por su embrujo.

—¿Y te parezco atractiva? —volvió a preguntar acercando su rostro al de él, hasta el punto de que Rafael pudo sentir su tibio aliento, excitante como el más seductor de los perfumes.

—Me pareces muy atractiva, sí —respondió él con los ojos centelleando de deseo y la respiración entrecortada.

Eugenia no se desanimó ante la falta de respuesta masculina. Se acercó un poco más y le colocó una mano en el duro torso. Él se tensó, excitado ante ese inocente contacto y el mensaje que leía en sus ojos.

—Entonces, ¿por qué no me besas? Deseo tanto que lo hagas —casi lloriqueó.

La respiración de Rafael se hizo mucho más trabajosa. Por su cabeza pasaron tórridas imágenes de lo que podía hacer con aquella mujer que se le ofrecía con tanta naturalidad y la sangre se le calentó en las venas. Era una demente. No sabía el riesgo que estaba corriendo al pedirle esas cosas.

Ante el mutismo de él, Eugenia se volvió más osada. «Al menos no me rechaza», se dijo con entusiasmo, y posó sus labios en la boca masculina en una tímida caricia.

Él tembló ante el leve y excitante roce. Cerró los ojos mareado por la oleada de furioso deseo que lo inundaba. Pero no... no podía... no...

—Bésame. Te deseo tanto... —susurró Eugenia sobre sus labios sin importarle su falta de respuesta.

Rafael reaccionó al fin. ¿Qué estaba haciendo? No debía alimentar los sueños románticos de una chiquilla por mucho que lo desease. Con un titánico esfuerzo, la separó y se puso en pie.

—Creo que es hora de regresar —dijo con voz enronquecida, mientras alargaba una mano para ayudarla a levantarse.

—Quedémonos un rato más, por favor —imploró ella.

—No, Eugenia —se mantuvo firme.

Ante la contundente orden, ella reaccionó y comprendió lo vergonzoso de su proceder. Se sintió tan sofocada, que no se atrevió a mirarlo a la cara. Había hecho el ridículo más espantoso al ofrecerse como una vulgar ramera. Él la consideraría una estúpida, lo que sin duda era.

Rafael acercó el bote más a la orilla para evitar llevarla otra vez en brazos. Su ánimo no se había enfriado y cualquier roce con aquel seductor cuerpo podía hacerle sucumbir. Ella subió y se sentó en la proa, mirando su regazo. Navegaron en silencio y, una vez en el muelle, subieron a la calesa que los aguardaba.

El corto trayecto supuso un suplicio para Eugenia por la actitud seria de Rafael. Cuando llegaron a su destino, y antes de despedirse, ella preguntó con timidez:

—¿Podremos vernos otra vez antes de que partas de viaje? —no le importaba rebajarse de esa forma porque su deseo por él se anteponía a su orgullo.

—No va a ser posible, Eugenia. Estaré muy ocupado con los preparativos del embarque.

—Entonces, aguardaré ansiosa tu regreso —aseguró con una tímida sonrisa.

Rafael se sintió ofuscado. Tenía que poner fin a aquella situación y, cuanto antes lo hiciera, mejor para ambos. Si continuaba gozando de su compañía, corría el riesgo de enamorarse y sufrir por ello.

—No creo que sea conveniente que volvamos a vernos.

—¿Por qué no? ¿Es que no te agrado? Has dicho que me encuentras atractiva —se lamentó de forma patética.

—Créeme, Eugenia, no te conviene que continuemos viéndonos. No soy hombre para ti por innumerables razones, una de ellas es que no deseo una relación seria. Pero no temas, estoy convencido de que hay muchos caballeros esperando para proponerte matrimonio —mintió. Era la única forma de acabar con aquello, que se le estaba yendo de las manos.

—¡Pero yo no quiero a ningún otro!

Rafael inspiró con fuerza. Ella lo estaba volviendo loco y eso era muy peligroso. Tenía que mostrarse firme por muy cruel que pareciese.

—No me agradan las mocosas consentidas, ¿comprendes? Prefiero a las mujeres de verdad, las que no se echan en brazos de uno lloriqueando porque le han negado una golosina —las brutales palabras salieron con esfuerzo de su boca, pero fueron pronunciadas sin vacilar.

Eugenia abrió mucho los ojos, muda ante la dolorosa decepción. Con el llanto pugnando por estallar, bajó del coche y corrió hacia su casa. Quería evitarse la nueva vergüenza de mostrarle las lágrimas de humillación que comenzaron a brotar impetuosas de sus ojos.

Capítulo 9

Eugenia miraba sin ver a través de la enrejada ventana sumida en sus tristes pensamientos. Había pasado casi un mes desde la marcha de Rafael y ella no había logrado olvidarle pese a haberse prometido hacerlo. Era una tarea imposible.

Parecía un alma en pena a la que nada le importara, sufriendo en silencio su dolor y humillación. Dejaba pasar los días sin apenas salir de su cuarto, pretextando algún ligero malestar para evitar que los demás descubrieran su tormento. Solo Emilia parecía recelar que algo grave le ocurría. Pero Eugenia no quería confesarle la verdad. Le avergonzaba reconocer su bochornosa conducta y el gran desengaño que había supuesto su primer amor.

Se reprochaba una y otra vez su estupidez, el haberse arrojado en sus brazos para declararle su amor, que él había despreciado. Prefería a las mujeres experimentadas y no a las mocosas lloronas, le había dicho; y esas palabras se repetían una y otra vez en su cerebro para sumirla en la desolación.

Unos ligeros golpes en la puerta la sobresaltaron. Sin esperar su respuesta, se abrió y Emilia entró con su andar trabajoso. Ella, al verla, dejó el mirador y se acercó presurosa.

—¿Para qué has subido, Mila? Si necesitabas algo, debiste mandar a una sirvienta —la regañó con cariño.

La mujer negó con un gesto y se sentó en una silla cercana.

—Tu padre quiere verte en la biblioteca de inmediato, niña —le informó una vez recuperado el aliento.

—¿Ha regresado ya? Pensaba que no vendría a comer hoy —se extrañó del repentino cambio de planes.

—Hace apenas unos minutos. Y viene acompañado del barón de Balbuena, a quien creo que conoces.

Eugenia no pudo evitar un gesto de desagrado ante la mención del nombre. Recordaba a aquel pomposo aristócrata con el que había coincidido en alguna ocasión durante su estancia en Madrid y con el que su padre se relacionaba mucho, esperando conseguir algunos favores. El barón estaba muy bien relacionado con personas importantes de la Corte, según solía alardear a la primera oportunidad que se le presentaba. Esperaba que no pensase permanecer mucho tiempo en la ciudad porque temía que sus visitas serían frecuentes. A no ser, pensó con un escalofrío, que hubiese abandonado la capital huyendo de las revueltas y estuviese decidido a fijar su residencia en Sevilla. Eso sería una verdadera molestia.

—Mandaré a Juanita para que excuse mi presencia. No me apetece recibir visitas —intentó eludir el encuentro. Ese hombre le desagradaba y no tenía ningún interés en volver a verle, aunque su padre creyese oportuno que debía saludar al ilustre visitante.

—No puedes hacer eso, niña. Tu padre ha insistido en que acudas y debes hacerlo —Emilia se mostró inflexible—. Y apresúrate. Ya lo conoces, no le gusta que le hagan esperar.

Irritada, Eugenia se dispuso a salir de su cuarto cuando la voz de Emilia la detuvo.

–¿Pero dónde vas, criatura? ¡Arréglate un poco, por el amor de Dios! ¿Qué impresión vas a causar a ese caballero si te presentas despeinada y con el vestido arrugado?

Eugenia se miró al espejo. No había advertido su desarreglo.

–Anda, siéntate. A ver qué se puede hacer con ese pelo.

Resignada, Eugenia se sentó ante el tocador y dejó que le arreglara el cabello en un sencillo recogido que destacaba sus bellos rasgos. Después, Emilia se acercó al gran armario ropero y rebuscó en él.

–Vamos, quítate ese trapillo y ponte este vestido.

–¿No te parece demasiado lujoso para recibir en casa, Mila? –objetó. Se trataba de uno de los últimos vestidos que le había encargado a doña Manuela, más propio para un baile de gala que para atender a las visitas.

–¿Ya has olvidado lo que aprendiste en la escuela de señoritas de la capital? Una dama debe ir siempre acicalada con esmero; a lo que yo añado: es preferible pecar por exceso que por defecto –sentenció con grandilocuencia.

Eugenia sonrió ante las palabras y el divertido gesto.

Emilia imaginaba de qué iba la cosa. Sabía que Esteban estaba buscando una alianza matrimonial para su hija entre los miembros de la aristocracia y la visita de Balbuena, que acababa de enviudar, le indicaba que podía ser un potencial pretendiente. Y aunque no fuera lo que hubiese deseado para su niña, ya que el hombre hacía tiempo que había dejado atrás la juventud, era ella la que debía tomar esa decisión; si le daban la oportunidad de hacerlo, claro.

Tampoco tendría muchos entre los que elegir, pensó con inquietud. Estaba al tanto de los apuros económicos que padecían, hasta el punto de que Esteban se había visto obligado a vender la casa de Madrid para pagar las deudas. Las malas cosechas en la hacienda, la única fuente de riqueza de la que disponían, y la ostentación que se empeñaba en mantener, acabaron por agotar las exiguas arcas. Al no poder aportar una dote apropiada, el pretendiente debería ser adinerado para que esa cuestión no le importase. El barón lo era, según tenía entendido, y eso lo convertía en un buen candidato.

Mariana había comentado que el hombre se sintió muy interesado por Eugenia desde el primer momento que la vio. Por entonces estaba casado; si bien, la salud de su esposa llevaba tiempo siendo muy precaria. Por ello, y si sus suposiciones eran exactas, Eugenia debía tener el mejor aspecto posible para presentarse ante su futuro marido.

Una vez que Emilia quedó satisfecha, la urgió a acudir a la llamada de su padre. Confiaba en que el pretendiente no le desagradase demasiado. No esperaba que se casase por amor, ya que era algo inusual en su círculo social, pero sí que llegase a apreciar a su esposo con el tiempo; y esto no llegaría a ocurrir si Eugenia seguía bajó el hechizo de Rafael Tablada.

Sí, ella reconocía los síntomas que la aquejaban por haberlos experimentado en carne propia. Cuando fueron a visitar a Soledad, esta le comentó que su hijo embarcaría en pocos días para otro de sus largos viajes cruzando el océano, y eso le hacía suponer que el malestar que decía sentir no era otra cosa que la añoranza de un amor ausente. Estuviese o no el joven Tablada interesado por ella, lo cierto era que su querida niña languidecía por su ausencia.

Eugenia bajó con desgana las escaleras y se dirigió a la biblioteca. Llamó a la puerta y entró al oír el apagado «pase» en la voz de su padre. Este se hallaba sentado detrás del escritorio y frente a él se encontraba don Ignacio.

Intentó ocultar el fastidio que le causaba volver a verle, temiéndose que no lo había conseguido. Su aspecto no resultaba desagradable, y eso que debía de rondar los cuarenta años, pero su maligna y lujuriosa mirada la inquietaba y repelía.

Ambos se levantaron al verla entrar, gesto que ella respondió con una educada inclinación de cabeza.

–¿Deseaba verme, padre?

–En efecto, Eugenia. Don Ignacio, a quien recordarás de nuestra estancia en Madrid, quería presentarte sus respetos.

El hombre se inclinó con teatralidad y besó con ardor la mano que Eugenia se vio obligada a ofrecerle, lo que la asqueó.

–Es un placer volver a verte, mi querida Eugenia. Aunque no había olvidado tu exquisita belleza, me sorprende que estés más hermosa de lo que recordaba. Espero que te encuentres bien de salud y feliz en esta alegre ciudad.

Eugenia se sintió molesta por la llaneza en el trato y por el brillo lascivo de aquellos ojos de sapo que la miraban como a un suculento manjar listo para degustar. El que fuera un adulador de la peor especie no contribuía a mejorar la negativa opinión que le merecía.

–Gracias, señor barón; es usted demasiado amable –se obligó a responder con fingida complacencia.

–Ignacio, por favor. Espero que la familiaridad sea una constante en nuestro trato a partir de ahora. Es lo mínimo en estos casos.

Eugenia miró a su padre con una muda pregunta en los ojos. ¿A qué se refería aquel engreído? Le extrañaba que él, tan riguroso en las formas, permitiese que la tratase con aquellas confianzas impropias de un conocido reciente. Pero su padre desvió la mirada con prontitud. Parecía inquieto y demasiado obsequioso con el visitante.

—Por supuesto —no tuvo otra opción que aceptar.

Ignacio sonrió complacido y cogió los guantes, el bastón y el sombrero, que descansaban sobre la mesa.

—Ahora debo marcharme. Tengo una importante cita que no puedo eludir. No obstante, me gustaría visitarte mañana mismo. Tenemos que conocernos mejor, ¿no te parece?

Asombrada por sus palabras, Eugenia no atinó a responder.

—Considere esta su casa. Tanto mi hija como toda mi familia estaremos encantados de contar con su presencia cuando usted guste visitarnos —se apresuró a ratificar Esteban.

—En ese caso, me despido. Ya enviaré a un sirviente comunicando la hora. Comprenda, señor marqués, que son tantos los compromisos que tengo que no puedo precisarla con exactitud.

—Descuide, don Ignacio. Mi hija estará todo el día en casa esperando ansiosa su visita. —Con una significativa mirada indicó a Eugenia que no replicase.

Esteban acompañó a Balbuena a la puerta. Eugenia se quedó confusa y decidió esperar para que su padre le explicase aquella absurda decisión.

—¿Qué ocurre, padre? —preguntó ansiosa cuando este regresó a los pocos minutos.

—Siéntate, hija; tengo que hablar contigo —le pidió con serio semblante.

Eugenia obedeció. Se sentó y aguardó a que comenzase a hablar. Presagiaba que no le iba a gustar lo que tenía que decirle.

Esteban carraspeó para aclararse la garganta y se dirigió a su hija, mirándola con decisión a los ojos.

—Tienes dieciocho años, edad suficiente para que contraigas matrimonio. El barón, cuya esposa falleció hace apenas dos meses, se ha mostrado muy interesado por ti. Es una persona excelente, y el hecho de ostentar un título menor no es inconveniente ya que posee ilustres antepasados. Es muy acaudalado y con buenos contactos entre la Familia Real. Sería una boda muy ventajosa y eso, en los tiempos que corren, es primordial.

Eugenia no daba crédito a lo que estaba oyendo. ¿Su padre quería casarla con aquel presuntuoso? ¡De ninguna manera!

Se levantó de un salto.

—No estará hablando en serio, ¿verdad?

—Escucha, hija. No vas a encontrar otro esposo mejor. Te convertirás en baronesa y te trasladarás a Madrid, donde reside don Ignacio. Como te he dicho, tiene gran influencia en la Corte y alberga la esperanza de que el rey le conceda un puesto de relevancia en el nuevo gobierno, según me ha confesado. ¿Qué más puedes desear?

—Que me agrade al menos, padre; eso es lo que me gustaría en mi futuro marido. Y le puedo asegurar que ese hombre no me agrada en absoluto.

—Si mal no recuerdo, os habéis visto en un par de ocasiones, tres a lo sumo. ¿Cómo puedes haberte formado una opinión sobre alguien que apenas conoces?

—¡Han sido suficientes!

—Pues tendrás que esforzarte en cambiar de parecer porque ya le he prometido tu mano y no puedo volverme atrás —sentenció; y, dando por zanjado el tema, dirigió su interés a los papeles que ocupaban la mesa.

Eugenia sintió una opresión en el pecho que le impedía respirar. Abrió la boca para tomar aire, pero este parecía haberse esfumado a su alrededor. La imagen de Rafael acudió a su mente y el dolor se hizo mayor. Al cabo de unos segundos, cuando terminó de procesar el significado de las palabras de su padre, estalló sin poder contener su ira.

—¿Cómo ha podido comprometerme sin dejarme elección? Ese hombre es el último que elegiría para marido. ¡Es... es un viejo!

—Es cierto que te lleva algunos años, pero ese hecho lo hace más respetable y conveniente para ti. Y no se hable más del asunto —respondió Esteban sin inmutarse ante los reproches de su hija.

Eugenia se sintió perdida. Veía la decisión en los ojos de su padre y eso la asustaba. Solía conseguir de él todo lo que se proponía desde bien pequeña, pero rara vez se había mostrado tan intransigente.

—Padre, no me obligue a casarme con él, por favor; me hará desgraciada —le imploró con ojos llorosos, recurriendo a la táctica que siempre le había dado mejores resultados.

El dolor que advirtió en el rostro de su hija fue para Esteban como una puñalada en el pecho, pero resistió. El barón era un buen partido para ella y una oportuna solución para sus problemas económicos, aparte de compensar con ello los favores que le debía.

Lo conoció en Madrid cuando se vio obligado a vender el palacete que habitaban. Don Ignacio lo adquirió a un precio razonable y le permitió permanecer en él durante varios meses sin pagar renta; y se ofreció a mediar para que se suprimiera la prohibición de las corridas de toros, que tanto estaban perjudicando a su ganadería de reses bravas, lo que le ayudaría a resolver sus problemas financieros.

Unos días antes volvió a encontrarlo, esta vez en Sevilla donde había trasladado su residencia, y le propuso un acuerdo muy favorable: liquidaría todas sus deudas e invertiría parte de su fortuna en la hacienda a cambio de desposar a su hija.

Con la construcción de una bodega propia, que daría salida a las uvas que producía, y unas caballerizas, que dedicaría a la cría de caballos para abastecer al ejército, superaría los agobios económicos que padecía desde hacía años y se enriquecería en poco tiempo. En su actual situación, con los acreedores a punto de llamar a su puerta, no podía rechazar una oferta así.

Balbuena le parecía una gran persona, que podía hacer feliz a su hija si ella se concedía tiempo suficiente para conocerle. Por ello, y convencido de que Eugenia terminaría aviniéndose a razones y aceptando la situación, se rehízo de la momentánea debilidad que las lágrimas de su hija le habían provocado y continuó inflexible.

–No seas niña. Ya tienes edad suficiente para comprender que debes asumir compromisos que no siempre son agradables, al menos al principio. Tu deber es casarte con alguien de tu posición y don Ignacio lo es. También debes saber que nuestra situación económica no es muy boyante. Ello quiere decir que no puedo dotarte con la suma que se esperaría de una persona de mi rango. Comprenderás que es un inconveniente a la hora de encontrar un marido adecuado. El barón está al tanto de ese hecho y no ha puesto reparos.

Esteban pensaba ocultar a su hija la verdadera situación económica, aunque era consciente de que ya circulaban comentarios por la ciudad que no tardarían en llegar a sus oídos.

–Entonces se trata de eso. ¡Me está vendiendo al mejor postor! –exclamó horrorizada.

–No saques las cosas de quicio. Ha surgido esta oportunidad y no es cuestión de desaprovecharla. Los gastos son cuantiosos y los ingresos cada vez más mermados. Ya es hora de que colabores en algo, y la mejor forma de hacerlo es casándote con alguien dispuesto a ayudarnos para que continuemos manteniendo la posición social que nos corresponde –tuvo que confesar al fin.

Eugenia escuchaba a su padre muda de asombro. No imaginaba que tenían esos problemas. Por el nivel de vida que llevaban, pensaba que la economía estaba saneada. Pero que ella tuviese que sacrificarse para que los demás continuasen disfrutando del lujo que los rodeaba se le hacía intolerable.

–¡No pienso hacerlo! Puede comunicárselo –aseguró con rabia.

Esteban, irritado ante la obstinada actitud de su hija, perdió la paciencia.

–Obedecerás o te encerraré en un convento de por vida. Piénsalo, Eugenia; y en esta ocasión no estoy amenazando en vano. Ahora, ve a tu cuarto. Tengo otros asuntos que resolver –le ordenó sin inmutarse.

Ella lo miró durante unos segundos con una mezcla de dolor y odio pintados en el rostro; a continuación, salió corriendo de allí.

Cuando llegó a su cuarto, cerró de golpe la puerta y se echó en el lecho para ahogar los sollozos que la sacudían. De pronto, sintió una mano acariciando su cabello y la voz de Emilia en tierno consuelo.

–Tranquila, niña, no es el fin del mundo.

–Él quiere… quiere que me case con ese… ese… –intentó explicar entre sollozos.

–Sí, lo imaginaba. Pero es tu padre y tienes que obedecerle. Él desea lo mejor para ti.

–No es cierto. Solo le importa el dinero. ¡Está vendiendo a su propia hija!

Emilia pensaba lo mismo, pero se cuidó mucho de expresarlo. No se le escapaba que, de no ser por su fortuna, habría elegido a algún otro pretendiente.

–No exageres. Es lógico que vele por tus intereses, y es su obligación encontrarte un marido que te proporcione los lujos que mereces y a los que estás acostumbrada.

–Pero estoy enamorada de otro hombre, no puedo casarme con él –acabó confesando.

–Niña, tienes que quitarte a Rafael Tablada de la cabeza.

Eugenia la miró con sorpresa. ¿Cómo sabía ella eso?

–Sí, lo sé –respondió a su muda pregunta–. Como sé que tu padre no estaría de acuerdo, y menos después de aceptar la oferta de don Ignacio. Tampoco creo que el joven Tablada te haya hecho una.

–Cierto –tuvo que reconocer Eugenia–, pero la hará. Sé que siente algo por mí. –No quería admitir que eran falsas esperanzas. Tampoco se resignaba a perder la oportunidad de conquistarle. Si a él le gustaban las mujeres experimentadas, aprendería. Haría todo lo necesario para conseguir que se enamorase de ella.

–Déjate de fantasías y cíñete a la realidad. Tu padre nunca lo aceptaría.

–Entonces huiré con él –afirmó resuelta.

Emilia emitió un consternado suspiro. Le dolía verla sufrir de esa manera, pero debía hacerle comprender la situación.

–No creo que Tablada aceptase esa solución. Me parece un hombre de honor.

Eugenia sollozó desesperada, comprendiendo que Emilia tenía razón.

–De todos modos, no pienso desposarme con Balbuena. Prefiero entrar en el convento.

—Esa alternativa es menos agradable y te arrepentirías enseguida. Puede que con el tiempo llegues a tomarle aprecio.

—¡Nunca! Me marcharé de aquí si es preciso. Iré a Inglaterra. Mi abuelo me ayudará.

—Tu padre te haría regresar, con lo que solo conseguirías crearle problemas a tu abuelo. Ya está muy mayor y no necesita responsabilizarse de una jovencita alocada.

—¿Cómo eres capaz de apoyarlo, Mila? Yo confiaba en ti —se quejó con amargura ante lo que ella creía una traición por parte de Emilia.

—No secundo su idea, pero te aconsejo que no te enfrentes a él. Tu padre no te desea ningún mal, convéncete. Si ha aceptado la propuesta del barón es porque piensa que puede ser un buen esposo. Otra cosa es que se equivoque; algo que está por demostrar.

—No es por eso. Lo ha elegido porque es rico y mi padre necesita su dinero —se quejó entre lágrimas.

—Eso influye, desde luego. De todas formas, las condiciones pueden cambiar en el futuro. No hay que precipitarse, criatura; la vida da muchas vueltas. La paciencia es una virtud que necesitas practicar. Debes empezar a madurar. Ya no eres la jovencita alocada de hace un año. Tienes que enfrentarte a la realidad. Rafael Tablada no es un hombre para ti, y no solo porque no tenga título nobiliario. Tu padre nunca lo aceptará, créeme porque sé lo que me digo. Su inquina hacia esa familia viene de antiguo —y su voz adquirió un tinte de misterio que alertó a Eugenia.

—¿A qué te refieres, Mila?

—Nada que debas saber —eludió tajante y prosiguió de inmediato, cambiando de tema—. Tómate un tiempo para conocer a don Ignacio y, si continúa desagradándote, intentaremos convencer a tu padre para que anule el compromiso. No es tan tirano como piensas en estos momentos. Ahora, cálmate y bajemos a comer. Si te empeñas en entablar una guerra, tienes muchas posibilidades de perderla. Le conozco bien y sé que no se consigue nada enfrentándose a él. Es mejor intentar convencerlo. Deja pasar unos días y ya veremos lo que se puede hacer.

Eugenia se fue calmando entre los amorosos brazos de Emilia y ambas se dedicaron a planear la estrategia que seguirían, sin advertir que detrás de la entornada puerta, una figura enlutada sonreía con malicia.

Mariana había oído toda la conversación y pensaba beneficiarse de ella.

Capítulo 10

Al día siguiente, y aprovechando que tanto su padre como su tía Mariana habían salido, Eugenia visitó a Beatriz. El sirviente que le abrió la puerta la hizo pasar a una de las salas que daban al patio y fue a avisar a su ama.

–Buenos días, Eugenia. No te esperaba hoy –saludó Beatriz con alegría.

–Disculpa si no he avisado, pero pasaba cerca y he decidido entrar –mintió para justificar su presencia.

–Me alegra que hayas venido. Pensaba visitarte en unos días. Quería despedirme de ti antes de marcharnos.

–¿Tan inminente es el traslado? ¿No ibais a esperar que tu hermano regresara de su viaje?

–Nos ha llegado la noticia de que llegará antes de lo previsto. El capitán de un barco que se cruzó con él nos ha traído noticias suyas. Ha cancelado la travesía del Atlántico y retornará a Sevilla una vez que haya entregado la carga y repostado agua y víveres en las islas Canarias. Pero, aunque a Rafael le quedan solo unas dos semanas para regresar, madre quiere tenerlo todo preparado por si nos vemos obligadas a marcharnos antes. Mi hermano insistió en que, si la situación en la ciudad se volvía tensa o nuestra permanencia aquí revestía algún peligro, partiéramos de inmediato sin esperar su vuelta. Lo dejó todo dispuesto para el traslado por río; incluso hay un barco preparado en el puerto de Cádiz para abandonar el país si fuese necesario. Está preocupado por la intolerable ocupación francesa, y las noticias que llegan de Madrid son cada vez más alarmantes.

Eugenia sofocó la inmensa alegría que la había inundado al saber que Rafael solo tardaría dos semanas en regresar para preguntar alarmada:

—¿A qué te refieres?

—¿Es que no has leído la prensa estos últimos días? —se asombró Beatriz. ¡Si desde el día anterior no se hablaba de otra cosa en la ciudad!

Eugenia negó con la cabeza. Ella solía leer los periódicos que su padre recibía para mantenerse informada de las noticias de la Corte y demás sucesos, pero llevaba más de un mes, desde la última vez que viera a Rafael, que no tenía ánimos para hacerlo, sumida como estaba en su tristeza.

—Últimamente no, pero he oído conversaciones sobre revueltas callejeras contra los soldados franceses y los medios tan crueles e innecesarios que estos emplean para aplacarlas. ¿Te refieres a eso? —se avergonzaba de su ignorancia.

—No se ha tratado de una revuelta, ha sido toda una sublevación contra el invasor y opresor de la patria. Eso es lo que se debería hacer en el resto del país ocupado por los gabachos, para expulsarlos antes de que nos impongan otra vez a Godoy y lo coloquen en el trono —defendió Beatriz con pasión, demostrando el odio que sentía hacia los franceses y expresando las sospechas de muchos españoles desde que Fernando VII partiera para reunirse con Napoleón y este, mediante engaños, lo retuviera preso en Bayona junto con su padre.

—¿No crees que exageras, Beatriz? —Eugenia había oído rumores de que el Emperador no aceptaba la abdicación de Carlos IV en su hijo y, por lo tanto, se negaba a reconocer como rey a Fernando, pero no compartía la opinión de que pensara entregar la Corona al Príncipe de la Paz.

—A la vista de las últimas noticias que han llegado de Madrid, ya nadie duda de que Napoleón está decidido a adueñarse del país, al igual que ha hecho con otros en el resto de Europa. Juzga tú misma. —Le acercó uno de los periódicos que descansaba sobre una mesita.

Presionada por Beatriz, Eugenia comenzó a leer con interés la redacción de los terribles sucesos ocurridos en la capital del Reino durante el día 2 y siguientes de ese mes de mayo.

El pueblo madrileño se ha sublevado contra el opresor francés, rezaba el titular en enormes letras.

A primeras horas de la mañana del día 2, y ante las noticias de que los Infantes iban a ser trasladados a Bayona para reunirse con el resto de la Familia Real, a la que Napoleón tiene secuestrada, un nutrido grupo de ciudadanos se congregaron ante el Palacio Real para impedir el viaje, a lo que los soldados franceses respondieron con inesperada contundencia, disparando contra la muchedumbre y ocasionando numerosos muertos. Estos hechos, sumados a las reiteradas provocaciones y abusos que los imperiales perpetran a todas horas, prendieron la mecha que hizo saltar el polvorín en el que se había convertido desde hacía tiempo la capital del país, lugar en el que se haya congregado gran parte del ejército que Napoleón tiene en nuestro suelo.

A lo largo de ese día, y alertados por los sucesos ocurridos frente a Palacio, la mayoría de los ciuda-

danos, con las escasas armas de que disponían y con otras improvisadas, hicieron frente a las tropas francesas, que respondían con toda la potencia de sus fusiles y cañones.

Los soldados españoles, al no disponer de órdenes directas del Rey, permanecieron acuartelados, contemplando inertes cómo los franceses cargaban contra la población indefensa. Solo un par de valientes, el capitán don Luis Daoíz, hijo de esta ciudad, y el capitán don Pedro Velarde, junto a unos pocos soldados voluntarios y numerosos ciudadanos, se atrevieron a hacer frente a los soldados franceses, atrincherándose en el Parque de Artillería de Monteleón, donde resistieron por algunas horas. Pero la superioridad del enemigo era tal que solo les cupo morir luchando bravamente.

Las represalias contra los sublevados fueron terribles. La guardia imperial acuchillaba a todo el que encontraba por la calle; incluso entraban en las casas degollando a sus moradores.

El mariscal Murat ordenó en un bando que se fusilara a todo ciudadano que hubiese sido hallado portando armas de cualquier tipo, por lo que al día siguiente se dio muerte a una gran cantidad de sublevados, entre ellos muchos inocentes que solo llevaban encima alguna pequeña navaja o, incluso, unas tijeras...

Eugenia dejó de leer, impresionada por la magnitud de los hechos que allí se narraban.

—Tal vez tengas razón, Beatriz; aunque es bien sabido que en los periódicos se exageran las noticias y...

—En esta ocasión no creo que lo hayan hecho. Siento un enorme pesar por las personas que han sacrificado su vida con dignidad; como el capitán Daoíz, todo un héroe.

Eugenia estaba apenada. Llegó a conocer al capitán

Daoíz en una recepción durante su estancia en Madrid y le pareció un caballero amable y educado.

—Me gustaría volver a verte antes de vuestra marcha. Tal vez pase mucho tiempo hasta que tengamos la oportunidad de saludarnos otra vez —propuso Eugenia con sinceridad. Apreciaba a Beatriz y le apenaría su ausencia, pero lo que más le dolía era el saber que tendría menos posibilidades de ver a Rafael si él se trasladaba de ciudad.

—Eso espero. Mi madre confía en continuar aquí para la festividad de la Ascensión. Le gusta acudir a misa en la catedral y realizar sus ofrendas a la Virgen.

—Entonces, allí os veré. Yo no faltaré.

Tras casi una hora de animada charla, Eugenia abandonó el palacete de los Tablada con la información que la había llevado a visitarlo, pero desalentada por las noticias recibidas. ¿Cómo podría sobrevivir esas dos semanas hasta que él regresara?, se preguntó desesperada.

Al llegar a su casa le aguardaba una desagradable sorpresa. Cosme, el sirviente que la recibió, le comunicó que su padre la esperaba en la biblioteca.

Eugenia acudió de inmediato. No lo había visto desde la conversación del día anterior en ese mismo lugar y temía enfrentarse a él de nuevo. Pero lo haría si era necesario. No pensaba ceder ante esa presión. No se casaría con el barón de Balbuena ni siendo el único hombre sobre la Tierra.

—¿Qué desea, padre? —preguntó con disgusto. Eugenia se sorprendió de ver allí a Mariana, sentada en un sillón junto a la ventana y trabajando en su labor—. Buenas tardes, tía.

La mujer no contestó y la miró con un brillo de regocijo en los ojos.

—¿De dónde vienes, Eugenia? –le preguntó su padre con severidad.

Ella tuvo la tentación de mentirle, pero comprendió que era mejor no hacerlo. La presencia de su tía allí le hizo pensar que estaba al tanto de su salida y se había apresurado a informarle.

—He estado visitando a una amiga, padre.

—¿A qué amiga en concreto?

—A Beatriz Tablada. Se trasladan a Cádiz en breve y quería despedirme de ella y de su madre. –Prefirió no mentirle porque imaginaba que sabía la verdad, y decidió justificar esa visita con la esperanza de que sirviese de algo. Su padre le había prohibido que la visitase y estaría disgustado por haberle desobedecido.

Esteban miró a su cuñada. A Eugenia le pareció vislumbrar un signo de entendimiento entre los dos, tras lo cual volvió a dirigirse a ella.

—Tengo entendido que has frecuentado la compañía de miembros de esa familia durante mi ausencia, incluida la de Rafael Tablada.

Eugenia dirigió a Mariana una mirada de resentimiento. Estaría al tanto de la salida al teatro, por los comentarios que circulaban por la ciudad, y no había perdido tiempo en contárselo a su padre. Esperaba que no se hubiese enterado de todo lo demás.

—Como ya he dicho, se marchan de la ciudad y quería disfrutar de su compañía ya que me resultará difícil volver a verla en el futuro. Y su hermano nos ha acompañado en alguna ocasión –mintió. Su padre no podía enterarse aún de la relación que le unía con Rafael.

—Te advertí que no tuvieras trato con esa familia. ¿Acaso no entendiste bien mis órdenes? –el tono frío de su voz delataba cólera contenida.

—¡Pero Beatriz es mi amiga y no veo justo que me

¡impida verla! –protestó con énfasis. No comprendía la tozudez de su padre. ¿Qué le habían hecho los Tablada para que se mostrase tan intransigente?

–Ya te expliqué mis razones y deberías aceptarlas, te pareciesen justas o no. No me obligues a encerrarte en casa –respondió con rudeza–. A partir de ahora, tu tía te acompañará en todas tus salidas. De ningún modo voy a permitir que sigas haciendo lo que te venga en gana y manchando nuestro apellido.

Eugenia se encendió de rabia, aunque, siguiendo los consejos de Emilia, reprimió el impulso de contestarle. Su padre estaba muy irritado y no quería empeorar las cosas. Ya intentaría convencerle más adelante.

–Como desee –acató, e hizo intención de retirarse.

–No he terminado. Siéntate.

Ella obedeció y se sentó en una silla.

–Le he pedido a tu tía que te ayude a preparar la boda. Si no ocurre ningún incidente que la retrase, se celebrará en dos meses, el tiempo mínimo que exige la publicación de los esponsales.

–¡Dos meses! –Eugenia no daba crédito a lo que estaba oyendo–. No puede estar hablando en serio, padre. ¿Cómo pretende que me case con un hombre que apenas conozco y al que detesto?

–Pues más vale que comiences a apreciarlo porque se va a convertir en tu esposo –advirtió tajante–. Debido a su reciente duelo, don Ignacio quiere una ceremonia sencilla e íntima, y yo coincido con él. Tu tía te acompañará a realizar las compras que estimes pertinentes para conseguirte un ajuar en condiciones, pero sin derroches.

Eugenia estaba muy alterada. ¡Tenía que impedir que esos planes se cumpliesen!

Se dirigió a la puerta. La voz de su padre la detuvo de nuevo.

—¿Tengo tu palabra de que no volverás a desobedecerme, Eugenia?

Ella asintió y salió presurosa. Huiría, si era necesario, antes de unirse a ese hombre. Hablaría con Rafael en cuanto regresase y le explicaría lo que su padre tramaba. No le forzaría a casarse con ella, pero sí le pediría que la llevara a Londres con su abuelo. Solo tendría que soportar a don Ignacio dos semanas. Sería desagradable, aunque era la única forma de que su padre no sospechase nada.

Capítulo 11

Una semana más tarde, Eugenia ya no pensaba de igual forma. Las visitas de su prometido, que por suerte no eran tan frecuentes como había amenazado en un principio, se convertían en una pesadilla. No desaprovechaba la ocasión para intentar besarla y manosearla en algún descuido de Mariana, que se había convertido en su carabina oficial.

Cuando ponía sus sudorosas manos sobre ella, Eugenia creía morir de repugnancia. Con esfuerzo, conseguía sobreponerse y lo eludía con sagacidad, pero la situación se estaba convirtiendo en insostenible. Cada vez se volvía más insistente y ella tenía que realizar grandes esfuerzos para frenar sus avances.

Después de aquellas ingratas experiencias, terminaba en el cuarto de Emilia llorando por su desdicha. Ella la consolaba como podía e intentaba hacerle ver lo positivo de esa relación, sin lograr convencerla porque tampoco le consideraba el marido adecuado para su niña.

Emilia no dejaba pasar la ocasión para disuadir a Esteban de que cancelase el compromiso. Él se negaba a escuchar sus razonamientos, o sus ruegos, apoyado en todo momento por Mariana, que la acusaba de haber malcriado a Eugenia al inculcarle ideas raras en la cabeza, como la de tener derecho a decidir en ese tema o fomentar su enamoramiento con Rafael Tablada.

Emilia era consciente del poder que Mariana había conseguido en los últimos meses y no se le escapaba que sus miras estaban puestas en convertirse en la nueva marquesa de Aroche.

Próxima a cumplir los cuarenta años, la cuñada de Esteban conservaba gran parte de la belleza que gozara en su juventud, por ello no le extrañaría que terminase seduciéndolo y llevándolo al altar. Si eso ocurría, su estancia en esa casa tenía los días contados. La inquina que le tenía desde hacía años era notoria y aprovecharía su situación para quitársela de encima.

No le importaría. Una vez que Eugenia se hubiese casado, ella no tenía ningún interés en permanecer allí. Con sumo gusto se marcharía a Torre Blanca para acabar los días en la tranquilidad del campo junto a Francisca y José, los guardeses, a los que conocía desde la infancia y a los que le unía una buena amistad y mutuo cariño.

Pero antes de que ocurriese tenía que ayudar a su querida niña. No podía consentir que se casase con un hombre al que despreciaba o acabase haciendo una tontería de la que su padre y su tía serían responsables.

Tal y como Emilia temía, ese momento llegó.

Una mañana, cuando recibió la nota de Ignacio comunicándole que pasaría a recogerla para dar un paseo, Eugenia tomó una dramática decisión.

Por mucho que su padre le ordenara que fuese amable con su prometido, se creía incapaz de soportar ni un minuto más a su lado, sobre todo porque la tarde anterior intentó besarla en la boca.

Ya no tenía fuerzas ni excusas para mantenerle alejado, y lo único que se le ocurría era pretextar una indisposición que la obligase a permanecer en su cuarto. Aunque esa artimaña debía ser creíble para evitar que su padre lo descubriese y, al mismo tiempo, disuadir al pertinaz galán de visitarla en sus aposentos.

Aprovechando que Mariana había acudido a misa, entró en su cuarto y tomó un buen trago de la botella que contenía aceite de ricino[1], un brebaje que su tía utilizaba para depurar el organismo.

Los efectos no se hicieron esperar y Eugenia se pasó un buen rato en el excusado. Al no saber la cantidad adecuada que debía tomar para crear esa pequeña indisposición, y con las prisas para que su estratagema no fuese descubierta, bebió demasiado y el resultado fue más desastroso de lo que quería provocar, consiguiendo que su inicial treta se convirtiera en un auténtico trastorno.

Las náuseas y vómitos se sucedieron de forma constante durante las primeras horas, lo que unido al lacerante dolor de vientre, llegaron a asustar a Eugenia, que comprendió pronto el error que había cometido.

Emilia, que creía estar presenciando los síntomas que llevaron a su querida madre a la tumba, se alarmó ante el lamentable estado que presentaba y avisó al médico de inmediato.

El doctor no pudo concretar la causa exacta del mal que la aquejaba aunque descartó que hubiese contraído el tabardillo,[2] como Emilia temía. Tendrían que dejar pasar unos días para poder dictaminar la enfermedad; si

---

[1] Un potente purgante que, en dosis elevadas, puede llegar a ser mortal.

[2] Nombre popular que en España se aplicaba al Tifus exantemático, una enfermedad epidémica trasmitida por los piojos.

bien, pensaba que se trataba de un envenenamiento de la sangre causado por la ingestión de un alimento en mal estado, y que curaría con sangrías diarias durante tres o cuatro días, más ayuno y reposo.

El diagnóstico del médico fue acogido con recelo por Mariana. Se había fijado en la disminución que presentaba la botella del eficaz purgante y eso le llevó a pensar que su sobrina había provocado la indisposición de forma voluntaria.

Sus sospechas sorprendieron a Esteban; no así a Emilia, que comprendió las razones que la habían llevado a actuar de forma tan desesperada e hizo responsable al padre de Eugenia.

—Si le ocurre algo grave a tu hija, tú tendrás la culpa —le acusó con rencor—. ¿No ves que la pobrecilla no soporta la compañía de su prometido y haría cualquier cosa para evitarlo?

—No sabemos si esa ha sido la causa —protestó Mariana, saliendo en defensa de su cuñado.

—Mariana tiene razón. Cuando esté en condiciones de explicarnos lo sucedido, ya veré a qué atenerme —manifestó Esteban con poca firmeza, secundando las palabras de su cuñada, pero coincidiendo con lo que Emilia pensaba.

—¿Vas a esperar a que sea demasiado tarde? En esta ocasión no ha sido leve; la próxima vez puede intentar algo más efectivo ¿Cómo se te ocurre prometerla sin pedirle su opinión? Estás corriendo un gran riesgo al persistir en esa descabellada idea —insistió Emilia.

Esteban, presa de terribles remordimientos, intentó defenderse.

—No comprendes la situación, Emilia. Tengo grandes deudas y no podré proporcionar una dote a Eugenia ni mantener esta casa por mucho tiempo. ¿Crees que sería fácil encontrar un buen pretendiente en esta situación? Balbuena puede sacarnos del aprieto.

Emilia comprendía sus desesperados intentos por encontrar una salida, pero no coincidía con Esteban en la elección del pretendiente. Había oído decir que era un hombre intolerante, insensible y muy ambicioso. También era conocido su desesperado deseo de tener descendencia, algo que sus dos esposas no pudieron proporcionarle antes de morir en desgraciados accidentes: la primera de un disparo fortuito durante una cacería y la segunda al caer por las escaleras.

–Te entiendo, Esteban. En lo que no estoy de acuerdo es en sacrificar a tu hija para seguir manteniendo esta vida de lujo que llevamos. ¿Por qué no regresamos a Torre Blanca? Allí la vida es más sencilla. Cuando tus padres vivían, pasábamos casi todo el año en la hacienda, ¿recuerdas? Podríamos volver a hacerlo. Los tiempos están muy revueltos y no nos vendría mal alejarnos de la ciudad hasta que te recuperases –le sugirió Emilia con acento esperanzado.

–No pienso esconderme como un conejo asustado. Debo estar aquí, ocupando el lugar que me corresponde entre la mejor sociedad sevillana, y proporcionar a mis hijos las ventajas que, por nacimiento y linaje, se merecen.

Emilia, conociendo su tozudez, no insistió. Ya vería la forma de hacerle cambiar de idea. A Esteban nunca le había gustado el campo ni las labores agrícolas por considerarlas impropias de su condición de aristócrata. Era muy diferente a sus padres, que preferían la sencillez de la vida en la hacienda a la hipocresía de la sociedad capitalina.

–Entonces, ¿por qué no recurres a tu suegro? Él no te negará ayuda, ya lo sabes.

—¡Nunca, me oyes, nunca le pediré un céntimo a esa persona! —replicó con ira contenida.

Emilia no entendía las razones de ese odio hacia la familia de su esposa. El abuelo de Eugenia era un hombre bueno y generoso, que quería mucho a sus nietos y no consentiría que estos pasasen por la vergüenza de verse arruinados.

Una llamada a la puerta interrumpió la discusión.

—El señor barón de Balbuena ha llegado y solicita ver a la señorita Eugenia —anunció el sirviente.

Emilia miró a Esteban y este bajó la cabeza para rehuir la muda pregunta que se leía en los ojos de ella.

—Tienes que tomar una decisión sin demora. Por favor, cancela el compromiso por el bien de tu hija y ya encontraremos solución a los problemas que nos acucian —le rogó Emilia.

Esteban no dijo nada y, cabizbajo, fue a saludar al barón.

En el espacioso y fresco patio central, decorado con mosaicos y mármoles centenarios y una bonita fuente que alegraba el recinto con su cantarín borboteo, Ignacio se paseaba de un lado a otro con impaciencia. No podía perder demasiado tiempo allí. Tenía una reunión con un miembro del Concejo Municipal y no debía retrasarse. Era de vital importancia obtener su favor para acceder a un puesto en el mismo y consolidar así su posición en aquella ciudad. Aunque contase con el apoyo de su futuro suegro, hombre respetado y con importantes contactos entre el grupo de partidarios de Fernando VII, era prudente asegurarse otros aliados por lo que pudiera suceder.

La creciente inseguridad en la ciudad y el odio exacerbado contra los fieles a Godoy le habían obligado a salir de Madrid a finales de abril. Porque, pese a su discreción con respecto a sus afinidades ideológicas, algunos sabían de su admiración por el Emperador y su amistad con la camarilla del antiguo primer ministro, lo que representaba un contratiempo en estos momentos.

Los sucesos de primeros de mayo en la capital le daban la razón y se felicitaba por el buen acierto de trasladarse a Sevilla. Y le urgía cerrar el trato con el marqués lo antes posible. No podía exponerse a que don Esteban encontrase un pretendiente mejor para su hija y desbaratase sus planes tan bien trazados.

Con una mueca de disgusto, miró la hora en el elegante reloj que extrajo del bolsillo de su frac. Si Eugenia no aparecía pronto, tendría que marcharse. No le agradaba esa falta de puntualidad. Cuando estuviesen casados, ya le indicaría sus obligaciones y, por su bien, esperaba que las cumpliese.

Una ladina sonrisa apareció en su rostro al pensar en la forma en que aplicaría los correctivos que su joven esposa iba a necesitar para amoldarse a sus gustos y estrictas reglas de comportamiento. Estaba muy mal educada y parecía poco complaciente, algo que le desagradaba por encima de todo. Tendría que hacerle saber de forma contundente que no estaba dispuesto a tolerar sus mojigaterías y que debía estar siempre bien dispuesta a satisfacer todos sus deseos, fuesen los que fuesen.

–Don Ignacio, siento haberle hecho esperar –saludó Esteban con franca incomodidad y un gesto de pesar en el rostro.

–No tiene importancia, siempre que no se repita. Tengo muchas cosas que hacer. ¿Está Eugenia preparada? Habíamos quedado en que vendría a recogerla para dar un breve paseo en calesa.

–Me temo que mi hija no va a poder acompañarle. Se encuentra... algo indispuesta.

–Nada grave, espero.

–Una indisposición intestinal que le obliga a hacer reposo durante unos días.

–Lo lamento de veras –repuso contrariado–. Hágale llegar mis mejores deseos de una pronta y total recuperación y avíseme cuando se haya repuesto lo suficiente para poder visitarla.

–Desde luego; así lo haré.

Balbuena se marchó y Esteban se retiró a su despacho, despreciándose a sí mismo por no haber tenido el valor de liquidar el tema como Emilia le aconsejaba. Pero, ¿cómo decirle al hombre del que dependía buena parte de su futuro que su prometida no deseaba casarse con él y hasta se había hecho enfermar para evitar su compañía?

Capítulo 12

Esteban arrugó la misiva que acababa de leer y se la guardó en el bolsillo con gesto de desaliento. Lo que estaba temiendo desde hacía días acababa de ocurrir. El barón le preguntaba cuándo podía ver a su prometida y él no sabía qué contestarle.

Transcurrida una semana desde que Eugenia enfermara, aún no se había atrevido a enfrentarse a ella. Debía preguntarle si era cierto lo que Emilia aseguraba y, en caso afirmativo, cuáles eran los verdaderos motivos que la llevaron a tomar esa decisión. Que presagiara la respuesta, no le excusaba de oírla de sus labios.

Esteban había demorado la conversación porque temía sus reproches, el enfrentarse a su mirada acusadora y comprobar en ella su desprecio. Los remordimientos lo acuciaban y no le dejaban descansar. Si a su hija le ocurría algo grave por su decisión de imponerle un hombre al que no amaba, él no se lo perdonaría nunca.

Esperaba que el asunto no llegara a saberse ya que acarrearía una enorme vergüenza para la familia. Solo estaban al tanto de ello Mariana, Emilia y él mismo; para el resto de la casa y amistades que se habían interesado por la salud de la joven, Eugenia había sufrido un leve envenenamiento de la sangre por alimentos que, por fortuna, se pudo tratar antes de que ocurriese una desgracia. Esa era la versión oficial, confiando en que la verdadera no saliera a la luz. No podría hacer frente al escándalo que suscitaría y al novio humillado. Sabía que Balbuena no escucharía de buen grado los rumores y podría ser que tomase represalias, lo que le provocaría fatales consecuencias.

Llamó a la puerta del cuarto de su hija y esperó unos segundos antes de entrar. Eugenia se encontraba echada en la cama con un libro abierto sobre el pecho y parecía dormida. Fue a salir cuando oyó la voz de ella que le llamaba.

—¿Padre?

Esteban se giró y la miró con gesto de preocupación.

—Disculpa si te he despertado. No era mi intención.

—No estaba dormida, solo descansaba los ojos un rato. ¿Deseaba algo?

—Saber cómo te encuentras hoy. Emilia dice que ya has tomado alimento.

—Sí, me encuentro mucho mejor. —Su sonrisa triste desmentía sus palabras.

Esteban se acercó a la cama y ella hizo intención de incorporarse.

—No te levantes. Continúa recostada, por favor. Solo quiero hacerte una pregunta.

Eugenia sospechaba lo que atormentaba a su padre: se sentiría responsable de haberla llevado al extremo de querer acabar con su vida tomando adrede el ricino.

—Hija, quiero que me contestes con sinceridad a una pregunta. ¿Tanto te desagrada don Ignacio que… que has llegado a realizar ese acto tan terrible?

Al ver lo afectado que estaba, Eugenia sintió el impulso de sincerarse con él. Le apenaba su sufrimiento, pero era la única forma de hacerle comprender cuánto le desagradaba la decisión de casarla sin su consentimiento. No podía negar que estaba asustada, pero algo había conseguido. Si su padre pensaba que era capaz de llegar a esos extremos para evitar a su prometido, tal vez desistiría de su propósito.

Solo Emilia conocía la verdad y deseaba que así continuase siendo. Cuando su querida Mila le preguntó por qué lo había hecho, no quiso mentirle y le explicó lo ocurrido. Ella no se merecía el sufrimiento que la asolaba al pensar que había querido poner fin a sus días.

—Sí, padre, me resulta insoportable su presencia. Le detesto. Siento haberte dado este disgusto, pero estoy convencida de que sería muy desgraciada si me casara con él. Prefiero no seguir viviendo a tener que hacerlo a su lado.

Eugenia no se sintió avergonzada por la mentira que, en realidad, no lo era tanto. Ella estaba dispuesta a evitar esa unión, aunque no a costa de su vida.

Esteban sintió el amargo regusto de los remordimientos ante las palabras de su hija. Tenía la leve esperanza de que no fuese cierto, pero ella acababa de confirmárselo. No le quedaba otra opción que romper el compromiso y así se lo diría a Balbuena cuando lo viera. La vida de Eugenia estaba por encima de todo.

—Lamento haberte llevado a esa situación. Si hubiese imaginado que te sentías tan desgraciada, habría desbaratado el acuerdo con don Ignacio. Pero no te preocupes, hablaré con él y le haré saber mi decisión —prometió con una determinación que no sentía en realidad.

No podía obligar a su hija a un matrimonio que detestaba, pero le costaba renunciar a la solución a sus agobios financieros que esa unión representaba. Abrumado por la responsabilidad, decidió dejar pasar unos días antes de cancelar el compromiso, mientras intentaría encontrar el modo de solventar el problema o se vería inmerso en la ruina. De no hallarlo, debería convencer a Balbuena de que mantuviese el resto de acuerdos a los que habían llegado sin que la boda se llevase a cabo.

–Gracias, padre –contestó con alivio.

Eugenia reconocía el esfuerzo que le iba a costar romper su palabra, aparte del perjuicio económico que le acarrearía. Emilia le había explicado la crítica situación en la que su padre se encontraba y las esperanzas que había puesto en ese enlace, que le ayudaría a mantener el prestigio del apellido.

–Ahora descansa. –Se inclinó sobre ella para depositar un leve beso en la frente y se marchó. Tenía que enviarle una respuesta al barón comunicándole que, por orden del médico, su hija no se encontraba en condiciones de recibir visitas.

Eugenia sintió una aguda pena ante la visión de la figura derrotada de su padre y los ojos se le anegaron de lágrimas. En esa situación la encontró Emilia cuando llegó.

–¿Qué te ocurre, pequeña? ¿Otra vez tienes dolor en el vientre? –preguntó alarmada.

Eugenia negó con la cabeza y le explicó lo ocurrido.

–No te preocupes, niña. Tu padre saldrá de este aprieto. Si quiere recuperar la hacienda, lo que tiene que hacer es trabajarla; pasar allí más tiempo y vigilar sus tierras y los productos que salen de ellas, no emplear todo su tiempo en las tertulias de la Maestranza o en los salones de la Sociedad Patriótica. Ahora, lávate la cara y adecéntate, que Beatriz ha venido a verte.

–¿Cuándo ha llegado? –Eugenia se animó de forma inmediata, levantándose de la cama y apresurándose a salir del cuarto.

—¿Dónde crees que vas, niña? No debes bajar, estás débil —la amonestó—. Le diré que suba a verte.

Emilia salió de la habitación y al poco llegó Beatriz.

—Eugenia, ¿cómo te encuentras? —se acercó a ella y la abrazó con cariño. En el rostro se advertían las huellas de la preocupación.

—Estoy muy recuperada. Gracias por interesarte, Beatriz.

—Me alegra mucho oírlo. Tanto mi madre como yo estábamos muy preocupadas por tu salud. Por las noticias que nos habían llegado, pensábamos que era una grave enfermedad. Gracias a que doña Emilia me ha explicado que solo ha sido un susto.

—Sí, he tenido suerte.

Eugenia no quiso confesarle la verdad. Le avergonzaba reconocer la estupidez que había cometido, que casi le cuesta la vida, ni quería que Rafael se enterase de lo que había hecho, aunque había tenido poderosas razones para ello.

—¿Y tu madre? Espero que se encuentre bien.

—Mi madre se impresionó mucho al enterarse de tu padecimiento. Le tranquilizará conocer que ya estás restablecida.

—¿Tenéis noticias de Rafael? ¿Sabes cuándo regresará? —preguntó ansiosa. Necesitaba saber de él.

—Esperamos que esté aquí para la Asunción.

Las palabras de Beatriz alegraron a Eugenia.

—Me he enterado de tu compromiso con el barón de Balbuena. Te deseo que seas muy feliz, Eugenia. Mi madre me ha pedido que te trasmita sus felicitaciones —dijo con sincera alegría. Aunque no conocía al aristócrata, si Eugenia lo había elegido por esposo, ella se sentía dichosa.

La expresión del rostro de Eugenia la sorprendió. No parecía estar contenta con su próxima boda.

—No me casaré con él, voy a romper el compromiso, aunque te ruego que no lo comentes con nadie hasta que se haga oficial.

—¿Y cómo es eso? La noticia corre de boca en boca por toda la ciudad. Incluso ha aparecido el anuncio de los esponsales en la puerta de la catedral.

—Mi padre lo concertó sin yo saberlo; por suerte, ha comprendido que era un error. No puedo unirme a él cuando he entregado mi corazón a otro —se sinceró Eugenia.

—¿Amas a otro caballero? —Beatriz la observaba con interés. Quería descubrir en su reacción si sus suposiciones eran ciertas.

—Sí, con locura.

—Conozco esa sensación. Pero lleva cuidado, Eugenia; depositar el amor de esa forma en la persona equivocada puede acarrearte mucho sufrimiento.

Beatriz recelaba que su amiga amaba a Rafael. Lo había advertido en el brillo de sus ojos al mirarlo y en las señales que su cuerpo emitía cuando estaban juntos, por eso le sorprendió la noticia de su compromiso con el barón.

Se temía que los sentimientos de Rafael no eran similares. Se sentía atraído por Eugenia, no cabía duda, pero él huía del amor, no quería comprometerse. Había presenciado el dolor que ese sentimiento podía provocar. Su propio ejemplo y el de su madre, que no volvió a ser la misma desde que su padre murió, eran una inequívoca prueba de que el amor aportaba más sufrimiento que felicidad.

—Él me ama, aunque lo ignore. Yo me encargaré de hacérselo notar —aseguró confiada.

Beatriz compadeció a su amiga. En el fondo, deseaba estar equivocada y que su hermano acabase enamorándose de ella. Sabía que, si eso ocurría, Rafael sería muy feliz. Conocía a Eugenia, su bondad y generosidad, y estaba convencida de que era la mujer que necesitaba; solo faltaba que él lo advirtiera.

Capítulo 13

Pocos minutos antes de las cuatro de la tarde, la hora acordada, Esteban llamaba a la robusta puerta del majestuoso palacete que don Ignacio había alquilado en la ciudad, en respuesta a la nota que esa misma mañana había recibido de él pidiéndole que fuese a verle. Según le explicaba en ella, debía marcharse por unos días y le urgía hablar con él.

Un mayordomo de recargada librea le abrió. El marqués le expuso el objeto de su visita y el sirviente lo condujo por un amplio corredor hasta una puerta acristalada. La abrió y anunció con pomposidad:

–Don Esteban Madrigal de Castro y Mendoza, marqués de Aroche.

Esteban distinguió la figura del barón inclinada sobre un pequeño arbusto al fondo de la gran sala abarrotada de plantas. En la mano llevaba unas tijeras de gran tamaño.

–Pase, don Esteban, por favor. Me ha pillado en mi corto ratito de asueto.

El marqués avanzó hasta el lugar en el que se encontraba su interlocutor, esquivando los numerosos tiestos con flores de variadas especies.

—Buenos días, don Ignacio. Veo que tiene aficiones poco comunes.

—La heredé de mi madre, una apasionada de la floricultura. Incluso hay una rosa que lleva su nombre, la *Caroline,* y que ella creó. Se la mostraré. —Se acercó a un gran parterre en una esquina del invernadero y le mostró el rosal con orgullo—. Exquisita en sus colores y disposición de las hojas, ¿no le parece?

—Una bella flor sin duda —opinó Esteban.

Satisfecho por el halago, Ignacio se dirigió a la planta que ocupaba su atención con anterioridad y continuó podándola.

—Disculpe que le haya citado a esta hora impidiéndole disfrutar de su siesta. Pero, como yo no soy partidario de esa tradición tan castiza, me olvido de que a muchas personas les agrada. Mi madre, que era francesa, tenía otras costumbres más ilustradas; las cuales, agradezco que me inculcara.

—Yo tampoco soy partidario de esa costumbre, aunque no niego que en alguna ocasión me dejo llevar por la somnolencia que depara una buena comida.

—¿Cómo se encuentra hoy su encantadora hija? —preguntó Ignacio, abordando el tema que le interesaba.

Esteban se tensó.

—Mejora día a día, gracias a Dios. Ya ha superado su trastorno y ahora solo le queda recuperar las fuerzas.

—Me alegra saberlo. Entonces, no habrá inconveniente en que la visite mañana antes de emprender viaje. Como comprenderá, ardo en deseos de verla.

—Tal vez debería esperar unos días, hasta que esté algo más animada —propuso el marqués con la mirada baja. Apenas le quedaban excusas para justificar las reiteradas negativas y se sentía despreciable por no haber reunido el valor suficiente para exponerle la decisión a la que había llegado.

—¿Y cuándo cree que podrá estarlo? ¿O es que la enfermedad de mi prometida es más grave de lo que me ha dado a entender y lo está ocultando?

Esteban carraspeó incómodo. El momento había llegado y no podía posponerlo más. Aun así, iba a necesitar de todas sus agallas para enfrentarse a aquella dura tarea.

—De ningún modo, don Ignacio. ¿Cómo puede pensar que haría algo así? —replicó, intentando expresar genuina ofensa en la voz.

—Entonces, ¿por qué se niega a que la visite?

—No se trata de la salud de Eugenia, es a causa del compromiso que acordamos. Me resulta muy difícil decirlo, pero creo que... que se debería aplazar la fecha del enlace.

—¿Aplazarlo? ¿Por qué razón? —preguntó con calma y sin atisbo de sorpresa mientras continuaba ocupado con la poda del arbusto.

Esteban se animó al advertir la serenidad con la que la noticia era recibida por su interlocutor.

—Es por mi hija; ella es la que desea aplazarlo. Piensa que es demasiado joven para casarse y que sería conveniente esperar un tiempo. De ese modo, podrían conocerse mejor. —Se reprochaba su falta de valor para zanjar el asunto, pero antes debía asegurarse su ayuda.

—Entiendo. ¿Y cuánto tiempo desea esperar su hija? —Ignacio se aseguró de no exteriorizar la irritación que sentía.

Esteban tragó saliva con esfuerzo y comenzó a sudar.

—No me ha indicado un tiempo de espera concreto. Un año... tal vez dos.

—Dos años... Comprendo.

—Claro que entendería que usted no estuviese dispuesto a esperar tanto. Si lo desea, se podría cancelar el compromiso y, de esa forma, quedaría en libertad de desposar a otra joven más dispuesta –se animó. Parecía que la cosa iba a resultar más fácil de lo que imaginó.

Ignacio apartó al fin su atención de la tarea que estaba realizando y posó su fría mirada en Esteban.

–Entiendo. Pero ¿qué explicación se daría para justificar la cancelación del compromiso cuando ya se han publicado las amonestaciones y toda la ciudad está al tanto de él? Usted dice que su hija alega ser demasiado joven para contraer nupcias habiendo cumplido los dieciocho años, edad más que suficiente para ello. ¿No cree que sería poco creíble y me dejaría en muy mala posición ante los demás? –La frialdad que confería a sus palabras las hacía más inquietantes que si las hubiese pronunciado a voz en grito.

En realidad, Ignacio hervía de furia; pero los años de práctica le habían enseñado a enmascarar sus sentimientos.

–Comprenda que no puedo obligar a mi hija, don Ignacio –intentó defenderse.

–¿Desde cuándo son las mujeres las que deciden en esas cuestiones? Pensaba que la había educado en la obediencia, como todo padre que se precie de serlo. –La ira contenida dotaba a sus facciones de una rigidez grotesca.

–Y lo he hecho, mas creo que ella debe ir bien dispuesta al matrimonio. Es la mejor garantía de que sea venturoso –replicó ofendido.

–¿Y no será que su hija está encaprichada de otro hombre y por eso no desea casarse conmigo?

La pregunta cogió desprevenido a Esteban, delatándolo el gesto de sorpresa que mostró su rostro.

–No sé a lo que se refiere –eludió, intentando disimular su desazón.

–Me han llegado rumores de que se ha visto con un tal Rafael Tablada, incluso de forma clandestina.

A Ignacio, que miraba con atención al marqués, no se le escapó la expresión de culpabilidad mezclada con cólera que apareció en su rostro, lo que confirmaba las sospechas que uno de los criados del marqués le había revelado días antes.

Cuando Ignacio llegó a Sevilla con la intención de desposar a la hija de Aroche, de la que se había prendado meses antes, no tuvo problemas en encontrar a un criado de la casa que se fuese de la lengua por unos cuantos reales. De ese modo, se mantenía informado de todo lo que ocurría en ella y de los cotilleos de la zona de servicio, que suponían una fidedigna fuente de información.

Por el sirviente se había enterado del rechazo que desde el primer momento Eugenia manifestó por el compromiso, de las varias y feroces discusiones entre padre e hija por esa causa, del enamoramiento de la joven por Tablada, un burgués adinerado que pretendía alcanzar un lugar entre la aristocracia local a través del casamiento, de sus frecuentes salidas a escondidas de su familia y de la sospechosa enfermedad de Eugenia, a causa de un dudoso envenenamiento por alimentos que nadie más en la casa había sufrido. Según su confidente, entre el servicio se pensaba que ella misma había causado esa grave indisposición para obligar a su padre a cancelar el compromiso.

–Eso es falso. No permitiré que se mancille el honor de mi hija de esa manera. La hermana de Tablada fue compañera de colegio de Eugenia; esa es la razón de que los hayan visto juntos –se vio obligado a defender con énfasis. Intentó conferir a sus palabras un auténtico acento de honor ofendido que sirviese para halagar el orgullo herido del barón. No podía permitir que decidiese vengarse del agravio suprimiendo el apoyo financiero que le había prometido. Si no conseguía ayuda económica de inmediato, se encontraría en la ruina de un día para otro.

—Puede ser, pero ya conoce cómo son estas cosas, don Esteban. Cuando un rumor comienza a rodar, nada puede detenerlo. Su hija debe cuidarse de ese tipo de relaciones, que no benefician su reputación y la degradan ante la sociedad.

—Vuelvo a afirmarle que nada de eso es cierto. Nunca permitiría que ese... ese individuo galantease a mi hija, y mucho menos la desposase.

—Me alegra saberlo. Ese hombre no está a la altura de su ilustre familia. En cuanto al compromiso que desea aplazar, me plegaré a los deseos de Eugenia ya que mi interés por ella es auténtico y deseo procurarle toda la dicha de la que sea capaz. Soy consciente de que no sería beneficioso para la futura convivencia que la novia llegase obligada al altar, y por ello estaría dispuesto a concederle el tiempo que ella estime oportuno para que no se sienta tan agobiada —propuso de forma conciliadora una vez superado el acceso de cólera.

—Es usted muy magnánimo, don Ignacio.

Esteban sintió un gran alivio, que se reflejó tanto en la voz como en el semblante. Esa no era la solución que él hubiese deseado, pero le daba un margen de tiempo para convencer a su hija o para que Balbuena encontrase otra con la que desposarse. Más relajado, continuó:

—De todas formas, espero que el resto de acuerdos salgan adelante de forma inmediata. He visto una yeguada idónea para la cría, y un par de sementales de la más pura raza andaluza. Todo nos saldría a muy buen precio.

Ignacio continuó absorto en la labor que realizaba sin dar señales de haber escuchado las palabras del otro. Tras largos segundos, en los que Esteban contuvo el aliento, lo miró con un brillo de regocijo en los ojos.

—Me temo que esos proyectos deberán aplazarse, mi querido amigo —anunció con voz suave.

—¡Pero ya he cerrado el trato con el vendedor! —exclamó Esteban atónito—. Si nos demoramos, no conseguiremos un precio tan ventajoso.

—Pues tendrá usted que buscar otro socio porque no es mi intención embarcarme en ese negocio mientras no tenga asegurada la boda con su hija. Comprenda que, de no llegar a efectuarse, habría invertido mi fortuna en una familia que no iba a ser la mía —sentenció. Y, dándole la espalda, volvió a centrarse en lo que estaba haciendo.

«Ese desgraciado y su hija se merecen lo que les iba a ocurrir», se dijo Ignacio con rencor. Eugenia no tenía intención de casarse con él, fuese por las razones que fuesen, y el marqués solo intentaba ocultar la verdad para no perder su apoyo económico. Pues bien, esa pequeña caprichosa sería suya de una u otra forma y entonces les demostraría, tanto a ella como a su padre, que a él no le despreciaba nadie.

Si las noticias que había recibido el día anterior eran ciertas, el general DuPont ya debía de estar viajando hacia el sur con el Segundo Cuerpo de Observación de la Gironde, y aunque su misión era liberar a la escuadra de Rosilly bloqueada por los ingleses en el puerto de Cádiz desde la derrota de Trafalgar, esperaba que tomase las poblaciones que hallase a su paso, entre ellas Sevilla. En cuanto eso ocurriese, confiaba alcanzar un puesto relevante en el gobierno local, y ese sería el momento de poner en marcha sus planes y tomarse su justa venganza.

Al día siguiente partiría hacia Madrid. Tenía la intención de reforzar sus relaciones con los mandos franceses que ocupaban el gobierno en espera de que el Emperador tomase una decisión.

La situación en Sevilla se estaba volviendo cada vez más peligrosa para él. Desde que llegó la noticia de que el rey Fernando había abdicado en su padre, el populacho, incitado por el poderoso grupo de fernandinos que gobernaban la ciudad, venía mostrando su repulsa de forma airada por las calles. Se hacía responsable de esa abdicación a Godoy, que se encontraba en Bayona junto a la Familia Real, por lo que era cuestión de días que comenzaran a tomar represalias contra sus partidarios.

Como en la ciudad eran conocidas sus preferencias políticas y su defensa de las ideas liberales, lo más sensato era marcharse a Madrid, ciudad en la que gobernaba con mano de hierro el mariscal Murat, hasta que pudiera regresar con las máximas garantías para su seguridad. La razón de haber citado al marqués era el sugerirle que se trasladasen a Madrid para celebrar allí el enlace. Tras las noticias recibidas, sus planes habían cambiado… solo de momento.

El quinto marqués de Aroche tuvo que recurrir a todo su orgullo de rancio linaje para evitar mostrar su gran decepción. Lo que más temía se había producido. ¡El barón le retiraba su apoyo! ¿Qué iba a hacer ahora?

—Me deja usted desolado, don Ignacio. Confiaba en su colaboración para implantar en Torre Blanca las mejoras que había ideado —logró articular con gran esfuerzo.

—No hay que volcar enteramente las ilusiones en algo, don Esteban. Mire yo, albergaba la esperanza de casarme con su hija en un par de meses y ahora tendré que esperar a que ella decida cuándo podré hacerla mi esposa. La vida puede dar estas desagradables sorpresas, amigo mío.

Ignacio se ensañó con sus palabras, sintiendo una enorme satisfacción ante la mortificación del marqués. «Ese presuntuoso no sabe con quién está tratando. En cuanto a su hija, cuando se vea mendigando, no le parecerán tan desagradables mis caricias», se regodeó con venenoso rencor.

–Si me disculpa, señor marqués, tengo muchas cosas que hacer. Creo que ya conoce la salida.

Esteban se marchó con el ánimo derrotado. No solo había perdido el dinero que le ayudaría a recuperar su anterior poder económico, tenía la sensación de haberse creado un peligroso enemigo.

Cuando salía por la puerta del imponente palacio, decidió simular que continuaba manteniéndose el compromiso mientras Balbuena estuviese ausente de la ciudad. Cuando se supiese que el barón no iba a convertirse en su yerno y, por consiguiente, no tendría a su disposición la fortuna de este, los acreedores comenzarían a llamar a su puerta. En cuanto a Eugenia, le diría que no había podido hablar con él al haberse marchado de la ciudad y que deberían esperar hasta su regreso.

Sí, era mejor callar de momento y esperar mientras conseguía hallar una solución a sus problemas; pero se temía que, de no ocurrir un milagro, en pocos meses estaría en prisión por deudor.

Capítulo 14

−No deberías acudir hoy a la catedral, Eugenia. Estás convaleciente −le recomendó Emilia.
−Ya estoy bien, Mila. No quiero perderme la misa.
Eugenia se guardó para sí la verdadera razón que le impulsaba a asistir a la celebración en honor de la virgen de la Ascensión, que no era otra que la esperanza de ver a Rafael.
Había decidido pasar por casa de los Tablada con la excusa de acompañar a Beatriz y a su madre al oficio religioso y, si él había regresado del viaje, tendría una oportunidad de encontrarle. Estaba decidida a todo. No se resignaba al destino tan cruel que su padre le obligaba a tomar. Necesitaba verlo; lo necesita tanto como el respirar.
−Entonces te acompañaré −anunció Emilia resuelta.
−No te molestes; me llevaré a Juanita. He pensado ir dando un paseo y eso te supondría un gran esfuerzo. Llevo tantos días aquí encerrada que el ejercicio me hará bien. Don Fabián no me lo prohibió cuando estuvo ayer visitándome.
−Ese medicucho no sabe lo que dice −opinó con desdén−. El agotarte caminando no creo que sea el mejor re-

medio para recuperar las fuerzas. Lo que tienes que hacer es alimentarte bien para poner un poco de carne en esos huesos y reposar todo lo que puedas.

Emilia sospechaba el verdadero interés de Eugenia por acudir a la misa en la catedral. Beatriz le comentó cuando fue a visitarles que, ante la situación cada vez más caótica que se vivía en el país, su hermano había decidido acelerar su vuelta y trasladar a toda la familia a Cádiz lo antes posible y de allí, si las cosas empeoraban, marcharse a Cuba.

—No está tan lejos, Mila; y Amalia asistirá a la ceremonia en su carruaje. Si me siento cansada, le pediré que me traiga de regreso a casa.

Emilia fingió que aceptaba esos razonamientos.

—¿Mariana no va? —preguntó suspicaz.

—No se ha levantado. Parece que no se encuentra bien esta mañana. Ha pedido que no la molesten. Debe de tratarse de su indisposición mensual.

—A tu padre no le parecerá bien que salgas sin la compañía de tu tía. Sabes que te prohibió hacerlo —insistió.

A Esteban no le agradaría que su hija continuara desobedeciendo sus órdenes. Y, al no haber podido cancelar el compromiso, no era apropiado que una joven en sus circunstancias paseara sin compañía.

—Solo será una hora, Mila. Estaré aquí antes de que regrese.

—Está bien; pero no te demores —aceptó resignada.

Eugenia terminó de arreglarse y partió de inmediato acompañada de su fiel doncella. Como le urgía llegar a la casa de Rafael, decidió acortar el trayecto tomando un atajo por una zona de la ciudad poco recomendable para una dama de su posición.

—No deberíamos desviarnos tanto, señorita. Se va a fatigar demasiado y la humedad de esta zona no le sentará bien. Tampoco es buen lugar para caminar sin compañía –le hizo notar Juanita, a la que Eugenia no le había confesado sus verdaderos planes.

–No te preocupes. Quiero aprovechar para saludar a mi amiga Beatriz. Juntas iremos a la catedral –respondió, ignorando los temores de su doncella.

Cuando estaban próximas al palacete de los Tablada, oyeron un rumor creciente que procedía de una de las calles cercanas. Al poco, vieron acercarse a un numeroso grupo de personas portando en su mayoría escarapelas rojas, la enseña tradicional de los Borbones, y pregonando enardecidas proclamas como: *Muera Napoleón, Abajo los traidores, Viva Fernando VII, Por nuestra religión y nuestra Patria*.

Eugenia dedujo que se trataba de otro de los numerosos tumultos que se venían sucediendo en la ciudad desde el levantamiento del 2 de mayo en Madrid. La población se alteraba con facilidad y siempre estaba deseosa de manifestar sus protestas contra todo lo que acontecía en la Corte, y más en un día festivo en el que mucha gente se dedicaba a pasear y a celebrarlo.

Aunque en los últimos días había estado aislada del exterior, Emilia le informaba de los sucesos que ocurrían en la ciudad; nada tranquilizadores, por cierto. Por ello, estaba al tanto de la noticia que circulaba desde el día anterior y a la que no quiso dar excesivo crédito. ¿Cómo iba el Emperador, que había aconsejado al rey Fernando abdicar a favor de su padre, a obligar ahora a Carlos IV a cederle a él la Corona de España? Era una insensatez propia de mentes calenturientas deseosas de crear confusión y desconcierto.

Eugenia, en contra de la opinión de Juanita, decidió aguardar a que pasase el grupo de exaltados. Cuando comenzaron a llegar al lugar en el que ellas y varias personas más aguardaban atraídas por el tumulto, se dio cuenta de que el grupo era más numeroso de lo que en principio imaginó y, al llegar a su altura, se trataba de una verdadera muchedumbre cada vez más enardecida.

Eugenia se alarmó e intentó retroceder para encontrar el camino más corto y despejado hasta su destino. No tuvo suerte y fueron engullidas por un nuevo grupo que venía por detrás. Agarró a Juanita de la mano e intentó aproximarse a una de las orillas para resguardarse en algún portal, pero la marea humana las dirigía a su antojo y las hacía avanzar.

En un momento dado sintió que Juanita se desprendía de su mano y ella se encontró sola entre la muchedumbre, que la arrastraba como si fuese una pequeña hoja en un arroyo. Miró a todos lados sin descubrir a su doncella. Gritó su nombre y su voz se diluyó entre los exaltados gritos y las bulliciosas voces que coreaban populares coplillas y soeces insultos.

Sus esfuerzos por salir de aquella riada humana fueron inútiles. Se rindió agotada y dejó de luchar, abandonándose a la fuerza que la empujaba y dedicando todas sus energías a intentar mantenerse en pie para no caer al suelo y ser pisoteada como un matojo.

De pronto, sintió que un fuerte brazo la enlazaba por la cintura y la izaba unos centímetros del suelo, moviéndose con energía y logrando salir de aquella corriente de gente. Protestó por el atropello, sin conseguir que su voz se oyera entre los griteríos del populacho. No pudo ver el rostro de la persona que la trataba de forma tan desconsiderada y su alarma creció al advertir que era empujada hacia un estrecho callejón, golpeándose con una pared.

Comprendió horrorizada que se trataba de un ladrón al sentir que le arrancaba la cadena que llevaba al cuello y el pequeño bolso de mano. Intentó liberarse de su asaltante gritando y golpeando, pero el enorme cuerpo maloliente la aplastaba, limitando sus movimientos.

–Estate quieta, fierecilla, o me veré obligado a hacerte daño –le aconsejó el hombre con voz entrecortada–. Dame esos bonitos pendientes que llevas o te los arrancaré yo mismo.

Eugenia tembló al advertir el brillo de la hoja de una navaja muy cerca de su rostro y decidió que lo más prudente era obedecer. Se daría por satisfecha si salía de aquel trance con solo unas alhajas de menos. Fue a quitarse los pendientes cuando escuchó un fuerte sonido a su espalda, y al instante se vio liberada del peso del hombre.

Se giró para comprobar que el atracador huía por el callejón y frente a ella se encontraba la persona que tanto ansiaba ver, pero con tal expresión de furia en el rostro que se alarmó.

–¡Rafael! –exclamó con alegría desbordante una vez superada su sorpresa inicial.

Él la abrazó al tiempo que emitía un suspiro de alivio, para separarla de inmediato y preguntarle con voz preocupada:

–¿Estás herida?

Eugenia recuperó el aliento y hasta tuvo fuerzas para sonreírle. Se sentía feliz, olvidados los espantosos momentos que acababa de vivir.

–No. Solo me ha robado.

Rafael le miró el cuello y observó un rasguño en la piel. Su rostro se ensombreció. Ella, al advertir el gesto, se apresuró a añadir:

–No ha sido nada de importancia; apenas unas monedas y una cadenita de poco valor.

Él comprendió su intención y apreció su sensatez. Otra en su lugar estaría muy perturbada. Eugenia, en cambio, se mostraba tranquila e, incluso, contenta para la terrible experiencia que había sufrido.

Pero allí corrían peligro. El gentío continuaba abarrotando las calles a su alrededor y podían surgir más incidentes como aquel. Los maleantes aprovechaban esos tumultos para obrar con impunidad, como acababa de experimentar en carne propia.

–Debemos resguardarnos en lugar seguro –dijo Rafael observando la zona.

Se trataba de una estrecha callejuela a la que daban los patios traseros de las casas, todos protegidos por gruesas cancelas y altos muros. Avanzó con Eugenia del brazo hasta encontrar una puerta que ostentaba el letrero de *Imprenta Hermanos Ayuso*. La empujó con fuerza y esta cedió, introduciéndose en el recinto ocupado en su mayor parte por grandes máquinas y largas mesas, en las que se amontonaban pilas de papel y libros de diferentes tamaños.

Cuando estuvieron a resguardo, él dio rienda suelta a la furia que lo dominaba y se encaró con ella.

–¿Qué haces aquí, Eugenia? ¿Cómo has dado lugar a verte envuelta en esta algarada poniendo en peligro tu vida? –le gritó con la voz teñida de rabia y temor.

–Ha sido sin querer. Iba a la catedral para la misa y me ha sorprendido en la calle –se defendió ella, consciente de que la mentira era difícil de creer.

–Este no es el camino que yo elegiría para llegar a ese destino desde tu casa. Estás en el otro extremo de la ciudad. Tampoco comprendo cómo te aventuras a salir sola con lo caldeado que está el ambiente desde hace días –volvió a recriminarla con dureza.

Cuando la criada de Eugenia llamó a su puerta preguntando si su ama había llegado ya, Rafael presagió lo peor. Juanita les explicó lo sucedido y la zona en la que la muchedumbre las había separado. No necesitó que su madre le pidiera que fuera a buscarla e intentara protegerla, él mismo se lanzó como un loco por las calles atestadas de gente y con un negro presagio en el corazón. Sabía que iba a resultarle muy difícil encontrarla, pero confiaba en que se hubiese refugiado en algún lugar seguro.

Fue la casualidad la que lo llevó a divisarla entre la muchedumbre: había perdido la mantilla que le ocultaba el cabello y este destacaba por su palidez entre tanta cabellera oscura. Respiró con cierta tranquilidad al verla avanzar empujada por la masa de gente que la rodeaba. Con gran esfuerzo, logró llegar a pocos metros de ella cuando, con un fuerte nudo de inquietud en el estómago, la vio desaparecer por un callejón abrazada por un hombre que, a todas luces, no parecía un buen samaritano que hubiese acudido en su ayuda.

Luchó entonces con redobladas fuerzas para avanzar por aquellas aguas embravecidas formadas por los exaltados ciudadanos, hasta llegar al lugar en el que los había visto instantes antes, comprobando que, como temía, el individuo la estaba amenazando.

La rabia se apoderó de él y cargó sobre el asaltante con todas sus fuerzas, sin percatarse de que este llevaba una navaja de notables dimensiones. El hombre huyó y él pensó en perseguirlo. Si lo hacía dejaba a Eugenia desprotegida, lo que le decidió a quedarse a su lado. ¿Cómo había sido su padre tan irresponsable de dejarla salir cuando debía ser consciente de que algo se estaba fraguando y no era seguro transitar por las calles ese día?

–No les di crédito. Se han sucedido varias protestas en la ciudad en los últimos días y todas sin importancia –intentó justificarse con compungida voz–. Yo solo quería dar un paseo después de tantos días encerrada en casa y…

Eugenia advirtió que las lágrimas acudían a sus ojos y las reprimió con fuerza. Era tal la tensión padecida que le costaba conservar la entereza de la que había hecho gala hasta el momento, y las recriminaciones de Rafael no le facilitaban el trabajo. Sabía que había cometido una estupidez que le pudo haber costado la vida; y ya eran dos en poco tiempo.

Rafael, comprendiendo su estado, dejó de censurarla. Ella no tenía la culpa en realidad. Sintió la tentación de abrazarla y reconfortarla, pero recordó las sensaciones que podía suscitarle aquel cálido cuerpo y, con gran esfuerzo, desistió.

Eugenia ocultó su decepción ante la frialdad de él después del apasionado abrazo anterior. Se repuso y volvió a aparentar una serenidad que no sentía. Debía tener paciencia y, al final, Rafael acabaría aceptando sus sentimientos.

–Ha sido una suerte que me encontraras. Te agradezco mucho tu intervención. Si no hubieses llegado... –El recuerdo del terrible trance sufrido volvió a asaltarla, provocándole un nudo en la garganta que le impedía continuar hablando.

–No tienes que agradecerme nada. Lo habría hecho por cualquier otra persona al verla en una situación apurada. –Rafael quiso quitarle importancia. No era cuestión de que lo viese como su héroe salvador.

–¿Qué hacías allí? ¿Participas en la revuelta? –preguntó ella. Le sorprendía porque no era normal que personas de su posición y riqueza se sumasen con el populacho.

Rafael estuvo tentado de contarle la verdad, pero prefirió callar. No deseaba admitir la preocupación que sentía por su seguridad y que le movía a querer saber en todo momento cómo se encontraba.

Cuando regresó el día anterior y se enteró de la enfermedad que había afectado a Eugenia, sintió la necesidad de verla. Cambió de idea al enterarse de que estaba prometida a Balbuena y su casamiento era inminente.

Un sentimiento muy cercano a la amargura se instaló dentro de él al conocer esa noticia, y que persistía con fuerza en su interior por mucho que se empeñase en desterrarlo. Aunque su hermana le confesó que Eugenia no aceptaba de buen grado ese compromiso y esperaba que su padre lo rompiese, imaginó que acabaría aceptando la situación, como muchas otras mujeres cuyos maridos les habían sido impuestos, y se sentiría dichosa cuando se viera convertida en baronesa e instalada en la Corte, codeándose con el resto de aristócratas; incluso acabaría recurriendo a un amante que aliviase los ratos de tedio que su esposo no tardaría en proporcionarle. Conocía la fama del barón y sabía que era más dado a las rameras de burdel que a dedicar sus atenciones a una esposa.

Intentó convencerse de que esa solución era lo mejor para ambos y que debía olvidarse de los locos sueños que le habían acompañado durante la travesía. En esas solitarias noches se replanteaba sus sentimientos por Eugenia y su deseo se incrementaba. Esa chiquilla le atraía como ninguna otra hasta entonces. No conseguía arrancarla de su pensamiento ni un solo momento, añorando su candorosa inocencia y su cuerpo tibio y entregado.

No sabía si era amor lo que ella le inspiraba, pero sí que no le costaría acabar rendido a sus pies. De igual modo, era consciente de que don Esteban nunca aprobaría esa unión, y él no quería ser el causante de las desavenencias entre padre e hija.

Tampoco quería exponerla a los peligros que estaban por llegar ni obligarla al destino que le esperaba, y que ella no entendería. Si antes existían serias razones para evitar una relación entre ellos, ahora tenía que añadir otra más; y esta era tan arriesgada que la vida de ambos correría peligro.

—Estaba observando la algarada desde una casa vecina cuando te he visto pasar y me ha parecido que necesitabas ayuda —mintió—. Siento no haber podido evitar que te robara ese desalmado.

—No importa. Solo me apena haber perdido la cadena. Le tenía mucho aprecio porque fue un regaló de Emilia cuando era niña.

—Has estado en verdadero peligro, Eugenia. Ese hombre podía haberte arrebatado algo más; o cualquier otro. Los individuos de mala calaña aprovechan estos tumultos para obrar en beneficio propio y salir impunes —le recordó ya sin censura en la voz.

Eugenia le sonrió con timidez. Él, más relajado, parecía haber olvidado su inicial disgusto.

—En cuanto se calme un poco la situación, te llevaré a tu casa. Deben de estar preocupados.

Se apartó de ella, alterado por la belleza de aquel rostro que le hacía olvidarse de sus buenos principios, y se dirigió al pequeño ventanuco, observando cómo la masa de gente continuaba transitando. Comprobó con preocupación que muchos de ellos llevaban armas, lo que le hizo pensar que no planeaban nada bueno. Sabía que en su ausencia se habían producido algunos conatos de insurrección que, por suerte, fueron reducidos con rapidez por las autoridades.

En esta ocasión, sospechaba que las cosas no se iban a resolver tan fácilmente. La noche anterior escuchó en los salones de la Sociedad Económica los rumores de que el comerciante de paños Tap y Núñez —que acababa de salir de la cárcel y estaba resentido con Godoy por haber sido el causante de su encarcelación— junto al barón de Tilly y otras personas influyentes, estaban reclutando gente, en su mayoría matones y maleantes de todo tipo, y arengando desde hacía días al populacho para que se sublevasen contra las órdenes que llegaban de Madrid; y con bastante éxito a tenor de los resultados. Parecía como si toda la ciudad se hubiese echado a la calle para proclamar de forma violenta su repulsa hacia la situación que se le quería imponer y tomar las riendas del poder.

Pensaba que se debía hacer algo, lo que no estaba de acuerdo era con las personas que encabezaban la revuelta, que solo perseguían sus propios intereses y recurrían a tretas para conseguir que triunfara. Tal y como había visto la situación, antes de que acabase el día los disturbios podrían causar más daño de lo que se pensaba y convertirse en una verdadera rebelión, en la que toda fechoría estaría permitida y justificada. Pero no quería alarmar a Eugenia haciéndola partícipe de sus negros presentimientos. Deseaba evitarle en lo posible toda preocupación y sufrimiento.

Capítulo 15

Eugenia observaba la alta y bien proporcionada figura de Rafael y una dulce excitación la fue embargando. Una vez repuesta del susto, podía centrarse en las emociones que él le suscitaba: ternura, excitación, alegría...

Como siempre que le tenía cerca, sentía esa calidez extendiéndose por todo su cuerpo, que la llevaba a desear que la estrechara entre sus brazos y la besara como en aquella ocasión bajo la luna. Quería preguntarle tantas cosas, decírselas ella a su vez... aunque decidió callar.

De pronto, se oyeron muy cerca de ellos unos sonidos de disparos y Eugenia profirió un grito de temor. Rafael la rodeó con sus brazos para tranquilizarla y ella se abandonó confiada y dichosa. Él comprendió al instante que había cometido un error difícil de rectificar.

Eugenia se agarró a su cuello y levantó la cabeza, ofreciéndole sus labios. Rafael sintió que sus férreos principios se diluían ante aquellos ojos que lo miraban llenos de anhelos y dulces promesas. No pudo resistir más y posó sus labios sobre la ansiosa boca con todo el deseo mezclado de desesperación que venía bullendo dentro de él desde el mismo momento en que la vio. Era un cobarde, lo sabía, pero se sentía incapaz de renunciar por más tiempo al embrujo que ejercía sobre él, y se sumergió por unos segundos en el placer que le proporcionaba tenerla entre sus brazos.

El beso se tornó cada vez más intenso y apasionado. Ella se pegaba a él para sentir su firmeza y su calor y él no podía impedir que sus manos se paseasen ávidas por aquel cuerpo tentador que se le ofrecía de forma tan generosa, percibiendo que todo pensamiento coherente desaparecía para ser sustituido por la pasión arrebatadora que ella le suscitaba.

Eugenia, feliz y excitada por la respuesta de él, se entregó sin reparos. Era lo que había estado soñando durante esos interminables días. Un sueño que, al fin, se había hecho realidad. Estaba en sus brazos otra vez y se sentía la mujer más afortunada de la Tierra.

—¡Oh, Rafael! Te amo tanto. —Las palabras salieron de su boca entre beso y beso sin poderlas acallar por más tiempo.

A pesar de la bruma de pasión que nublaba la mente de Rafael, la inocente confesión de Eugenia se coló en ella, despertándole de su sueño de fantasía.

Se separó con brusquedad. Ya estaba bien de comportarse como un degenerado sin escrúpulos, alentando para beneficio propio las ilusiones de una inocente. Su hermana le había advertido de esos sentimientos y le rogó que, si su interés por Eugenia no era sincero, cortase de raíz el incipiente enamoramiento. No quería que su amiga sufriese el terrible calvario que ella estaba padeciendo, y eso era lo que pensaba hacer

Rafael reconocía que se estaba enamorando de ella y, por eso mismo, no podía unirla a él. Eugenia no se merecía verse sometida al escarnio público que caería sobre ellos en el futuro. «¿El amor que decía sentir por él era tan fuerte como para soportarlo?», se preguntó. No lo creía, ni deseaba comprobarlo por miedo a llevarse una gran desilusión.

Eugenia se tambaleó, turbada por las fuertes emociones que los besos de Rafael le habían provocado. Intentó acercarse otra vez, pero él la rechazó.

—No sabes lo que dices, Eugenia. Es solo un capricho de niña consentida. Y yo no pienso convertirme en tu juguete.

—Lo que siento por ti no es un enamoramiento de chiquilla. Ya soy una mujer y sé muy bien lo que quiero.

La voz implorante y la sincera mirada de ella casi convencieron a Rafael. En realidad, él anhelaba con todas sus fuerzas que fuese cierto. El deseo que le provocaba era tan intenso que se sentía casi impotente para rechazarlo. Pero el recuerdo del deber que tenía que cumplir supuso un poderoso freno. También el compromiso con Balbuena estaba muy presente, y a ello se agarró como una tabla de salvación. Ella era la prometida de otro hombre.

—No, Eugenia, no voy a continuar con esto. No es decente. Estás prometida, ¿recuerdas? Le debes respeto a tu futuro esposo. —Su tono de voz, una mezcla de rabia y resignación, indicaba el esfuerzo que le suponía esa renuncia.

—No es así. Mi padre...

Eugenia, abochornada por la censura implícita en sus palabras, intentó explicarse, pero Rafael le dio la espalda, acercándose otra vez a la ventana. No quería escucharla. Su voluntad flaqueaba cuando la tenía a su lado, y ahora tenía que ser más firme que nunca. Al menos, tenía una excusa para rechazarla.

Ella se le acercó otra vez. No iba a permitir que la ignorara.

—Rafael, por favor, escúchame. Mi padre me prometió que cancelaría el compromiso. Nada me une a ese hombre, créeme.

Esa revelación le causó a Rafael una interior alegría que evitó exteriorizar. El saber que otro hombre podría acariciar su cuerpo y beber de su boca le provocaba un sordo dolor en el pecho. Pero lo que ella no comprendía era que, aunque su padre cancelara el compromiso, algo que le costaba creer ya que el marqués no iba a renunciar a un matrimonio que tantos beneficios podía facilitarle, nunca consentiría una unión entre ellos dos.

—No importa, Eugenia; yo no soy hombre para ti. Te lo dije en una ocasión y eso no ha cambiado. Olvídame y busca un buen marido —sentenció tajante, y esas palabras le supieron como el más amargo de los venenos.

—No quiero un buen marido, Rafael, te quiero a ti; y de la forma que tú desees.

El rostro de Rafael se ensombreció ante su inocente sinceridad. Nada deseaba más que llevarla con él a un lugar seguro y tenerla a su lado para siempre, pero se esforzaría en desterrar esas descabelladas ideas. Él nunca se comportaría de forma tan deshonrosa y tenía que hacérselo comprender.

—Escucha, Eugenia. Me ofendes y te insultas a ti misma al hacer esa proposición. No puedo presumir de noble hidalguía, pero soy un hombre de honor. Te ruego que no vuelvas a insinuarlo. —Se giró hacia la ventana por temor a que su firme resolución se derrumbase al contemplar el dolor reflejado en aquel bello rostro.

La dureza con la que Rafael pronunció esas palabras golpearon a Eugenia de forma inmisericorde. Un agónico gemido de impotencia y dolor, que apenas se escuchó, salió de su garganta. Con el rostro encendido de vergüenza y un hondo desconsuelo en el corazón, se alejó de su lado, convencida de que él no la amaba y por ello no deseaba ningún tipo de compromiso.

Se reprochó su debilidad al confesarle sus sentimientos; sentimientos que Rafael no compartía. ¿Cómo había llegado a ilusionarse de esa forma? ¿Qué le llevó a tan errónea conclusión? Rafael solo había sido amable como agradecimiento por haberse portado bien con su hermana. Puede que se sintiese atraído por ella, pero no estaba dispuesto a dejarse atrapar por la que consideraba una niña caprichosa y consentida. Pues bien, no se rebajaría más ante él. No le mendigaría un poco de amor que no estaba dispuesto a regalarle.

Tras unos largos y tensos minutos, en los que cada uno estuvo sumido en sus confusos pensamientos, Rafael abrió la puerta y se arriesgó a salir al exterior, comprobando que la algarada había remitido. Apenas se veían pasar a lo lejos pequeños grupos de rezagados, menos bulliciosos y amenazantes que los anteriores.

–Creo que podemos marcharnos. El peligro parece haber pasado. Te llevaré a tu casa –indicó sin mirarla. Debía alejarse de ella antes de cometer una estupidez, como admitir que la amaba.

Eugenia, como una autómata, lo siguió cuando él abrió la puerta y salió a la calle. Dando un gran rodeo, se dirigieron hacia la casa de Eugenia. Él la llevaba cogida del brazo y, en la fuerza que imprimía a sus dedos, ella advirtió la tensión que se esforzaba en disimular.

En poco más de media hora llegaron a su destino y Rafael se relajó un tanto. Sabía el peligro que corrían circulando por las calles, y no solo por el inconsciente entusiasmo de los manifestantes. En estos casos, los saqueos, robos y violaciones se veían amparados por el desorden general.

Pese a oírse a lo lejos el rumor de la muchedumbre que continuaban coreando las consignas elegidas y algunos disparos fruto de la euforia, el barrio donde vivían los Aroche aparecía tranquilo al encontrarse alejado de la Real Maestranza de Artillería y del Alcázar, puntos clave de la defensa de la ciudad y donde presumía que se habían congregado los amotinados.

Rafael llamó a la puerta del palacete con decisión y esta no tardó en abrirse. Detrás del uniformado sirviente apareció Emilia, con el rostro alterado y lagrimoso, que cambió por otro de inmenso alivio al ver aparecer a Eugenia.

—¡Niña! —gritó de alegría y abrió los brazos para acogerla en ellos—. ¿Estás bien? —le preguntó una vez que la tuvo protegida entre ellos.

Eugenia asintió, muda a causa de la emoción que la embargaba, y Emilia pudo respirar con normalidad otra vez.

—Juanita nos ha explicado que os separasteis en medio de la muchedumbre. Temíamos lo peor. ¿Cómo fuiste tan imprudente de aventurarte por esa zona de la ciudad, criatura?

Las huellas del sufrimiento padecido se apreciaban en el rostro de Emilia, y Eugenia sintió remordimientos por el mal trago que le había hecho pasar. Se desasió del cálido abrazo para explicarle lo sucedido.

—Fue un error, lo reconozco, pero no podía imaginar lo que estaba por llegar. —Se giró hacia Rafael, que aguardaba a unos metros de ellas—. Por suerte, Rafael me encontró cuando era arrastrada por la multitud y me puso a salvo de un ladrón, que me robó el bolso y algunas joyas.

Emilia palideció al oír aquello. ¡Su niña había estado en verdadero peligro!

—Gracias por devolvérnosla sana y salva, señor —le dijo a Rafael con franqueza, aunque molesta por la familiaridad y la emocionada voz con la que Eugenia se refería a su salvador.

Rafael inclinó la cabeza en un imperceptible gesto de reconocimiento.

—¿Cómo está Juanita? —se interesó Eugenia.

—Ella está bien, no te preocupes.

—¡Gracias a Dios! Temía que le hubiese ocurrido algún percance. ¿Y padre? —preguntó, extrañada de que no hubiese salido a recibirla.

—Aún no ha regresado. Espero que no se haya visto envuelto en el disturbio. Se oyen muchos gritos y algunos disparos. —Emilia se santiguó en un gesto reflejo; temía por Esteban—. ¿Se sabe lo que ocurre, señor Tablada? Apenas nos han llegado noticias o los chismes de los criados.

—Se trata de una insurrección contra el destino que Napoleón nos quiere imponer y en apoyo del rey Fernando, prisionero en Francia.

Emilia estaba al tanto de las noticias que los periódicos publicaban y de lo que se comentaba en la ciudad, pero no les daba mucho crédito. Era consciente de que siempre se exageraban o tergiversaban los hechos.

—¡Virgen de la Macarena! ¿Qué va a suceder ahora? ¿Correremos peligro?

—Es difícil saberlo en estos casos, doña Emilia. Cuando la muchedumbre se amotina, puede suceder cualquier cosa. Deberían marcharse de la ciudad en cuanto tengan ocasión y permanecer en algún lugar apartado hasta que se calmen los ánimos.

—Coincido con usted. Tendremos que convencer a tu padre para que consienta en marcharnos a Torre Blanca, Eugenia. Allí estaremos seguros.

—Sería una buena idea. Nosotros pensamos partir hacia Cádiz en cuanto podamos salir de la ciudad sin peligro; y, si allí la situación es similar, sacaré a mi familia del país. Cuanta más distancia haya por medio, más seguros nos sentiremos —añadió Rafael con toda intención.

—¿Y dónde iréis? —preguntó Eugenia, turbada ante esas palabras. ¡Si se marchaba del país, no volvería a verlo jamás!

—Tengo una casa en La Habana y allí pienso llevar a mi familia. Es un lugar seguro hasta que el peligro remita. Yo les aconsejaría que hiciesen lo mismo. En Londres estarían a salvo.

—¡Eugenia!

La voz de Mariana, con un fuerte matiz de censura, se oyó en el amplio zaguán. Había estado escuchando la conversación y, disgustada, no pudo aguantar más. ¿Quién se creía que era ese don nadie para decirles lo que tenían que hacer? Avanzó hacia ellos mirando con desprecio a Rafael

—¿Cómo has sido tan estúpida de cometer esa insensatez? Tu padre se llevará un gran disgusto cuando se entere —la recriminó con inquina.

—Lo siento, tía. No pensé que fuese a ocurrir —replicó avergonzada por la regañina ante él.

—Debes pensar más las cosas antes de hacerlas. Ya eres una mujer, no una niña alocada. Ahora, sube a asearte y cambiarte de ropa; pareces una pordiosera.

Eugenia reprimió la respuesta que pugnaba por salir de sus labios. No era cuestión de enzarzarse en una reyerta familiar delante de Rafael por mucho que su tía se estuviese mereciendo que la pusieran en su sitio.

—Vamos, niña, debes cambiarte y descansar. Estarás agotada por los acontecimientos. Recuerda que no estás repuesta de la enfermedad —le aconsejó Emilia, mirando a Mariana de forma aviesa. Y dirigiéndose a Rafael—: Le agradezco otra vez su intervención, señor Tablada. No me atrevo a pensar lo que le hubiese ocurrido de no haber estado usted allí para socorrerla.

Rafael captó la invitación a marcharse.

—Es lo mínimo que podía hacer al verla en apuros —contestó; y dirigiéndose a Eugenia—: Espero que se reponga del sobresalto sufrido, señorita Madrigal.

Eugenia lo miró con anhelo. Quería hablar con él, tener otra oportunidad para convencerle de la autenticidad de sus sentimientos, pero la presencia de las dos mujeres se lo impedía.

Rafael se despidió y se marchó. Le preocupaba su familia. Había dado órdenes a los criados de cerrar la casa e impedir que ningún desconocido entrase en ella y estaba deseoso de comprobar cómo se encontraban.

Una vez que él hubo desaparecido, Eugenia se encaró con Mariana.

—Ha sido muy desconsiderada con el señor Tablada, tía. ¿No comprende que me ha salvado la vida?

—No creo nada de lo que cuentas. Es más, pienso que has ido a buscarlo y a saber lo que ha ocurrido para llegar a estas horas. Eres una desvergonzada y espero que tu padre te propine el castigo que mereces.

Eugenia no podía creer lo que estaba oyendo. Fue a contestarle como se merecía, pero un leve apretón en el brazo le hizo recapacitar.

—Debes contener la lengua de vez en cuando, Mariana. Cualquier día de estos te la vas a morder y puede que te envenenes —le soltó Emilia.

El gesto de estupor e ira contenida fue suficiente recompensa para Eugenia, que se dirigió a su habitación seguida de Emilia y con una amplia sonrisa en los labios.

Esteban no regresó hasta bien entrada la noche y en su rostro se advertía la tensión provocada por los graves sucesos que estaban ocurriendo en la ciudad. Mariana, que lo aguardaba, le refirió lo ocurrido, tomándose la libertad de añadir comentarios y suposiciones por su cuenta que en nada ayudaban a Eugenia ni beneficiaban a Rafael.

Tras oír a su cuñada, Esteban fue a ver a su hija, que se encontraba en una fresca zona del patio disfrutando de la agradable noche y aguardando a que su padre regresara.

Al verla, el inicial disgusto se le pasó en parte. Se acercó y le dio un ligero beso en la mejilla. Pero pronto recordó las palabras de Mariana y sus solapadas insinuaciones y la cólera volvió a embargarlo.

Eugenia vio la censura en sus ojos y adelantó una disculpa, tratando de justificarse.

—Siento mucho lo que ha ocurrido, padre, y la preocupación que he causado a todos.

—Debiste esperar a que te acompañara tu tía como te ordené y dirigirte a la catedral sin entretenerte merodeando por ciertos barrios alejados de tu destino.

—Solo fui a dar un paseo como me recomendó el médico —mintió.

—No es eso lo que dice Juanita. Te dirigiste a la casa de ese… malnacido. Querías verlo, ¿no es cierto?

Eugenia comprendió que su estratagema no había surtido efecto y tuvo que contar parte de la verdad.

—No es así, padre. Como estaba muy cerca de la casa de Beatriz, decidí ver si ya se habían marchado. No tenía ninguna intención de…

—¡No me mientas! Ya he tolerado demasiado tu desobediencia. Has puesto en peligro tu vida por ese hombre y no voy a consentir que vuelvas a hacerlo.

—Rafael no tiene nada que ver, padre; al contrario, puede que me haya salvado la vida al rescatarme de las manos del atracador —protestó con vehemencia. No podía tolerar que le acusara de algo de lo que no tenía culpa—. Debería estarle agradecido en vez de insultarlo sin razón.

—No tengo nada que agradecer a esa persona y nunca lo tendré. Y, si vuelves a verlo, me veré obligado a tomar medidas más contundentes; ¿lo has entendido?

Eugenia no comprendía la intransigencia de su padre.

—¿Por qué lo detesta tanto, padre? ¿Qué le han hecho los Tablada para que les odie de esa manera y los trate con tanto desprecio? ¿Es acaso por las habladurías malintencionadas que se han vertido sobre ellos? Siempre le he tenido por una persona justa que no enjuiciaba a las personas basándose en lo que los demás decían de ellas, pero veo que estaba equivocada. —La desilusión era perceptible en su voz y su semblante.

Esteban se indignó ante esas palabras.

—Ya está bien, Eugenia. No voy a darte explicaciones de mi conducta. Limítate a acatar mis órdenes y no pongas más a prueba mi paciencia o, como te he dicho, tendré que adoptar medidas más contundentes —la amenazó con fría determinación.

La llegada de Emilia no contribuyó a aliviar la tensa situación. Cogió a Eugenia por el brazo y la obligó a levantarse.

—No me importa si me encierra en un convento, padre; me escaparé y huiré con él si es necesario. Nada podrá impedírmelo, nada. Le amo, y eso no va a cambiar por muchas trabas que ponga en mi camino —le gritó desesperada y sin reflexionar mientras era arrastrada por Emilia hacia el interior de la casa. La amenaza era absurda ya que Rafael se negaba a llevarla con él.

—Vamos, niña, tienes que acostarte ya —le aconsejó, llevándola hacia su habitación.

Mariana, que había escuchado la conversación entre padre e hija, sonrió con malicia. «Esa desvergonzada recibirá lo que se merece», se dijo con satisfacción.

Capítulo 16

Rafael caminó con determinación por el amplio pasillo de los Reales Alcázares con el firme propósito de hablar con don Esteban, y no estaba dispuesto a marcharse de allí sin haberlo conseguido.

Después de acudir a su casa el día anterior y ser invitado a marcharse de malos modos, se había enterado de que el marqués llevaba reunido desde la misma noche del día 26 en ese regio edificio, lugar en el que se hallaba instalada la recién creada Junta Suprema de Sevilla, surgida de la revuelta popular tres días antes. La Junta estaba presidida por don Francisco Saavedra, antiguo ministro de Hacienda de Carlos IV, y se había convertido en el órgano de gobierno de la ciudad e, incluso, de toda Andalucía, ordenando la creación de otras Juntas en las principales ciudades andaluzas y negándose a acatar las órdenes que le llegaban de Madrid, dictadas por Napoleón y sus secuaces.

Don Esteban, como miembro destacado del partido fernandino, instigador de la revuelta, había sido recompensado con un cargo de asesor en el nuevo gobierno.

Rafael le pidió audiencia y, al serle denegada, decidió recurrir a métodos más contundentes. Valiéndose de un amigo que formaba parte de la Junta, consiguió un aval para entrar en el custodiado edificio.

Pero ¿a qué ese empeño? Con las poco alentadoras noticias que le llegaban de Cádiz, en las que las revueltas parecían ser más virulentas que en Sevilla, se había decidido a sacar a su familia del país y mantenerla alejada, al menos mientras la amenaza de guerra subsistiera. Pero no podía marcharse dejando a Eugenia allí. Lo que sentía por ella le movía a intentar velar por su seguridad.

Aunque no tenía intención de llevarla con él sin el consentimiento de su padre. Esa era la razón de que hubiese acudido allí decidido a exponerle al marqués su propuesta, y no dudaría en humillarse para conseguir que le escuchara.

Una vez dentro, el uniformado ujier lo acompañó hasta la espléndida biblioteca donde varias personas, entre las que distinguió a relevantes miembros de la sociedad sevillana, charlaban en pequeños grupos y comentaban las últimas noticias.

Rafael divisó a don Esteban en uno de los grupos más numerosos. Se acercó a él y saludó a los concurrentes. La mayoría, aristócratas y militares de alto rango, se mostraron fríos en su recibimiento o le negaron el saludo, entre ellos el marqués, pero no se amilanó. Se dirigió a él y lo interpeló.

—Señor marqués, ¿sería tan amable de concederme unos minutos? Es urgente que hable con usted.

Esteban sintió que la ira lo inundaba, aunque lo disimuló. ¿Cómo se atrevía ese miserable a dirigirle la palabra?

—¿No puede dejarlo para otra ocasión, Tablada? Como ve, estoy en conversación con estos señores —respondió en tono áspero, y le dio la espalda.

Rafael estuvo tentado de dar media vuelta y marcharse de allí, pero volvió a pensar en Eugenia y se tragó su orgullo magullado.

—Lo siento, señor; es de suma urgencia.

Esteban tuvo que ceder, no sin fastidio, al comprender que no podía negarse a su petición o quedaría en mala situación ante el resto de caballeros presentes. Indicó a Rafael que lo siguiera y salieron al soleado jardín.

—Adelante, Tablada; y sea breve.

Rafael inspiró. Sabía que iba a resultar muy difícil, aunque tenía que intentarlo.

—Tal vez sepa que tenía intención de trasladarme a Cádiz —hizo una pequeña pausa para tomar fuerzas y calibrar el estado de ánimo del marqués—; mas, ante la tensa situación en aquella ciudad y la amenaza de las tropas francesas que se dirigen hacia el sur, he creído conveniente abandonar el país y marcharme a Cuba donde tengo casa y negocios...

—No estoy en absoluto interesado en sus proyectos, Tablada. Si no tiene nada más que decir, me reuniré con mis compañeros —interrumpió Esteban con visible irritación, no exenta de desprecio, y se dispuso a regresar al interior.

Rafael no se dejó intimidar por la denigrante actitud del hombre.

—Disculpe, pero no he formulado mi propuesta —añadió en voz alta para que el resto de personas que se encontraban cerca lo oyeran.

Esteban se obligó a permanecer en el lugar y escuchar lo que tenía que decirle o pecaría de grosero ante los curiosos observadores.

—Continúe —indicó entre dientes.

—Quería proponerle que me permitiese llevar a Eugenia y al resto de su familia conmigo. En mi casa de la Habana estarían seguros hasta que se restituya a los Borbones en España y se expulse a los franceses de nuestro suelo.

Esteban había ido acumulando ira dentro de él con cada palabra que Rafael pronunciaba. Con el rostro congestionado, sintió que apenas podía respirar.

—¿Cómo se atreve a proponerme tal cosa, a decidir sobre el futuro de mi familia?

—Desde luego, mis intenciones con su hija son honorables. Como tengo entendido que piensa anular el compromiso que la une con el barón de Balbuena, si me concede la mano de Eugenia, estaría muy feliz de hacerla mi esposa. —La proposición salió de su boca sin pensarlo, sorprendiéndose él mismo de la facilidad con la que la había pronunciado y sin arrepentirse en absoluto de haberlo hecho; al contrario, sentía una alegría que lo asombró por su intensidad.

Esa declaración fue la gota que colmó el vaso de su paciencia y Esteban sintió cómo la cólera estallaba dentro de él.

—¡Nunca, me oye bien, nunca consentiré que se case con mi hija! Antes prefiero verla enclaustrada de por vida en un convento. —Un feroz desprecio se reflejaba en sus pupilas haciendo que las palabras resultasen más insultantes.

A Rafael no le sorprendió esa respuesta, aunque sí el odio con el que fue pronunciada y la decepción que le causaba; porque, en el fondo, había albergado la tímida esperanza de que el marqués aceptara su petición. Era un iluso.

—No creo que la vieja disputa entre nosotros sea razón para negarse a poner a salvo a su familia. Soy un comerciante y debo velar por mi negocio. No obstante, cuando la situación vuelva a normalizarse, estaré dispuesto a comprarle las uvas que produzca al precio que usted estime conveniente –concedió con esfuerzo, convencido de que esa era la razón de su rencor.

–Yo cuidaré de mi familia según considere oportuno. Usted huya del país como el cobarde que es en vez de quedarse y luchar por su patria, pero deje a mi hija en paz.

Rafael contuvo a duras penas su indignación ante la aptitud obcecada del marqués y sus ofensivas palabras. Era consciente de que su marcha sería interpretada por muchos como una cobardía, pero no le importaba; debía proteger a su familia de lo que estaba por venir y la mejor forma era abandonando el país. Para él, lo primordial era la seguridad de las personas que amaba.

–Si no acepta mi proposición, al menos permítame llevarla a Inglaterra. Con su abuelo estará segura.

La mención de su suegro enfureció más a Esteban.

–Le aconsejo que no ponga más a prueba mi paciencia, Tablada. Márchese de aquí o no seré dueño de mis actos. Y entiéndame bien, si intenta ponerse en contacto con Eugenia o llevársela sin mi permiso, ambos deberán atenerse a las consecuencias; solo usted será responsable del triste destino que le esperaría a mi hija.

La explícita amenaza contra él no le preocupó, pero sí la referida a ella. Acabaría casando a su hija con Balbuena o con cualquier otro en contra de su voluntad para impedir que se uniera a él.

Decidió no empeorar más la situación de Eugenia y se marchó de allí con el ánimo más alicaído. No contaba con que le resultara fácil convencer al marqués de que accediera a su petición, aunque esperaba que escuchara sus razonamientos y decidiera dejar el orgullo aparte para mirar por la seguridad de los suyos. No había sido así y, por mucho que le doliera dejarla allí, de momento no podía hacer nada por evitarlo.

No pensaba llevarla con él sin el expreso permiso de su padre ni podía demorar más su partida o pondría en peligro a su familia y retrasaría sus planes. Confiaba en que sus palabras le hubiesen hecho reconsiderar su postura y se decidiese a cuidar de su familia antes de que fuese demasiado tarde.

Eugenia se paseaba inquieta de un lado al otro del amplio patio interior. Era tal el agobio que sentía, que parecía faltarle el aire cuando se veía encerrada entre las cuatro paredes de su habitación. Llevaba tres días sin salir de la casa con puertas y ventanas cerradas a cal y canto por orden de su padre, que temía que la revuelta fuese a más y el populacho que la había iniciado decidiese asaltar las casas de los poderosos atraídos por sus riquezas. Por ello, había proporcionado un par de mosquetes a los criados con los que defender la casa de los posibles intrusos, llevándose él las pistolas de duelo. Y había dado órdenes estrictas de que nadie abandonase la vivienda ni se recibiesen visitas mientras no lo autorizase.

Por Emilia sabía que su padre pasaba todo el tiempo en el Alcázar con la mayoría de miembros de la Junta que gobernaba la ciudad, por lo que no lo había vuelto a ver después de la discusión mantenida dos días antes.

Según las contradictorias noticias que le llegaban, las manifestaciones del día de la Ascensión, en las que ella se convirtió en partícipe a la fuerza, degeneraron en un verdadero levantamiento alentado por los partidarios del rey Fernando, al que pronto se unieron importantes personas de la sociedad sevillana, del clero y de la milicia, que tomaron los puntos clave de la ciudad y forzaron al Concejo Municipal a constituir un nuevo órgano de gobierno que encabezaría la resistencia ante los franceses.

Los disturbios se habían llevado por delante gran cantidad de víctimas, principalmente reconocidos partidarios del Emperador y de Godoy, y otros muchos inocentes que se habían visto envueltos en aquella oleada de violencia.

Debido a ello, estaba muy preocupada por Rafael y su familia. Las noticias eran tan alarmantes que llegó a pensar que les había ocurrido alguna desgracia. Las reyertas y saqueos de casas se sucedían por doquier y temía que ellos hubiesen corrido igual suerte. No sabía si se habían marchado ya de Sevilla, como tenían intención, o habían demorado el viaje debido al riesgo que suponía la tensa situación reinante.

Eugenia desesperaba ante esa falta de noticias. Como permanecía encerrada y con Mariana como fiel guardiana, le era imposible visitarles o enviar un criado para que le informase de su situación. Su padre había prohibido a todos los habitantes de la casa que la abandonasen y su tía se encargaba de hacer cumplir esas órdenes.

Necesitaba saber de él, cerciorarse de que nada le había sucedido, hablarle... Presagiaba que, si al final decidían marcharse a ultramar, nunca regresaría, y esa certeza le partía el corazón. En sus momentos de mayor desolación pensaba en pedirle que la llevase con él. No como su esposa, ya que era consciente de que no quería ese tipo de compromisos, y sí como su amante o como lo que él dispusiese, siempre que estuviera a su lado.

Había otra razón por la que debía salir de la ciudad lo antes posible. Esa misma mañana, intranquila porque su padre no le había comunicado la ruptura del compromiso, se decidió a preguntarle a Mariana. Su tía le confirmó que no había hablado con el barón porque continuaba de viaje, pero sospechaba que no tenía intención de hacerlo. Ella misma había aconsejado a su cuñado que no desaprovechara esa gran oportunidad por los caprichos de una niña mimada.

Emilia le recomendó que ignorase las palabras de Mariana, que solo tenían la intención de herirla, pero estas ya habían sembrado la semilla de la zozobra. Sospechaba que su padre no pensaba cumplir con su promesa y, si no se alejaba de allí, acabaría casada con Balbuena.

Le dolería separarse de su familia, de su padre y su hermano y, desde luego, de Emilia, que era como una madre para ella, pero su destino estaba junto a Rafael, lo sabía, y nadie podría cambiarlo. Tenía que convencerlo de que la llevase con él.

—Señorita Eugenia, ya tiene preparado el baño.

La voz de Juanita la apartó de sus angustiosos pensamientos.

—¿El baño?

Eugenia la miró sin comprender. No recordaba haberle pedido que se lo preparara.

Juanita se acercó un poco más a ella con un gesto extraño en el rostro.

—Sí; ¿no recuerda que me ordenó tenerlo preparado para antes de la cena? —dijo Juanita, mientras con un disimulado gesto señalaba hacia un apartado rincón en el que Mariana se entretenía con su labor.

Eugenia comprendió que algo inusual ocurría y que su doncella no quería hablar por temor a que su tía les oyera.

—Disculpa, Juanita, se me había olvidado. Ahora mismo subo.

La doncella se retiró y ella la siguió a los pocos segundos. Cuando llegó a su cuarto, Juanita le entregó un sobre sellado, que no quiso darle en presencia de su tía por no desvelar que habían contravenido la orden de don Esteban de no dejar entrar a extraños en la casa.

—¡Es para usted! —le anunció con júbilo. Sabía que a su ama le iba a alegrar recibirlo.

Eugenia se apresuró a abrirlo. Un suspiro de alivio brotó de sus labios y su rostro mostró de inmediato la alegría que sentía mientras iba leyendo. Se trataba de una carta de Beatriz en la que se interesaba por ella y le explicaba que todos estaban bien y que se marcharían en unos días de la ciudad. Le decía que le gustaría verla antes de partir, pero que las calles resultaban peligrosas en esos días y creía más prudente no arriesgarse ni que ella lo hiciese. Se despedía con la esperanza de que su marcha al otro lado del Atlántico no fuese definitiva y continuasen con la amistad que les unía.

—¿Buenas noticias? —se interesó Juanita.

—En parte. ¿Quién la ha traído?

—Serafín, uno de los mozos de cuadra de los Tablada que galantea a Angustias. Acaba de estar aquí. Dice que la señorita Beatriz le pidió que se la entregara a usted.

Eugenia se ilusionó, no solo porque Rafael continuaba en Sevilla, también porque tenía el medio de comunicarse con él sin levantar sospechas.

—¿Sabes si Serafín piensa volver otra vez? —preguntó esperanzada.

—Mañana, según me ha contado Angustias. Como sus amos van a emprender viaje a América, le ha pedido que se case con él y se marchen juntos. Angustias no sabe qué hacer. Le cuesta dejar a su familia, pero está tan enamorada… Serafín le ha dicho que lo piense y que mañana vendrá por la respuesta.

Eugenia sonrió. Para cuando el galanteador volviera, ella tendría preparada una nota para que el criado se la hiciera llegar a Rafael.

—¿No se habrá enterado mi tía de esto? —indagó temerosa. Si lo descubría estaba perdida.

—Descuide, solo lo sabemos Angustias y yo. —Le sonrió para tranquilizarla. Sabía que el marqués no aprobaba la amistad que las unía desde pequeñas y doña Mariana era su espía más fiel.

—Gracias, Juanita. Avísame cuando Serafín regrese. Quiero enviar una nota a mi amiga. Y, por favor, pide a Angustias que no mencione nada de esto o llegará a oídos de mi tía.

La doncella asintió con un gesto y salió del cuarto. Eugenia se echó en la cama y volvió a leer la nota de Beatriz. Había tomado una firme decisión: le pediría a Rafael que la llevara con él. Con esa convicción y una sonrisa de plena felicidad en el rostro, se quedó dormida.

Mariana estaba intrigada. No era normal que su sobrina tomase un baño por la tarde y, además, que no se acordase de que lo había ordenado, lo que le llevó a la conclusión de que algo tramaba con la complicidad de su criada.

Con sigilo, las siguió hasta el cuarto de Eugenia. Como no logró escuchar nada a través de las robustas puertas, decidió observar desde su habitación, que se encontraba en el mismo pasillo varias puertas más adelante. Al poco, vio salir a Juanita sin que esta portase en las manos ningún objeto relacionado con el baño que estaba tomando su sobrina. «¿Qué estarán confabulando las dos?», se preguntó recelosa.

Con un fuerte presentimiento, y dispuesta a salir de dudas, bajó a la zona de servicio.

—¿Ha venido alguien en las últimas horas? —preguntó a una de las criadas.

—No, señora —respondió Angustias algo nerviosa. «A esa bruja parecía no escapársele nada», pensó con temor.

Mariana subió a su cuarto, pero la sospecha de que Eugenia estaba tramando algo no la abandonaba, y ella no iba a cejar hasta descubrirlo. Esperó a que su sobrina bajase a la habitación de Emilia para cenar con ella, como solía hacer cuando Esteban no acudía, para entrar en su habitación en busca de algo que la delatase.

Capítulo 17

Poco antes de las doce de la noche, Eugenia salió al patio y se encaminó hacia la puerta trasera esperando oír el menor ruido indicativo de que Rafael había llegado.

Esa misma tarde le había enviado una nota con Serafín, cuando este volvió a visitar a Angustias, y confiaba que se la hubiese entregado. Lo citaba a medianoche en ese lugar y le rogaba que acudiese porque necesitaba hablar con él. Confiaba en que lo haría.

¿Qué pretendía? Ni ella misma lo sabía a ciencia cierta. Deseaba irse con él allá donde fuese, pero como sabía que no quería ataduras ni verse envuelto en un nuevo escándalo, no le impondría su presencia y se limitaría a pedirle que la ayudase a llegar a Inglaterra o le facilitase el medio para hacerlo. Todo ello sin que su padre se enterase, tarea algo difícil. Le dolía recurrir al engaño, aunque él lo había propiciado con su actitud intransigente.

Llevaba unos minutos oculta entre las sombras cuando oyó unos leves golpes en la puerta. El corazón le dio un vuelco. ¡Era él! ¡Había acudido a la cita!

–¿Rafael? –llamó.

–Sí.

Al recibir la confirmación, descorrió el cerrojo y abrió

la puerta. Una alta figura, cubierta con una capa, se coló en el interior.

Eugenia se echó en sus brazos, aunque él se mantuvo rígido, negándose el placer de abrazarla.

—¡Estás bien, qué alegría! —exclamó efusiva, sin dejar que la frialdad de él le afectara.

—¿Por qué me has llamado, Eugenia? —preguntó él con voz ronca.

—Quería verte antes de que abandonéis la ciudad, pero padre no me deja salir de casa. Beatriz en su carta me aseguraba que estabais bien, aunque la situación es tan caótica que... —Eugenia estaba nerviosa. No se atrevía a plantearle la verdadera cuestión.

—Hace bien. No es prudente transitar por las calles. Continúan merodeando los grupos de maleantes que se confunden con los sublevados —respondió, apartándose un poco de ella. Su proximidad le provocaba locos deseos que le costaba controlar.

—¿Vosotros habéis tenido algún problema? —preguntó temerosa.

—No. Solo hubo un intento de robo por parte de un par de individuos, a los que hicieron huir los criados. Nos habríamos marchado ya si no fuera tan peligroso transitar por los caminos. Ni siquiera es seguro navegar río abajo. Cuando se apacigüen las cosas, emprenderemos viaje. Quiero permanecer en esta ciudad el menor tiempo posible.

—Tu hermana me explicaba en la carta que no vais a quedaros en Cádiz.

—Es cierto. No me parece un lugar seguro para mi familia. La violencia se ha adueñado de las calles y, al igual que aquí, se da muerte sin juicio previo a todo aquel del que se sospeche con ideas afrancesadas. Tampoco las noticias que llegan de Bayona son nada halagüeñas. Las renuncias de Carlos IV y del Príncipe de Asturias a favor de Napoleón han puesto el país en sus manos. No creo que el pueblo español se doblegue al yugo imperial, previéndose una guerra inminente. El ejército galo ya viene de camino con la intención de asegurarse las zonas que no están bajo su dominio y nadie sabe lo que puede pasar. Tu padre podrá explicártelo mejor ya que la Junta que se ha creado en la ciudad está reuniendo al ejército para enfrentarse a los franceses. Te aconsejo que abandonéis el país antes de que sea más difícil hacerlo –le advirtió. En su voz se mezclaban la preocupación y algo más que luchaba por mantener oculto.

Eugenia sintió que esas palabras le aceleraban el pulso, y lo miró con ojos suplicantes.

–Esa es otra de las razones por las que te he llamado, Rafael. Te ruego que me lleves contigo, que me ayudes a escapar de aquí –le pidió esperanzada.

Él no respondió de inmediato, valorando la conveniencia de revelarle la entrevista con su padre el día anterior. Al final decidió callar una parte, aquella en la que le había propuesto matrimonio. Como no creía que el marqués lo hubiese comentado con su hija, no veía necesario alentar las ilusiones de ella, si en realidad las tenía.

–Eugenia, ayer mismo hablé con tu padre. Le ofrecí llevarte con tu abuelo a Londres y no aceptó. Tal vez tú consigas que cambie de opinión. Si es así, sería para mí un honor hacerlo. Partiremos en tres días y, para entonces, espero que hayáis tomado una decisión. No puedo demorarme más.

Eugenia se ilusionó al oír esas palabras. ¡Rafael estaba preocupado por ella hasta el punto de no importarle desviarse de su camino para ponerla a salvo en otro país!

Lo miró con adoración. Aunque él no la amara, debía de tenerle un cierto cariño para hacerle esa propuesta a una persona que lo despreciaba. De todas formas, sabía que su padre nunca accedería.

—No importa que se haya negado. Llévame donde tú vayas —le imploró.

—No me pidas eso, Eugenia. No puedo aceptar sin el consentimiento de tu padre, compréndelo. No voy a permitir que se mancille tu nombre. —Rafael se mantuvo firme pese al gran esfuerzo que le suponía negarse a lo que le estaba pidiendo. Nada deseaba más que apartar a Eugenia del peligro y de la obcecación del marqués, pero no podía comportarse como un canalla y, si no recibía el beneplácito de don Esteban, en eso se convertiría.

—No me puedo quedar aquí, ¿no comprendes? ¡Mi padre quiere casarme con ese hombre horrible! —exclamó llorosa, al tiempo que le enlazaba los brazos al cuello y apoyaba la cabeza en su hombro.

Rafael sintió una gran decepción. ¡Lo que a ella le preocupaba era que se hiciese efectivo el compromiso con Balbuena!

La apartó con firmeza y se giró para ocultarle la amargura que su declaración le causaba.

—Si eso es lo que temes, puedes estar tranquila. Imagino que tu padre no continuará valorando esa opción, y menos cuando el barón ha tenido que marcharse de la ciudad por temor a un linchamiento. De todos son conocidas sus ideas liberales y el apoyo que siempre ha brindado a Godoy y a la causa francesa.

—¿Es eso cierto? —preguntó incrédula.

—Es lo que se comenta. No creo que tengas que preocuparte por ese compromiso; tu padre no consentirá que te cases con un afrancesado.

—¡Gracias a Dios!

El alivio que advirtió en la voz de ella le confirmó sus

sospechas. Su mayor interés era librarse de esa boda concertada. Él solo era un capricho de una jovencita demasiado fantasiosa. Debía haberlo sospechado desde el primer momento. Había sido un estúpido al pedirle la mano a su padre.

—¿Quién anda ahí?

La voz de Esteban los alarmó. Eugenia profirió un pequeño grito y trató de ocultarse.

El marqués, con una pistola en la mano, les apuntaba. Junto a él, Cosme sostenía un candil que iluminaba buena parte del patio.

—Si no se identifica de inmediato, dispararé —amenazó con fiereza.

Eugenia, temblando, dio unos pasos.

—Soy yo, padre.

—¿Y quién está contigo? —preguntó, sospechando la identidad de esa persona.

Rafael salió de las sombras y desafió al marqués.

—¿Qué hace en mi casa a estas horas y en compañía de mi hija, Tablada? Ya le dije que no se acercara a ella. —La ferocidad que mostraba su rostro delataban la cólera que en esos momentos sentía.

—Yo le he pedido que viniera —contestó Eugenia, asustada por la violencia que su padre mostraba. Le había desobedecido otra vez y eso le había puesto muy furioso.

—Ya veo que has decidido hacer caso omiso de las órdenes que te di —la acusó con rencor. La decepción que sentía con su hija aumentaba su resentimiento por el hombre que tenía delante, al que no dejaba de apuntar con el arma.

—Don Esteban, su hija solo deseaba despedirse y desearnos, a mi familia y a mí, un buen viaje. Nos marchamos en unos días —intentó defenderla Rafael.

—¡Cállese! —le ordenó Esteban casi fuera de sí—. Sé muy bien para qué le ha llamado mi hija. Es una desvergonzada y usted un degenerado por aprovecharse de su inocencia.

—¿Pero qué dice, padre? Rafael nunca... nunca...

—¡No necesito oír nada más! Apártate, Eugenia.

—¡No, padre! ¿Qué va a hacer? —gritó espantada.

—Nada que no haría cualquier otro. Ese hombre es un ladrón que ha entrado en mi casa con la intención de robarme. Tengo derecho a matarlo.

Eugenia sintió un sudor frío recorriéndole el cuerpo. Su padre tenía la expresión trastornada y lo creía capaz de cumplir su amenaza. Con un rápido movimiento, se colocó delante de Rafael y se agarró a su cintura.

Él intentó separarla, convencido de que el marqués hablaba en serio. No habría nada que desease más en ese momento que matarle allí mismo, y nadie podría censurarlo por ello; pero en el estado en el que se encontraba podía herir a su propia hija.

—Vete, Eugenia. —La voz de Rafael sonó fría. Su rostro mostraba la firme resignación del que no puede evitar un fatal desenlace.

—Ya me has oído, Eugenia; ¡apártate de él! —volvió a ordenar Esteban.

—No pienso hacerlo. No voy a permitir que lo mate —se encaró con su padre. Tenía los ojos anegados de lágrimas y la voz trémula, pero se mantuvo firme.

—¡¿Te has vuelto loco, Esteban?!

La voz de Emilia sonó como una explosión en el tenso ambiente. Una de las criadas le había avisado de lo que estaba sucediendo y no tardó en personarse, presagiando lo peor.

Mariana, que presenciaba la escena, la miró con desprecio.

Esteban reaccionó ante las palabras de Emilia. «¡Virgen Santa!, ¿qué había estado a punto de hacer?», reconoció con espanto.

–Márchese ahora mismo, Tablada, antes de que cambie de opinión –amenazó. En su voz, a pesar de la ira, se apreciaba un matiz de derrotada.

Eugenia emitió un sollozo con el que liberó la tensión acumulada. Rafael la miró unos instantes, transmitiéndole su intensa desolación, y se marchó sin mirar atrás.

Ella, sollozando, fue a refugiarse en los brazos de Emilia, que no dejaba de mirar a Esteban de forma acusadora.

–Si quieres que ese hombre viva, olvídalo. Si descubro que has vuelto a verle o te pones en contacto con él, lo acusaré de colaborar con los franceses y acabará en la horca. ¿Me has entendido, Eugenia?

Ella asintió como una autómata. Su padre odiaba a Rafael y acabaría cumpliendo sus amenazas.

–Permanecerás encerrada en tu habitación hasta que ingreses en el convento de las Agustinas en Osuna con orden de no recibir visitas ni ponerte en contacto con el exterior, y allí permanecerás hasta que yo lo estime conveniente. Se han acabado las contemplaciones. Si continúas dando problemas, me encargaré de que Tablada y toda su familia paguen las consecuencias, y tú serás la responsable –añadió con aterradora frialdad. Por mucho que le doliera tratar a su hija de forma tan cruel, era lo único que se le ocurría para apartarla de ese hombre e impedir que cometiera la locura de marcharse con él.

Eugenia lo miró sorprendida ante tamaña coacción y convencida de que era capaz de cumplirla. Con lo revuelta que estaba la situación en la ciudad y el cargo de relevancia que tenía en el nuevo gobierno, no le resultaría difícil encarcelar a Rafael. Comentaban que habían matado a varias personas por la simple sospecha de que eran afrancesadas.

El resentimiento hacia su padre surgió dentro de ella de forma impetuosa, pero prevaleció la cordura. El destino de Rafael podía estar en sus manos.

–No, padre, por favor; le prometo que no intentaré nada que le incomode, pero deje a Rafael y a su familia en paz –le rogó arrodillada y abrazada a sus piernas.

Esteban se compadeció del sufrimiento de su hija, aunque se mantuvo inflexible.

–Entonces, en tu mano está que ese hombre viva o muera. –La separó de él con pocos miramientos y se dirigió al interior de la casa.

Emilia se acercó a la joven, que permanecía arrodillada mientras profundos sollozos convulsionaban su cuerpo, y la abrazó con fuerza.

–Tranquilízate, niña. Tu padre puede ser duro a veces, pero no cruel. No creo que piense en vengarse de los Tablada.

–¡Le odio, Mila, le odio! –exclamó con los ojos arrasados de lágrimas, y se dirigió corriendo a su cuarto. En su precipitada huida tropezó con su tía, que sonreía con malicia.

Emilia miró a Mariana con rencor. Presagiaba que ella estaba detrás de aquella escena. Debió de sospecharlo y avisó a su cuñado.

–Te sentirás orgullosa de lo que has provocado –la acusó.

–Si te refieres a que he evitado que la desgracia y el deshonor recaigan en la familia impidiendo que esa desvergonzada huyera con su amante, lo estoy –la ignoró y entró en la casa. «Que aprenda esa necia cómo se educa a una jovencita», se dijo con orgullo. A partir de ahora, las cosas marcharían como debían porque ella pensaba coger las riendas.

Emilia quedó desolada. Sabía que había perdido la batalla contra Mariana. Esteban ya no la escucharía. Lo mejor que podía hacer era marcharse a Torre Blanca, pero no lo haría sin su querida niña. No podía dejarla en las garras de esa arpía con pretensiones de marquesa.

Capítulo 18

Cinco días después de la noche en la que el marqués le sorprendió en su casa, Rafael decidió emprender el proyectado viaje. Lo había estado demorando en espera de una respuesta de Eugenia a su proposición de llevarla a Londres con su abuelo, pero no debía aplazarlo más. La seguridad de su familia estaba en juego, así como sus proyectos.

Las revueltas se habían aplacado un tanto en la ciudad gracias a la firme actitud de la Junta, que las atajaba con dureza, y la buena labor que el gobierno estaba realizando, pero él sabía que el conflicto terminaría por recrudecerse y ese era el momento idóneo para marcharse. Había oído decir que el ejército comandado por el general Castaños, acantonado cerca de Cádiz, se estaba movilizando para detener a las tropas francesas que avanzaban hacia el sur y que tenían el propósito de ocupar toda Andalucía.

El hecho de abandonar a Eugenia en aquella caótica situación le causaba un gran pesar, porque se había enamorado de ella como nunca creyó que fuese a hacerlo. Aunque debía olvidarla o solo le acarrearía sufrimientos. Ella lo haría pronto, si es que en alguna ocasión había sentido algo más que un infantil encaprichamiento; a él le costaría más. Se había metido muy hondo en su corazón para poder desterrarla en pocos días.

Eugenia pasó la semana siguiente a la noche del encuentro con Rafael encerrada en su habitación como su padre había ordenado, y con la única compañía de Emilia, que la ponía al tanto de lo que acontecía en la familia y en la ciudad. Sin embargo, lo que más le preocupaba era no saber nada del hombre al que amaba, temiendo que su padre hubiese cumplido la amenaza que le hizo.

Quería pensar que ya se habían marchado sin contratiempos, y le desesperaba no poder confirmarlo. Angustias había sido despedida por permitir la entrada de Serafín, extinguiéndose con ello su medio de información. Mariana, instigadora de ese despido, y en el que peligró asimismo el empleo de Juanita al ser partícipe del plan para ocultar dichas visitas, vigilaba cualquier movimiento. No era necesario pues Eugenia no pensaba arriesgar la seguridad de Rafael, ni el empleo de otro de los sirvientes, desobedeciendo a su padre; lo que no evitaba que la incertidumbre la mantuviese en una continua tensión.

Emilia la veía languidecer día a día y, preocupada por su salud, tomó una decisión. No iba a permitir que su adorada niña continuase sufriendo de esa forma. Dispuesta a averiguarlo, salió una mañana con la excusa de llevar unas ropas al convento y se dirigió al palacete de los Tablada. El trayecto era muy largo para hacerlo andando y le supuso un gran esfuerzo, pero decidió no utilizar el coche ya que sabía que Esteban acabaría enterándose. Cuando llegó y advirtió que la casa estaba cerrada y selladas puertas y ventanas con tablones, comprendió que sus moradores habían abandonado la ciudad para no volver en mucho tiempo.

Eugenia, que estaba al tanto de su propósito, la esperaba impaciente.

—¿Qué has averiguado, Mila? —la urgió, lanzándose sobre ella una vez que hubo traspasado la puerta de su habitación.

Emilia se sentó, abanicándose con furia.

—Por favor, dime si están bien.

—Tranquilízate. Los Tablada partieron hace días en dirección a Palos de Moguer para embarcarse desde allí.

La noticia le provocó un sabor agridulce, aunque respiró tranquila al saber que estaba a salvo de las represalias de su padre.

—¿Quién te ha informado de ello? —se interesó Eugenia. ¿Sería fiable?

Emilia la miró con un atisbo de compasión. Temía el momento de confesarle todo lo que había averiguado. Sabía que iba a ser un duro golpe para ella, pero consideraba que era mejor conocer la verdad y comenzar a superar su enamoramiento.

Eugenia se inquietó al advertir la vacilación de Emilia. ¿Qué le estaba ocultando? Supo antes de que ella hablara que no le iba a gustar lo que tenía que decirle.

—La casa estaba cerrada, pero quedaban un par de sirvientes que recogían algunos enseres antes de que la ocupen los nuevos dueños. Parece ser que Rafael demoró unos días más su marcha para ultimar la venta de sus negocios, ya que tiene intención de establecerse en Cuba y no regresar.

El lacerante dolor que la atravesó ante esa noticia se reflejó en su rostro. ¡Rafael huía y lo dejaba todo atrás, incluso a ella!

Eugenia se apartó de Emilia y fue hasta la ventana de su habitación. Allí, mirando sin ver el ajetreo de la calle, gruesas lágrimas de decepción y amargura escaparon de sus ojos. La pequeña llamita de esperanza que llevaba ardiendo en su corazón desde días antes, y a la que trataba de ignorar, se había apagado de golpe y eso le provocaba una total desolación.

Emilia, conocedora de las ilusiones que anidaban en el corazón de Eugenia, sintió como suyo el dolor que sus palabras le habían causado.

–Debes sobreponerte y olvidarle. Alégrate de que haya conseguido salvarse de la ira de tu padre y navegue hacia un lugar seguro –dijo a su espalda, tratando de consolarla. Sabía que, de haber huido con él, no habría sido feliz al verse apartada de su familia. Y la incertidumbre de que su padre pudiera cumplir la amenaza, sería un continuo sufrimiento que la haría muy desgraciada.

–¿Por qué ese odio, Mila? No lo comprendo. –Eugenia presagiaba que había algo más que el simple rencor por haberse negado a comprarle las uvas.

Emilia, conocedora del secreto que tanto Esteban como Soledad habían guardado durante años, decidió revelárselo para que entendiese las razones de la extrema hostilidad que su padre profesaba a los Tablada.

–Te comenté en una ocasión que los padres de Rafael se conocieron en Torre Blanca. Soledad vivía en el pueblo cercano y Pedro Tablada era un joven jornalero que un año recaló por allí con una cuadrilla. Creo que se enamoraron nada más conocerse y ese amor no pasó desapercibido a nadie, tampoco a tu padre.

Emilia hizo una pausa calibrando la conveniencia de continuar. Le habían confiado un secreto y ahora estaba a punto de revelarlo; pero ya era hora de que saliera a la luz.

–Tu padre estaba enamorado de Soledad desde jovencito. Imagino que fantaseó con la idea de convertirla en su amante, ya que sus padres no aprobarían un casamiento con una joven pobre y sin hidalguía. Aunque Soledad nunca se habría prestado a una relación de ese tipo, y no solo porque estaba enamorada de Pedro. Siempre ha sido una mujer decente y honrada, cosa que Esteban no advirtió. El caso es que él consiguió que tu abuelo despidiera a Pedro y acabó confesando a Soledad sus deseos. Ante la negativa de esta a secundarlos, se ofuscó e intentó arrebatarle por la fuerza lo que ella no le concedía de buen grado.

—¿La forzó?

El horror y la repulsa en la voz de Eugenia hicieron que Emilia se replantease continuar con la confesión. No quería que acabara odiando a su padre por esas locas acciones de su juventud, pero era necesario para que comprendiese el origen de su odio por los Tablada.

—Por suerte, no llegó a cometer tan vil acción. Pedro llegó en ese momento y se enzarzó en una pelea con tu padre, que fue el que salió peor parado. Nunca quiso confesar la verdad de lo sucedido, solo explicó que se había encontrado con unos asaltantes en el camino y que, al defenderse, le habían malherido. A resultas de la herida casi pierde un ojo, dejándole esa cicatriz de la que siempre se ha avergonzado, y surgió en él el rencor eterno por Soledad y Pedro, que parece haber extendido a sus descendientes.

Eugenia escuchó el relato con estupor. Ahora comprendía esa irracional inquina por Rafael y su familia.

—¡Si Rafael no tiene la culpa de esa riña entre nuestros padres!

—Desde luego que no la tiene, pero piensa que cada vez que lo ve, o a alguien de su familia, recuerda su momento de cobardía, así como la marca que le dejó Pedro Tablada como recordatorio de su deshonor.

—No es justo, Mila; nosotros no tenemos la culpa de ello. ¿Por qué nos castiga de esa manera? ¡Yo le amo; nunca dejaré de amarlo! —Eugenia estalló en sollozos abrazada a la firme roca que Emilia representaba.

—No desesperes, mi niña, con el tiempo lo olvidarás. Te costará, pero lo conseguirás —la consoló sin convicción. Un sentimiento tan profundo como el que Eugenia sentía por ese hombre nunca se apagaba. Ella lo sabía muy bien porque seguía amando a Jaime después de muerto.

Sí, ese era su gran secreto. Ella había amado con locura al hermano de Esteban y fue correspondida por él. El suyo era un amor dulce y tranquilo, que había evolucionado desde niños hasta convertirse en algo profundo y duradero. Pero era un amor imposible y ella lo sabía y lo aceptaba. No así Jaime, que acabó confesando a su padre sus sentimientos y la intención de hacerla su esposa. Don Leandro no se tomó nada bien aquella propuesta y envió a su hijo a Madrid, ingresándolo en una academia militar y prohibiéndole que regresase a Torre Blanca o se pusiese en contacto con Emilia.

En cuanto a ella, no la echó a la calle por la promesa hecha a su esposa en su lecho de muerte; si bien, a partir de ese momento la consideró poco más que una sirvienta, negándole la mayoría de privilegios que por nacimiento y consanguinidad le correspondían.

El marqués acabó concertando esponsales entre Jaime y Mariana Jiménez de Arilza y Aliaga, hija del barón de Roche, un noble empobrecido, aunque con un ilustre árbol genealógico.

Cuando su padre murió, Jaime fue a visitarla. En ese encuentro le reveló que su matrimonio era un suplicio, que era a ella a quien amaba, y le propuso huir juntos. Emilia se negó a pesar de que su corazón sangraba por ello. Él era un hombre casado y se debía a su esposa. Nunca volvió a verlo.

Esteban no cumplió la amenaza de enviar a su hija al convento de Osuna. Al enterarse de que Rafael se había marchado rumbo a América, ya no le obsesionaba que Eugenia huyese con él.

Tenía otras preocupaciones, entre ellas la inminencia de la guerra contra Napoleón. La Junta, que ante el vacío de poder se había erigido en Suprema del país, decretó declarar la guerra a Francia y proponer una alianza con Gran Bretaña, ordenando la formación de un ejército que se enfrentase a los invasores.

Esteban estaba radiante de orgullo por el preeminente puesto que había conseguido y se volcaba en su labor con absoluta dedicación. Y pensaba sacar buenos beneficios de ello. Ejercería su influencia para convertirse en uno de los mayores proveedores de suministros del ejército que lucharía contra un enemigo tan imponente.

Otro de sus motivos de satisfacción era el haber evitado el enlace de su hija con Balbuena, que se marchó de la ciudad días antes del levantamiento del 26 de mayo. Si tenía que dar crédito a los comentarios que le llegaban, el barón era un liberal amigo de los franceses y tuvo que huir para evitar que lo ajusticiasen.

Esteban se sintió ultrajado por el engaño sufrido, pero supo sacar tajada de ello. Se apresuró a anunciar que había cancelado el compromiso al haber descubierto el calibre del individuo. Los últimos rumores situaban a Balbuena en Madrid, intentando conseguir el favor del mariscal Murat, cuñado de Napoleón y gobernador de la ciudad, hasta que el Emperador, rey de España tras la abdicación de Carlos IV en él, se personase en ella o nombrase un nuevo rey.

A mediados de junio, y ante el avance de las tropas francesas que habían logrado tomar Córdoba, y las noticias de los atropellos y masacres que iban dejando a su paso, Esteban pensó en alejar a su familia de Sevilla.

Sin decidirse a sacarlos del país, como Emilia le aconsejaba, los envió a Torre Blanca. La hacienda, al estar apartada y muy cerca de la frontera portuguesa, parecía un lugar seguro. Tenía la esperanza de que el nuevo ejército de treinta y cuatro mil españoles que, bajo el mando del general Castaños, se estaba formando con urgencia, consiguiese frenar los avances de las tropas francesas acampadas cerca de Andújar.

Aprovechando la inminencia del verano, Eugenia, acompañada de Emilia y de su hermano Leandro, se encaminó hacia la hacienda. Mariana se negó a moverse de Sevilla. No estaba dispuesta a desaprovechar la oportunidad de casarse con su cuñado y más ahora que estaba en la cumbre de su éxito. Aparte de convertirse en marquesa, confiaba en que Esteban consiguiera un puesto de relevancia en la Corte cuando se restaurara a los Borbones en el trono, y ella iba a estar a su lado.

Durante ese verano, las sucesivas victorias de los ejércitos español e inglés en varias zonas del país, ocasionaron el repliegue de los franceses hasta la línea del Ebro, con la consiguiente liberación de Madrid. Esto provocó la huida a Francia del rey José I, hermano de Napoleón y al que este había cedido la Corona de España. Esteban consideró que la guerra estaba ganada y no creyó necesario mantener a su familia en Torre Blanca, haciéndola regresar a Sevilla.

Pero a primeros de noviembre de ese mismo año, Napoleón, que no estaba dispuesto a dejarse vencer, cruzó la frontera al mando de un numeroso ejército y llegó hasta Madrid sin que nadie le pusiese freno, derrotando a las tropas anglo-españolas en todos los frentes y recuperando los territorios antes ocupados.

Cuando el Emperador entró en la capital y restituyó en el trono a su hermano, Esteban comprendió que la guerra no había acabado y que era cuestión de meses que los franceses llegaran hasta las mismas puertas de su casa. Entonces decidió que era el momento de sacar a sus hijos del país. Por mucho que detestase enviarlos con su abuelo materno, reconocía que era la mejor solución.

Valiéndose de sus influencias, logró embarcar a Eugenia y a Leandro en un buque hacia Inglaterra. Tanto Emilia como Mariana insistieron en quedarse. La primera prefirió permanecer en la hacienda y evitarse el largo viaje, y Mariana, que confiaba en una victoria sobre los galos, no pensaba moverse de Sevilla mientras su cuñado permaneciese allí.

A Emilia le costó dejar marchar a sus niños, pero reconocía que solo les supondría un estorbo debido a su precaria salud. Sabía que Eugenia y su hermano estarían protegidos junto a su familia inglesa y eso era lo único que le importaba. En la hacienda tendría la oportunidad de ayudar más que en un lugar tan lejano. No podía dejar abandonado a Esteban, casi un hermano para ella, ni a José y Francisca, los guardeses de Torre Blanca. Sabía que, si los franceses ocupaban aquellas tierras, se necesitaría una figura de autoridad en la casa para evitar que la saquearan, como solían hacer.

Los soldados galos no respetaban al pueblo llano, aunque solían tratar con cierta consideración a los nobles y a sus familiares, atendiendo a las órdenes de José I. Al permanecer en Torre Blanca, podría salvar parte de las posesiones y hasta la vida de los sirvientes.

En cuanto a Mariana, se alegró de que su sobrina y Emilia se marcharan de Sevilla, ya que le allanaban el camino para llevar a cabo sus propósitos con mayor libertad.

Eugenia, que en un principio se negó a abandonar el país si no lo hacía toda la familia, tuvo que acceder por el bien de su hermano. No podía dejarlo marchar solo a un viaje tan peligroso y acabó cediendo a las órdenes de su padre y, en especial, a los ruegos de Emilia.

Y así, el 14 de enero de 1809 Eugenia y su hermano, acompañados de Juanita y de Tonio, el ayuda de cámara de Leandro, partieron hacia Inglaterra sin saber cuándo tendrían la oportunidad de regresar.

SEGUNDA PARTE

Capítulo 19

Daily Chronicle, 3 de agosto de 1810

Con la capitulación de la localidad española de Ciudad Rodrigo el día 9 de julio tras más de dos meses de asedio, las tropas imperiales al mando del mariscal Masséna tienen vía libre para la invasión de Portugal.

La heroica defensa de la ciudad por parte de la población y el constante hostigamiento de los guerrilleros españoles, no han sido suficientes para obtener la victoria, al faltarle el apoyo de las tropas angloportuguesas acampadas a pocos kilómetros de la frontera.

Lord Wellington no creyó prudente un enfrentamiento con los franceses en suelo español, prefiriendo permanecer a la expectativa y aprovechar para fortalecer su posición con el fin de frenar el avance hacia Lisboa. Esta actitud del Comandante en jefe ha provocado la indignación de los españoles, aparte de ser criticada dentro de sus propias filas.

—¿Es una carta de padre, Eugenia?

La voz de timbre indefinido de su hermano sobresaltó a Eugenia, que se hallaba sentada en un banco del jardín.

—No, Leandro, es de Emilia.

—¿Y qué cuenta? ¿Se encuentran bien?

—Sí... muy bien. Los franceses son agradables y no causan muchos problemas en aquella zona.

Eugenia esperaba que la mentira no le coloreara el rostro y su hermano descubriese que no era cierto lo que le explicaba. Por suerte, este no se empeñó en leer la carta al igual que hacía con las que su padre había enviado hasta ese momento.

—¿Y por qué no ha escrito él? Lleva más de dos meses sin hacerlo.

Eugenia no recordaba lo insistente que su hermano llegaba a ser.

—Su carta se habrá retrasado. Es difícil enviarlas desde Sevilla. El caso de Emilia es diferente porque las hace llegar a través de Portugal.

El niño quedó convencido con la explicación y continuó con sus juegos.

Eugenia suspiró pesarosa y volvió a leer la extensa misiva fechada el 19 de junio. En ella, Emilia le informaba de que su padre había sido detenido dos semanas antes y sus bienes estaban embargados hasta que se resolviese su caso. Se encontraba en prisión acusado de traición y temía que su vida corriera peligro. Si lo declaraban culpable, cosa probable ya que eran bien conocidas sus simpatías por el partido fernandino y su colaboración con el gobierno de la ciudad durante los dos años anteriores, podían llegar a ajusticiarlo y la familia se vería desposeída de todas sus posesiones, que pasarían a formar parte del patrimonio real para que José I las entregase a quien considerase conveniente.

Esteban, al igual que otros muchos nobles, se había negado a abandonar la ciudad cuando esta fue ocupada por el ejército imperial el 1 de febrero de 1810, con el propósito de defender las propiedades familiares y evitar que el régimen bonapartista se incautase de ellas al declararle desertor.

La mayoría de aristócratas y burgueses adinerados habían acabado pasándose al bando contrario y confraternizaban con el invasor; unos pocos, como el marqués, se negaban a sucumbir ante ellos y los toleraban para evitar ser despojados de sus bienes. Pero él no tuvo en cuenta que su pasado acabaría llegando a oídos de los actuales gobernantes de la ciudad y estos, ávidos de riquezas, encontrarían la forma de apropiarse de ellas.

Eugenia experimentaba una enorme rabia mezclada con angustia por esas noticias. Ya presagiaba que algo iba mal, sin llegar a imaginar que la situación fuese tan grave. Desde que supo de la toma de la ciudad y de la decisión de su padre de permanecer en ella, estuvo temiendo que le comunicasen algo similar y, sobre todo, desde que dejó de recibir cartas suyas. Para no alarmarlos, su padre era muy parco en palabras, aunque ella sabía leer entre líneas.

Era Emilia la que la ponía al tanto de la verdadera realidad. Esta se mantenía informada en todo momento de lo que ocurría en la casa de Sevilla gracias a Tomás, el hijo de los guardeses de la hacienda, al que enviaba con frecuencia a la ciudad.

El joven, de constitución enfermiza y poco interesado en las tareas del campo, prefería ocuparse en labores más leves. Como era un buen estudiante y los números se le daban muy bien, se había convertido en una especie de secretario de Esteban y por ello realizaba continuos viajes entre la ciudad y la hacienda, llevando noticias y mensajes de un lado a otro.

Emilia le hablaba en la carta de Mariana. Su tía, que insistió en permanecer en Sevilla junto a su cuñado, había acabado refugiándose en Cádiz en cuanto lo detuvieron, dejándolo a su suerte. Eugenia no esperaba otra actitud por su parte, pero le reprochaba que no se hubiese puesto en contacto con ella para informarle de la situación.

Lágrimas de impotencia y dolor arrasaron sus ojos al pensar en los padecimientos que tanto su padre como su querida Mila estarían soportando. Con un arranque de furia, se las secó de un manotazo y tomó una decisión: regresaría a Sevilla y haría todo lo posible por ayudarles.

Aunque Emilia en ningún momento le pedía que regresase a España, Eugenia sabía que no podría permanecer en su refugio inglés sabiendo que la vida de su padre corría peligro. No estaba segura de poder hacer algo para salvarle y evitar la expropiación, pero lo intentaría con todas sus fuerzas. Al menos, estaría junto a ella y aliviaría la inquietud que advertía en sus palabras, y que no lograba ocultarle por mucho que insistiera en tranquilizarla.

Torre Blanca, al estar alejada de los centros de población importantes y casi en la frontera con Portugal, era una zona en la que los soldados franceses no se aventuraban. Aparte de algunas escaramuzas con los guerrilleros al principio de la ocupación de Andalucía, no se habían registrado otros incidentes; lo que no descartaba que en cualquier momento se personasen los galos allí y los arrojasen de su hogar.

Apelaría a alguna de las antiguas amistades que habían permanecido en Sevilla y que, sin simpatizar con los gobernantes franceses, acataban las órdenes por temor a correr el mismo destino que su padre estaba sufriendo. Ese era el caso, según le comentó Emilia en anteriores cartas, del padre de su amiga Amalia, don Avelino Solís de Vereda, conde de Bermejo. A él acudiría en primer lugar y, de no conseguir su ayuda, lo intentaría con otros.

Haría cualquier cosa que estuviera en su mano para conseguir la libertad de su padre.

Con paso decidido, entró en la casa y se dirigió a la biblioteca, donde sabía que encontraría a su abuelo. Llamó a la puerta y entró sin esperar invitación.

—¡Abuelo, tengo que regresar a Sevilla! —le anunció con exaltación desde el mismo umbral.

Sir Edward levantó los ojos del periódico que estaba leyendo y los fijó en su nieta con alarma. No acababa de acostumbrarse a su temperamento fogoso, fruto de la herencia española, y a su elevado tono de voz.

—¿Y cómo es eso, pequeña?

—He recibido nuevas de Emilia. Me dice que padre está en prisión —dijo con los sollozos ahogando sus palabras.

A sir Edward no le extrañó la noticia. Era cuestión de tiempo que acabara ocurriendo. Si su yerno fue tan arrogante de negarse a abandonar la ciudad y trasladarse a Inglaterra o, al menos, refugiarse en Cádiz, ahora debía sufrir las consecuencias. Lo que no podía consentir era poner en peligro la vida de su nieta.

—Lo lamento, Eugenia, pero opino que ese sería un viaje inútil. Imagino que tu padre ya habrá dispuesto su defensa, por lo que poco podrías hacer para ayudarle. Y, en caso de que lograses llegar a la ciudad, ten en cuenta que la situación allí es muy peligrosa, corriendo el riesgo de acabar en prisión como él —le hizo ver, intentando convencerla de la inutilidad de ese insensato viaje.

—No me importa, abuelo. No puedo quedarme de brazos cruzados cuando la vida de mi padre está en peligro. Tengo que hacer algo. Solo le pido que cuide de mi hermano hasta que regrese.

Sir Edward comprendió que no iba a conseguir doblegar la determinación de su nieta. En eso se parecía a su madre. Su querida Katherine solo tenía un defecto: su tozudez. Cuando estaba empeñada en algo, nadie conseguía disuadirle. ¿Acaso no había conseguido casarse con aquel malhumorado español, arruinado para mayor desgracia, sin que él tuviera la menor oportunidad de convencerla de que no era el hombre adecuado para ella?

—No temas, aquí estará a salvo. Pero dime, ¿cómo piensas introducirte en España? El país está invadido y te sería difícil desembarcar. En cuanto a la entrada a través de Portugal, en estos momentos es muy peligrosa. Parece que el ejército francés está avanzando y pronto llegará a Lisboa —expresó su preocupación. Los diarios llevaban días hablando de las victorias del ejército de Napoleón en Portugal. Si Wellington no era capaz de detenerlo, caería también bajo su dominio.

—Viajaré en barco hasta Cádiz, que no ha caído aún, y luego a Sevilla. Allí recurriré a algunos buenos amigos de mi padre para que me ayuden a liberarle.

—La ciudad está sitiada; no podrás salir de allí —le recordó. Cada vez le parecía más descabellado el plan de su nieta.

—Encontraré el modo de llegar a Sevilla —replicó convencida.

Eugenia había trazado su plan, convencida de que nada podía fallar. Lo único que no tenía era tiempo, por eso no debía demorarse. La situación de su padre era difícil porque, aunque no pensaran ajusticiarlo, su salud se resentiría si permanecía mucho tiempo en la cárcel.

—Está bien, si esa es tu intención no voy a interponerme. Veré la forma de conseguir pasaje en alguno de los barcos que zarpen para Cádiz y pediré a un par de criados que te acompañen —se resignó, no sin pesar.

Le asustaba el peligro que su nieta pudiera correr al regresar a un país conquistado en el que los derechos de los ciudadanos eran inexistentes o estaban amordazados. Era habitual encontrar en los periódicos londinenses relatos de las muchas atrocidades y desmanes que los soldados franceses infringían al pueblo español; a lo que había que sumar el arriesgado viaje por mar. Pese a que la armada inglesa dominaba esa zona del Atlántico y ninguno de los dos bandos en conflicto solía atacar a barcos mercantes, no se podía asegurar que la larga travesía careciera de dificultades.

−Te lo agradezco, pero prefiero ir sola; de esa forma viajaré más ligera y me será más fácil llegar a mi destino. Si voy acompañada de dos ingleses levantaré muchas sospechas, entiéndelo. Voy a prepararme para partir cuanto antes. −Le dio un beso en la ajada mejilla y salió de la habitación dejando a sir Edward sumido en la inquietud.

En realidad, Eugenia expresaba un optimismo que no sentía. Recordaba la angustia sufrida durante su viaje de ida a Inglaterra, con el temor constante de ser atacados por algún navío francés. Por fortuna, no tuvieron contratiempo alguno y llegaron a su destino diez días más tarde. Ahora las dificultades serían mayores. A los peligros del viaje por mar se unía la dificultad que supondría sortear el sitio al que Cádiz estaba sometida y viajar por territorio enemigo hasta Sevilla.

En un principio pensó en dirigirse a Lisboa y desde allí a Torre Blanca. Una vez en la hacienda le resultaría más fácil llegar a Sevilla evitando los controles franceses. Al final había desistido de ese plan. El avance de las tropas galas en aquella zona era un peligro y, además, le supondría demorarse demasiado. Y cada día que perdiera aumentarían las posibilidades de que su padre fuese ajusticiado.

Mientras se encaminaba a su cuarto, Eugenia rememoró el día que abandonó España, donde siempre había vivido, para adentrarse en un futuro incierto lejos de la mayoría de personas que amaba y sin ver a Rafael ni tener noticias que aliviaran su tristeza.

Aquella lluviosa mañana de enero de 1809 su padre les acompañó hasta Cádiz y los embarcó hacia el país de su difunta esposa con la promesa de que, cuando desapareciera la amenaza de la invasión francesa, los traería de vuelta.

Eugenia pensó que sería cuestión de unos pocos meses y que pronto podría regresar a su país. De eso hacía año y medio y la situación, en vez de tornarse favorable, había empeorado. Poco a poco las tropas invasoras se fueron apoderando de todo el suelo español a excepción de una parte de Galicia y de la inexpugnable ciudad de Cádiz.

Tres días después de tomar la decisión, y gracias a la influencia de su abuelo, Eugenia se embarcaba en un buque mercante rumbo a Cádiz acompañada de Juanita, que no quería dejarla partir sola. No sabía qué haría una vez que llegase a su destino. Ya pensaría en una solución cuando estuviese allí, se dijo con optimismo.

A la semana de embarcar en el *Virgen de la Soledad* en el puerto de Southampton, Eugenia y Juanita llegaron a Cádiz. El trayecto fue bastante accidentado. En dos ocasiones tuvieron encuentros con buques franceses que, gracias a la pericia del capitán y del resto de la tripulación, pudieron ser evitados sin contratiempo alguno.

La goleta en la que navegaban, y que se encargaba de llevar suministros a la ciudad sitiada, era un barco muy rápido, que dejaba atrás con facilidad a los pesados buques de guerra franceses. Solo hacia el final de su viaje, en la última cena que disfrutó en el camarote del capitán junto a los oficiales y a Hugh Thacker, un pasajero inglés que había viajado desde Inglaterra, Eugenia se enteró de que ese barco fue construido cuatro años antes en los astilleros de los Tablada y había formado parte de la flota de Rafael hasta que este vendió el negocio.

La noticia la conmocionó. Llevaba más de dos años sin saber nada de él, luchando sin éxito por olvidarlo. Continuaba anhelando su presencia y, aunque su amor no había menguado ni un ápice, su recuerdo no le provocaba el lacerante dolor de los primeros meses.

Cuando miraba atrás, se asombraba de las estupideces que aquel impetuoso amor juvenil le obligaron a cometer. Ahora comprendía que Rafael nunca sintió nada más que simple deseo, como lo demostraba el que no hubiese intentado ponerse en contacto con ella en todo ese tiempo. En cambio, sus sentimientos hacia él habían crecido y madurado, enraizándose con fuerza en su corazón.

Sabía que él se había marchado de España para evitar correr riesgos, pero conservaba la esperanza de que hubiese regresado para luchar contra los invasores. No podía ser tan desleal y cobarde cuando su abuelo lo tenía en gran estima.

Capítulo 20

El puerto de Cádiz, en su istmo rocoso del Atlántico, era un hervidero de gentes de distintas clases y variopinta condición. Los uniformes de los soldados ingleses rivalizaban con los de los españoles en sus vistosos coloridos. Los estibadores, con su incesante trajinar, aligeraban los barcos de las mercancías que los comerciantes esperaban con ansiedad para reponer sus exiguas existencias, o de municiones que los ejércitos precisaban para mantener la defensa de la ciudad.

Cádiz parecía una fortaleza inexpugnable. Por tierra, el río Sancti-Petri y las marismas protegían sus accesos, y por mar lo hacían las escuadras inglesa y española, que facilitaban la entrada de suministros. Esa era la causa de que no escaseasen ni habiéndose duplicado la población en esos cinco meses de sitio.

Por otro lado, la pequeña guarnición con la que contaba, había aumentado de forma espectacular gracias a la iniciativa del duque de Albuquerque de trasladar desde Extremadura a su ejército de doce mil hombres pocos días antes de que llegaran los franceses a sus puertas, aparte de otros cinco mil que había enviado el gobierno de Gibraltar; por ello, no era de extrañar que los gaditanos se sintieran protegidos y dispuestos a resistir el asedio durante años.

Eugenia alquiló un carruaje y, con Juanita y el equipaje, se dirigió sin demora a la dirección que el señor Thacker le había indicado, tras explicarle ella su deseo de llegar a Sevilla y las circunstancias por las que lo hacía. El joven caballero, que tenía negocios en la ciudad, le había resultado muy atento y agradable, consiguiendo que la larga travesía se hiciera más llevadera.

Había sido de gran ayuda, sorprendiéndola con todo tipo de información que ella nunca habría imaginado en un simple comerciante de paños. Según le explicó, en la dirección facilitada le procurarían, y por un módico precio, la forma de salir de la ciudad y llegar a su destino, así como los salvoconductos que les permitirían burlar los numerosos controles apostados en los caminos y a la entrada de las principales ciudades.

Al llegar al lugar indicado, Eugenia se encontró con la sorpresa de que se trataba de un magnífico palacio en cuya fachada aparecía un escudo de armas.

Dudosa, llamó a la puerta y esta se abrió de inmediato. Por la estrecha rendija apareció el rostro de un niño de unos siete años que la miraba con curiosidad. Eugenia, convencida de que se había equivocado, fue a marcharse.

—Te he dicho muchas veces que no debes abrir la puerta, Currito —dijo una voz con acento de censura.

El niño se marchó y la puerta se abrió, apareciendo en ella una hermosa mujer cercana a la treintena que portaba un gran mandil cubriendo el elegante vestido.

—¿Deseaba algo? —preguntó con amabilidad.

Eugenia dudó en exponerle su problema. No creía que allí le fuesen a facilitar lo que necesitaba.

—Disculpe, señora; creo que me he equivocado de lugar. —E hizo intención de marcharse.

—Tal vez no; depende de lo que anden buscando —comentó, consiguiendo que detuviese su marcha.

La amable sonrisa de la mujer la animó a explicarle su problema. Nada perdía con ello.

—Me llamo Eugenia Madrigal de Castro. Acabo de desembarcar procedente de Inglaterra y me urge llegar a Sevilla. El señor Hugh Thacker, un caballero inglés que viajaba con nosotras en el barco, al que creo que conoce, me indicó esta dirección como el lugar en el que podrían facilitarme documentación y transporte para mí y mi doncella; pero tal vez equivoqué el nombre de la calle y...

—Ha venido al lugar adecuado. Acompáñeme —la cortó la mujer, mirando a ambos lados con nerviosismo.

Eugenia indicó a Juanita que la esperase en el carruaje y siguió a la dama. Su sorpresa fue enorme cuando, al entrar en el gran patio adornado con mosaicos y hermosas estatuas, descubrió que se encontraba lleno de personas que parecían haberlo elegido como vivienda.

Numerosos camastros y jergones aparecían en el suelo, alineados a lo largo de los muros, muchos de ellos separados por telas a modo de tabiques para proporcionar algo de intimidad. Postrados en la mayoría de ellos se veían hombres heridos y atendidos por mujeres. Varios niños, incluido el que les había abierto la puerta, correteaban cerca de la gran fuente central, en la que otras mujeres se afanaban en lavar las ropas que luego colgaban en improvisados tendederos. En un apartado rincón ardía un fuego, sobre el que aparecía colgado un gran caldero, y en otro una larga mesa dispuesta para degustar lo que se cocinaba en él.

Intentando ocultar su asombro, Eugenia cruzó el patio siguiendo a la dama hasta el interior de la vivienda. Esta, a la que llamaban doña María, se paraba a cada momento para atender las cuestiones que le iban consultando.

Cuando se introdujeron en una amplia sala, invitó a Eugenia a sentarse.

—¿Le apetece refrescarse con un vaso de limonada o tal vez un té frío? Estamos padeciendo uno de los veranos más calurosos de los que recuerdo —le preguntó con amabilidad.

—Gracias, señora; no deseo importunarla. Ya veo que tienen muchas ocupaciones que atender —negó Eugenia. Se había percatado de que la dama tenía las manos muy estropeadas, como las de una sirvienta que pasase el día en las pilas de lavado.

—Es cierto, los enfermos no paran de llegar. Pero siempre hay un hueco donde alojarlos y unos minutos para atenderlos. Esta ciudad se ha convertido en el único refugio para los que huyen de sus hogares ante el temor a las tropas francesas y es necesario darles acogida, en mayor medida a los heridos y enfermos. Aquí se les cuida y se sienten seguros; y, aunque la comida no es tan abundante como antes, no nos podemos quejar.

—Es una gran labor que la honra, señora.

—Solo cumplo con mi deber cristiano. Mi marido dio la vida por liberar a este país del yugo invasor y yo, en la medida de mis posibilidades, intento hacer lo mismo.

—Siento tan terrible pérdida, doña María. Es muy loable que muriera por una noble causa. ¿Cuándo ocurrió tan fatal desenlace? —se interesó Eugenia.

—Comandaba un regimiento en la gloriosa batalla de Bailén y fue herido de gravedad. Murió a las pocas semanas a causa de la infección de las heridas, que no se pudo atajar. Me cabe el consuelo de que se marchó sabiendo que la batalla se había ganado y pensando que pronto nos veríamos libres de los franceses y con el rey Fernando en el trono. No habría soportado ver la situación en la que el país se encuentra ahora, con el ejército subyugado y la mayoría de nobles y hombres influyentes simpatizando con los gabachos. Solo en esta ciudad, pequeño reducto de la resistencia, somos capaces de mantener a raya a los invasores. –María se secó una lágrima que corría por su mejilla. Con un suspiro, desterró los penosos recuerdos y volvió a colocar la sonrisa en su rostro para mirar a Eugenia–. Dígame, ¿qué le impulsa a viajar a una ciudad ocupada por el enemigo? Debe de ser muy importante para que decida aventurarse fuera de estos muros que nos protegen.

–Mi padre, el marqués de Aroche, ha sido detenido y acusado de traición. Debo acudir en su ayuda.

–Espero que consiga librarlo del cadalso. Le proporcionaré los salvoconductos y esta misma noche podrán salir de la ciudad. Mientras, si no tienen dónde ir, pueden quedarse aquí. Deberán descansar y recuperar fuerzas porque les espera un largo trayecto a pie.

Eugenia aceptó la invitación. Hizo descargar el equipaje y, junto con Juanita, se acomodó en una de las habitaciones con el fin de descansar unas horas. Recordó que Mariana estaba en la ciudad, pero no era el momento de visitarla. Ya tendría ocasión de pedirle explicaciones por sus actos.

Durante las horas que pasó en la casa, Eugenia se maravilló de la gran bondad de aquella dama, doña María Gómez de Villalón, viuda de don Cristóbal Ortega, conde de Campoverde, uno de los heroicos defensores de la Patria. Tanto Eugenia como Juanita, dedicaron gran parte del tiempo a ayudar en la atención a los enfermos. Todas las manos eran pocas y ellas querían contribuir de alguna forma a la generosidad con la que eran tratadas.

Varias horas después, exhaustas, cenaron y subieron al cuarto asignado con el fin de descansar. Doña María les había explicado que vendrían a buscarlas de madrugada para guiarlas en la salida de la ciudad. El modo de hacerlo era a través de las marismas y las salinas del caño de Sancti-Petri, ya que era la única zona que los franceses no dominaban por completo.

Les indicó que, al tener que cubrir grandes trechos a pie y otros en barcazas, deberían prescindir de los dos baúles de equipaje que llevaban y portar solo lo necesario. A Eugenia le costó desprenderse de sus vestidos y demás complementos, pero comprendió los razonamientos de la mujer.

Seleccionó lo indispensable, con lo que formó un pequeño bulto que podía cargar ella misma, donando el resto a las personas allí refugiadas y que lo recibieron con grandes muestras de agradecimiento. Juanita, cuyo equipaje era mucho más ligero, apenas tuvo que desprenderse de alguna prenda.

Cuando dieron la una de la madrugada, se oyeron unos toques en la puerta que alertaron a Eugenia. Doña María las avisó y fue a abrir. Mantuvo una breve conversación e hizo señas a las dos jóvenes para que salieran.

–Espero que tenga éxito en su empeño, Eugenia –le deseó con sinceridad. En las pocas horas transcurridas en su casa, había llegado a apreciar a aquella joven de gran corazón.

Eugenia abrazó a la dama y, con Juanita, se apresuró a subirse al carromato junto al que aguardaba el hombre; de inmediato, se pusieron en marcha.

Salieron por una de las puertas de la ciudad, custodiada por soldados, y se adentraron en un camino que se iba haciendo cada vez más estrecho y peligroso. Tras casi una hora de trayecto, el hombre –que apenas había hablado– les indicó con un gesto que bajaran.

Eugenia miró a Juanita. Al ver el miedo en su rostro, trató de infundirle un valor que ella tampoco sentía.

Caminaron durante largos minutos por estrechos senderos, entre charcas salineras, llegando a una amplia laguna donde una barcaza con dos hombres las aguardaba. Eugenia pagó lo estipulado al hombre que las había conducido hasta allí, que desapareció de inmediato.

Subieron a la barcaza con un creciente temor, no tanto por el hecho de ser descubiertos por alguna patrulla francesa como por viajar con gente desconocida. Al amparo de los cañaverales, fueron avanzando hasta llegar al otro lado de las marismas, donde desembarcaron. Tuvieron que volver a caminar por espacio de otra hora hasta llegar a una pequeña aldea. Una vez allí, los hombres las condujeron hasta una casa algo apartada de las demás, indicándoles que en ella podrían descansar y que por la mañana les proporcionarían un medio de transporte para llegar a su destino.

Eugenia pagó a los hombres y llamó a la puerta. La mujer que les abrió, una anciana de rostro bondadoso, las hizo pasar.

—Pobrecitas, deben de estar heladas. Les calentaré un poco de caldo.

—Gracias, señora; se lo agradecemos mucho —dijo Eugenia, que estaba exhausta.

La anciana se retiró y las dos jóvenes se sentaron con gran alivio.

—He pasado mucho miedo, señorita Eugenia —confesó Juanita con franqueza.

—Y yo; por suerte, todo ha pasado y podemos descansar tranquilas.

La anciana regresó con dos tazones de humeante líquido, que consiguió ahuyentar el frío de la noche que se había introducido en sus cuerpos.

—¿Hacia dónde se dirigen, criaturas?

—A Sevilla, señora. ¿Sería posible alquilar un carruaje que nos lleve hasta allí? —preguntó Eugenia ansiosa.

—Aquí no tenemos nada de eso, pero las acompañaremos hasta Chiclana, donde podrán coger el coche de postas que las llevará a Jerez. Desde allí no tendrán problemas para llegar a Sevilla —les aseguró.

—Eso estaría muy bien. Gracias otra vez —aceptó Eugenia. No era lo más rápido, pero tendrían que conformarse.

—Ahora descansen. Quedan un par de horas para que amanezca.

El cansancio hizo que Eugenia encontrara el duro banco sobre el que se echó tan cómodo como el mejor colchón de plumas. Cuando la dueña de la casa la despertó con las primeras luces del alba, se levantó descansada y con renovados ánimos.

Tomaron un ligero desayuno y la anciana sugirió a Eugenia que cambiara el lujoso atuendo que llevaba por uno más humilde. Una vez que estuvo vestida con las ropas que Juanita le prestó, las acompañó hasta una carreta que aguardaba en la puerta y en la que se transportaban verduras para el mercado de Chiclana.

Eugenia quiso pagarle por su ayuda y esta se negó. Ella no lo hacía por dinero, lo hacía por su afán de ayudar a las personas que lo necesitaban.

Cuando se subió al pescante del carromato, Eugenia sonrió esperanzada; si no surgía ningún contratiempo, esa misma noche estaría en Sevilla.

Capítulo 21

Cuando Eugenia y Juanita llegaron a Sevilla ya era noche cerrada, por lo que se dirigieron sin demora a su casa. Ansiaba ver a Cosme y al resto de los sirvientes para que la pusieran al tanto de las últimas noticias. Y esperaba encontrar a Tomás en ella. Quería enviarle a Emilia una nota con el fin de tranquilizarla. Estaría ansiosa por saber de ella y de la decisión que había tomado después de recibir su carta.

Cuando llegó, se llevó una gran sorpresa al advertir que la robusta puerta del palacete estaba custodiada por dos soldados franceses. Intrigada, llamó y, en vez de aparecer alguno de sus criados, la abrió otro soldado. Este, tras preguntarle en francés su nombre y lo que deseaba, las hizo pasar al zaguán y les ordenó que esperasen.

Hasta Eugenia llegaba el sonido de música y el murmullo apagado de numerosas voces procedentes del gran salón de la primera planta. Pronto comprendió lo que ocurría. En ausencia de su padre, la casa había sido ocupada por algún gabacho y estaban dando una fiesta. Emilia le había comentado en sus cartas que los oficiales franceses se instalaban en las mejores residencias de la ciudad sin importarles que estuviesen ocupadas o no por sus dueños, que pasaban a ser invitados en sus propios hogares.

Se indignó ante tamaña injusticia, aunque comprendió que no podía hacer nada hasta conocer la situación. A los pocos minutos vio aparecer a Cosme que, atraído por las voces, entre las que reconoció la de su ama, se había apresurado a acudir a su encuentro.

—¡Señorita, qué alegría! —exclamó con emocionada voz.

—Cosme, ¿qué hacen estos soldados en mi casa? —preguntó ella soliviantada después de abrazar a su viejo sirviente.

La llegada de un estirado mayordomo impidió la explicación. Le ordenó a Cosme que volviera a sus quehaceres y se encaró con Eugenia.

—Su nombre no aparece en la lista de invitados, *mademoiselle*. Tanto el dueño de la casa como su invitado, el general Ducret, no podrán recibirla. Le sugiero que vuelva mañana; tal vez tengan unos minutos para concederle —le indicó, dedicando una desdeñosa mirada a su sencillo atuendo.

El que no le permitiera la entrada a su propio hogar supuso una gran ofensa para Eugenia, y desoyendo los ruegos de Juanita, atravesó el patio y se dirigió al interior de la casa.

En el gran comedor estaban reunidas una veintena de personas. Cuando quiso avanzar, un par de criados la detuvieron, sujetándola por los brazos y arrastrándola hacia la salida. Eugenia se resistió y peleó con ellos, atrayendo sobre sí las miradas de los concurrentes.

—¡Suéltenla! —dijo con autoritario tono una voz que a Eugenia le pareció reconocer a pesar de hablar en un aceptable francés.

Los criados obedecieron y Eugenia se vio libre, girándose para mirar a la persona que había dictado la orden. La sorpresa fue mayúscula al contemplar el rostro de quien menos esperaba ver allí.

–¡Rafael! –gritó exultante de alegría. Se arrojó en sus brazos y se abrazó a él embargada por una dicha que parecía ahogarla. ¡Él había regresado!

Eugenia lo miró y, por un momento, le pareció advertir en aquellas oscuras pupilas los mismos sentimientos que a ella la abrumaban, para ser ocultados casi de inmediato por un tupido velo de frialdad.

Rafael la separó con lentitud y una cínica sonrisa apareció en su rostro.

–¡Señorita Madrigal, qué sorpresa más agradable! ¿Desea unirse a nuestra pequeña *fête*... aunque no vaya vestida para ello? –preguntó con mofa. Y, sin esperar respuesta, comenzó a conducirla hacia la cabecera de la mesa donde un hombre grueso, de gran mostacho y vistiendo uniforme francés, la observaba con interés–. Voy a presentarle a mi invitado de honor, el general Ducret.

–Rafael, ¿qué haces aquí? –le preguntó desconcertada, reacia a seguirle.

–Es evidente, querida; disfrutar con estos señores de la agradable compañía de tan hermosas damas.

Eugenia reparó por primera vez que las mujeres sentadas a las mesas, algunas sobre las rodillas de varios comensales masculinos, vestían de forma provocadora y exponían con generosidad los pechos, que eran acariciados por los hombres. Desde luego, no se trataba de damas decentes o no se mostrarían de esa forma en público.

–Mi querido August, le presento a la señorita Eugenia Madrigal de Castro, hija del anterior ocupante de la casa, el marqués de Aroche –anunció Rafael ante el francés, que permanecía sentado y la miraba con ojos inyectados de lujuria.

Eugenia continuaba aturdida, negándose a creer lo que el sentido común le dictaba. ¿Cómo era posible que Rafael tratase con tanta familiaridad a un enemigo?

–Hermosa hembra. Ya que ha venido, que se una a nosotros, amigo Tablada –manifestó el militar en un pésimo español, siendo vitoreadas sus palabras por parte de los hombres que ocupaban la mesa, la mayoría de ellos vestidos con uniformes galos.

–Ya lo ha oído, señorita Madrigal. Puede unirse a nosotros si lo desea; al fin y al cabo, este continúa siendo su hogar –le sugirió Rafael sin abandonar su sardónica sonrisa.

Eugenia sintió que la rabia, surgida del lacerante dolor que le atravesaba el pecho, la inundaba y borraba todo pensamiento coherente. De un fuerte tirón, se desasió de la mano que había estado apretando su brazo y la suya se proyectó con fuerza sobre la rasurada mejilla masculina.

–¡Traidor! ¿Cómo has podido…? –Lágrimas de desolación anegaban sus ojos.

Rafael sintió el impacto en el rostro y la sujetó para que no volviera a golpearle, permaneciendo mudo ante el insulto. Por unos segundos, Eugenia vislumbró una ráfaga de amargura brillar en sus ojos, para pasar a una divertida indiferencia que le atravesó el corazón como un puñal al rojo vivo.

–Lleve cuidado, Tablada, o le arruinará el rostro –dijo uno de los comensales en francés.

–La damita española tiene agallas –comentó otro galo.

–Me gustaría tenerla en mi cama para comprobar si demuestra el mismo fuego –insinuó un tercero en el mismo idioma.

–No te dejes engañar, Marchant; suelen parecer muy fogosas y luego se pasan la mayoría del tiempo rezando –le aconsejó otra voz masculina en perfecto castellano.

Las risas coreaban los soeces comentarios. Eugenia no pudo aguantar más y, ciega de dolor, corrió hacia la salida con amargas lágrimas de decepción deslizándose por sus mejillas y sin sentir el menor deseo de limpiarlas. ¿Cómo no advirtió el verdadero calado de ese hombre?

–Parece que la señorita no se siente cómoda entre nosotros –comentó Rafael a sus espaldas con una sonora carcajada.

Esas fueron las últimas palabras que Eugenia oyó antes de salir de su antiguo hogar.

Una vez en la calle, Juanita la interrogó sobre lo que había ocurrido. Ella se negó a decir palabra, limitándose a caminar sin rumbo fijo seguida de su doncella. Transcurrió un buen rato hasta que se fue calmando y estuvo en situación de explicarle lo ocurrido. Entonces se le planteó un nuevo y grave problema. Había confiado en alojarse en su casa y, como eso resultaba imposible, debía encontrar otro lugar en el que pudieran pasar la noche.

Aunque la presencia de soldados franceses por las calles no era muy abundante, sabía que no podían quedarse a la intemperie. Juanita le sugirió ir a la casa de un pariente que vivía en el barrio de Triana, pero Eugenia recordó que Amalia y su familia se habían quedado en Sevilla. A ella recurriría si permanecía en la ciudad.

Con una nueva determinación, se dirigió a la casa de los condes de Bermejo. Amalia no se encontraba en ella, aunque sí sus padres, don Avelino y doña Mercedes, que la recibieron con muestras de cariño y se ofrecieron a alojarlas durante el tiempo que precisase.

Como toda la ciudad, los condes estaban al tanto de la encarcelación del marqués de Aroche y de la ocupación de su casa por Rafael Tablada, un desleal a Fernando VII que hacía negocios con los franceses a costa de la ruina de sus compatriotas. Ellos habían tenido suerte de que ningún gabacho hubiese decidido ocupar su hogar. Según un bando del nuevo gobierno, todo sevillano estaba obligado a alojar en su casa a los valientes soldados que habían traído la paz a la ciudad, así que ninguna familia se libraba de ese deber si se lo solicitaban.

Al comentarle Eugenia a don Avelino su intención de visitar a su padre a la mañana siguiente, este le informó de que debía obtener un permiso para ello; algo que resultaba difícil y no exento de gastos.

Una vez alojada en su cuarto y con Juanita acomodada en la zona de servicio, Eugenia se acostó. Habían sido tantos los acontecimientos, y tan angustiosos algunos de ellos, que se encontraba exhausta. Pero el sueño no llegaba por mucho que se esforzaba en conseguirlo. Cuando Amalia regresó de madrugada, ella estaba despierta.

—¡Eugenia! —exclamó su amiga, y la abrazó con efusión—. ¿Qué haces en Sevilla? Te creía a salvo en Londres con tu familia.

—Mi padre está en prisión desde hace meses. Tengo que ayudarle a salir de ella.

Amalia asintió con gesto pesaroso.

—Conocíamos la noticia, aunque es imposible hacer nada por ayudarle. La acusación es muy grave. Debió huir a Cádiz como el resto de miembros del gobierno municipal o, al menos, simpatizar con los mandos franceses. Pero él no se esforzaba demasiado por disimular su descontento, tanto en sus manifestaciones públicas como en sus actos. Fue algo muy imprudente por su parte. Es mejor congeniar con ellos, o simularlo, para que te dejen en paz. Eso es lo que todos hacemos.

—¿Y aceptar a los invasores, doblegarse a su yugo? ¿Es lo que intentas decirme?

—No hay otra solución si se desea conservar el patrimonio e, incluso, la vida. Otra cosa es colaborar con ellos para conseguir riquezas y poder, como ocurre con tu antiguo prometido, el barón de Balbuena, o el hermano de tu amiga Beatriz.

El rostro de Eugenia mostró un rictus de dolor ante la mención de Rafael y las pocas lágrimas que le quedaban en los ojos volvieron a derramarse. Amalia, imaginando que se trataba del barón, intentó consolarla.

—¿Lo sabías? —le preguntó. Ante la negación de ella, la abrazó—. No debes estar apenada, Eugenia. Al contrario, es una gran suerte que no te casaras con él. Ahora te despreciarían todos en la ciudad. Aunque asistamos a sus fiestas y algunos los halaguen, la mayor parte de la sociedad sevillana solo los tolera y está deseando que Sevilla y todo el país sean liberados. Pero, por favor, no repitas mis palabras o nos acarrearas un buen disgusto. Nunca se sabe quién va a ser acusado de traición.

Capítulo 22

A la mañana siguiente rayando el alba, Eugenia se encaminó en el carruaje de los condes de Bermejo hacia la Cárcel Real, la prisión donde su padre estaba recluido.

Don Avelino le había advertido de lo difícil que era conseguir un permiso para ver a los presos por delitos tan graves, pero Eugenia no se arredró por ello. Estaba dispuesta a humillarse si era preciso para que le dejaran verlo, y llevaba consigo buenos argumentos con los que esperaba conseguirlo.

La vieja prisión, que se encontraba al comienzo de la calle de la Sierpe, le pareció mucho más siniestra que las muchas ocasiones anteriores en las que había pasado por su puerta. Indicó al cochero que la esperase y ella se acercó a la entrada, custodiada por dos soldados vestidos con el uniforme de los granaderos imperiales. Pidió ver a la persona al mando y la llevaron hasta una pequeña habitación en la que un hombrecillo, vestido de uniforme, comía sentado en una gran mesa.

–¿Qué desea, *mademoiselle*? –preguntó con gesto huraño.

–Visitar a don Esteban Madrigal de Castro y Mendoza, marqués de Aroche.

—No se permiten visitas a los presos —informó de forma automática y sin mirarla.

Eugenia no se desanimó por la negativa. Había ido a ver a su padre y no se marcharía de allí sin haberlo conseguirlo.

—Tengo entendido que puede hacer excepciones de vez en cuando —mencionó ella, al tiempo que sacaba una pequeña bolsa del fondillo disimulado en su vestido y la dejaba en la mesa ante él.

El francés levantó la cabeza ante el tintineo de las monedas y una amplia sonrisa apareció en su rostro. La cogió y se la guardó en la pechera de su casaca.

—Enséñeme lo que lleva en el hatillo —le ordenó.

Eugenia obedeció. Colocó sobre la mesa el bulto y lo abrió. Había decidido llevar a su padre algunos alimentos y ropa limpia presumiendo que ambos deberían escasear en aquel lugar.

El hombre, contento con la inspección, le indicó que lo cogiera.

—¡Guardia! —llamó a un soldado que esperaba en la puerta—. Acompañe a *mademoiselle* hasta la celda del reo que ella le indique.

Eugenia respiró aliviada y dio al soldado el nombre de la persona que deseaba ver. Bajaron varios tramos de escaleras y se encaminaron por un oscuro y maloliente corredor, apenas iluminado por mortecinas antorchas en las paredes, y en el que se sucedían una serie de estrechas puertas tras las que se escuchaban gemidos de dolor y gritos de desesperación.

Eugenia, con el rostro semioculto por la mantilla que le cubría la cabeza, seguía al guardia haciendo grandes esfuerzos por ignorar los lamentos de los infelices que allí moraban; empeño inútil pues estos se colaban en su cerebro provocándole una intensa angustia. Temía lo que iba a encontrar cuando llegase a la celda que su padre ocupaba.

A Eugenia se le encogía el corazón ante el sufrimiento de aquellas personas que, tal vez, no habían hecho nada para merecer ese destino, al igual que su padre. Don Avelino le había comentado que las detenciones eran constantes y muchas veces por cuestiones tan insignificantes como que a algún soldado francés no le gustara la forma en la que lo habían mirado o el aspecto que tenía un individuo que circulase por la calle. Lo mismo ocurría con las mujeres cuando se negaban a acceder a sus insinuaciones. Y en Sevilla tenían suerte, ya que en otras ciudades se había impuesto toque de queda y se disparaba contra cualquiera que no lo respetase.

El guardia se paró ante la puerta que ostentaba el número 19 y la abrió, indicándole que pasara. Eugenia sintió una repentina náusea ante el fuerte olor que salía del pequeño habitáculo. Con la escasa luz que se colaba del corredor apenas distinguía nada el interior.

—¿Padre?

—¡Eugenia!

La voz debilitada del marqués llegó a los oídos de la joven desde el rincón más apartado. Echado en un camastro, el orgulloso marqués de Aroche se incorporó vacilante.

Eugenia corrió hacia él y lo abrazó llorosa.

—¿Qué haces aquí, hija? —En su voz se mezclaban la alegría de verla con la preocupación por su seguridad y la humillación de que lo encontrara en aquella penosa situación. Él la creía a salvo en otro país y ahora se presentaba allí, exponiéndose al peligro.

—He regresado en cuanto me enteré de que te habían detenido. ¿Cómo te encuentras?

Esteban intentó esbozar una sonrisa que se quedó en una mueca de tristeza y dolor.

—Bien, no te preocupes. Esto no es tan malo como parece —mintió lo mejor que pudo—. ¿Y vosotros? ¿Tu hermano ha venido?

—No, él se ha quedado en Londres.

—Has hecho bien en dejarlo. Ya ves en las condiciones que está la ciudad. No deberías haber regresado —la amonestó con poca severidad.

—No iba a quedarme sabiendo que me necesitas, padre.

—No puedes hacer nada, Eugenia. Ayala, mi administrador, está intentando aclarar las cosas. Con los ahorros que me quedaban, y que le he confiado, contratará a un buen abogado que no tardará en sacarme de aquí. No te preocupes, es cuestión de pocos días más.

—¿Pero de qué te acusan? Tú no has hecho nada malo. No eras miembro de la Junta, solo un asesor y durante unos pocos meses.

—Lo sé, aunque en estos tiempos inciertos nadie está seguro y son muchos a los que acusan de traición sin concretar cuáles han sido sus acciones y sin darles la oportunidad de defenderse. Como te digo, pronto se solucionará todo y podré volver a casa. Tú debes regresar a Londres o refugiarte en Cádiz con tu tía Mariana. Aquí es peligroso permanecer.

Eugenia se soliviantó al oír el nombre de su tía, que había huido dejándolo en la estacada. Por nada del mundo iría con ella.

—No, padre. No pienso marcharme de la ciudad hasta que estés libre.

—Hija, por favor, no te expongas al peligro. No podría perdonarme si te ocurriera algo. Tú sola en la casa no debes estar. Incluso en Torre Blanca, que tampoco es un lugar seguro, estarías protegida. Emilia es muy terca y no ha querido escuchar mis consejos. Cree que podrá detener a los soldados franceses en caso de que decidan ocupar la hacienda.

Eugenia reparó en que su padre no sabía que la casa había sido requisada y decidió dejarlo en la ignorancia, máxime cuando la ocupaba un hombre al que siempre había odiado. Bastantes disgustos y preocupaciones tenía para añadir otro más.

—No me va a suceder nada. Me alojo en casa de los condes de Bermejo. Allí estoy a salvo. ¿No tienes algún amigo que pueda hablar en tu defensa ante los jueces?

—Los que no se han pasado al bando francés prefieren no arriesgarse, y los afrancesados acatan órdenes de los mandos militares galos, que son los que gobiernan en la ciudad —contestó Esteban con pesadumbre. Ninguno de sus amigos se había interesado por él en todo el tiempo que llevaba allí.

—Tiene que existir alguien a quien podamos acudir. Si se lo pido, don Avelino intercederá por ti —propuso Eugenia. No podía creer que nadie estuviese dispuesto a auxiliar a su padre sabiendo que él había ayudado a otros muchos cuando tuvo la oportunidad.

—No, Eugenia; no voy a comprometer a ninguna de mis amistades. —El serio semblante mostraba su firme decisión—. Solo conozco a una persona que podría interceder por mí. Tiene mucha influencia e intentó avisarme de que me habían denunciado; por desgracia, fue demasiado tarde y no pude huir —se lamentó con gesto de impotencia—. La verdad es que nunca lo hubiese creído de él. Imaginaba que me guardaría rencor.

Eugenia sintió cómo su corazón se aceleraba emocionado. ¿Sería Rafael?

—¡Eso es maravilloso! Dime su nombre e iré a verle. Tal vez podamos conseguir tu salida de esta inmunda prisión —le pidió esperanzada.

—Se trata del barón de Balbuena, tu antiguo prometido. Aunque es un afrancesado que colabora con los vencedores, posee un corazón bondadoso. Gracias a él dispongo de una celda mejor y me tratan con mayor consideración. Si deseas hacer algo para ayudarme, estaría bien que lo visitaras. Don Ignacio siempre te ha apreciado y, en recuerdo de la amistad que nos unió en el pasado, me prometió interceder por mí –respondió con cierta precaución, consciente de la aversión de su hija por ese hombre.

Eugenia no consiguió evitar el gesto de decepción que mostró su rostro al escuchar el nombre de la única la persona que mostraba interés por su padre. Sabía que residía en la ciudad y que era un destacado miembro del gobierno local, por lo que estaba en posición de brindarle el apoyo que precisaba; otra cosa era que estuviese dispuesto a hacerlo. Al mirar a su padre y vislumbrar en sus ojos una pequeña llamita de esperanza, se le encogió el corazón y comprendió que, por mucho que le desagradase, iría a ver al barón.

—Está bien, padre. Hablaré con él –accedió, e intentó que el desagrado que sentía apenas se apreciara en su voz.

—La visita ha terminado. Debe marcharse, *mademoiselle* –le anunció el guardia desde la puerta.

Eugenia le entregó el hatillo a su padre.

—Te he traído algo de comida y ropas para cambiarte.

Esteban se lo agradeció emocionado y la abrazó. Eugenia advirtió su delgadez y sintió una enorme congoja.

—Volveré en cuanto sepa algo. Mientras tanto, cuídate y no desfallezcas.

Esteban la despidió con lágrimas en los ojos y ella sintió que la congoja la ahogaba al verlo tan desamparado y humillado, él que siempre había sido una persona arrogante. Parecía haber envejecido diez años en aquellos meses y rogaba para que no enfermase por la insalubridad de la celda.

Se marchó descorazonada. Si su antiguo prometido, al que ella despreció, era la única persona con la que podía contar para liberar a su padre, presagiaba que se le iba a hacer muy difícil la misión; pero no se arredraría ante las dificultades.

Cuando salió de allí, Eugenia fue a ver al administrador de su padre. Empleó toda la mañana y no logró dar con él. Cuando, agotada y desanimada, decidió insistir en la dirección que le facilitaron, una vecina le informó que la familia había abandonado la casa una semana antes con la intención de no regresar. Según le había contado la esposa de don Francisco Ayala, acababan de recibir una herencia y querían trasladarse a Madrid, donde se codearían con lo mejor de la sociedad.

Eugenia imaginó que la herencia a la que la mujer se refería no era otra cosa que el dinero para contratar al abogado que defendiera el caso de su padre ante el tribunal, y en el cual confiaba para salir de prisión. Ahora que ya no existía esa esperanza, tenía que hallar otra solución y la única que se le vislumbraba era recurrir a don Ignacio.

Capítulo 23

Eugenia se presentó al día siguiente en el edificio del ayuntamiento, lugar donde le había indicado don Avelino que podría encontrar al barón. Después de pasar varios controles en las puertas de acceso al regio edificio, un soldado la acompañó hasta una amplia sala en la que había varias personas más, ordenándole que aguardara hasta que la llamasen.

Transcurrida una hora, en la que tuvo que soportar las miradas lascivas de los hombres que allí se encontraban y sus comentarios soeces, una puerta se abrió y un hombre se acercó a ella pidiéndole que le siguiera. Atravesaron otra sala y un breve corredor hasta llegar a una lujosa dependencia.

Eugenia reconoció al hombre de inmediato. Había cambiado poco en esos dos años. Conservaba su atractiva apariencia; si bien, su figura se había redondeado un poco y su cabeza aparecía más despoblada de lo que recordaba. También se había acentuado el rictus cínico de su boca y la expresión calculadora de sus ojos, pero la sensación de repugnancia que le provocaba continuaba siendo la misma.

Ignacio se acercó a ella con una sonrisa de triunfo y un brillo libidinoso en la mirada.

—¡Mi querida Eugenia, qué inesperado placer! —exclamó, al tiempo que se inclinaba para cogerle una de las manos y llevársela a los labios—. Compruebo con asombro que estás más bella que la última vez que nos vimos.

Eugenia sintió náuseas al contacto de aquella boca y tuvo que realizar un gran esfuerzo para evitar salir corriendo de allí, pero se obligó a sonreírle. Era descabellado acudir a esa persona, aunque se había prometido hacer todo lo que estuviese en su mano para ayudar a su padre después de comprobar el penoso estado en el que se encontraba.

—Es usted muy amable, señor barón.

—Ignacio, por favor; ¿ya no recuerdas que en otro tiempo fuimos muy íntimos?

Eugenia no contestó, temerosa de que alguna agria respuesta arruinase las posibilidades de ayuda que había ido a buscar.

—Siéntate, por favor; tenemos tantas cosas que contarnos.

—Gracias, señor... Ignacio —rectificó con esfuerzo, y accedió a sentarse en el diván que le señalaba.

Él lo hizo a su lado, colocando un brazo en el respaldo, en un gesto de familiaridad que desagradó a Eugenia.

—No es necesario dármelas; será un placer servirte en lo que desees —zanjó—. Pero cuéntame, ¿cuándo has regresado? Creo recordar que os marchasteis a casa de tus familiares en Inglaterra hace más de un año.

Eugenia se soliviantó. No había caído en la cuenta de que sabía que estaba fuera del país, y era fácil imaginar que había entrado de forma clandestina en él. Un sudor frío comenzó a empapar su frente. Sacó el abanico del bolso de mano y, con coquetería, lo utilizó para disimular su nerviosismo.

—Llegué hace un par de días a la ciudad. Lo cierto es que tenía muchas ganas de regresar a mi tierra.

—Desde luego, no hay nada como el hogar. Espero que te encuentres cómoda en él a pesar de tener invitados... forzosos —apuntó, pendiente de su reacción.

Ignacio estaba al tanto de que el palacete de los Aroche había sido alquilado por Rafael Tablada. Eso lo encolerizaba, pero no podía hacer nada por evitarlo. Tablada tenía muchas e importantes amistades entre los mandos franceses, algo que nunca hubiese sospechado de él.

No le sorprendió la llegada de Eugenia, de la que fue informado tras la visita a su padre el día anterior, imaginando que regresaba para reunirse con su antiguo amante una vez que el marqués ya no estaba en disposición de negarse a esa relación; lo que frustraba sus planes, trazados con tanto esmero. Por ello, se sorprendió cuando le avisaron minutos antes de que la hija del marqués solicitaba una audiencia con él y vio renacer sus esperanzas.

La alusión a la ocupación de su hogar provocó en Eugenia un repentino acceso de ira teñida de amargura que controló a tiempo.

—He preferido alojarme en casa de los condes de Bermejo. Su hija, Amalia, es una gran amiga y me siento más acompañada.

Ignacio la miraba con un divertido brillo burlón en los ojos. ¿Peleas de amantes? No le importaban las razones; sabría aprovechar ese distanciamiento entre ellos.

—Comprendo. ¿Y a qué debo tan encantadora visita, mi querida Eugenia?

Ella pensó que debía recelarse el motivo que la llevaba hasta él. La sonrisa de suficiencia que mostraba su rostro daba a entender que se consideraba una persona con influencia, acostumbrado a que le pidiesen favores.

Esperaba que la cancelación del compromiso no influyera en su predisposición a ayudarles.

–Mi padre fue detenido hace casi tres meses sin que existan razones para ello o, al menos, estas sean discutibles. Ayer fui a verle y me habló de la compasiva y generosa ayuda que le has prestado para que su estancia en la cárcel sea lo más llevadera posible; cosa que te agradezco.

–No es necesario, querida mía. Don Esteban es una persona a la que aprecio y he intentado aliviar su situación en la medida de lo posible.

–Me explicó que le prometiste interceder por él ante los responsables de su encarcelación. ¿Hay alguna esperanza? –Eugenia esperó la respuesta conteniendo la respiración.

–Lo he intentado, créeme, pero los cargos que pesan sobre él son muy graves. Se le acusa de traición, según tengo entendido. Un asunto muy espinoso –se lamentó con gesto de pesar.

–¡Mi padre no es un traidor!

–Puede ser, pero hay indicios en su contra. Por una parte, está el testimonio de varias personas que lo reconocieron como miembro activo del gobierno de la ciudad en el periodo anterior a la ocupación de las tropas francesas; y están los contratos de suministro de avituallamiento que firmó con el ejército nacional…

–¡Eso es falso! Mi padre nunca fue miembro activo de la Junta de gobierno, fue nombrado asesor de la misma y dimitió a los pocos meses. En cuanto a los suministros al ejército, solo fue cuestión de negocios, como hubiese hecho cualquier otro –lo defendió. ¿Cómo era posible que lo acusaran por algo que ocurrió antes de la ocupación y sin ser cierto?

–… esos son los más leves –continuó él sin hacer caso de su interrupción–. Y, si fueran los únicos, ya serían importantes para justificar su condena. El nuevo régimen castiga con rigor a los colaboracionistas con el depuesto gobierno, limitándose por lo general a imponerles una fuerte sanción económica, como ha ocurrido con otros antiguos realistas. Pero existen otros cargos, mucho más comprometedores, que sí podrían llevarle a la horca.

–¿Cuáles? –preguntó ella con un hilo de voz.

–Verás, querida, a tu padre se le relaciona con el grupo de conspiradores radicados en la ciudad y que sirven de enlace entre el Consejo de Regencia, constituido por los partidarios de Fernando VII refugiados en Cádiz, y la guerrilla que opera en la zona… y hay pruebas que lo corroboran.

–¿Pruebas? No lo entiendo.

–Se encontraron en vuestra casa unos documentos con órdenes para entregar a los rebeldes, y se sabe que tu padre ha celebrado en ella reuniones con reconocidos realistas que continúan conspirando en la sombra. No puedo decirte más por razones de seguridad. Hasta que se detenga al resto de implicados es un tema secreto que lleva don Miguel Ladrón de Guevara, el jefe de policía. Con todos esos cargos en su contra, comprenderás que está justificada la acusación. Tu padre será condenado a muerte y perderéis todo vuestro patrimonio como es común entre los traidores al país –le recordó con malevolencia. Estaba disfrutando con el dolor que el rostro de la joven reflejaba. ¡Que aprendiera la lección!

Eugenia estaba atónita. Su padre no le había dicho nada de esa implicación; aunque, de ser cierta, no se lo habría confesado. De todas formas, no le creía culpable. Por desgracia, conocía su carácter poco resuelto y egoísta que le impedía implicarse de forma activa en algo que solo le ocasionaría problemas. Pero, si existían pruebas, era porque querían involucrarlo.

—No es cierto. Es un error o alguien le ha tendido una trampa para perjudicarle. Mi padre es incapaz de las acciones que se le imputan. Es una persona sensata y no se mezclaría con los conspiradores —intentó justificar ella con lágrimas en los ojos—. ¿Quién lo ha acusado? ¿Dónde están las pruebas?

—Tal vez tengas razón, querida. Ahora que lo pienso, cualquiera pudo dejar allí los documentos incriminatorios para que se encontraran. Eso explicaría los rumores que he escuchado.

—¿Qué quieres decir?

—No puedo asegurar con certeza el nombre de la persona que lo ha acusado. Solo sé que se trata de alguien que goza de total credibilidad y confianza entre los altos cargos del ejército, incluido el excelentísimo capitán general de Andalucía, el mariscal Soult; pero se comenta en algunos círculos que ha sido Rafael Tablada, un antiguo comerciante de vinos que ahora se dedica a actividades sospechosas. Podría ser que, movido por un afán de venganza derivado de las rencillas que tuvieron en el pasado a causa de algunos negocios, hubiese urdido esa maquinación para perjudicarle y, de paso, quedarse con sus bienes. Creo que es la persona que ha ocupado tu antiguo hogar, ¿no es cierto? Pero te ruego que no comentes esta confidencia con nadie pues solo son especulaciones y no se sabe lo que llegaría a hacer si se cree injuriado —le confesó bajando la voz.

Eugenia se sintió aturdida, como si le hubiesen golpeado en la cabeza. No podía creer lo que acababa de oír. ¿Rafael era el delator de su padre? ¿Había caído tan bajo hasta el punto de crear pruebas falsas que lo incriminaran? Y en ese caso, ¿qué le movía, la sed de venganza o la codicia más mezquina? De ser cierto, además de un traidor a su patria era un miserable al acusar injustamente a una persona.

Ignacio comprobó el impacto que a ella le causaban sus últimas palabras y se deleitó con su angustia. Que supiese de qué calaña era ese tal Tablada, se dijo con resentimiento. Ahora ya no le parecería tan fascinante.

Eugenia, realizando un supremo esfuerzo, intentó reponerse. No iba a dejar que ese ser repulsivo se regodeara con su dolor.

–Mi padre no es un conspirador y lo demostraré. Esas pruebas que tienen contra él son falsas –prometió con ardor.

–Yo no lo creí en un principio, pues conozco a tu padre y siempre le he tachado de hombre honrado y cabal, pero al encontrarse las cartas incriminatorias en su propio despacho, no me atreví a recusarlo. Tampoco tengo peso moral para hacerlo ya que tu padre es solo un conocido... –La miró evaluándola. Ese era el momento de lanzar su propuesta–. De haberse celebrado la boda, como teníamos previsto, sería diferente. Estaría defendiendo al padre de mi esposa, un miembro de mi familia, y no permitiría que se le calumniase ni que expoliasen su herencia; aunque no es el caso, ¿cierto?

Eugenia sintió un escalofrío ante la velada sugerencia. ¡Le estaba ofreciendo ayuda a cambio de que se casase con él! Eso era despreciable. Le indignaba el chantaje al que la estaba sometiendo. ¿Qué se creía ese miserable? Estaba decidida a ayudar a su padre, pero el precio que le exigía era demasiado alto. Ya encontraría la forma de liberarlo.

A duras penas contuvo la tentación de abofetearlo. No podía enemistarse con la única persona que mostraba algo de interés en ayudar a su padre, aunque fuese de esa forma tan retorcida.

–No, no lo es –respondió con gesto adusto.

–Pero podría serlo. Mi interés por ti es sincero y continúo deseando hacerte mi esposa. En realidad, el compromiso nunca fue anulado de forma oficial ya que ninguna de las partes envió aviso al deán de la catedral para que lo retirase –declaró, al tiempo que se acercaba más a ella e intentaba acariciarle el rostro.

Eugenia no pudo soportar ese contacto y se levantó de un salto.

–Debo marcharme. Te agradezco otra vez el interés demostrado por la situación de mi padre.

Ignacio le cogió la mano y se la llevó a los labios. Eugenia se esforzó en soportar ese contacto.

–Piensa en lo que hemos hablado, querida. Y no deberías demorarte en darme una respuesta. El juicio contra tu padre no tardará mucho en celebrarse y necesita un buen aliado que lo defienda. En tu mano está que viva, y se le restituyan todos los bienes, o muera, y te veas en la indigencia –le advirtió con un brillo calculador en los ojos.

–Lo pensaré –respondió sin comprometerse y salió presurosa de la estancia. La angustia amenazaba con ahogarla. Al terrible dilema planteado por Balbuena se sumaba el enorme dolor y decepción que sentía.

La imagen de Rafael, el mayor traidor de todos, le revolvía las entrañas. ¿Tanto odiaba a su padre que había cometido esa infamia? ¿Es que no sentía por ella ni un mínimo aprecio en consideración a la amistad que le unía con Beatriz? ¡Y ella que llegó a pensar que la amaba! ¿Cómo había podido equivocarse tanto? El amor la había cegado impidiéndole vislumbrar su verdadera naturaleza. Ahora que la había descubierto, reconocía que no se merecía ni una más de sus lágrimas. Ya había llorado demasiado por ese cobarde.

Capítulo 24

Eugenia, que no estaba dispuesta a ceder a las pretensiones del barón, intentó encontrar otra forma de liberar a su padre. Durante los siguientes días visitó a todos los amigos y conocidos que permanecían en Sevilla con el fin de recabar su ayuda. Ninguno se la proporcionó. Unos se disculparon con amabilidad, otros ni la recibieron.

No deseaban interceder por una persona que había sido acusada de conspirar contra un gobierno legalmente establecido, aunque esa acusación careciese de fundamento. Muchos lo defendían a ultranza y alababan su gran firmeza moral, porque ellos estaban de igual modo en la cuerda floja. En cuanto a los que se habían pasado al bando invasor, le explicaron lo difícil que resultaba librarse de una acusación de ese tipo, la más grave que pudiera existir y que era castigada con firmeza para que sirviese de ejemplo.

En los últimos meses, los ajusticiamientos por esa causa habían sido muy numerosos y nadie estaba a salvo de ser acusado, ya que, antes de la toma de Sevilla por los franceses, la mayoría de los prohombres de la ciudad colaboraron en mayor o menor grado con la Junta Suprema Gubernativa, órgano rector del país en ausencia de

Fernando VII, y que estuvo instalada en Sevilla hasta la toma de la ciudad por las tropas francesas.

Eugenia llegó incluso a pedir audiencia con el mariscal Soult, máxima autoridad en la ciudad. Estaba decidida a todo para conseguir la liberación de su padre y que le exoneraran de todos los cargos; así como para pedirle cuentas del atropello sufrido en su propiedad, en la que se había instalado un extraño.

Su petición fue denegada, siendo recibida por uno de sus lugartenientes que le explicó lo que ya sabía por Ignacio y le mencionó que, de no haber sido por personas influyentes que habían apostado por él, ya habría sido ajusticiado. No le dio nombres, pero Eugenia intuyó que se trataba de Balbuena. En cuanto a la ocupación de su casa, le recordó que era deber de todo buen ciudadano dar cobijo en su hogar al glorioso ejército imperial; aparte de que, al acusar a su padre de un delito tan grave, sus bienes estaban en custodia hasta que no se resolviese su caso.

Una semana después de su llegada a Sevilla, Eugenia comprendió que no iba a encontrar ayuda en aquella ciudad excepto la sugerencia del barón, que consideraba inadmisible. Pero no se dio por vencida. Si tenía que ir a Madrid y presentar su petición ante José I, lo haría. Había oído hablar de su deseo de gobernar con imparcialidad y de la benevolencia de su carácter. Se decía que solía ser clemente con los prisioneros, auxiliando a los heridos y liberando a algunos.

También era conocido el interés que mostraba en que se tratara a los ciudadanos con respeto y justicia, reprendiendo a los funcionarios que actuaban de modo arbitrario y devolviendo a sus legítimos poseedores las propiedades arrebatadas. Si era cierto todo lo que se decía de él, no se negaría a escucharla. Era capaz de todo por evitar el macabro destino que le esperaba a su padre o, al menos, retrasarlo hasta que se lograse expulsar a los invasores.

Pero antes de emprender otras acciones tenía que ir a Torre Blanca. Hacía casi dos años que no veía a Emilia y, sabiendo que estaba apenas a una jornada de camino, no pensaba dejar pasar mucho tiempo más.

El día que llegó a Sevilla envió a un sirviente con un mensaje para ella, en el que le anunciaba su regreso al país. Ahora necesitaba verla, dejarse envolver por sus cálidos brazos y oírle decir que todo se solucionaría, como cuando era pequeña y corría a recibir su consuelo siempre que se encontraba triste o tenía un problema que, a su corta edad, le parecía insalvable. Emilia, con su bondad y cariño, conseguía que su rostro volviese a sonreír y el mundo le pareciese un lugar agradable. Y le urgía conseguir dinero. El que había llevado se estaba agotando con los cuantiosos gastos que, entre pagos y sobornos, había tenido esos días.

Tras la desaparición del administrador de su padre con la suma que le confiara para su defensa, la situación era preocupante al no poder hacer uso de sus posesiones por tenerlas confiscadas. Tenía la oportunidad de continuar aparentando una cierta solvencia gracias a los padres de Amalia; en caso contrario, habría tenido que recurrir a los familiares de Juanita o refugiarse en el convento de las Madres Clarisas, su antiguo colegio, donde sabía que sería bien recibida.

Emilia le reveló en una de sus cartas que su padre había enviado a Torre Blanca parte de su fortuna; una suma considerable conseguida en los dos años que estuvo proporcionando suministros al ejército. Una acertada decisión en vista de los sucesos posteriores, y que ella tenía intención de utilizar en su defensa. Pensaba contratar al mejor abogado que encontrase en la capital para que intercediese ante las más altas esferas, pero necesitaba tiempo para pensar con calma sobre la estrategia a seguir y los sabios consejos de su querida Mila le ayudarían.

Se despidió de Amalia y de sus padres, que con tanta generosidad la habían ayudado en la medida de sus posibilidades, y emprendió viaje hacia la hacienda en un coche de postas, que la dejaría en una población cercana. Le apenó separarse de Juanita, que se quedó en casa de sus familiares, pero no quería someterla a los peligros del viaje.

Tras sortear varios controles franceses en las carreteras con una pequeña gratificación a los soldados, que siempre estaban necesitados de peculio, Eugenia consiguió llegar a Torre Blanca aquella misma noche.

Emilia la recibió con lágrimas en los ojos y un acogedor abrazo. Eugenia no se había dado cuenta de cuánto la echaba de menos hasta que se vio rodeada por sus brazos y acunada en ellos como cuando era pequeña.

—Mira que presentarte tú sola ante todos esos gabachos, criatura —le regañó con cariño después de que Eugenia le contara todo lo que le había ocurrido desde que embarcara rumbo a España—. Me has tenido con el alma en vilo desde que supe de tu llegada y ahora, al conocer todos los peligros por los que has pasado, me arrepiento de haberte mandado la carta en la que te informaba del encarcelamiento de Esteban.

—No ha ocurrido nada grave, Mila. Al contrario, ha supuesto una gran aventura —Eugenia intentó que sus palabras resultaran creíbles, pero se temía que Emilia no opinaba de igual manera.

En su explicación de los hechos y de sus futuros planes, había ocultado la implicación de Rafael en la detención de su padre y su deshonrosa colaboración con el nuevo régimen. No quería que Emilia supiese en lo que se había convertido; se avergonzaba de haber depositado su amor en un traidor a su país y a ella misma.

–No creo que a tu padre le guste que viajes a Madrid. No vas a conseguir nada y puede ser muy peligroso.

Eugenia había tenido que mentirle en ese punto. Sabía que Emilia, si llegaba a enterarse de que su padre no estaba al tanto de esos planes, le impediría hacer un viaje tan largo y peligroso.

–Tengo que intentarlo, Mila, ¿no lo comprendes?

–Claro que sí, criatura. Tenemos que sacar a tu padre de prisión y limpiar su nombre, pero no hay que irse tan lejos. En Sevilla puedes contratar los servicios de un buen abogado y servirte de los amigos que tu padre tiene en la ciudad. Allí cuentas con la ventaja de conocer a muchas personas que te pueden ser útiles. Madrid es una ciudad extraña en la que no conoces a nadie –quiso convencerla, consciente de los peligros que le esperaban.

–Ya lo he intentado, créeme, y ninguno se atreve a dar la cara por él. Me quedan muy pocas alternativas, excepto la de acceder a la propuesta del barón –sugirió mirando con disimulo a Emilia. En el fondo, se sentía una egoísta por negarse a sacrificarse y necesitaba saber que ella no la culpaba.

–Por supuesto que no vas a ponerte en sus manos. Ya encontraremos una solución. Ahora debes descansar del largo viaje. Mañana veremos las cosas de modo más positivo –la animó con una sonrisa afectuosa, que fue para Eugenia como un bálsamo en su alterado ánimo.

A la mañana siguiente, Eugenia se levantó pronto y se dirigió a los establos para dar una cabalgada. Era una costumbre que había adquirido durante su estancia en Londres y le parecía muy saludable. Le pidió a uno de los mozos que le ensillara un caballo y ella se dedicó a observar a los braceros, que se encaminaban a los campos para otra larga jornada de siega.

—¡Eugenia!

Ella miró hacia el lugar del que procedía la voz y descubrió a Tomás, que le hacía señas para que se acercase. Sabía por Emilia que se había unido a la guerrilla que operaba en aquellos parajes y que, desde entonces, apenas aparecía por la hacienda. Se lo habría prohibido Bernardo, su padre y capataz de Torre Blanca, para no atraer la atención de los franceses.

Las tropas invasoras eran muy crueles con las personas que ayudaban a los guerrilleros y, aunque no los habían molestado hasta ese momento, no se podía descartar que lo hicieran al saber que daban refugio a uno de ellos.

—¿Qué haces aquí, Tomás? No deberías haberte arriesgado a venir. Cualquiera puede verte y denunciarte, con lo que todos saldremos perdiendo. No olvides que mi padre está en prisión acusado de colaborar con la guerrilla —lo reprendió enojada.

Los franceses pagaban por denunciar a los conspiradores y, en aquellos tiempos en los que escaseaba el trabajo y los precios de los alimentos habían subido de forma abusiva, unos cuantos reales podían ser una verdadera fortuna en manos de cualquier jornalero que apenas podía llevar una hogaza de pan a su casa para sustentar a su familia.

Tomás acusó la reprimenda con un manifiesto sonrojo, acentuado por el nerviosismo que siempre sentía en presencia de Eugenia. Avergonzado por ambas cosas, apartó los ojos del bello rostro de la joven y miró al suelo con insistencia.

—Lo siento, me marcharé enseguida. Solo he venido a proponerte algo que puede ayudar a tu padre.

Tomás le debía mucho a los Aroche, que daban trabajo a su familia desde la época de sus abuelos. En cuanto a él, don Esteban le había proporcionado un empleo en la casa de la ciudad y la oportunidad de ingresar en la Escuela de Leyes de Sevilla, evitándole con ello que se achicharrase de sol a sol en los campos o se viese rodeado de estiércol, como sucedía con su padre y sus dos hermanos mayores.

Pero Eugenia era la principal razón de que quisiese ayudar al marqués. Quería demostrarle que era un hombre inteligente y valiente del que podría sentirse orgullosa, y no solo el insignificante hijo de los guardeses que no merecía ni la menor de sus miradas; porque, solo entonces, podría confesarle sus sentimientos.

La amaba desde que eran niños y compartían juegos. Él siempre había sido su leal compañero, el que la cuidaba y protegía cuando ideaba alguna travesura, el que la había visto crecer y convertirse en la hermosa mujer que ahora era, el que continuaba amándola en silencio.

Eugenia lo miró intrigada.

—¿A qué te refieres?

—Madre me ha dicho que piensas viajar a Madrid para interceder por don Esteban ante el mismo José I. No es buena idea. Allí no te escucharán, Eugenia; al igual que en Sevilla, donde los jueces están comprados y hay personas interesadas en que tu padre sea quitado de en medio. La única solución es sacarlo de la cárcel.

—Ya he pensado en ello, pero mediante sobornos es difícil. La acusación es muy grave. Y teniendo todas las posesiones embargadas, no dispondría de fortuna suficiente para los pagos que me exigirían.

—No me refiero a eso. Lo que te estoy proponiendo es ayudarle a fugarse de la cárcel.

Eugenia lo miró con asombro. Nunca se le habría pasado por la imaginación algo tan descabellado. La prisión en la que su padre estaba era inexpugnable y ella lo sabía bien porque la había visitado en tres ocasiones durante la última semana. Los severos controles de acceso y la importante dotación de soldados con la que contaba harían desistir a cualquiera que pretendiera entrar o salir de forma furtiva.

–No creo que sea posible, Tomás. Y, de poderse llevar a cabo, mi padre no estaría dispuesto. Eso sería como admitir su culpabilidad. Y él no es culpable de nada; tú debes de saberlo, que lo conoces bien. Todos queremos que salga de prisión, pero libre de cargos –respondió desilusionada y ofendida por la solución que le planteaba.

–El señor marqués no es culpable de lo que se le acusa, aunque no podrá demostrarlo. Ya te he dicho que hay personas importantes empeñadas en deshacerse de él; por ello, nunca saldrá de prisión si no es escapando de allí, y nosotros podríamos intentarlo –replicó convencido.

–¿Al decir nosotros te refieres a los guerrilleros?

–Sí. Nuestro jefe estaría dispuesto a intentarlo a cambio de tu colaboración.

Eugenia evaluó las palabras de Tomás. Sabía que iba a resultar muy difícil librar a su padre de la acusación que pesaba sobre él. La persona que había urdido la cruel venganza, y tenía la esperanza de que no se tratase de Rafael, aunque el barón insistiese en ello, era alguien muy poderoso que pensaba llevarla a cabo hasta sus últimas consecuencias, por lo que desconfiaba que se hiciese justicia. En ese caso, ¿qué perdía por escuchar la propuesta del jefe de los guerrilleros?

–¿Cómo puedo ponerme en contacto? –preguntó Eugenia, y una chispa de esperanza prendió con fuerza en su interior.

Capítulo 25

Esa noche la luna había decidido apenas brillar y una oscuridad casi absoluta se extendía a su alrededor. El silencio resultaba abrumador, solo quebrado por el apagado sonido de algún animal que huía a esconderse en su madriguera.

Los caballos se abrían paso con dificultad a través del espeso monte bajo que cubría el improvisado camino y Eugenia recelaba que mil ojos la vigilaban desde la frondosidad del bosque.

Un repentino espasmo la sacudió, sorprendida por el aullido de un lobo, a lo que su caballo respondió con un ligero relincho.

–No te preocupes; está muy lejos –la tranquilizó Tomás con voz queda.

–¿Falta mucho? –preguntó, con el cansancio y la inquietud matizando el tono de sus palabras.

–Detrás de aquel peñasco.

Eugenia sintió un ligero alivio. Suerte que ya quedaba poco porque se estaba replanteando continuar con aquella arriesgada correría. Habían recorrido una gran distancia, siempre por caminos impracticables y con el peligro constante de que una patrulla francesa los detuviese. Tomás se había mostrado muy precavido. Sabía que, si los descubrían, dispararían antes de dar el alto; por ello, estaban dando un gran rodeo hasta llegar al punto señalado.

Tomás la había sorprendido, reconocía Eugenia. Nunca imaginó que el frágil y apocado joven, apenas dos años mayor que ella y con el que había compartido juegos durante la infancia, iba a convertirse en un valiente guerrillero que exponía su vida a diario.

Emilia le reveló que era uno de los hombres de confianza del jefe de la partida, encargándose de intervenir en las misiones de mayor riesgo como el asalto a convoyes de suministros, incautación de correos o el constante hostigamiento a las patrullas francesas que circulaban por aquella parte del país, y servía de enlace entre los hombres del monte y las personas que les proporcionaban la información para las operaciones que llevaban a cabo.

—Debes desmontar, Eugenia. El último tramo hay que hacerlo a pie. Es muy empinado para los caballos.

Ella obedeció y, enganchando las bridas en las ramas de un árbol, se encaminó detrás de Tomás por aquel estrecho sendero que llevaba hacia unos elevados peñascos.

Cuando estaban próximos a llegar a la cima, se plantaron en medio del camino un par de hombres con carabinas en la mano.

—¡Alto! —ordenó uno de ellos.

—Soy Poncela. Vengo a hablar con Ugarte.

—Santo y seña.

—¿Es que no me conoces, Maño? —preguntó Tomás con fastidio.

—El comandante dice que no deje pasar a nadie sin dar el santo y seña y eso es lo que pienso hacer. O me la dices o das la vuelta —continuó el hombre obcecado.

Tomás se exasperó. Había mucho cabeza hueca entre ellos y esa era una de las cosas que pensaba corregir cuando se convirtiese en jefe del grupo.

—Las puertas del cielo se abren a los piadosos —contestó resignado.

—Está bien, podéis seguir. ¿Quién es la mocita?

—Eso no te importa, Maño.

El otro emitió una carcajada y se apartó para dejarlos pasar.

Caminaron algunos metros entre matojos y rocas y llegaron a una especie de explanada entre los peñascos, que a su vez estaba protegida por ellos. En el centro ardía una gran hoguera junto a la que se desparramaban una docena de hombres; unos durmiendo y otros bebiendo y fumando mientras charlaban. Todos vestían ajados ropajes, algunos de ellos arrebatados a sus enemigos, como casacas y otras prendas propias de los uniformes franceses.

Tomás se acercó a la hoguera indicando a Eugenia que hiciera lo mismo. A su paso, les salió un hombre de elevada estatura y robusta complexión que llevaba un sable colgando de la cintura y un pistolón entre los pliegues de su faja. La poblada barba le ocultaba gran parte del rostro, en el que destacaban unos ojos oscuros que desprendían un brillo receloso.

—Ugarte, he traído a la señorita Eugenia, la hija del marqués de Aroche.

El hombre se inclinó en una burlona reverencia.

—Señora marquesa...

A Eugenia le irritó el tono jocoso empleado y lo miró con disgusto.

—Ese tratamiento no me corresponde, señor; lo ostentará la esposa de mi padre, si vuelve a casarse, o la de mi hermano en su día. Puede llamarme señorita Madrigal.

El hombre soltó una carcajada y se dirigió a Tomás.

—Veo que no era mentira lo que me contaste. La dama tiene carácter.

—¿Puedo saber con quién estoy hablando? —preguntó Eugenia, ofendida por sus malos modales.

—Soy Manuel Pérez de Ugarte, capitán de artillería del segundo regimiento del glorioso ejército de Extremadura en... excedencia de momento, pero puede llamarme Ugarte o comandante, como los demás.

—Pues bien, señor Ugarte, he venido hasta aquí para oír su proposición. No me haga esperar más. —Comenzaba a arrepentirse de haber cedido a la impulsiva decisión que la había embarcado en esa aventura, de la que era probable que no obtuviese ningún beneficio.

—Así sea.

Ugarte la miró con una amplia sonrisa y le indicó que lo acompañara con un gesto de la mano. Eugenia lo siguió hasta unas rocas algo apartadas sobre las que se sentaron.

—Tomás me ha explicado la desafortunada situación en la que su padre se encuentra y que usted desea cambiar lo antes posible. Nosotros podemos ayudarla, pero he de pedirle algo a cambio.

—Estoy dispuesta a negociar con usted la liberación de mi padre. Ponga el precio y veré si puedo pagarlo.

Ugarte volvió a soltar otra carcajada.

—No es dinero lo que pretendo a cambio de nuestra intervención, aunque no nos vendría mal engrosar nuestras bolsas.

—Entonces, ¿cómo piensa que debo pagarle? —preguntó recelosa.

—Con su colaboración —dijo Ugarte, y ante el gesto de extrañeza de ella, continuó con la explicación—: Usted es una joven inteligente y valerosa y nosotros necesitamos personas de sus características y que estén bien relacionadas con la alta sociedad sevillana; esa misma que se ha rendido sin la menor resistencia al enemigo que la gobierna.

Ella lo miró sin descubrir sus intenciones, aunque temiendo que no le iba a gustar lo que pretendía.

–Dígame lo que desea –le exigió sin rodeos.

–Quiero que se introduzca en los círculos de poder de la ciudad y espíe para mí.

Eugenia contuvo la respiración mientras asimilaba las palabras del hombre; después, fue soltando el aire mientras valoraba la cuestión.

–Eso sería muy difícil. No creo que pudiera hacerlo. Tras el encarcelamiento de mi padre y la grave acusación que pesa sobre él, he comprobado que mi familia ya no goza de simpatías entre la aristocracia sevillana, y mucho menos con los mandos franceses. No sería bien recibida; incluso sospecharían de mí.

–Comprendo que muchas de sus antiguas amistades, en especial las que han abrazado con entusiasmo a los invasores, le puedan dar de lado, pero tengo entendido que el barón de Balbuena, que ahora ocupa un alto cargo en el gobierno local, quiere casarse con usted.

Eugenia miró a Tomás con reprobación, convencida de que él o alguien de la hacienda, había escuchado la conversación mantenida con Emilia.

–Cierto, lo ha hecho; otra cosa es que esté dispuesta a aceptar. Si lo estuviera, no habría venido aquí intentando encontrar ayuda para liberar a mi padre. Como bien ha apuntado usted, se trata de un hombre importante y me ha prometido interceder por él una vez que me convierta en su esposa. –Eugenia estaba desencantada. Si su propuesta de ayuda era aconsejarle que se casara con Ignacio, ¿a qué había ido?

–Ni se lo estoy aconsejando. Al contrario, sería un

gran error unirse a ese hombre teniendo en cuenta el fatal destino de sus anteriores esposas.

—¿A qué se refiere? —se interesó ella. Sabía que era viudo y que su esposa murió al caer por las escaleras.

—Solo son rumores que corren por ahí, señorita Madrigal —murmuró Ugarte de forma evasiva y con cierto tono de misterio, que acentuó el interés de ella.

—¿Puede explicarse, señor? Si hay algo que deba saber, no me lo oculte.

—Parece ser que estuvo casado dos veces con ricas herederas, que murieron en extrañas circunstancias al poco de hacerse cargo de sus fortunas; la primera en un accidente de caza y la segunda, como bien ha apuntado, en una fatal caída por las escaleras.

—¿Quiere decir que ocasionó la muerte a sus esposas? Esa es una acusación muy grave. —Aunque a Eugenia no le agradaba el barón, no creía correcto calumniarle de esa forma sin que los hechos hubiesen sido probados.

—Como le he dicho, son solo rumores a los que mucha gente da crédito. He hecho referencia a ello para advertirla por si en el futuro desea cambiar de opinión.

Ugarte quedó en silencio durante unos minutos, valorando la conveniencia de revelarle la información que poseía y que inclinaría a Eugenia a ayudarles. Por otra parte, corría el riesgo de que ella decidiera actuar por su cuenta y desbaratara sus planes. Miró a Tomás y el leve gesto de asentimiento de este le impulsó a actuar.

—Hay algo más sobre ese hombre que debe conocer —apuntó Ugarte, e hizo una seña a Tomás para que continuara.

—Creo que Balbuena fue la persona que incriminó a tu padre, Eugenia —intervino Tomás.

—¿Ignacio? ¡Pero si él me dijo que había sido Rafael Tablada!

—Ese es otro traidor que recibirá su merecido más adelante, pero él no pudo colocar en el despacho de don Esteban las cartas que lo relacionan con los conspiradores. El barón sí tuvo la oportunidad de hacerlo –aclaró Tomás.

—¿Estás seguro? –Un brillo de esperanza asomó a los ojos de Eugenia.

—Eso creo. Le vi revisando los cajones de la mesa poco antes de que los soldados fueran a detener a tu padre, y los papeles no se encontraban allí con anterioridad –aseguró.

Eugenia estaba asimilando las palabras que acababa de escuchar. De ser ciertas, significaba que Rafael no había denunciado a su padre. Esa convicción la llenó de alegría; al menos, no era un delator. En cambio, Ignacio era el ser más repugnante que había conocido en su vida al difamar a su padre y hacerle creer que había sido otra persona.

«¿Por qué lo habrá hecho?», se preguntó Eugenia. ¿Para vengarse de la cancelación del compromiso matrimonial? Podía ser. Y ahora le volvía a ofrecer matrimonio consciente de que la situación había cambiado y ella, por salvar la vida de su padre, aceptaría. Pero no estaba dispuesta a que se saliera con la suya. Averiguaría si era cierto y encontraría la forma de vengarse de él por el daño que le estaba haciendo a su familia.

—Gracias por haberme advertido, Tomás. Sabía que era un colaboracionista, aunque no imaginaba que fuese un ruin delator –repuso con una nueva resolución.

Ugarte, imaginando las vengativas cavilaciones que bullían en la mente de ella y que no le beneficiarían, se precipitó a hablar.

—Lo es, y de la peor especie. Pero no se preocupe, se hará justicia con él y con todos los de su calaña... aunque a su debido tiempo y de la forma que no acarree nefastas consecuencias a los inocentes.

–¿Qué quiere decir?

–Señorita Madrigal, no nos resultaría difícil ajusticiar a los traidores que han vendido el país, pero sabemos que ello ocasionaría la muerte inmediata de muchos de los nuestros que están en prisión, junto a la de su padre. La mejor forma de acabar con ellos es desprestigiándolos ante los ojos de sus amigos gabachos y que estos mismos se encarguen de darles su merecido o, al menos, no les importe el destino que les aguarde; y ahí es donde usted puede ayudarnos. De esa forma se vengaría de ese renegado y ayudaría a salvar a su padre, ¿comprende?

–¿Y cómo podría hacer tal cosa sin tener que acceder a la propuesta que me ha hecho?; algo a lo que, de ninguna forma, estoy dispuesta. –Eugenia comprendía los razonamientos del guerrillero, pero no estaba de acuerdo con la opción que le proponía.

–Simulando aceptar solo durante un tiempo para tener la oportunidad de codearse con los dirigentes y altos mandos militares de Sevilla, lo que le permitiría acceder a información que podría resultarnos muy útil. Ya sabe lo que ocurre en esas fiestas que organizan los ricachones: se bebe demasiado y al final acabas hablando más de lo que deberías. –Su tono burlón daba a entender el desprecio que le inspiraban–. Cuando hayamos conseguido la información que necesitamos, buscaremos la forma de acabar con él. A cambio, nosotros le facilitaríamos a su padre la fuga de la cárcel en cuanto tuviéramos la oportunidad –le explicó, omitiendo parte de la información de la que disponía. No era prudente que ella tuviera conocimiento de sus verdaderas intenciones.

–Me está pidiendo demasiado, señor Ugarte. Me expondría a un peligro seguro a cambio de una promesa que, tal vez, ustedes no puedan cumplir –rechazó ella–. Por otra parte, no creo que pueda soportar la presencia del hombre que ha llevado a mi padre a prisión y ha causado su ruina.

–Comprendo sus temores, pero piense que la situación exige que todos hagamos ciertos sacrificios. Nosotros hemos arriesgado nuestras vidas, y continuamos haciéndolo día a día, para liberar a nuestra patria, vilmente sometida a los caprichos de ese gabacho enano y déspota –declaró con un brillo exaltado en los ojos–. ¿Usted no estaría dispuesta a sacrificar su orgullo por salvar a su padre y colaborar al mismo tiempo en este empeño libertador que nos mueve a los demás? Piense en ello. Y tenga en cuenta que esa farsa no duraría mucho tiempo. Balbuena está en nuestro punto de mira y, en cuanto se presente la menor ocasión, recibirá su merecido como todos los traidores. Incluso su padre se beneficiaría de ello. Si el barón piensa que se casará con usted, puede que interceda en su liberación y limpie su nombre. Como advertirá, todo serían ventajas y al final ustedes obtendrían la ansiada venganza sobre ese hombre que está causando tanto dolor a su familia.

Eugenia meditó durante largos segundos la propuesta de Ugarte. Le pedía algo muy temerario y desagradable. Tendría que soportar a Ignacio durante un tiempo indeterminado, que se le haría muy largo sabiendo hasta dónde llegaba su perfidia, a lo que había que añadir el peligro de que la descubriesen. Aunque, si existía una mínima posibilidad de salvar a su padre y al mismo tiempo castigar al barón, debía intentarlo.

–Haré lo que me pide, señor Ugarte. ¿Cuándo podrá liberar a mi padre?

–Deberá tener paciencia. Primero tiene que facilitarme la información que necesito. No es que dude de que colaboraría una vez sacáramos a su padre de la prisión, es porque, cuando lo hagamos, su situación se verá comprometida y deberá marcharse de la ciudad. En cuanto tengamos esa información, lo liberaremos sin demora y los conduciremos a ambos a un lugar seguro.

Eugenia asintió.

—¿Qué necesitan saber?

—Ya se lo diremos en su momento. Usted regrese a Sevilla y hágale creer que ha reconsiderado su oferta para que él la presente como su prometida. Acuda a las fiestas que se organicen y esté atenta a todo lo que se comente en ellas, muéstrese encantada con los oficiales franceses, gánese su confianza y, cuando precisemos de algo en concreto, ya nos pondremos en contacto con usted.

—¿Cómo?

—No se preocupe; déjenos a nosotros ese cometido —la tranquilizó, dedicándole una sonrisa que se perdió entre la maraña de pelo que le cubría el rostro.

Ugarte la despidió con una elegante inclinación de cabeza y, junto a Tomás, emprendió el regreso a la hacienda cuando las primeras luces del alba comenzaban a aclarar la negrura de la noche.

Eugenia hizo todo el camino de vuelta sumida en sus pensamientos. Era consciente del peligro que corría, pero, si con ello ayudaba a su país aparte de a su padre, lo daría por bien empleado. Lo consideraba como un deber después de pasar el último año protegida en Inglaterra, dejando a sus compatriotas luchar contra el invasor. Lo peor de ello sería tener que alternar con aquellos traidores que se habían vendido al enemigo, aunque siempre se le había dado bien el disimulo y confiaba hacer su papel con éxito.

Cuando llegó a la hacienda, Emilia la esperaba con visible preocupación. Y al explicarle la joven lo que pensaba hacer, puso el grito en el cielo.

Emilia, que no secundó en ningún momento su plan de aventurarse por esos peligrosos caminos para acudir a la guarida de los guerrilleros, había pasado la noche en vela esperando su regreso y rezando a todos los santos de los que era devota para que nada le ocurriese.

Apreciaba a Tomás, al que conocía desde que nació, pero no era un mozo bizarro capaz de enfrentarse con valentía a cualquier problema que se le presentase, y el poner a su niña en sus manos le preocupaba. Por suerte, había regresado sana y salva de esa insensata correría, y ahora le esperaba otra más arriesgada. Aunque, conociéndola, sabía que no podría hacerla desistir. Eugenia estaba decidida a liberar a su padre y nada iba a detenerla por muchos peligros que se cruzasen en su camino.

Capítulo 26

La pequeña iglesia se iba vaciando poco a poco de los feligreses que habían asistido a la celebración religiosa y Eugenia comenzó a inquietarse. Escrutó los oscuros rincones del fresco recinto sin lograr divisar a la persona que estaba aguardando.

Tomás le había hecho llegar esa misma mañana un breve mensaje a través de Juanita en el que le indicaba que acudiese a la misa de mediodía en la iglesia de San Fulgencio, cercana al palacete de los condes de Bermejo, para darle instrucciones. Le extrañó que eligiese un lugar tan concurrido para reunirse, aunque no tuvo otra opción que obedecer, imaginando que aprovecharía el bullicio de la gente para camuflarse. Lo malo era que la misa había terminado y ella dudaba entre marcharse o aguardar unos minutos más.

«Habrá tenido dificultades para llegar hasta aquí», pensó. No creía que fuera conocida en la ciudad su vinculación con los guerrilleros, pero no se podía descartar que alguien lo reconociese y acabase denunciándolo a las autoridades. A causa de las fuertes recompensas que se ofrecían, los delatores habían aumentado y ya nadie parecía estar seguro en la ciudad.

Confiando en que nada malo le hubiese ocurrido, permaneció sentada en su lugar simulando continuar con los rezos.

Hacía un par de semanas que había regresado a Sevilla y le maravillaba que hubiese podido aguantar tanto con la farsa que estaba representando.

Como Ugarte le aconsejó, acudió a ver a Balbuena y aceptó su propuesta de matrimonio a cambio de que acelerase los trámites para poner a su padre en libertad, limpiar su nombre y restituirle todas sus posesiones. Ignacio estuvo encantado y se desvivió por agradarla.

Le enviaba regalos a casa de los condes de Bermejo, donde continuaba residiendo al haberse negado a alojarse en casa del barón, como él le ofreció, o en la que pensaba alquilar para ella. Acudían juntos a recepciones, cenas y bailes organizados por los mandos franceses o en su honor y en los que la presentaba con sumo orgullo como su prometida. Incluso la había acompañado a ver a su padre a la prisión, donde ordenó que le procurasen comida decente y limpieza diaria de la celda, así como otras comodidades que ambos le agradecieron.

Esteban, en unos minutos que el barón los dejó a solas, preguntó a su hija si la decisión de casarse con él se debía a un deseo personal o había sido forzada por su precaria situación.

Eugenia, intentando trasmitir veracidad con sus palabras, le respondió que había comprendido que su prometido era un buen hombre y que, en los tiempos que corrían, era lo mejor que podía hacer para asegurarse un futuro, como él le había aconsejado dos años antes; y esperaba llegar a amarle con el tiempo, debido a su carácter afable y la gran bondad y generosidad que mostraba con ellos. Optó por no confesarle sus verdaderos planes. Tanto por el temor de que estos fuesen descubiertos como para evitarle la decepción si al final fracasaban.

Si su padre la creyó o no, no pudo apreciarlo, pero lo cierto era que desaparecieron de su rostro parte de la tensión y angustia que mostraba hasta ese momento. Ignacio le prometió que para la boda estaría libre y podría acompañar a su hija al altar como era su deber. Eugenia, al ver el brillo de esperanza en sus ojos ante esas palabras, pensó que el riesgo y los sinsabores que estaba padeciendo bien valían la pena.

Pero su resolución mermaba cuando debía halagar a los engreídos mandos franceses y reír todos los despropósitos que salían por sus bocas, así como confraternizar con los traidores, que habían abrazado de buen grado a los invasores y que toleraban el avasallamiento al que estaban sometiendo a sus compatriotas, tanto con las armas como con las numerosas leyes represoras y los elevados impuestos. También le asqueaba la rapiña de los altos dignatarios, que se dedicaban a acumular riquezas, despojando a sus legítimos dueños de lo que les había llevado generaciones atesorar.

Otro de los motivos que le impulsaban a replantearse su decisión era cuando tenía que soportar las desagradables muestras de afecto por parte de Ignacio. Eugenia intentaba eludirlas en lo posible escudándose en su estricta educación religiosa, pero no siempre le era posible. Sentía náuseas cuando posaba su boca en ella. En esos momentos, cerraba los ojos y se consolaba pensando que al final se vengaría de ese ser repugnante, al tiempo que le reconfortaba pensar que estaba ayudando a su padre y a la guerrilla, que luchaba con valentía para liberar al país del yugo opresor.

En cuanto a Rafael, se habían encontrado en un par de ocasiones después de la noche que le vio en su propia casa participando en aquella fiesta lasciva. En ambas se negó a saludarlo cuando él se le acercó, sintiendo sobre ella su mirada ardiente durante toda la velada; lo que, sin poder evitarlo, le provocaba un extraño placer.

El convencimiento de que Rafael la deseaba, le movía a mostrarse más cariñosa y atenta con su prometido para provocar sus celos. Quería herirlo, hacerle sufrir, tal y como él le había hecho a ella. Aunque no hubiese sido el responsable de la encarcelación de su padre, si tenía que creer las palabras de Tomás, seguía siendo un traidor por confraternizar con el enemigo.

Sumida en sus pensamientos, no advirtió que alguien se acercaba a ella. De pronto, sintió que le tocaban en el hombro y a punto estuvo de soltar un grito. Se contuvo con esfuerzo y se giró temerosa. A su lado se encontraba una figura vestida con un hábito de monje y cubierta la cabeza con la capucha. Eugenia divisó los rasgos de Tomás, que le indicaba permanecer en silencio para no llamar la atención de los escasos fieles que permanecían en el templo.

—Espera un poco y luego ve al confesionario —le dijo con voz apenas audible.

Eugenia asintió y observó cómo él se metía en el lugar indicado, haciéndolo ella unos minutos más tarde.

El confesionario, que constaba de dos pequeños habitáculos cerrados y separados por una celosía, ofrecía intimidad para aquel encuentro clandestino.

—Pensé que ya no vendrías. ¿Tienes noticias de Emilia? —le preguntó ansiosa. No sabía nada de ella desde que había abandonado Torre Blanca.

—Se encuentra bien, no temas. He pasado por la hacienda antes de venir.

Eugenia respiró más tranquila. Emilia se había quedado muy preocupada porque no aprobaba sus planes. Ella coincidía en que ese era el medio más peligroso, pero no tenía nada mejor a mano.

—Siento que te hayas arriesgado para ponerte en contacto conmigo. He asistido a fiestas y reuniones y he procurado escuchar conversaciones como vuestro jefe me indicó, pero creo que la información que he recabado no es valiosa —se lamentó, deseosa de terminar y marcharse de allí. Temía que alguien descubriese su ardid y los detuviese.

—No te preocupes, has hecho lo que has podido; aunque sí puedes ayudarnos.

—¿Cómo?

—Nos ha llegado la noticia de que saldrá desde Sevilla un convoy con un importante botín en dinero, joyas y obras de arte procedentes de los saqueos e impuestos extraordinarios cobrados en la región desde que los franceses la invadieron. Ese convoy partirá en unos días hacia Málaga para ser embarcado con destino a Marsella. En su trayecto se detendrá en diferentes localidades, aumentando el botín con lo recaudado en ellas. Necesitamos la fecha de salida, la ruta que seguirá y la fecha de embarque en el puerto de Málaga, así como el nombre del buque encargado de trasladarlo. Esa información debe encontrarse en el despacho de Soult y es muy importante que la consigas.

Eugenia se alarmó. ¿Estaban locos? Una cosa era tener los oídos atentos ante cualquier conversación que le pareciese provechosa y otra actuar como un ladrón y registrar las dependencias privadas del mariscal.

—Eso es demasiado arriesgado. Y, aunque consiguiera colarme en el recinto mejor custodiado de Sevilla, no sabría por dónde empezar a buscar —se justificó con pesadumbre—. ¿Por qué no se lo pedís a la persona que os ha proporcionado la información?

—Porque esa persona no tiene la posibilidad de acercarse al despacho de Soult, pero tú sí. Solo te pedimos que lo intentes, Eugenia.

Ella permaneció callada durante unos segundos, meditando la petición y valorando las posibilidades que tenía.

—Puedo intentarlo, lo que no sé es cómo voy a conseguir llegar hasta ese lugar sin que me descubran.

—No te resultará muy difícil. El mariscal da una fiesta mañana noche a la que el barón ha sido invitado. Procura asistir y, una vez allí, es cuestión de encontrar la oportunidad de acceder al despacho y buscar los documentos. No queremos que los robes, solo que copies los datos que antes te he indicado. En... —vaciló; se resistía a formular la sugerencia— caso de no encontrarlos, tal vez podrías obtenerlos a través de Balbuena.

—¿Ignacio posee esa información?

—Es muy probable ya que él se encarga de la recaudación municipal y recibe órdenes directas de Soult.

Eugenia comprendió entonces los motivos de Ugarte para involucrarla: querían asaltar el convoy y ella se relacionaba con la persona que tenía la información; pero ¿a qué precio iba a obtenerla?

—Y si no lo consigo, ¿qué pretendéis que haga? ¿Sonsacársela al barón en el lecho? ¿Es esa la razón de que me hayáis elegido? —La indignación que sentía le hacía levantar la voz.

Tomás se inquietó. La había ofendido con su insinuación, pero la idea no era suya. Él nunca le pediría tal cosa. Solo de pensar en ello se le hacía un nudo en el estómago. ¿Es que no se daba cuenta?

—Por favor, no te alteres de esa forma —intentó calmarla—. Encontrarás la forma de proporcionarnos lo que necesitamos sin llegar a... a...

Eugenia estaba fuera de sí. Se sentía traicionada por los suyos, por su amigo de la infancia.

—Sois tan ruines como esos traidores que colaboran

con los imperiales. –La decepción más amarga se filtraba en sus palabras–. Dime, al menos, si en algún momento habéis tenido la intención de liberar a mi padre o solo era un ardid para asegurar mi colaboración.

–Te juro por la vida de mis padres que eso es cierto. Si conseguimos atacar al convoy y hacernos con el botín, tendremos fondos suficientes para hombres y armas. Entonces asaltaremos la prisión y liberaremos a todos los presos –le aseguró con viveza.

Ella se calmó al apreciar sinceridad en sus palabras y sintió que renacía la esperanza. Aunque molesta por haber sido engañada, comprendió que tenía que intentarlo por muy arriesgado que pareciese. Convencería a Ignacio para que la dejase acompañarlo a la fiesta e intentaría hacerse con la información requerida. De no encontrarla allí, ya vería la forma de obtenerla. Sintió un escalofrío al recordar la posibilidad que Tomás había sugerido. Mejor no pensar en ello de momento.

–Procuraré obtener los datos que necesitáis. De conseguirlos, ¿cómo me pongo en contacto con vosotros?

–Yo estaré esperándote esa noche cuando regreses de la fiesta. Si tienes algo que darme, sal por la puerta de las caballerizas; si no es posible, en cuanto lo tengas en tu poder me dejas una señal en el balcón, un pañuelo atado a la barandilla servirá, y esa misma noche nos veríamos en el mismo lugar.

Tomás la observaba a través de la tupida celosía, que apenas le dejaba vislumbrar su exquisito rostro, con el corazón acelerado. Su amor y admiración por ella crecía por momentos al advertir su entereza y determinación. ¡Cuánto la amaba! Si al menos pudiera expresárselo con palabras… Pero pronto podría hacerlo. Cuando se convirtiera en una persona importante y acaudalada, ella ya no le vería como el hijo de sus sirvientes y todo cambiaría. Eugenia sentía algo por él, lo sabía. Tal vez no le amaba, pero acabaría haciéndolo cuando fuera su esposa.

—Debo marcharme antes de que alguien sospeche. ¿Dónde piensas permanecer? —le preguntó, preocupada por su seguridad.

—No temas, estaré en lugar seguro.

Ella le dedicó una sonrisa a modo de despedida y, presurosa, salió del confesionario.

Eugenia se paseaba nerviosa por el gran salón repleto de personas elegantemente vestidas, entre las que abundaban los lujosos uniformes de gala franceses. Como ya imaginaba, Ignacio se alegró de que desease acudir a la fiesta, pero el acceder al despacho del anfitrión y buscar los documentos le parecía un escollo insalvable.

Ya llevaba allí casi una hora y había tenido que recurrir a toda su fuerza de voluntad para no salir corriendo. En el magnífico palacio, sede de la Comandancia General del Ejército, y donde había fijado su residencia el mariscal Soult, gobernador de Andalucía y capitán general del ejército del sur, estaba reunida la flor y nata de la oficialía gala, así como los más importantes aristócratas y otros hombres notables de la ciudad, muchos de ellos conocidos, a los que se veía obligada a halagar sin descanso, sintiendo que ya estaba al límite de su resistencia.

El inicial optimismo que mostrara antes de llegar allí se estaba desmoronando. Temía ser descubierta y acusada de espía, con lo que todos sus planes se vendrían abajo. Pese a ello, había prometido intentarlo y ahora no iba a echarse atrás.

Haciendo acopio de valor, y con la excusa de ir a refrescarse, se disculpó ante su prometido y el resto de personas con las que charlaba y salió del salón, introduciéndose en la zona privada de la casa. Había estado allí en una ocasión un par de años antes y recordaba su distribución, lo que le llevó a imaginar que el despacho del mariscal se encontraría en la magnífica biblioteca ubicada en la planta baja.

Bajó las escaleras con sigilo y se encaminó por el largo pasillo, pensando que si alguien la descubría podía decir que había decidido tomar el fresco en el patio o que se había extraviado buscando la *toilette*.

Cuidando de no dejarse ver y atenta a cualquier ruido, fue abriendo puertas hasta dar con la estancia deseada. Se trataba de una amplia sala cuyas paredes estaban forradas con estanterías de libros y amueblada con varios sillones y una gran mesa en el centro.

Eugenia entró y cerró la puerta. Como no quería encender ninguna luz para no delatar su presencia, descorrió las cortinas de los amplios ventanales con el fin de dejar entrar la claridad procedente de los numerosos faroles que adornaban el patio, asegurando con ello una buena visibilidad.

Sin demorarse demasiado, se afanó en revisar la mesa y los varios cajones que esta contenía. Fue abriéndolos uno a uno, sin encontrar en ninguno de ellos los datos que había ido a buscar. Halló uno de los cajones cerrado y lo forzó con un pequeño puñal que debía de hacer las veces de rompesellos. Al abrirlo, Eugenia se sorprendió de su contenido: un precioso crucifijo de oro con incrustaciones de piedras preciosas destacaba sobre un paño de terciopelo rojo. «Otra muestra de la famosa rapiña de Soult», pensó.

Convencida de que el mariscal debía de tener un lugar secreto en el que guardaba los documentos importantes, procedió a revisar a fondo la habitación sin encontrar nada que se lo indicase.

Cuando, decepcionada, decidió marcharse oyó voces que se acercaban por el pasillo. Se quedó rígida sin saber qué hacer. Si salía por la puerta la verían y le resultaría difícil explicar lo que estaba haciendo en aquella zona de la casa y, en particular, en aquella habitación. Tampoco tenía salida por la ventana ya que estaba enrejada. Pensó en esconderse detrás de algún sillón o bajo la mesa, pero en cualquiera de ambos sería visible.

Presa del pánico, advirtió que las voces se escuchaban detrás de la puerta y la manecilla comenzaba a girar. Intentaba hallar una excusa que justificase su presencia en aquel lugar cuando sintió que le tapaban la boca y, enlazada por la cintura, era arrastrada e introducida en un pequeño y oscuro cuarto.

–Calla o nos descubrirán –le advirtió una voz susurrante junto a su oído con el fin de silenciar sus enérgicas protestas.

Comprendiendo que quien la sujetaba no tenía intención de soltarla, Eugenia obedeció. Temerosa de hacer algún ruido que alertase a los recién llegados de su presencia, permaneció rígida como una estatua y sin ánimo de averiguar la identidad del hombre que tenía pegado a su espalda, y que continuaba inmovilizándola, aunque le había retirado la mano de la boca.

Por la pequeña rendija de la puerta que comunicaba con el despacho, Eugenia observó que una de las personas que había entrado encendía un quinqué, con lo que la estancia se iluminó y le permitió ver a los recién llegados. Solo pudo reconocer a uno de ellos. Se trataba del anfitrión, el mariscal Soult; al otro no logró verle el rostro pues permanecía de espaldas.

–Ocúpese de que el envío llegue al puerto de Málaga sin contratiempos. Destine a los mejores hombres para protegerlo. No quiero sufrir otra pérdida o el Emperador me pondrá en la picota –dijo el mariscal en francés, mientras se dirigía a una de las estanterías y extraía unos rollos de papel de un hueco oculto detrás de unos libros–. Aquí tiene las órdenes de embarque y la ruta que seguirá. Guárdelas en lugar seguro. Es muy importante que no haya filtraciones.

–Descuide, Excelencia. Yo mismo acompañaré el convoy y me encargaré de elegir a los hombres adecuados. No habrá incidentes como la última vez. En cuanto a la documentación, en mi propia casa estarán bien protegidas hasta que partamos y la lleve conmigo.

Aunque habló en francés, idioma que ella comprendía bien, Eugenia reconoció la voz de la persona que acababa de hablar, y que confirmó cuando el hombre se adelantó para coger los documentos y guardarlos en el bolsillo interno de su frac. ¡Era Ignacio!

Sintió aumentar la presión alrededor de su cintura, advirtiéndole de que no delatase su presencia.

–Eso espero –contestó Soult. Se dirigió a una mesita y sirvió dos copas de una botella–. Pruebe este excelente *armagnac*. Me lo envían del valle del Gers[3].

–Gracias, Excelencia –aceptó la copa que le ofrecía y bebió un sorbo, saboreando su exquisito sabor–. Desde luego, es un caldo magnífico.

–Por cierto, permítame felicitarle por su buen gusto al elegir esposa, amigo mío; la señorita Madrigal es toda una belleza y muy exótica. No se suelen ver muchas mujeres con su aspecto por estas tierras. Tengo entendido que su madre era inglesa, ¿no es cierto?

–Lo era, en efecto. Falleció hace años y ella cortó cualquier tipo de relación con su familia inglesa, al igual que su padre –se apresuró a indicar.

---

[3] Región francesa famosa por la producción de dicho aguardiente.

Había aleccionado a Eugenia sobre ese punto para que mantuviese la misma versión. No era cuestión de que todos supiesen que su futura esposa acababa de regresar de Inglaterra, donde se había refugiado cuando las cosas empezaron a ir mal en su país. Eso podría perjudicarle. Por suerte, estaba convencido de que casi nadie lo sabía y, para todos, su prometida había permanecido en Torre Blanca durante ese tiempo.

—¿Cuándo tiene prevista la boda, barón?

—No desearía que se demorase demasiado. Calculo que unas tres semanas estaría bien. He logrado convencer al deán de la catedral para que aligere los trámites.

Soult soltó una risotada.

—Esos curas están dispuestos a todo por una abultada bolsa.

Ignacio sonrió. No quiso aclararle que habían anunciado su compromiso dos años antes y, por ello, el deán no puso reparos en descontar algún tiempo.

—Deseaba pedirle un favor, Excelencia —pidió Ignacio.

—Usted dirá, amigo.

—Mi futura esposa está ilusionada en que su padre la lleve al altar. Si fuera tan amable de liberarle para ese acontecimiento...

—No hay inconveniente. De todas formas, las pruebas que pesan en su contra son tan endebles que, si se le hiciera un juicio justo, cualquier abogadillo conseguiría su libertad. Nos sería muy difícil demostrar su colaboración con los conspiradores ya que lo único que tenemos en su contra es la carta sin firma que se encontró en su despacho; algo muy insustancial para acusarlo de un delito tan grave como el de traición. Como bien sabe, el rey es tolerante con los miembros y colaboradores del anterior gobierno, único delito que podríamos imputarle a su futuro suegro.

—Desde luego, Excelencia, aunque no sería necesario eximirle de los cargos. Solo le pido unos días de libertad bajo mi custodia para celebrar el enlace. Después de eso, sería conveniente que volviera a prisión a espera de juicio; que podría demorarse meses o, incluso, años. A su edad y con su precaria salud, no creo que tarde mucho en abandonar este mundo. Comprenderá que no deseo que mi suegro meta sus narices en mis asuntos e intente estropear mis planes –repuso Ignacio con ladina sonrisa.

Eugenia estuvo a punto de emitir un grito de horror, silenciado por una enérgica mano que volvió a taparle la boca. Impactada por lo que acababa de oír, sintió el poderoso impulso de encararse con ese traidor y revelarle lo que sentía por su repugnante persona. Por suerte, el fuerte brazo que la sujetaba por la cintura le impedía todo movimiento.

—Le entiendo. No quiere demorar la espera para hacerse con el título y las posesiones del marqués. Si bien, tengo entendido que Aroche tiene un hijo. ¿No le corresponde a él convertirse en el heredero? Nuestro buen rey José es muy rígido en esas cosas y no permite que se cometan atropellos, como le he indicado. El muy iluso piensa que se puede gobernar con justicia a estas gentes.

—Cierto, pero pueden ocurrir accidentes fatales. –Volvió a curvar su rostro con otra maliciosa sonrisa que se asemejaba a una máscara cruel–. Ya me encargaré de eso a su debido tiempo. No voy a consentir que nadie me arrebate lo que me pertenece por derecho de matrimonio con la primogénita del marqués.

Eugenia, que escuchaba muda de espanto, sintió que desfallecía. Las rodillas no la sostenían y las náuseas amenazaban con ahogarla. Se apoyó en el pecho del hombre que la sujetaba, temerosa de caer al suelo. ¡El muy despreciable estaba dispuesto a asesinar a Leandro para que nada se interpusiese en su camino hacia el marquesado! ¿Cuánto tardaría en librarse de ella, como parecía haber hecho con sus anteriores esposas? Pero no se saldría con la suya, se prometió con fiereza. Lo evitaría, aunque tuviera que matarlo ella misma.

La nueva carcajada del francés fue coreada por el barón, que sonó macabra.

–Es usted muy inteligente, Balbuena. Hombres con su determinación son los que hacen falta en este país y no los aristócratas mojigatos y temerosos de Dios que anteponen el honor a cualquier cosa, incluso cuando va en detrimento de sus intereses. Tanta dignidad me asquea, amigo. Cuando se quiere algo, hay que ir a por ello con decisión y no dejar que pequeños obstáculos se interpongan en el camino. Pero claro, usted es medio francés y eso dice mucho de su valía. –Con una sonrisa satisfecha, el mariscal palmeó la espalda de su interlocutor y ambos abandonaron la habitación.

Tras esperar unos segundos, Eugenia sintió que el brazo en su cintura se aflojaba y el hombre abrió la puerta, dejando pasar un haz de luz. Se giró para comprobar quién la había salvado y el sobresalto le hizo tambalearse.

–¡Tú!

Capítulo 27

Rafael contemplaba a Eugenia con un brillo indescifrable en la mirada, intentando al mismo tiempo cubrirse con un manto de frialdad que estaba muy lejos de sentir por muchas razones, y la principal era el deseo incontrolable que ella le despertaba y que le costaba mantener a raya cuando la tenía tan cerca como ahora, respirando su aroma, sintiendo su calor y el pulso alocado de su corazón.

¡Estaba tan hermosa! La bella joven de dos años antes se había convertido en toda una mujer que levantaba pasiones a su paso. Él no escapaba a su embrujo, como lo demostraban las largas y solitarias noches de añoranza y desvelos desde que la volviera a ver casi un mes antes.

Evocó aquel primer encuentro, cuando ella se presentó en su propio hogar, que ahora él ocupaba, y lo descubrió confraternizando con el invasor. Al advertir el dolor y la decepción en aquellos claros ojos se sintió morir. Pero en ese momento no pudo hacer nada; tenía las manos atadas.

Con el transcurrir de los días llegó a la conclusión de que a ella ya no le importaba en lo que se había convertido. Al enterarse de su inminente boda con Balbuena y tras verla alternar con toda la oficialía gala y el resto de simpatizantes del nuevo régimen, comprendió que había aceptado la situación como tantos otros, ya fuera por necesidad o por convicción.

Pero el deseo se mezclaba con la rabia que le carcomía por dentro y que apenas podía contener cada vez que la veía en el salón riendo las gracias de su prometido y rodeada de una corte de oficiales franceses que se la comían con la mirada. ¿Acaso no recordaba que dos años antes le había rogado que la llevara con él para evitar casarse con el hombre al que ahora miraba embelesada? Habría comprendido que Balbuena era un buen partido en estos momentos.

En realidad, no podía reprochárselo. En los tiempos que corrían, y con su padre preso, era necesario conseguir aliados poderosos. Pero ese convencimiento no lograba impedir el sordo dolor en su interior, que se mezclaba con el amargo sabor del desengaño.

Había sido un iluso al esperar que ella se mantuviese fiel a ese amor que le había confesado de forma tan inocente. Es más, dudaba de que en el pasado hubiese llegado a sentir por él algo más que una ilusión de chiquilla consentida; y el tiempo le había dado la razón. Lo que no impedía que la observara con avidez cuando coincidían en alguna fiesta o reunión, a las que era tan aficionada, y los celos le apuñalaran las entrañas cada vez que contemplaba la forma posesiva con la que el barón la enlazaba por la cintura y la sonrisa complacida con la que ella aceptaba ese gesto.

Por ello, había decidido un rato antes dejar de mirarla y dedicar sus energías a realizar lo que esa noche le había llevado a aquel lugar. Pero su sorpresa fue mayúscula cuando la vio aparecer en el despacho que él mismo había estado registrando momentos antes, y con idéntico propósito.

Escondido en la habitación contigua, la observó revolver cajones y muebles, preguntándose qué estaría buscando, hasta que oyó las voces en el pasillo y advirtió su apuro.

En un principio, pensó dejarla a su suerte. No dudaba que conseguiría salir airosa de ese aprieto y él no debía poner en peligro su posición, pero algo en su interior le obligó a acudir en su ayuda. Ahora se alegraba de ello. Balbuena era un canalla mucho mayor de lo que imaginaba y ella parecía desolada al haberlo descubierto.

«¿Qué pensará tras escuchar esas revelaciones?», se preguntó con una mezcla de satisfacción y lástima.

Eugenia reprimió el impulso de arrojarse a sus brazos al recordar la clase de hombre en la que se había convertido, o que siempre había sido sin que ella llegara a advertirlo, y a su rostro asomó una expresión de desprecio mezclado con cierto temor al comprender que podía revelar su presencia en aquel lugar.

—¿Qué haces aquí? ¿Por qué no me has delatado? —Sus palabras sonaron como el mayor de los insultos.

Rafael se envaró, molesto por el desprecio que se adivinaba en su voz.

—La primera pregunta tal vez sería más correcto que tú la contestases. En cuanto a la segunda, puede que lo haga; depende de tu respuesta —dijo en voz baja y muy cerca de su rostro.

La verdad era que le intrigaba la presencia de Eugenia allí. ¿Qué estaría buscando? ¿La prueba que incriminaba a su padre? Imaginaría que, si la encontraba y la destruía, sus acusadores no tendrían argumentos para inculparlo. Una actitud muy valiente, no cabía duda, pero inútil; como debió de comprobar al escuchar las palabras de su prometido.

Eugenia se alarmó. Si le decía la verdad la delataría. Tampoco se le ocurría nada creíble que justificase su presencia porque él debió de descubrirla mientras registraba la habitación. Inquieta, procuró ganar tiempo.

—No te debo explicación alguna —respondió, e intentó imprimir a sus palabras un acento de orgullo ofendido.

—Deberías hacerlo, o me veré obligado a informar a nuestro anfitrión de que has estado curioseando.

—No lo creo, ya que entonces tú tendrías que darle explicaciones. ¿Estarías dispuesto? —le retó con aplomo, convencida de que a Soult no le agradaría enterarse de la doble violación de su despacho.

—Cierto. No sería elegante comprometer a la dama que estaba esperando; por eso no te he delatado. Pero ¿cuál es tu excusa? ¿O te habías citado con un amante en este lugar?

Eugenia sintió cómo la ira hervía en su interior al escuchar su confesión y sus sospechas. ¿Tan baja opinión tenía de ella para creerla capaz de citarse con amantes, ahí o en cualquier otro lugar? Con todo, se dio cuenta de que, entre la amalgama de sentimientos que la dominaba en esos momentos, destacaba uno que la sacudía con fuerza: unos rabiosos celos hacia la mujer con la que él decía haberse citado.

—¡Eres un miserable! —le arrojó a la cara con furia, y alzó la mano para abofetearle.

En esta ocasión, Rafael fue más rápido y logró detenerla a tiempo.

—El acariciarme el rostro con tanta violencia se está convirtiendo en una mala costumbre por tu parte, amor. Debes refrenar esos impulsos o tendrás muchos problemas. No estás en posición de juzgar a los demás.

Ella rescató el brazo que él sujetaba y lo miró colérica. Acto seguido, le dio la espalda dispuesta a salir de allí.

Con el orgullo herido, luchaba por no echarse a llorar. No quería regalarle ese patético espectáculo.

Rafael la dejó marchar con un nudo en la garganta. Le gustaría explicarle tantas cosas...

Eugenia cruzó el despacho y abrió la puerta con sigilo. Cuando comprobó que el pasillo estaba desierto, salió para dirigirse al salón. Quería alejarse de él, poner la mayor distancia posible o cometería una estupidez llevada por la humillación que le había causado.

La pequeña luz de esperanza que estuvo brillando en su interior los últimos días, alimentada por la convicción de que Rafael no era el responsable de la encarcelación de su padre, acababa de apagarse ante su despiadada actitud, provocándole un lacerante dolor.

Enfiló el largo pasillo intentando mantenerse entera para no terminar deshecha en llanto. Debía continuar representando su papel por algún tiempo más. Ya tendría tiempo de entregarse a las lágrimas.

Pero ese no era el mayor de sus problemas, pensó con desesperación al recordar las palabras de Ignacio. Había descubierto lo peligroso que era y el daño que podía hacer a su familia si no lo detenía. El muy traidor deseaba ver muerto a su padre y a su hermano para apropiarse del título y las riquezas de los Aroche. Había estado engañándola durante esas últimas semanas con su buena disposición y su amabilidad, que resultaban solo una farsa para ganarse su confianza. Ahora todo dependía de Ugarte y sus hombres, y lo cierto era que no confiaba en ellos. ¿Qué haría entonces?

Cuando estaba llegando al final del pasillo, oyó voces que se acercaban: la grave de un hombre y la risa coqueta de una mujer. Se detuvo sin saber qué hacer. No podía dejar que la descubrieran en aquella zona de la casa tan alejada del lugar de reunión. Desesperada, intentó abrir la puerta cercana a ella, que no cedió. Comprendió que no tenía lugar alguno en el que ocultarse y, si retrocedía, la descubrirían.

Rafael, que en el último momento había decidido seguirla, oyó las voces que se acercaban y advirtió su apuro. En un rápido movimiento, la atrapó entre sus brazos y la empujó hacia la pared, ocultándola con su cuerpo y acallando con sus labios la enérgica protesta.

—Doma a esa gata salvaje, amigo —comentó una voz masculina en francés al pasar a su lado. La risa de su compañera coreó la fuerte carcajada que siguió a sus palabras.

La pareja continuó su camino sin preocuparse de ellos. Cuando desaparecieron por una de las puertas, que el hombre vestido con uniforme abrió con llave, Rafael la liberó de su abrazo y levantó la cabeza.

Eugenia lo miró con una mezcla de furia y mal disimulado anhelo.

Entre el tumulto de sentimientos que embargaban en esos momentos a Rafael, prevalecía la compasión. No estaba seguro de lo que Eugenia sentía por Balbuena, pero la decepción debía de ser inmensa al escuchar sus futuros planes. Una fibra sensible comenzó a vibrar en su corazón y le impulsó a consolarla. Él sabía mucho de desengaños y comprendía cómo debía de sentirse en esos momentos. Volvió a rodearla con sus brazos y le apoyó la cabeza en su hombro.

Eugenia se dejó abrazar, olvidándose por unos segundos de quién le ofrecía consuelo y del dolor que había experimentado en los últimos minutos, y se agarró a él con fuerza. Solo sabía que estaba otra vez entre sus brazos y todas aquellas emociones que se había esforzado en desterrar de su corazón volvían a inundarlo, provocándole una increíble felicidad. Debería odiarse por sentir aprecio por un hombre que confraternizaba con los enemigos de su patria, aunque no podía evitarlo. Le amaba. Nunca había dejado de hacerlo, ahora lo reconocía; y ese sentimiento se imponía a los demás.

La tensión de momentos antes la sobrepasó y los sordos sollozos no tardaron en convulsionar su cuerpo, dando rienda suelta a toda la amargura y desesperación que la embargaba. Cuando pasaron unos minutos, se fue calmando y levantó la cabeza para mirarlo. La que él le devolvió rebosaba ternura y comprensión.

–¿Por qué te has vendido a los franceses? –le preguntó con los ojos anegados de lágrimas y el rostro demudado de dolor.

Rafael la miró con desaliento. Comprendía que era natural que pensase de ese modo cuando parecía llevar el estigma del traidor marcado en el rostro. Ella, al igual que las personas que antes lo apreciaban, lo creía un afrancesado, un colaboracionista. No le importaba lo que los demás pensaran o dijeran de él porque su conciencia estaba tranquila, pero la opinión de ella sí era importante.

–No creas todo lo que dicen de mí, Eugenia. No soy la persona que piensas. –La lucha que se debatía en su interior se apreciaba en su rostro. Era su deber guardar silencio, pero ¿cómo dejar que la mujer a la que amaba continuase pensando que era un ser despreciable al que no se le debía el menor de los respetos?

–Y entonces, ¿qué eres? –Su tono de voz indicaba que no le creía.

Rafael inspiró. No podía permitir que ella continuase creyéndole un traidor a su país aun sabiendo que se arriesgaba demasiado al desvelar un secreto que solo unas pocas personas conocían. Tenía que contarle la verdad y confiar en que no le delatara.

—No puedo explicarte más de momento. Solo te pido que aceptes mi palabra. ¿Lo harás?

Ella vio sinceridad en sus ojos y le creyó. Su corazón se lo dictaba. No podía haberse equivocado tanto, pensó con la esperanza anidando en él de nuevo. Asintió y Rafael respiró aliviado.

—Ahora tienes que regresar al salón. Balbuena te estará buscando y no es conveniente que sospeche dónde has estado y lo que has escuchado o correrías peligro. Te prometo buscar un arreglo para el problema de tu padre. Ya has oído decir al mariscal que las pruebas contra él son muy endebles. Todo hace pensar que el barón le ha tendido una trampa con el fin de obligarte a casarte con él. Si consigo desenmascararle, tu padre estará libre

Eugenia reconoció que tenía razón. Estaría en peligro si Ignacio sospechaba que estaba al tanto de sus planes. Ahora más que nunca debía interpretar su papel de forma creíble.

—¿Cuándo te veré? —le preguntó ansiosa.

—Tengo que llevar a cabo un cometido, luego me marcharé. Estaré esperando cuando regreses a casa de los condes de Bermejo. Procura salir por la puerta de atrás sin que nadie te vea y hablaremos.

Eugenia lo miró con el brillo de una renacida ilusión iluminando sus ojos. Algo dentro de ella siempre se había negado a creer que fuera el traidor que se esforzaba en aparentar.

Rafael, que conocía mejor la casa, la guio por una zona menos transitada hasta las escaleras que subían a la primera planta y él regresó al despacho de Soult. Se acercó a la estantería de la que le había visto sacar los papeles que entregó a Balbuena momentos antes. Retiró unos libros y descubrió el hueco en la pared cerrado con una pequeña puerta.

Se afanó durante varios minutos en abrirla. Cuando lo consiguió, sacó los documentos que contenía. Se acercó a la ventana y los leyó. Como no tenía tiempo para copiarlos, los memorizó; devolviéndolos a su lugar antes de marcharse. No debía permitir que sospechasen que alguien los había leído.

Con la relación de los próximos movimientos del ejército francés en Andalucía grabados en su memoria, se apresuró a salir de allí. Tenía que anotar esa información antes de que se le olvidase algún dato importante, ya que esa misma noche debía entregarla a la persona que le había encargado obtenerla.

Capítulo 28

Eugenia se esforzó en serenarse antes de entrar en el salón. Abarcó con la mirada todo el recinto hasta dar con su prometido, que se hallaba junto a un grupo de militares franceses.

—Querida, te llevo buscando desde hace rato —la recriminó veladamente cuando llegó a su lado, sin dejar de observarla con detenimiento.

Eugenia encajó en su rostro la mejor de sus sonrisas y le colocó una mano sobre el brazo en actitud cariñosa.

—Siento haberte preocupado, pero me he perdido por esos intrincados corredores. No sabía que este palacio era tan grande.

—Como corresponde a la categoría de su ilustre ocupante —replicó él, inclinándose ante Soult, que se hallaba en el grupo.

Las palabras de Ignacio fueron aplaudidas por el resto de contertulios.

—He de reconocer que es cómodo —opinó el mariscal con una sonrisa de suficiencia.

Eugenia se compadeció de sus anteriores ocupantes, una de las familias nobles más importantes y con más raigambre en la ciudad, a la que se les había despojado de su hogar para satisfacer la vanidad de ese gabacho engreído y ladrón. Imaginaba que pronto desaparecería en el magnífico edificio todo objeto de valor, si tenía que creer los rumores que corrían por Sevilla y que lo señalaban como el mayor expoliador de riquezas y obras de arte que había pisado la ciudad.

Después de un buen rato, en el que Eugenia se obligó a mostrarse entusiasmada con la compañía y de soportar con estoicismo los empalagosos halagos de los hombres que la rodeaban, se decidió a comunicarle a Ignacio su deseo de marcharse. La impaciencia por ver a Rafael la consumía.

Tenía que pensar en cómo conseguiría la información que le habían pedido y que su prometido llevaba encima en esos momentos. Le desesperaba tenerla tan a la mano y no poder obtenerla, pero era consciente de que le resultaría imposible entre aquel bullicio. Ya encontraría la forma de hacerse con ella antes de que emprendiera viaje y los llevara consigo.

—No es necesario que me acompañes —sugirió Eugenia a Ignacio con la intención de librarse de su compañía.

—Será un placer hacerlo, querida. Sin ti a mi lado no tengo razones para quedarme.

—Es usted todo un caballero, señor barón —opinó una de las damas presentes.

Él se sintió henchido de orgullo y, con una disculpa general, abandonó el grupo con Eugenia del brazo.

Una vez en el suntuoso carruaje, Ignacio, que parecía más animado de lo normal, la estrechó entre sus brazos. Eugenia se envaró, pero no se lo impidió. Contuvo la repugnancia que le provocaban las manos ansiosas recorriendo su cuerpo y su boca sobre su cuello en babeante anhelo. El recuerdo de las palabras pronunciadas en el despacho de Soult continuaba muy fresco en su memoria, ocasionándole un genuino pavor y haciendo que su presencia fuese más insufrible.

—Esta noche estás muy hermosa. ¿Por qué no vienes a mi casa y prolongamos la velada? —pidió con voz enronquecida.

Eugenia vio en esas palabras la excusa para separarse de él.

—¡Por Dios, Ignacio, te has vuelto loco! Sabes que no puedo acceder a lo que me pides. No sería decente. ¡No estamos casados! ¿No querrás mancillar el buen nombre de tu futura esposa y madre de tus hijos? —Sabía que, de acceder a su petición, tendría una buena oportunidad de conseguir la información que necesitaba, pero se sentía incapaz de obtenerla de ese forma.

—Disculpa, ha sido un desacierto proponerlo —se retractó. Debía reprimir sus deseos si quería conseguir que sus planes no fracasasen, se recordó Ignacio. ¡Qué importaban unas semanas más! Ya se aliviaría con alguna criada. Pero, cuando estuvieran casados, iba a enseñar a esa remilgada sus obligaciones; y se atendría a las consecuencias si no estaba dispuesta a cumplirlas.

Eugenia recordó que Ignacio le había asegurado al mariscal que los documentos estarían a buen recaudo en su casa, y eso le dio una idea.

—Aunque, si me lo permites, me gustaría visitar mi futuro hogar lo antes posible. No lo conozco y comprenderás que esté ansiosa. Y he de comprobar si reúne las suficientes comodidades para alojar a mi padre y a Emilia. La pobrecita debe instalarse en la planta baja pues sus piernas enfermas le impiden subir escaleras. ¿Te parece bien que vaya mañana con Amalia a comer? —le propuso con aparente inocencia.

—Lo siento, mañana estaré muy ocupado. Parto de viaje en unos días y eso me acarreará mucho trabajo. No obstante, podemos prescindir de la velada musical que organizan los duques de Peñagrande y cenar juntos; de ese modo tendría la oportunidad de mostrarte la casa con tranquilidad –sugirió, mirándola con ardor y una ladina sonrisa.

–No sería correcto, Ignacio; piensa que ya hemos aceptado la invitación. Amalia tiene un compromiso y no considero decente acudir a tu residencia sin compañía –eludió con habilidad. No estaba dispuesta a propiciar ese tipo de intimidad entre ambos bajo ningún concepto.

–Es cierto. Vuelve a disculpar mi torpeza, querida.

Eugenia le dedicó una cautivadora sonrisa con el fin de apaciguar la creciente irritación que advertía en él ante tanta negativa por su parte.

–¡Pero no me habías informado de que te marchabas de viaje! ¿Cuántos días estarás ausente? Recuerda que la ceremonia está prevista para el 2 de octubre –se mostró interesada, intentando ocultar la alegría que la embargaba al saber que iba a librarse de su odiosa compañía durante unos días.

–Solo será una semana, como mucho diez días. No temas, estaré de vuelta para la fecha señalada.

–En ese caso, aprovecharé que estás ausente para ir a Torre Blanca. Quiero convencer a Emilia de que asista a la ceremonia. –No tenía intención de hacerlo y más en las actuales circunstancias, pero le pareció una buena excusa por si debía ausentarse de Sevilla.

–Si es tu gusto… –aceptó con reparo. Podía ocurrírsele alguna idea extraña como escaparse y hacer zozobrar sus planes. Sin embargo, lo creía difícil; mientras mantuviese a su padre en prisión, estaría bien sujeta.

–Gracias, Ignacio. En ese caso, me interesaría ver la vivienda antes de marcharme. Si no tienes inconveniente, podría visitarla mañana mismo. Aprovecharía para familiarizarme con la servidumbre y comprobar si es apropiada para celebrar la recepción posterior al enlace.

—Puedes visitarla cuando te plazca, Eugenia. Mandaré el carruaje a recogerte a la hora que me indiques.

—No es necesario. Amalia y yo iremos caminando —rehusó. No tenía intención de implicar a su amiga en aquella aventura que, de salir mal, podría acabar con ellas en prisión.

El carruaje se detuvo e Ignacio la ayudó a bajar. Se despidió con un beso, que Eugenia se obligó a aceptar, y entró en la casa.

Los condes estaban acostados y Amalia la esperaba en su cuarto para que le contara los pormenores del baile. A ella le gustaría asistir a más reuniones sociales, pero sus padres eran muy estrictos y limitaban las relaciones con el invasor y sus allegados a lo que les exigía su seguridad.

—Le he dicho a Juanita que yo te ayudaría. Quiero que me cuentes todo lo que ha sucedido —pidió con ansiedad.

—Ahora no puedo, Amalia; mañana lo haré y con todo lujo de detalles —prometió ante la expectación de su amiga. Rafael le había dicho que la aguardaría cuando regresara y no quería hacerle esperar. Aunque necesitaba de su complicidad para ocultar esta nueva salida, no quería que Amalia se enterase de que iban a verse.

—¡Llevo aguardando toda la noche y ahora no te apetece hablar! —exclamó con fastidio.

—Lo siento, pero he de salir; me... me están esperando —tuvo que confesar. Sacó del arcón una bastilla negra y un gran manto del mismo color y procedió a colocárselos sobre el lujoso vestido que llevaba.

—¿Vas a otra fiesta?

—No —contestó Eugenia. No quería darle demasiada información, pero sabía que su amiga no iba a darse por contenta, por lo que decidió explicarle parte de la verdad–. Tengo una cita con un hombre –admitió a regañadientes.

–¡¿Quién?! –preguntó con los ojos muy abiertos por el asombro. No imaginaba que su amiga tuviese amantes secretos.

–No puedo desvelar su nombre, compréndelo. Y, por favor, te pido que guardes el más absoluto secreto o me vería en serios problemas.

Eugenia se miró al espejo satisfecha con el resultado. Con el manto sobre la cabeza nadie la reconocería y podía pasar por una sirvienta.

–Desde luego, tienes mi palabra. Pero lleva mucho cuidado. Si Balbuena se entera, no le va a agradar.

–Por eso necesito de total discreción. No puedo poner en peligro el futuro de mi padre. Ayúdame a salir por la puerta de atrás. No quiero llamar la atención.

Rafael volvió a consultar su reloj. Cinco minutos para la una de la madrugada y Eugenia no aparecía. Comenzó a sospechar que se había arrepentido de su decisión. Sintió un conato de decepción ante esa idea, pero continuó aferrándose a la esperanza de que ella no se había convertido en una afrancesada y de que el compromiso con Balbuena solo fuese fruto del interés por conseguir un aliado que intercediese por su padre ante la justicia; lo que no evitó que sintiese celos al observar cómo el barón la besaba antes de despedirse.

Había pasado los últimos dos años sintiendo una fuerte opresión en el pecho al pensar quién estaría disfrutando de aquel cuerpo que él anhelaba con tanta desesperación y resignándose a que acabaría casada con algún aristócrata inglés de los muchos que su abuelo le estaría presentando. Ahora vislumbraba un pequeño resquicio de esperanza y se aferraba a él como un náufrago a una pequeña tabla de salvación.

Sabía que, tras escuchar los planes de su prometido, descartaría la boda con Balbuena. Entonces le confesaría su amor y le pediría que se casase con él, tal y como debió haber hecho dos años antes. Fue un estúpido al dejarse llevar por sus rígidos principios morales y pretender conseguir antes la bendición de su padre, consciente de que el marqués nunca se la concedería. Si hubiese accedido a llevarla con él, ahora sería su esposa y estaría a salvo en La Habana junto a su madre y su hermana.

Pero no era tiempo de recriminaciones. En ese momento, lo importante era evitar que cayera en manos del barón y convencerla de que regresase a Londres o, al menos, se marchase a la hacienda mientras él intentaba conseguir la libertad de don Esteban.

Con esos esperanzadores pensamientos, Rafael decidió esperarla unos minutos más; de no presentarse, se marcharía. No podía poner en peligro a su contacto, cosa que ocurriría si se demoraba demasiado en acudir a la cita.

Miró por la ventanilla del carruaje, estacionado en una esquina desde donde podía ver la puerta de entrada y el callejón al que daban las caballerizas del palacete de los condes de Bermejo, y vio acercarse a una figura de mujer cubierta con un manto oscuro. Presintiendo que se trataba de Eugenia, abrió la portezuela procurando en todo momento ocultarse para no desvelar su presencia.

Eugenia lo vio y apresuró el paso. En la carrera, el manto que le cubría la cabeza se desplazó, dejando expuesta gran parte de ella. A la luz que iluminaba el interior del vehículo, la dorada cabellera destelló como un faro en la tormenta.

Ella se acomodó en el interior y Rafael ordenó a su cochero que se pusiese en marcha de inmediato. Ya le había avisado con anterioridad de que se limitase a dar vueltas por la ciudad hasta asegurarse de que nadie los seguía. Además, tenía que convencerse de que podía confiar en Eugenia antes de desvelarle el lugar donde se reunía con su contacto.

—Pensé que no acudirías —confesó Rafael, y en su voz se apreciaba la alegría que le producía el haberse equivocado.

—No pude convencer a Ignacio de que abandonase antes la fiesta —se justificó ella, añorando sentir otra vez la calidez de sus brazos. Reprimió las ganas de arrojarse en ellos. No olvidaba que aún no la había convencido de que no era un afrancesado de la peor especie. Le debía una explicación.

—¿Dónde me llevas? —preguntó Eugenia, y sus palabras no estaban exentas de cierto temor.

—Tengo que verme con una persona y quiero que tú estés presente.

—¿Has decidido delatarme al final? —fue más una afirmación expresada con profunda amargura.

Rafael acusó el significado de sus palabras. ¿Cómo era posible que continuara creyéndole un traidor? ¡Le había pedido que confiara en él!

—¿Piensas que podría hacer algo así? ¿Que soy el renegado que todos dicen? —Su voz expresaba el dolor que sus sospechas le causaban.

—No quiero creerlo, Rafael, pero los hechos parecen demostrarlo. ¿Cómo esperas que piense lo contrario cuando me has despojado de mi hogar y te dedicas a agasajar en él a nuestros verdugos? Llegaría a perdonarte que no fueras partidario del rey Fernando; incluso que comulgues con algunas de las ideas liberales que propagan los afrancesados. He cambiado de modo de pensar en este último año en Inglaterra. Lo que no entiendo es que aceptes al rey que nos han impuesto y confraternices con los usurpadores; ni perdonarte que te aproveches de tus propios compatriotas para enriquecerte, al igual que hacen esos tiranos.

–Esa no es mi intención ni nunca lo ha sido. No soy un afrancesado que sirve a los invasores, como juzgas; esa es solo la impresión que quiero dar, y es por una poderosa razón. Escucha, Eugenia, si decidí ocupar vuestro hogar solo fue con el propósito de protegerlo de la rapiña de los oficiales franceses. Ya sabes que todo ciudadano está obligado a alojar a miembros del ejército de «pacificación», como ellos lo llaman, y más cuando el dueño o alguien de su familia ha sido acusado de algún delito contra el nuevo régimen. Cuando regresé a Sevilla, después de pasar más de un año en otras ciudades, me enteré de que habían acusado a tu padre. Como no podía hacer nada para ayudarle, decidí salvaguardar su patrimonio, por eso la solicité como residencia a cambio de un fuerte alquiler, que va a las arcas de Soult. Es cierto que me veo obligado con frecuencia a alojar a oficiales franceses y celebrar fiestas en su honor, como la que presenciaste el otro día, para dar credibilidad a mi postura, pero debes creerme cuando te digo que es solo una fachada con la que ocultar mis verdaderos intereses.

Eugenia formó un gesto de extrañeza en su rostro.

–¿Qué quieres decir?

Rafael meditó unos segundos. Estaba poniendo su vida en las manos de aquella mujer y esperaba no estar cometiendo un error fatal.

–Ahora lo comprobarás –fueron sus enigmáticas palabras.

Capítulo 29

El carruaje en el que Eugenia y Rafael viajaban continuó circulando. Sumidos en sus propios pensamientos, ambos guardaron silencio. Tras pocos minutos más se detuvo y él abrió la portezuela, animando a Eugenia a salir. Como las cortinillas habían estado todo el tiempo corridas, ella no sabía dónde la había llevado. Al bajar se encontró en un pequeño patio, en el que apenas cabía el carruaje, y al que daban una puerta y un par de ventanas por las que se veía brillar una tenue luz.

Rafael, con Eugenia de la mano, empujó la puerta y accedió al interior. Atravesaron una angosta cocina, en cuyo hogar ardían unas brasas, y entraron en otra estancia más amplia. En el centro de ella, un hombre de elevada estatura se hallaba de pie.

–Buenas noches, Hugh. Siento la tardanza –se disculpó Rafael–. Creo que ya conoces a la señorita Madrigal de Castro.

–Tuve ese placer. ¿Cómo se encuentra, señorita Madrigal? Ya veo que logró llegar sin contratiempo –respondió el aludido en correctísimo castellano, y se inclinó en un elegante gesto que contrastaba con su rústico atuendo.

Eugenia lo miraba atónita. ¡Si era el caballero inglés que había viajado con ella desde Inglaterra! Pero costaba reconocerlo pues apenas quedaba en su actual atuendo nada del sofisticado dandi que la había acompañado durante la travesía. Vestía una usada y sencilla casaca corta sobre la camisa abierta en el pecho y unos gastados pantalones metidos en unas botas de cuero que necesitaban una buena limpieza. De la ancha faja que se enrollaba en su cintura, sobresalía la culata de una pistola y el mango de un puñal. Se cubría la cabeza con un pañuelo sobre el que llevaba un sombrero de ala corta. Su rostro, que recordaba atractivo, estaba cubierto por una abundante barba, de un tono más oscuro que la rubia cabellera que le había visto lucir durante la travesía. Solo los claros y perspicaces ojos delataban al hombre que ella conoció.

—¡Señor Thacker, qué agradable sorpresa! Le agradezco mucho que me facilitara la dirección de doña María. Fue una gran ayuda.

—Me alegra saberlo —dijo, mientras formulaba a Rafael una muda pregunta no exenta de censura.

—He invitado a la señorita Madrigal a esta reunión para ponerla al tanto de mis actividades. Piensa que soy un colaborador de los franceses y quería demostrarle que no es así.

—¿Crees que es pertinente?

—Lo es —aseguró Rafael tajante.

El inglés elevó los hombros en un gesto de aceptación.

—De acuerdo, amigo. Pero eso podía habérselo dicho yo hace tiempo.

Rafael le dirigió una expresiva mirada que, junto al leve gesto de negación con la cabeza, le indicaba que no rebelase nada más. No quería que Eugenia supiera que había estado preocupado por su seguridad y al tanto de dónde se encontraba en cada momento. Respiró tranquilo cuando supo que su padre la había enviado a Londres, con su abuelo casi dos años antes; pero al enterarse de la detención del marqués, imaginó que ella decidiría regresar. Fue entonces cuando pidió a Hugh que la protegiese en la medida de sus posibilidades. Él cumplió con su cometido y logró que llegase sana y salva a Sevilla.

Desconocía los medios de los que su amigo se había valido para ello, ni deseaba saberlo. Cuanto más ignorase de la red de agentes que la Corona británica había desplegado en el país, menos posibilidades tendría de descubrirla en caso de caer prisionero. Conocía los métodos que empleaban los interrogadores franceses y, aunque siempre se tuvo por un valiente, era consciente de que tal vez no podría resistir las torturas que le infringirían. Rara vez salía alguien vivo de los calabozos, y menos sin haber confesado todo lo que sus verdugos querían saber.

Rafael le entregó a Hugh un papel doblado que extrajo del bolsillo de su casaca.

—Aquí tienes lo que me pediste. Lo he reproducido lo más fielmente posible.

Thacker se acercó a la mesa y lo miró con interés a la luz de la vela. Sonrió complacido.

—Buen trabajo, amigo. Lo llevaré a Lisboa de inmediato. Wellington se alegrará de tenerlo en su poder. Señorita Madrigal... —Hugh se inclinó en galante gesto y se marchó.

Una vez solos, Eugenia se encaró con Rafael.

—¿Puedes explicarme qué hacía aquí ese caballero?

—Hugh es un viejo amigo que trabaja para el Almirantazgo en calidad de agente encubierto.

—¿Quieres decir de espía?

—Podríamos llamarlo así —respondió con reticencia. No le gustaba el apelativo empleado.

—¡Tú también lo eres! —Su rostro mostraba la incredulidad más absoluta.

—Colaborador con el ejército inglés, en realidad. Me limito a facilitarles información de los movimientos militares franceses, sus planes o estrategias futuras y de todo lo que logro enterarme. Llevo trabajando para ellos más de dos años, desde antes de marcharme del país. Por eso no podía quedarme, tenía que llevar a mi familia a un lugar seguro antes de regresar convertido en un adepto al nuevo gobierno.

—¡Pero todos creen que eres un traidor!

—Era la única forma de que resultase creíble mi actitud: dar la imagen de cobarde que huye del país para no verse forzado a defenderlo ante la invasión francesa y luego regresar como un ferviente defensor de la política de Napoleón una vez que los imperiales habían ocupado toda España.

Eugenia intentaba asimilar las palabras de él mientras su furia iba en aumento. ¿Por qué le hizo creer que era un colaborador de los franceses cuando, en realidad, estaba intrigando contra ellos?

—¿Y por qué me lo ocultaste? ¿No confiabas en mí? ¿Acaso pensabas que revelaría tus planes? —Las acusadoras preguntas fueron formuladas con amargo rencor.

—No podía implicarte en ello, Eugenia; tenía que protegerme... y a ti —se justificó.

—¿Crees que ocultándome una cosa así me protegías? ¿Sabes lo que he padecido todo este tiempo creyéndote un cobarde, un renegado, y no poder evitar amarte como lo hago? —Estalló al fin en llanto, dejando salir el dolor y la rabia contenidos durante tanto tiempo mientras le golpeaba el pecho con los puños.

Él la dejó hacer consciente de que tenía razón, reprochándose no haberle confesado sus planes y evitarle el sufrimiento y la frustración que había sufrido, pero al mismo tiempo se sentía inundado de una enorme dicha al escucharle confesar que le amaba.

Eugenia se fue calmando arropada por la calidez y la ternura de Rafael. Aunque el enojo persistía, poco a poco fue siendo superado por una creciente alegría. Ahora comprendía tantas cosas y le admiraba por ello. Había asumido una gran responsabilidad y demostraba mucha valentía al mantenerla, dejando creer a todos que era una persona despreciable, sintiéndose odiado por la mayoría de sus conocidos, arriesgando su vida... Sintió que crecía su amor y admiración por aquel hombre que anteponía su deber a los deseos personales.

Se alzó y, ansiosa, posó sus labios sobre la boca masculina al tiempo que le acariciaba el rostro, dejando que toda la ternura que guardaba su corazón se desbordara, olvidada por completo de la sombría realidad que les rodeaba. Estaba entre sus brazos y él no era el traidor que imaginaba, eso era suficiente para ella.

A Rafael le hubiera gustado aclarar algunas cosas, como la verdadera razón de su compromiso con Balbuena, pero la calidez del cuerpo femenino, que tanto tiempo llevaba ansiando, y sus tímidas caricias desataron en él el fuego de la pasión, imponiéndose su deseo por ella a la necesidad de conocer la verdad. Se dejó llevar por el delirio que le provocaba, tomando posesión de su boca como el sediento de sus besos en el que se había convertido, y la besó con desesperación y el ardoroso ímpetu que había estado aplacando durante esos dos años.

Eugenia sintió un espasmo de puro placer cuando él la estrechó contra su torso y comenzó a saquear su boca como un corsario ávido de botín. ¡Cómo había añorado su aliento, su sabor, la firmeza de su cuerpo, su excitante aroma...!

Rafael estaba a punto de perder la razón porque Eugenia no dejaba de excitarlo con sus caricias. Los labios de ella hacían estragos. Los leves e inocentes besos por su rostro lo estaban enardeciendo de tal forma que, si no la frenaba de inmediato, acabaría poseyéndola; y debía evitarlo por mucho que lo deseara. Sintió cómo su corazón rebosaba de amor y la dicha que experimentó ante ese convencimiento fue un acicate para su determinación. Ella era inocente y no debía ni quería comprometer su buen nombre por mucho que la desease.

—Tenemos que hablar, Eugenia —sugirió con determinación, e intentó separarse y recuperar la cordura. En su rostro se podían leer los esfuerzos que hacía por serenarse.

Ese no era el lugar ni el momento para dar satisfacción a los reclamos de ella ni a los suyos propios. La había llevado allí para demostrarle que no era un renegado y para hablar de su futuro.

Eugenia no podía seguir viendo a su prometido, era peligroso; y él no estaba dispuesto a que corriera ningún riesgo. Tenían que planear la forma de liberar a su padre antes de que al barón se le ocurriese liquidarlo en la prisión, acortando de esa forma el camino hacia el ansiado título y las riquezas de los Aroche.

Eugenia pareció no haberlo oído, sumida como estaba en su delirio.

—Más tarde; ahora, vuelve a besarme —susurró muy cerca de sus labios, y las palabras sonaron más a ruego que a imposición.

—Eugenia, si continuamos no podré detenerme. —Su voz era apenas un susurro ronco dificultado por la acelerada respiración.

Ella notó en el vientre la dureza de su miembro y eso la excitó más. Le necesitaba, aunque no supiese con exactitud en qué consistía esa necesidad.

—No lo hagas, Rafael, no te detengas –pidió. La pasión mezclada con la expectación le hacía arder por dentro.

—¿Sabes de lo que estoy hablando? –preguntó. Tal vez ella no comprendía hasta dónde podían llegar.

—Sí, lo sé, y lo deseo. –Los ojos le brillaban con un fulgor inusitado. Su entrecortada respiración y el leve temblor de los labios eran testimonio de la pasión que la dominaba.

—Quedarás arruinada y yo no estoy en disposición de prometerte que me casaré contigo. En estos tiempos tan revueltos nunca se sabe si se vivirá para ver nacer un nuevo día.

—Por eso debemos vivir el momento, Rafael. Disfrutemos de los instantes de dicha que la vida nos depare y dejemos obrar al destino. Regálame unas horas de felicidad al menos.

—No pode…

Eugenia acalló la nueva protesta con sus labios y él comprendió que no le quedaban argumentos para negarse. Ella tenía razón. El mañana era incierto, pero el presente era maravilloso y no debían desaprovecharlo.

Rafael exhaló un profundo suspiro de rendición y se entregó a la dulce exigencia de ella. La deseaba. Llevaba deseándola tanto tiempo que ya no tenía fuerzas para continuar negándose el placer que le proporcionaba el simple contacto con aquel voluptuoso cuerpo. Esa iba a ser su esposa, se hizo la promesa, y nada ni nadie conseguiría impedirlo.

Sin despegar la boca de los labios femeninos, la cogió en brazos y la llevó a una habitación contigua en la que había un pequeño camastro cubierto por una manta. La depositó en el suelo y contempló su rostro bañado por la débil vela que iluminaba aquel cuarto. Tenía los ojos vidriosos de deseo y los labios hinchados por sus besos. Estaba tan hermosa que quitaba el aliento.

Volvió a besarla mientras deshacía el complicado peinado que coronaba su cabeza. Una vez que hubo quitado todas las horquillas que lo sujetaban, el cabello cayó sobre sus manos. Se deleitó con su tacto de seda, admiró su brillo dorado y sumergió su rostro en él para extasiarse con su aroma a azahar.

Ella permanecía inmóvil. Todo el ímpetu que la había sostenido hasta ese momento parecía haberla abandonado. Se sentía tímida ante él, pero no temerosa de lo que iba a suceder.

Rafael, comprendiendo sus temores, se prometió ir despacio. Quería que nada empañase esa primera experiencia para ella, aunque era consciente de que le iba a costar un gran esfuerzo reprimir su impaciencia.

Al desmedido deseo que le provocaba se unía el hecho de que hacía varios meses que no yacía con una mujer y su necesidad era grande. Ahora se lo reprochaba, pero no podía evitarlo; cuando tenía a una en sus brazos, recordaba la imagen de Eugenia y perdía el interés. Incluso llegó a pensar que se estaba convirtiendo en un misógino por su constante inapetencia. Hasta que volvió a tenerla ante él aquella noche en la fiesta que organizó para Ducret en el palacete de los Aroche. Al admirar el fuego que desprendían aquellas pupilas, supo que no la había olvidado, como tanto se empeñó en conseguir, y que seguía amándola como cuando se despidió de ella dos años antes convencido de que nunca volvería a verla.

Eugenia levantó una mano y le acarició el rostro antes de girarse y ofrecerle la espalda. Él comprendió lo que quería. Una fila de pequeños botones cerraba su vestido por detrás. Retiró su larga melena y comenzó a desabrocharlos hasta que el vestido se abrió. Se aproximó y posó sus labios en la exquisita nuca. Ella sintió un espasmo al primer contacto y un gemido ahogado brotó de sus labios.

Rafael dejó escapar una leve risita y, con suma delicadeza, desprendió el vestido de sus hombros, que se deslizó hasta el suelo, quedando cubierta con la camisa y unos cortos calzones a la francesa. Con deleite, contempló por unos segundos la elegante espalda, muy erguida, la breve cintura y los sugestivos montículos de las nalgas, que se adivinaban a través del fino tejido. Sus largas piernas estaban enfundadas en medias blancas sujetas por ligas de encaje. La contemplación de tanta belleza hizo que su corazón se acelerara y reprimió sus ansias con un supremo esfuerzo de voluntad.

Sin querer desvestirla, la abrazó por la espalda y la pegó a su cuerpo para hacerle sentir la fuerza de su deseo. Ella advirtió la rigidez masculina y experimentó una fuerte agitación en el vientre, que se extendió por todo su cuerpo en una oleada de placentero sofoco. Con descaro, se frotó contra esa cálida dureza para incrementar la presión, y sonrió complacida al escuchar su agónico gemido.

—Eres perversa —la acusó con alterada voz, y estrechó más el cerco cuando advirtió que ella pretendía girarse. Sabía lo peligrosos que eran sus besos y él necesitaba esa leve distancia emocional para mantener sus sentidos bajo un cierto control.

Inmovilizada, comenzó a acariciarla con suavidad por encima de las ropas mientras se deleitaba con la calidez de su cuello, que llenó de pequeños y ardientes besos, subiendo a continuación hasta su oreja para regalarle leves mordiscos, que provocaron en las entrañas de ella verdaderas ráfagas de placer.

Eugenia sintió que su conciencia se nublaba cuando él llevó su mano hasta uno de sus pechos y lo acarició con reverencia por encima de la liviana tela de la camisola. Gimió cuando le rozó un pezón, que se convirtió en dura roca, y cuando, al soltar la cinta que cerraba su escote, posó sus manos en la piel desnuda.

—Déjame —casi imploró ella. Su necesidad de acariciar ese cuerpo que le despertaba un desenfrenado deseo era desesperada. Pero Rafael parecía querer torturarla al trabarle los brazos con los suyos para impedírselo.

—No —se mantuvo firme con gran esfuerzo. Ella lo exaltaba hasta la locura con sus sensuales movimientos y los excitantes gemidos de placer.

Advirtiendo que su resistencia disminuía, Rafael decidió acelerar el proceso. Deslizó una mano por su vientre y la introdujo dentro del calzón hasta que sus dedos se enredaron en el fino vello de su pubis y exploraron con delicadeza aquella sensible zona.

Eugenia se sintió turbada por ese contacto en la parte más íntima de su cuerpo, que ella apenas se atrevía a acariciar, pero la excitación que sentía la excusaba de todo remilgo y, relajándose con un suspiro de aceptación, se entregó por completo a las sensaciones que Rafael le provocaba.

Él soltó la cinta de la cintura de sus calzones y estos cayeron al suelo. Una vez libre de ese impedimento, incrementó la presión al ritmo de los gemidos de ella y de sus convulsos movimientos de caderas, hasta que la tensión creada en su bajo vientre se liberó en una interminable explosión de placer y un grito se escapó de su garganta, mezclando sorpresa, gratitud y júbilo.

Debilitada por la intensidad del éxtasis experimentado, advirtió que Rafael la cogía en brazos y la llevaba hacia el camastro, depositándola en él. Con una sonrisa bobalicona y la respiración agitada, percibió cómo una deliciosa relajación se extendía por su cuerpo. Cerró los ojos y suspiró, sumida en una nube de felicidad.

Salió de su momentáneo desvanecimiento cuando notó

que él la descalzaba. Abrió los ojos y lo miró; estaba desnudo y excitado.

Inspiró admirada ante aquella visión, pero no sintió temor alguno. Se incorporó y se quitó la camisola. No quería que nada estorbase el pleno contacto de sus cuerpos. Deseaba sentir el roce de aquella piel dorada por el sol que envolvía los poderosos músculos.

Rafael hacía esfuerzos por sujetar las riendas de su impaciencia. La tortura padecida instantes antes se había incrementado al contemplar su magnífico cuerpo. Sentía una extrema excitación y no podría contenerse mucho más; aunque debía hacerlo para dar tiempo a que el deseo retornase a ella. Sabía que estaba preparada para recibirlo, aunque no quería forzar el momento de la desfloración y el dolor que le provocaría. Su mayor interés era que todo fuese perfecto y placentero para ella y que guardase un grato recuerdo de su primera vez.

Se tendió sobre ella y sintió el estremecimiento del cuerpo femenino bajo el suyo. Ella, sedienta de sus besos, le echó los brazos al cuello y lo atrajo hacia su boca, llevándolo al límite de su resistencia.

Con un gemido de frustración, Rafael profundizó el beso al tiempo que le abría las piernas y se posicionaba entre sus muslos. Un fugaz temor pasó por la mente de Eugenia, que desechó de inmediato, y se movió impaciente bajo él, desesperada por sentirlo dentro de ella. Aquel clamor que había vuelto a surgir en su vientre con el excitante contacto necesitaba ser saciado.

Rafael supo que había llegado el momento y, con un hábil movimiento, inició la penetración. Al sentir la obstrucción que le frenaba el avance, se contuvo y la miró a los ojos. El brillo de deseo y determinación que advirtió en ellos le urgió a continuar. Cerró los suyos y embistió con firmeza, consiguiendo romper la barrera y penetrarla.

Eugenia notó un agudo pinchazo en esa zona e hizo intento de retirarse. Lo reprimió con decisión, aunque no su doloroso gemido.

–Lo siento, amor –se disculpó él, apesadumbrado al advertir su reacción.

Ella negó con un movimiento de cabeza porque en esos momentos no encontraba las palabras. Rafael permaneció inmóvil y ese momento de molestia pasó pronto. Eugenia comenzó a relajarse y sus sentidos se acentuaron. Lo sentía dentro de ella, fuerte y cálido y el deseo volvió a colmarla junto a un intenso sentimiento de ternura al advertir la generosidad con la que se reprimía. Llevó sus manos hasta las tensas nalgas y las acarició, al tiempo que elevaba las caderas guiada por su instinto.

Rafael no necesitó más indicaciones y comenzó a moverse con lentas y potentes embestidas, hasta que sintió que el cuerpo de ella se tensaba previo al orgasmo y escuchó su grito de placer. Entonces, él dejó de reprimirse y se convulsionó en un devastador éxtasis que le nubló la razón.

Capítulo 30

Eugenia despertó desorientada de la leve somnolencia. Pronto comprendió dónde y con quién estaba y una plácida sonrisa curvó su boca. Un ronroneo gatuno escapó de sus labios al sentir el calor del cuerpo masculino, y se giró para mirarle. Rafael la contemplaba con intensidad.

–¿Estás bien? –le preguntó con cierto temor. Aunque había intentado ser cuidadoso, sabía que para la mujer resultaba doloroso la primera vez.

La amplia sonrisa que se dibujó en la boca de Eugenia y el suspiro de satisfacción que emitió tranquilizaron sus temores antes de que ella se lo confirmase con palabras.

–Sí. Y podría estar mejor –insinuó, acercándose sugerente a él y frotando su rostro contra el pecho masculino. Volvió a suspirar de placer ante el contacto con el rizado vello y aspiró el embriagador aroma de su piel.

Rafael sintió cómo comenzaba a endurecerse y tuvo que realizar un titánico esfuerzo para negarse el placer de hacerle el amor de nuevo.

–Tenemos que marcharnos, Eugenia; y antes debemos hablar. –Le dio un ligero beso en los labios y la apartó de él con delicadeza para levantarse de la cama.

—¿No podemos quedarnos aquí unas horas más? —sugirió con la voz bañada de esperanza y los ojos ardientes de deseo.

Él se mantuvo firme. Recogió la ropa y comenzó a vestirse. Eugenia se regaló la cautivadora imagen que suponía su magnífico cuerpo al desnudo y un nuevo suspiro de placer, esta vez teñido de frustración, escapó de su boca. Se sentía tan feliz que el renunciar a las sensaciones que él le provocaba representaba un verdadero tormento.

—Pronto amanecerá y será más difícil que pases desapercibida —argumentó Rafael. Terminó de vestirse y se acercó a la cama—. Vamos, perezosa.

Ella se hizo la remolona y gruñó con disgusto. Acabó por admitir que tenía razón y dejó que le ayudara a colocarse la ropa. La operación duró más de lo esperado pues los besos y caricias abundaron, entorpeciendo la labor.

—Debemos afrontar una cuestión importante. Tienes que romper el compromiso con Balbuena y regresar a Londres de inmediato. Thacker se encargará de ayudarte a llegar allí porque yo no puedo moverme de Sevilla en estos momentos —indicó Rafael una vez que estuvieron en el carruaje de camino al palacete de los condes de Bermejo.

—No pienso huir dejando a mi padre en prisión. Desde luego que romperé el compromiso, pero aún no. Si lo cancelo de inmediato, podría vengarse a través de él —razonó.

No le pareció oportuno confesarle su relación con los guerrilleros y el trato que había hecho con ellos. Era consciente del peligro que suponía hacerse con los documentos que Ignacio guardaba en su domicilio, y sabía que, de enterarse Rafael, trataría de impedírselo.

—Está bien. Espera unos días, pero lejos de Sevilla. Márchate a la hacienda con cualquier pretexto. Allí estarás libre de sus exigencias. No soporto que te ponga las manos encima. –La sombra de los celos se apreciaba en su voz.

Eugenia se sintió feliz.

–Apenas le dejo tocarme. Y pasado mañana emprende viaje y estará fuera unos diez días, según me ha comentado. Cuando regrese, le comunicaré que no deseo proseguir con el compromiso, aunque no antes de que mi padre esté libre.

–Aun así, debes marcharte a Torre Blanca y esperar allí mis noticias. No quiero que corras ningún peligro. Yo intentaré sacar a tu padre de prisión, te lo prometo. –Rafael respiró aliviado. Con Balbuena lejos de allí durante unos días tendría mejores oportunidades de liberar al marqués.

–No es necesario que corras riesgos. Pronto estará libre –se sinceró, arrepintiéndose de inmediato.

–¿A qué te refieres? –preguntó suspicaz.

Eugenia vaciló solo unos segundos en contarle sus planes y sus contactos con la guerrilla. No podía dejar que se arriesgara cuando estaba convencida de que el plan que Tomás le había expuesto iba a tener éxito.

–He llegado a un acuerdo con Ugarte, el jefe de una partida de guerrilleros que operan por esta zona; a cambio de una información que desea, él facilitará la fuga de la prisión a mi padre.

Rafael la miró con una mezcla de sorpresa y decepción.

–¿Y cuándo pensabas decírmelo? Yo he puesto mi vida en tus manos al confesarte mi secreto y tú me ocultas ese importante detalle. No confías en mí –afirmó con amargura.

–No es cierto. Si no te he revelado mis planes hasta ahora ha sido para que no te preocupases. Sabes que confío en ti, Rafael; siempre lo he hecho.

Él aceptó la explicación, lo que no evitó que aumentase su temor.

—¿A qué información te refieres y dónde vas a conseguirla? —De pronto comprendió que esa era la razón de que estuviese en el despacho de Soult y se asustó—. ¿Pero te has vuelto loca? ¿No comprendes el gran riesgo que has corrido esta noche?

Eugenia se ilusionó; si estaba tan preocupado por ella era porque debía de importarle su seguridad.

—No ocurrió nada, ¿no es cierto?

—Solo porque yo estaba allí; en caso contrario, te habrían descubierto.

—Reconozco que fue una acción peligrosa —concedió ella—, pero era la única forma que veía de obtener la libertad de mi padre. Aparte de ello, deseo colaborar en la lucha contra los gabachos que han ocupado nuestro país y tienen secuestrado al legítimo rey.

—Eso es muy valiente por tu parte, Eugenia, pero ya te has arriesgado demasiado. Yo buscaré la forma de poner a tu padre en libertad y sin necesidad de involucrar a los guerrilleros.

—Me he comprometido y no pienso faltar a mi palabra —insistió.

Rafael suspiró resignado. Había olvidado lo tozuda que era.

—Está bien. Dime qué información debes entregar y yo me encargaré de conseguirla. Ya me he colado un par de veces en el despacho de Soult; no tendré problemas en hacerlo una tercera.

—Los documentos que necesito están en poder de Ignacio y a mí me resultará más fácil conseguirlos. El mariscal le pidió que los guardase en lugar seguro, a lo que él respondió que en su propia casa lo estarían.

Rafael recordó la conversación entre Balbuena y Soult

de horas antes. El barón debía ocuparse de proteger un convoy con las recaudaciones de impuestos más las numerosas requisas y expropiaciones de bienes para enviar a Napoleón. Las campañas por Europa y el gran ejército que se veía obligado a mantener para asegurarse la posesión de los países anexionados requerirían una gran cantidad de fondos. Un botín muy apetecible para la guerrilla, que vería incrementadas sus exiguas reservas y, de paso, ocasionaría un buen descalabro a las arcas francesas y a la eficacia de los mandos militares.

–Si los guarda en su casa tengo tiempo de buscarlos. A estas horas no habrá nadie levantado –comentó Rafael con determinación.

–¡Pueden descubrirte y prenderte!

–No es la primera vez que recurro a esos medios. No me atraparán.

–Escucha, por favor. Ignacio guardará los documentos hasta que emprenda el viaje y yo he quedado en ir a visitar la casa mañana para decidir qué cambios se deben hacer antes de la boda. Como me ha comunicado que no va a estar en ella, aprovecharé para registrarla con tranquilidad y conseguir lo que necesito –le explicó, convencida de que iba a ser muy sencillo.

Rafael tenía serias dudas sobre esos planes.

–Es demasiado peligroso. Balbuena puede regresar en cualquier momento y descubrirte. No es tonto y pronto relacionará una cosa con otra.

–No te preocupes; estaré atenta y no permitiré que nadie me descubra.

Eugenia intentaba convencerlo sin estar convencida ella misma. Ignacio podía haber escondido los documentos en cualquier lugar de la casa y resultaría sospechoso que explorara todos los rincones por mucho interés que tuviera en conocer su futuro hogar.

—Prométeme que no te pondrás en peligro innecesariamente —le pidió Rafael con inquietud.

—No lo haré. No quiero acabar en una celda como mi padre. Tengo nuevas y poderosas razones para querer conservar la vida. —Se pegó a él reclamándolo con su cuerpo—. Ahora, ¿no crees que podríamos tener algo mucho más interesante que hacer?

Rafael no pudo resistirse a su contacto y decidió olvidar por el momento sus temores y centrarse en la mujer que tenía entre sus brazos, y a la que amaba por encima de su propia vida.

Eugenia se levantó esa mañana con un intenso brillo de felicidad en los ojos. Los recuerdos de la noche anterior le provocaron pequeños espasmos de placer en el vientre y una amplia sonrisa en los labios. Nunca imaginó que se pudiera ser tan feliz, que disfrutar de esa intimidad con un hombre fuera tan placentero. Pero no se trataba de cualquier hombre. Solo Rafael conseguiría despertar esos sentimientos en ella.

Cuando la noche anterior la dejó en el palacete de los condes de Bermejo ya de madrugada, a Eugenia le costó separarse de él. Por suerte, no la esperaba Amalia y su insaciable curiosidad, y se acostó envuelta en la nube de felicidad que la rodeaba, aunque no tardaría en acosarla en cuanto se levantase.

Como no podía rebelarle el nombre de la persona con la que se había citado, ni la proyectada visita a la casa de su futuro esposo, Eugenia prefirió marcharse antes de que su amiga apareciese y evitar que insistiese en acompañarla.

Llamó a Juanita para que la ayudara a vestirse y en pocos minutos estuvieron listas para partir. Tras un ligero desayuno, que le sirvieron en su misma habitación, salieron procurando no ser vistas por ninguno de los dueños.

Por temor a hallar a Ignacio en la casa, decidió entrar en la primera iglesia que encontró en su camino. Necesitaba unos momentos de reflexión y paz para pensar en la aventura que iba a emprender.

Estuvo conteniendo su impaciencia por espacio de una hora hasta que calculó que se habría marchado y podría inspeccionar a su antojo. Se dirigieron a la Alameda de Hércules, una de las zonas más elegantes de la ciudad, donde se hallaba el palacete que su prometido había adquirido después de desalojar de él a su legítimo dueño.

Cuando le dio el nombre al mayordomo que le abrió la puerta, este la hizo pasar y se dispuso a enseñarle la casa. Eugenia declinó el ofrecimiento con amabilidad; no quería tenerle fisgando a su alrededor. Le pidió que mostrara a Juanita la zona de servicio y la cocina y le presentase al resto de criados, mientras ella se dedicaba a buscar lo que le interesaba.

Realizó una rápida visita a la planta baja y, asegurándose de que nadie la observaba, entró en el despacho de Ignacio y cerró la puerta. No tenía mucho tiempo que perder. No sabía cuándo iba a volver el barón, y esa incertidumbre le provocaba una extrema tensión.

Procedió igual que la noche anterior en casa del mariscal Soult, registrando de forma metódica la gran mesa sin encontrar nada en ella. Pensó que podía tener alguna cámara secreta simulada en los estantes y retiró los libros; no tuvo suerte. Levantó la lujosa alfombra para comprobar si había algún escondrijo bajo las tablas del suelo, así como los cuadros y el tapizado de los mullidos sillones. Una profunda sensación de desaliento la fue invadiendo conforme veía evaporarse la oportunidad de dar con los documentos.

Como en aquel lugar no se encontraban, comenzó a cavilar dónde podría haberlos guardado, convencida de que había confiado en la seguridad de su hogar para protegerlos.

Transcurridos unos minutos, en los que intentó superar la angustia que se iba apoderando de ella, llegó a la conclusión de que el lugar en el que Ignacio pensaría como seguro escondrijo era su propio dormitorio, al ser una zona privada de la casa y alejada de las visitas; y hacia allí se encaminó. Ya había perdido demasiado tiempo y Juanita no podría retener a los sirvientes mucho más.

Una sensación de desagrado la invadió al entrar en los aposentos privados de su supuesto futuro esposo. El pensar en compartir con él la misma intimidad que había disfrutado con Rafael la noche anterior le provocó una sensación de náusea muy desagradable. Intentando no reparar en la amplia cama que ocupaba el centro de la habitación, comenzó la búsqueda.

En esta ocasión no le resultó tan laborioso pues los encontró en un cajoncillo semioculto de la escribanía. Con rapidez, copió los datos que Tomás le había pedido: día de la partida, número de soldados que acompañarían al convoy, poblaciones incluidas en la ruta que seguirían y nombre del buque en el que debían embarcarlo. Una vez terminado, volvió a guardarlos en su lugar y salió de allí. Con una sonrisa satisfecha, fruto del convencimiento de que en pocos días su padre sería liberado y ambos huirían de Sevilla, fue a buscar a Juanita y ambas se marcharon.

Cuando regresó a casa de los condes, colgó una señal en el balcón para indicarle a Tomás que acudiese a media noche al callejón trasero. Solo le quedaba esperar a que viniese a recoger la información obtenida.

Capítulo 31

El palacio de los duques de Peñagrande aparecía engalanado para la ocasión y la velada musical estaba resultando todo un éxito. Como era habitual, se encontraba allí reunida lo mejor de la sociedad sevillana, muchos por obligación y el resto por sacar provecho de ello, así como la mayoría de los oficiales galos. Para Eugenia, esa noche era diferente a las anteriores. Sus ojos buscaban con ansiedad a Rafael entre los concurrentes, desesperándose al no encontrarlo.

–Te noto algo inquieta, querida –opinó Ignacio, que había advertido su nerviosismo.

–Debe de ser a causa de la inminencia del enlace –se excusó Eugenia, intentando parecer convincente.

–Eso debe de ser –convino él sin dejar de observarla.

Eugenia casi dio un grito de alegría cuando vio aparecer la alta figura de Rafael por la puerta del salón. Haciendo un gran esfuerzo por conservar la calma, comenzó a abanicarse con energía para aliviar el repentino sofoco que los recuerdos le provocaban.

Rafael la vio junto a Balbuena y sintió alivio. Al menos, estaba ilesa. Le habría gustado acercarse a ella, pero no sería acertado a la vista de la antipatía que el barón le profesaba. Se dedicó a mirarla con disimulo, intentando ocultar el brillo de deseo que delataban sus ojos.

—Creo que voy a refrescarme un poco, Ignacio; estoy muy acalorada —anunció Eugenia. Quería hablar con Rafael y esa era la única forma de hacerlo. Esperaba que él captara su intención.

—Te acompañaré.

—No es necesario; gracias —rehusó, y se alejó presurosa.

Rafael la siguió, alcanzándola en uno de los pasillos. La cogió del brazo y la introdujo en la primera habitación que encontró abierta. Cerró la puerta y la abrazó, reclamando su boca en loco arrebato mientras sus manos recorrían frenéticas su cuerpo, como si necesitara asegurarse de que era ella la que estaba allí.

Eugenia se dejó arrastrar por la pasión de él y respondió con idéntico fervor. Se sentía transportada a la noche anterior, en la que el deseo había nublado todo rastro de cordura.

—Rafael —susurró sobre sus labios como una verdadera declaración de amor.

—¡Estaba tan preocupado! —exclamó él con la voz matizada de alivio, y la estrechó con fuerza.

Ella le acarició el rostro con adoración y sintió que su corazón se desbordaba de dicha. Esas horas que habían estado separados resultaron una auténtica tortura.

—¿Has tenido algún problema? ¿Has conseguido la información? —preguntó ansioso, separándola un tanto.

—Todo ha ido muy bien. Ignacio no sospecha nada. —Volvió a abrazarlo. No podía dejar de hacerlo. Su calor le daba fortaleza.

—¿Cómo harás la entrega? Te acompañaré.

—No debes hacerlo. Ellos creen que eres un afrancesado, un traidor a tu país. Pueden pensar que se trata de una trampa.

Rafael aceptó su razonamiento.

–Al menos dime dónde será y estaré vigilando para que no corras peligro –insistió. No podría soportar que sufriese algún daño.

–No es necesario, créeme. La entrega será a partir de media noche en el callejón trasero de la casa de los condes, y la recogerá una persona de confianza a la que conozco desde niña. No me ocurrirá nada, puedes estar tranquilo –intentó convencerlo. No quería que nada estropease esta posibilidad de liberar a su padre.

Él volvió a besarla con ardor; después, con dolorosa determinación, se separó de ella.

–Debes regresar.

Eugenia se mostró reacia a abandonar sus brazos. Se pegó más, frotando su cuerpo contra el de él, revelándole el deseo que en esos momentos la dominaba.

Rafael tuvo que realizar un gran esfuerzo para separarla.

–No, Eugenia; este no es lugar ni momento.

–¿Cuándo te veré otra vez? –preguntó ansiosa.

–No lo sé; tal vez pase mucho tiempo. No puedo continuar comprometiendo mi posición. Si Balbuena sospechara algo entre nosotros, me pondría en la picota. Debemos ser muy cuidadosos. Cuando él parta de viaje, debes marcharte de Sevilla y refugiarte en lugar seguro.

–Tenía intención de hacerlo, pero ahora no quiero marcharme. Deseo permanecer a tu lado todo el tiempo que sea posible.

–Escúchame, Eugenia –continuó con premura–, no debes permanecer aquí. Si los guerrilleros consiguen hacerse con el botín que transporta el convoy, Balbuena no va a estar de muy buen humor. Buscará culpables y alguien a quien castigar. Puede sospechar de ti, sobre todo si tu padre es liberado; por ello deberás estar lejos.

Eugenia sabía que tenía razón, pero no encontraba las fuerzas para hacerlo.

—¿Por qué no huimos juntos, Rafael? Ya has hecho suficiente en este tiempo. Has cumplido de sobra con tu deber —quiso convencerlo. Desde que se había enterado de sus actividades clandestinas, sentía un gran temor de que fuera descubierto en cualquier momento.

—Sabes que no puedo hacer eso. Estaré en mi puesto mientras me necesiten.

Ella hizo un gran esfuerzo por contener las lágrimas. La certeza de que pasarían muchos días sin verse la desgarraba por dentro, aunque entendía su decisión y lo admiraba por ello. Sintió que su corazón rebosaba de amor por ese hombre tan valiente que, desde la sombra, luchaba para liberar a su patria del yugo opresor.

A Rafael le apenó el desconsuelo de ella. Sería tan maravilloso olvidarse de todo y marcharse lejos con la mujer que amaba... Pero su sentido del deber se imponía a cualquier deseo personal.

—¿Dónde van a llevar los guerrilleros a tu padre si consiguen sacarle de la prisión?

—Habíamos pensado que se reuniera conmigo en Torre Blanca. Desde allí nos será fácil llegar a Portugal.

—La hacienda no es segura, Eugenia; ese será el primer lugar en el que os buscarían. Es mejor que te refugies en Cádiz. Yo te proporcionaré una forma de sortear el sitio de la ciudad. Allí estarás a salvo hasta que llegue tu padre. —Rafael era consciente de que la promesa de Ugarte resultaría muy difícil de cumplir, y no iba a permitir que don Esteban continuase en prisión conociendo los planes que el barón tenía para él. Intentaría liberarle aprovechando la marcha de Balbuena, aunque prefería que Eugenia no lo supiese.

—Pero en Torre Blanca está Emilia y no puedo abandonarla. Si voy allí la convenceré de que nos acompañe. No creo que sospechen de mí; no tienen motivos para ello mientras mi padre permanezca en prisión. Le dije a Ignacio que pensaba ir unos días mientras él estuviese fuera de la ciudad y no le pareció mal. Y si mi estancia se prolonga, puedo excusarme en la enfermedad de Emilia para justificar el retraso. Una vez que liberen a mi padre, no perderemos tiempo en huir al país vecino. Y si nos persiguen, Ugarte y sus hombres nos protegerán.

—De acuerdo, pero no debes regresar a Sevilla bajo ningún concepto; ¿me lo prometes?

Eugenia asintió refugiada en sus brazos. Rafael respiró hondo y volvió a abrazarla con desesperación; a continuación, abrió la puerta y, tras comprobar que no había nadie, le indicó que saliera. Él tomó el camino opuesto sin volverse a mirarla.

Cuando Ignacio la dejó en casa de los condes de Bermejo, Eugenia se dirigió a las caballerizas que daban a la parte posterior para salir de la casa sin ser vista. Tomás, que esperaba oculto entre las sombras del callejón, la vio aparecer y fue hacia ella.

—Buenas noches, Eugenia. ¿Has conseguido la información?

Ella le entregó un papel doblado.

—He copiado lo que estaba escrito. Espero que os sirva.

Tomás se guardó el papel en el pliegue de la faja que envolvía su cintura. Debido a la oscuridad que reinaba en aquel lugar, no pudo comprobar el contenido del escrito.

—¿Cuándo pensáis liberar a mi padre? —preguntó con ansiedad.

—No conozco los planes de Ugarte; en todo caso, no antes de acabar con el trabajo que llevamos entre manos. Ya te avisaré para que estés preparada cuando llegue el momento.

—Voy a marcharme a Torre Blanca y allí esperaré a que lo llevéis. Creo que es lo más prudente —le anunció, decidida a seguir los consejos de Rafael.

—¿Y qué dirá tu prometido?

—Ignacio acompañará al convoy y estará más de una semana fuera de Sevilla, pero es importante que liberéis a mi padre lo antes posible. Cada día que pasa corre más peligro.

—Pensaba que gracias a la intervención del barón las condiciones en la prisión habían mejorado. —Tomás se mostró escéptico.

—Eso es cierto, aunque he descubierto que ese mal nacido tiene otros planes para él en cuanto estemos casados.

Eugenia le refirió la conversación que había escuchado en el despacho de Soult y le insistió en la necesidad de sacar a su padre de prisión. Cuando Ignacio comprendiera que ella no estaba dispuesta a cumplir con su compromiso, su muerte sería segura.

Tomás observó la huella de la inquietud en aquel bello rostro y sintió cómo se le revolvían las entrañas.

—No te inquietes, Eugenia; te prometo que sacaré a tu padre de prisión —dijo mientras la atraía a sus brazos.

Eugenia permitió aquella muestra de consuelo por parte de su amigo de la infancia. Sin embargo, Tomás malinterpretó los síntomas y el deseo que llevaba tantos años reprimiendo se desató en su interior. Comenzó a acariciarla con ciega avidez mientras intentaba besarla.

Eugenia, tras la sorpresa inicial, se debatió entre sus brazos haciendo grandes esfuerzos por apartarlo.

—¡¿Qué haces?! —exclamó espantada.

—Te quiero. Nunca me he atrevido a decírtelo porque no era nadie, pero pronto seré una persona acaudalada y podré darte todo lo que necesitas —declaró con voz entrecortada, haciendo caso omiso a sus protestas.

—¿Te has vuelto loco? ¡Suéltame!

—Sé que me amas, Eugenia, no lo niegues —insistió, redoblando sus esfuerzos por besarla.

—¿Amarte? ¿Pero cómo se te ha ocurrido esa idea?

El asombro teñido de repulsa que Tomás advirtió en sus palabras y en su rostro fue como una daga clavada en su corazón. La miró con un brillo indescifrable en los ojos y se marchó.

Capítulo 32

Eugenia llevaba casi una semana en Torre Blanca consumida por la ansiedad. Había partido el mismo día que Ignacio, accediendo a los ruegos de Rafael, pero se arrepentía de haber seguido su consejo. Añoraba su presencia, su calidez, los momentos de pasión vividos en sus brazos...

La noche antes de emprender viaje, volvió a llevarla al lugar del primer encuentro e hicieron el amor hasta que las primeras luces del alba aconsejaron su regreso. Se entregó a él con loca pasión. Sabía que transcurriría mucho tiempo antes de que pudiera volver a verlo y ello le provocaba tal angustia y desesperación que deseaba saciarse de él, empaparse de su aroma, de su sabor, atesorar memorables recuerdos para poder recordarle cuando estuviera lejos.

Le habría gustado permanecer en Sevilla, pero comprendía sus temores y la importancia de la misión que estaba desempeñando. No quería que su vida corriera riesgo por su culpa.

También estaba intranquila por la situación de su padre. No tenía noticias de Ugarte y los suyos, aunque imaginaba que ya habrían asaltado el convoy francés. Tomás, que se encontraba en Torre Blanca desde días antes, tampoco tenía noticias de sus camaradas y eso le alarmaba. Según le explicó, no participaba en el asalto porque Ugarte le había encargado que se ocupase de planificar la huida hacia Portugal una vez que el marqués fuese liberado.

Eugenia estaba preparada para el viaje. Consciente de que ese sería uno de los lugares en los que los franceses buscarían a su padre cuando descubriesen su fuga de la prisión, no pensaba darles la oportunidad de encontrarles allí.

Pero lo que más le preocupaba era que Emilia se negaba a abandonar la hacienda. Insistía en que solo sería un estorbo y que, de personarse en aquel lugar las tropas francesas, no iban a tener ningún interés en una vieja impedida. No lograba convencerla de que los acompañase y eso la angustiaba.

El encuentro con Tomás había sido tenso. La mirada huidiza y su gesto contrito revelaban que estaba muy arrepentido de sus acciones, pero ella no olvidaba lo ocurrido la última vez que se vieron, provocándole un manifiesto malestar. Por ello, él la eludía cada vez que se encontraban por la hacienda.

Esa mañana, para aliviar la tensión que sentía y evadirse de la monótona existencia que llevaba entre los altos muros de la propiedad, decidió salir a cabalgar un rato, en contra de la opinión de Emilia, que consideraba muy arriesgado vagar por los campos sin protección alguna. Ella no creía que existiese peligro, pero procuraba no alejarse mucho para encontrar pronto refugio en ella en caso de necesidad.

Cuando llevaba un buen rato cabalgando, desmontó y se tendió bajo un frondoso alcornoque. Siempre le había atraído la paz que se respiraba en Torre Blanca, lejos de las intrigas y la hipocresía que imperaban en la ciudad.

Cerró los ojos e inspiró, absorbiendo los olores que

la brisa le traía, embelesada con el canto de los pájaros y el chirrido de las cigarras. A su alrededor, los herbazales despedían un tibio vaho que evaporaba el rocío mañanero. Todo olía a hierba fresca y aire limpio.

De pronto, sintió un leve sonido a su espalda y, cuando intentó levantarse para ver qué lo había emitido, se encontró con un rostro barbudo y extenuado que la miraba con brillo asesino.

—¡Señor Ugarte! —exclamó, sorprendida por su presencia y por la actitud amenazante del hombre.

—¡Levántese! —le ordenó él con mortífera voz.

Eugenia obedeció sin dudarlo. La hoja de una navaja de grandes proporciones se blandía muy cerca de su cuello.

—¿Se sorprende de verme, señorita Madrigal? Ya veo; no contaban con que saliese vivo de la encerrona que nos prepararon, ¿no es cierto? —declaró con amarga ironía.

—¿Qué ocurre? ¿Han surgido problemas con la liberación de mi padre? ¿Lo han traído? —se ilusionó pensando en esa última posibilidad.

Una lúgubre risotada quebró la plácida quietud de la mañana.

—¡Qué inocente parece! Cualquiera la creería; pero a mí no me engaña. Lo que no comprendo es cómo me arriesgue a confiar en usted.

Los ojos del hombre destilaban tanta furia que Eugenia se asustó.

—Por favor, explíquese; no sé de qué está hablando.

—Lo sabe muy bien, no finja más. Nos ha vendido. Pero, aunque sea lo último que haga en esta vida, conseguiré que todos los responsables de esta traición tengan su merecido.

—¿Ha perdido el juicio? ¡Yo no he hecho tal cosa! —se defendió con ardor.

—Si agota mi paciencia, cederé a las ganas de matarla en este mismo momento. Me lo impide la promesa que hice a mis hombres de llevarla para que presencien cómo le rebano su bonito cuello. Nunca he matado a una mujer, aunque dé por seguro que no me va a temblar la mano cuando lo haga. ¡Suba al caballo y no me tiente más! —ordenó con acento feroz.

Eugenia se negó a hacerlo a pesar del temor que sentía.

—No pienso obedecer hasta que me diga qué ha ocurrido y por qué piensa que debo ser ajusticiada —le retó con una firmeza que contrastaba con la extrema tensión que sufría.

—¿Se atreve a negar que no urdió la trampa con Balbuena para acabar con nosotros a cambio de la liberación de su padre?

Ella lo miró espantada por la sorpresa. ¡La creía una delatora!

—¿Cómo puede pensar que les he traicionado? ¿Por qué me acusa sin tener pruebas?

—¿Y qué quiere que piense? ¡Nos estaban esperando! El convoy no transportaba nada, solo más soldados escondidos en los carros. Fue una masacre, apenas sobrevivimos unos cuantos y la mitad ya han muerto de las heridas. —La congoja que sentía le impidió continuar hablando.

A Eugenia la sobrecogió la noticia. ¡Alguien los había delatado!, ¿pero quién? Un nombre se coló en su mente de forma insidiosa, aunque se esforzó en desecharlo. No, Rafael no había sido; él no podía haberla engañado de esa forma.

—Escuche, debe creerme; yo no les he traicionado y menos estando al corriente de los planes de Ignacio para eliminar a mi padre y a mi hermano después de casarse conmigo.

—¿A qué se refiere? —preguntó él con gesto de contrariedad.

Eugenia le relató la conversación escuchada en el despacho de Soult. Ugarte valoró los razonamientos de ella y, por primera vez, dudó de sus sospechas.

—Como comprenderá, ustedes son mi única esperanza y no iba a ser tan estúpida de desaprovecharla. Lo que resulta cierto es que alguien les ha traicionado.

—¿Y quién ha sido? Porque nadie lo sabía aparte de nosotros dos, ¿no es cierto? —preguntó receloso.

—Se olvida de sus propios hombres —contestó haciendo un gran esfuerzo por parecer creíble. No podía confesarle que Rafael estaba al tanto de los planes; si lo hacía, descubriría su verdadera identidad y eso lo comprometería.

—Ninguno de ellos haría algo así. ¡Se jugaron la vida a mi lado!

En el rostro de Ugarte se advertía tal expresión de derrota que Eugenia sintió compasión por él y pena por todos los valientes que habían perecido bajo las balas enemigas. No obstante, una terrible sospecha fue tomando fuerza.

—¿Está seguro? ¿Qué me dice de Tomás? Él no les acompañó en esa misión.

—Está herido. Cuando nos traía la información sobre la ruta del convoy que usted le proporcionó, recibió un balazo en una pierna al intentar sortear a una patrulla francesa. Quería acompañarnos, pero le ordené que se quedara en el refugio hasta que se repusiese.

Eugenia comenzó a atar cabos. Tomás no presentaba ninguna herida, luego estaba mintiendo. Que hubiese recurrido a esa artimaña para librarse del riesgo que suponía la peligrosa misión era una posibilidad que la justificaba, aunque podía tener otra razón: conocía el destino que les esperaba a los guerrilleros y no quería exponerse a una muerte segura. Si Tomás era el delator, le habría confesado a los franceses el nombre de la persona que le proporcionó la información y ella sería acusada de traición.

Un temblor recorrió su cuerpo ante esa pavorosa conclusión; si bien, primero tenía que convencer a ese hombre de que ella no era responsable de la traición.

—Tomás no está herido, al menos yo no observé nada en su aspecto cuando lo encontré hace unos días. Por otra parte, y para justificar su ausencia en el asalto al convoy, me dijo que usted le había pedido que permaneciese en la zona para preparar el plan de huida una vez que trajesen a mi padre.

—¿Es eso cierto? —La firme convicción de Ugarte comenzó a tambalearse por primera vez.

—Puede usted comprobarlo con solo ir a la hacienda. Cuando he salido esta mañana, le he visto merodeando por allí; y estaba bien sano, a mi entender.

Ugarte parecía remiso a creerla. Recelaba pensando que se trataba de otra trampa para capturarlo. Eugenia, imaginando lo que pasaba por su cabeza, aventuró:

—Lléveme a su campamento y luego vaya a Torre Blanca para comprobar lo que le he dicho. Pídale explicaciones a Tomás y que él justifique sus mentiras. Si duda de mis palabras piense que, de haber hecho un trato con Balbuena, mi padre ya no estaría en prisión, algo que puede comprobar, y yo no me habría arriesgado a venir aquí, donde no dispongo de protección —argumentó con lógica.

—Sabe que no debo arriesgarme a ir a Sevilla, mi cabeza se paga a buen precio; lo que puede convencer a cualquiera de entregarme a los franceses.

Ugarte guardó silencio para reflexionar sobre las palabras de Eugenia. La chica parecía tener razón. Sería muy estúpido alejarse de la protección de su prometido si los hubiese traicionado; aunque habría pensado que no iba a quedar nadie vivo para vengarse.

Recapacitó. Tomás tenía muchas posibilidades de ser la persona que los había vendido a los franceses o, como en otras ocasiones, su excusa para no participar en la misión podía deberse a la cobardía. Era cierto que no se destacaba por su valentía y en los meses que llevaba con ellos apenas había participado en un par de operaciones y siempre en la retaguardia. No era un hombre de armas y eso se percibía a simple vista, pero tenía que comprobarlo con sus propios ojos y oír la explicación de sus labios. Él sabía calar bien a las personas y detectaba cuando mentían.

—Está bien, iremos a la hacienda para hablar con Tomás. Pero le advierto una cosa: si resulta que me está mintiendo o intenta hacerme una jugarreta, la mataré en ese mismo momento. El responsable de la muerte de mis hombres no va a quedarse sin su castigo. Ahora, suba al caballo y no perdamos más tiempo.

Eugenia entendía las razones de tal desconfianza, lo que no impedía que se sintiese ofendida. Obedeció sin dejar de observarlo y, una vez a lomos del caballo, Ugarte lo hizo detrás de ella con un quejido de dolor.

—¿Está herido?

—He tenido suerte y solo me he llevado un balazo. El buen Dios ha querido librarme de lo que me tenían preparado para ajustar las cuentas. —Cogió las riendas y azuzó al animal.

—¿Cuándo perpetraron el asalto al convoy y qué ocurrió? Por favor, cuéntemelo. —Eugenia quería esclarecer la situación.

—Hace un par de días atacamos el convoy para que el botín se hubiese incrementado con lo recaudado en las diferentes ciudades, y antes de meternos en la serranía de Ronda. Quería evitar conflictos con otras partidas que operan en aquella zona. Caímos sobre ellos por sorpresa, pero ni nos dieron tiempo a disparar. De los carros, que creíamos repletos de dinero y joyas, comenzaron a salir soldados que abrieron fuego sobre nosotros. Cuando nos dimos cuenta de lo que ocurría, la mayoría de mis hombres habían muerto o estaban heridos. Pudimos escapar cinco, dos de ellos heridos de gravedad que ya han fallecido; dejamos atrás otros doce. Si no murieron en el acto, lo harán a resulta de las torturas a las que los sometan. –Su voz se quebró en un acongojado gemido.

–Permítame que le ayude con los heridos. Iré a la hacienda a recoger lo necesario –se ofreció.

–Ya están atendidos. Y no insista, porque no soy tan estúpido de revelarle el lugar en el que se encuentran –continuaba sin fiarse de ella–. Ahora, déjese de cháchara y ponga a este animal al trote. Cuanto antes lleguemos, antes podremos vislumbrar la verdad.

–Como desee; pero le va a doler más. Esa herida parece grave.

–No se preocupe por eso y haga lo que le he dicho.

Eugenia no tuvo otra opción que obedecer y permaneció en silencio sumida en sus cavilaciones. Ignacio no le perdonaría que le hubiese utilizado para conseguir sus fines e intentaría vengarse de ella a través de su padre. Ahora más que nunca le urgía liberarlo y ponerse los dos a salvo.

Tras casi media hora de camino, divisaron la hacienda. Ugarte dirigió el caballo hacia unos matorrales y descendió de él con dificultad, ordenándole a Eugenia que hiciese lo mismo. Con el animal de las riendas y sin dejar de empuñar la navaja, la instó a que avanzara hasta una zona cerca del huerto en la que aparecía derruido parte del alto muro que rodeaba las diferentes construcciones.

La distribución de Torre Blanca era la típica de las haciendas de labranza andaluzas, en las que los edificios formaban un pequeño poblado alrededor de la casa del señorío, delante de la cual se hallaba el patio principal al que se llegaba desde la gran puerta de entrada.

Eugenia le propuso que se quedase allí mientras ella iba en busca de Tomás. Era muy peligroso adentrarse ambos en el recinto y más a aquella hora. Las labores agrícolas y ganaderas habían disminuido en los dos últimos años y solía haber más personas por allí. Ahora solo se trabajaba para abastecimiento propio, y los pocos excedentes que lograban reunir, los canjeaban por productos en las poblaciones cercanas. La mayor parte de los caballos y toros de lidia se fueron vendiendo y solo quedaban algunos ejemplares dedicados a la cría, en espera de tiempos mejores. La cosecha de uvas había mermado hasta la mitad y la de oliva, algo más numerosa, proporcionaba algunos beneficios a causa de la gran demanda que había en el mercado. Al no poder pagarles a los jornaleros, se les ofrecía parte de la cosecha.

Ugarte se negó a dejarla marchar y ella, resignada y advirtiéndole del peligro que corría, le indicó que ocultara el caballo y la siguiera. Con dificultad y máximo sigilo, saltaron el muro y se dirigieron a la casa de los guardeses, donde Eugenia esperaba encontrar a Tomás. Apenas habían avanzado unos metros por el frondoso huerto de frutales cuando oyeron el sonido de caballos al galope.

—¿Espera visita, señorita Madrigal? ¿Tal vez su prometido que viene a festejar la victoria? —preguntó Ugarte con agrio cinismo.

Eugenia se alarmó. ¡Los gabachos venían a por ella!

—Ya es hora de que empiece a confiar en mí o los dos vamos a salir perdiendo —replicó indignada.

Él la estudió durante largos segundos y le pareció sincera.

—Confiaré en usted; aunque debe saber que, si me traiciona, no vivirá para ver cómo me prenden.

Ella asintió mientras evaluaba la situación.

—Escuche, la persona que les delató habrá puesto a las autoridades francesas al corriente de mi implicación, por lo que debe tratarse de soldados que vienen a prenderme. Es demasiado tarde para huir. Nos verían y nos darían alcance. La única solución para que no nos atrapen es permanecer ocultos hasta que se marchen. Sígame; conozco un lugar en el que no nos encontrarán –le explicó, y se encaminó con cautela en dirección a la pequeña ermita situada junto a la casa principal.

Como esperaba, la puerta estaba abierta y el interior desierto. El pequeño recinto, de alta cúpula en arista adornada con cerámica trianera que su tatarabuelo había construido, se hallaba en semipenumbra. Eugenia volvió a sentir aquella sensación de paz y protección que siempre la embargaba cuando entraba a aquel lugar. Pero ahora no tenía tiempo de rezarle al Jesús del Gran Poder, que presidía el pequeño altar, para que la protegiera.

Subieron con rapidez la empinada escalera que llevaba a una especie de balconada interior cerrada con celosías, donde antaño las damas de la casa acudían al oficio religioso preservadas de las miradas curiosas de la plebe, y se asomaron por la estrecha ventana a tiempo de ver entrar en el gran patio central a una veintena de jinetes vistiendo el uniforme de los húsares imperiales y al mando de un oficial que Eugenia reconoció al momento.

Se trataba del capitán Lemaire, amigo de Ignacio, con el que coincidió en alguna fiesta de las celebradas en Sevilla. Lo recordaba porque en todas había mostrado una grosera actitud, sin dejar pasar la ocasión de hacerle proposiciones deshonestas o manosearla de forma descarada cuando su prometido no estaba presente.

–¡Registrad bien y traedlos a todos aquí! –ordenó Lemaire con belicosa voz.

Los soldados se apresuraron a cumplir la orden dispersándose en todas direcciones.

–Parece que tiene razón, señorita Madrigal; han venido a buscar a alguien y puede que encuentren más de lo que esperaban –dijo Ugarte observando el semblante serio de la joven. Estaba comenzando a convencerse de su inocencia, pero sabía que le ocultaba algo.

–Tenemos que escondernos –le apremió ella, temblando de forma perceptible.

Eugenia levantó un pesado tapiz detrás del cual se hallaba una puerta. Rogó para que continuase abierta como ella recordaba, ya que en caso contrario tendrían que derribarla y eso alertaría a los soldados. Sus ruegos parecieron ser atendidos y pronto se encontraron en el estrecho pasillo que comunicaba con la casa principal.

Cuando se construyó la hacienda, casi dos siglos antes, sus antepasados lo utilizaban para acceder a la balconada interior que daba a la pequeña ermita y así no mezclarse con el resto de habitantes de la hacienda. Pero su abuela no era partidaria de esa costumbre y solía asistir a la misa en los mismos bancos, por ello decidió clausurar esa entrada que daba a un saloncito junto a sus habitaciones. La puerta que comunicaba se hallaba disimulada detrás de un pesado armario.

Eugenia descubrió aquel lugar cuando era una niña y desde entonces fue su favorito, utilizándolo cuando quería esconderse después de una travesura. Y lo mejor de todo era que tenía una pequeña ventana que daba al patio central y desde allí podía observar las idas y venidas de

Emilia y las criadas cuando la buscaban. Estaba convencida de que en ese lugar no podrían encontrarla. Muy pocos lo conocían, solo Emilia y los guardeses, Bernardo y Francisca, pero era muy improbable que la delatasen.

Ugarte se sentó en el suelo exhausto por los esfuerzos realizados y Eugenia se acercó a la ventana para observar lo que ocurría en el exterior.

Poco a poco, los escasos moradores de la hacienda fueron congregándose en el patio principal obligados por las bayonetas de los soldados. Sus rostros temerosos y las miradas asustadizas expresaban el miedo que los franceses le provocaban.

—¿Dónde está *mademoiselle* Madrigal? —preguntó Lemaire al no verla entre los congregados.

Bernardo fue a hablar, pero Francisca le ordenó callar con una significativa mirada. Doña Emilia les había dado instrucciones imaginando la razón de su presencia allí.

—¡Habla! —exigió el capitán a Francisca. No se le habían escapado las señas entre ella y el hombre que tenía a su lado.

—La señorita Eugenia ya no está aquí. Ha regresado a Sevilla.

Lemaire la miró con los ojos entrecerrados, calibrando si debía creerla o no. Balbuena le había asegurado que se encontraba en ese lugar, encargándole que la llevase de regreso a Sevilla quisiese ella o no; lo que, en su opinión, indicaba que la joven no tenía el menor interés en volver con su prometido.

Llevaba dos días persiguiendo a los miembros de la guerrilla que habían escapado de la emboscada sin obtener resultados, y no estaba de buen humor. Quería terminar lo antes posible con aquel problema para volver a la ciudad, y que la damita decidiese jugar al escondite no entraba en sus planes.

No comprendía esas prisas del barón cuando a él le quedaba más de una semana para regresar de su viaje. ¿Acaso recelaba de que su futura esposa desaparecería si tardaba demasiado en ir por ella? ¿Y por qué querría huir? ¿No deseaba casarse con su prometido o tenía otra importante razón para hacerlo? Se le ocurría que bien podía haber sido ella quien había entregado a los guerrilleros la ruta del convoy que Balbuena guardaba en su casa.

Poncela, el renegado que les avisó de los planes de la guerrilla, se negó a facilitarles el nombre de la persona que había conseguido la información y el barón no permitió que se le interrogara a fondo, lo que resultaba muy sospechoso.

Balbuena estaba muy enamorado de su prometida y parecía dispuesto a perdonarla y continuar con sus planes de boda, pero él debía cumplir con su deber y descubrir a los miembros de la guerrilla, tal y como le habían ordenado sus superiores. Estuviese o no implicada la joven, mantendría una charla íntima con ella antes de llevarla de regreso a Sevilla.

Capítulo 33

La aparición de Emilia, caminando apoyada en dos bastones y azuzada por un soldado, rompió el tenso silencio reinante en el patio desde minutos antes.

—¿Qué ocurre aquí? —reclamó con autoritaria entonación.

—¿Quién es usted? —preguntó a su vez Lemaire con gesto despectivo. Por su porte regio, imaginó que era una aristócrata y él toleraba mal a los de su clase, aunque estuviese obligado a tratarlos con deferencia.

—Doña Emilia Aguirre y Núñez de Mendoza, prima del marqués de Aroche y responsable de la hacienda en su ausencia. ¿Y usted, caballero?

—Capitán Lemaire —se presentó, desmontando del caballo y haciendo una extravagante reverencia—. Ahora, ¿sería tan amable de decirme dónde se encuentra la hija del marqués?

—Como bien le ha dicho Francisca, Eugenia ha regresado esta mañana a Sevilla para ocuparse de los preparativos de su boda con don Ignacio Rodríguez de Quirós, barón de Balbuena.

Emilia esperaba haber sido convincente con sus palabras. Eugenia había salido a pasear un par de horas antes y rogaba que tuviese la sensatez de no aparecer por allí hasta que se marcharan los franceses. Desde que los vio llegar, se temía que viniesen por ella; y para nada bueno. Esa relación que había emprendido con los guerrilleros no podía acabar bien.

Lemaire sofocó una carcajada y se acercó a Emilia, que se mantuvo erguida en su lugar. Las últimas palabras de esta le habían convencido de que la esquiva joven estaba allí y él acabaría encontrándola. Nada le impediría disfrutar de sus encantos como llevaba tiempo queriendo hacer. De hecho, ya se había tensado de excitación al imaginar alguno de los métodos que pensaba emplear para hacerla hablar.

–Siento dudar de su palabra, mi buena señora –rechazó y, dirigiéndose a sus hombres, les ordenó–: ¡Registren todo a conciencia!

Eugenia, en su seguro refugio, temblaba. Estaba muy preocupada por Emilia y por el resto de personas que en esos momentos se encontraban allí. Sabía de lo que ese hombre era capaz. Conocía su fama de monstruo sanguinario que disfrutaba torturando a los detenidos hasta la muerte para conseguir la información que deseaba.

–Debo entregarme o tomarán represalias contra los demás –dijo con valentía. No estaba dispuesta a sacrificar a nadie por su culpa. Ahora reconocía el error cometido al refugiarse allí en vez de haber huido a Cádiz como le sugirió Rafael. Claro que ella no sabía que iban a traicionarla.

Ugarte se levantó y se acercó a ella con una mirada peligrosa.

–Usted no va a ningún lado a menos que den con nosotros; y si eso ocurre, no me voy a rendir con facilidad.

–¿Pero no comprende que ese hombre está dispuesto a encontrarme y no se detendrá ante nada? No puedo poner en peligro la vida de esas personas.

—No se precipite. Esperemos a ver cómo se desarrollan las cosas para decidir lo que se debe hacer —expuso con gesto de agotamiento.

Eugenia comprendió que tenía razón y continuó observando lo que ocurría en el patio. A los pocos minutos oyó los pasos de los soldados muy cerca de donde ellos estaban y se tensó, temiendo que los descubrieran. En absoluto silencio y con el corazón encogido, esperaron a que abandonaran esa zona de la casa.

—Vaya, ¿a quién tenemos aquí? Mi buen amigo Poncela.

Las palabras de Lemaire alertaron a Eugenia y a Ugarte, que se apresuraron a mirar lo que ocurría.

—Intentaba huir —informó el soldado que lo había conducido hasta allí.

Tomás, con el rostro pálido y agarrando un morral entre sus manos, miraba asustado al capitán.

—No esperaba encontrarte en este lugar. Te hacía en Sevilla dándote la buena vida con tus ganancias. ¿Cómo es que no has salido a recibirme?

—Lo... lo siento, capitán, no sabía que era usted.

—¿No me tendrás miedo? Somos buenos amigos.

Tomás asintió. Su desasosiego revelaba el temor que sentía. Las miradas acusadoras de sus padres y del resto de personas que se encontraban allí eran como puñales que se clavaban en su cuerpo.

—¿Y cómo están tus amigos los guerrilleros? Los pocos que han quedado con vida, claro. ¿No has ido a visitarlos?

Tomás negó con la cabeza y Lemaire soltó una carcajada.

—Deberías haberlo hecho. Puede que precisen de tu ayuda. Por ello, acompañarás al teniente Vincens hasta su guarida. El cabecilla, ese tal Ugarte, logró escapar con unos pocos más y quiero darles caza. Hay que acabar con esa partida de una vez por todas.

—Yo... yo no sé dónde se encuentran —se excusó casi lloriqueando.

—Vamos, Poncela, ¿no irás a echarte atrás ahora? Sabes que nuestra colaboración te ha dado buenos frutos. El señor barón de Balbuena está muy satisfecho —se regodeó. Estaba disfrutando con la situación. El pavor mezclado con vergüenza que veía en él le divertía.

De un fuerte tirón le arrancó el morral que agarraba y lo abrió. De él extrajo una bolsa cuyo contenido esparció por el suelo. Numerosas monedas de oro cayeron, provocando el asombro de todos los concurrentes. Tomás se apresuró a recogerlas.

—¿Aún no te has gastado la recompensa por vender a tus camaradas?

Con la voz estrangulada por el dolor y la humillación, Bernardo preguntó:

—¿Hijo, es cierto eso?

Tomás continuó arrodillado sin levantar la mirada, y ese silencio fue suficiente respuesta. El rostro del hombre adquirió una palidez mortal y se encorvó como si un gran peso le hubiese impactado sobre los hombros. Se acercó a él con el puño en alto dispuesto a golpear a aquel traidor que no se merecía llevar su sangre.

—¡No! —el grito desesperado de Francisca consiguió detener la mano de su marido, pero no impidió que lo derribara de una patada.

La mujer se acercó a su hijo tendido en el suelo con la desolación derramándose por sus ojos.

—¿Cómo has podido? ¿Cómo...? —Lloraba con Tomás en sus brazos.

—¡Traidor! —exclamó Ugarte, contemplando la escena desde el refugio. Las sospechas de Eugenia se veían confirmadas–. Cuando le ponga la mano encima va a desear no haber nacido.

Ella estaba igual de impactada. Aunque lo imaginaba, guardaba la esperanza de que no fuera cierto. ¿Cómo era posible que Tomás, al que le unía desde pequeña una buena amistad, hubiese cometido tamaña traición?

–¿Sabe él dónde se encuentran el resto de sus hombres? –se alarmó al advertir que corrían gran peligro.

–Por suerte, no conoce el lugar en el que están a resguardo.

–¡Gracias a Dios!

–Pero puede implicar a otras personas cuando no los encuentre en la anterior guarida. Debo avisarles. Les estaremos esperando para que, tanto él como los demás, reciban su justo merecido –sentenció con un brillo asesino en los ojos.

En el patio, varios soldados aparecieron en ese momento y se acercaron a Lemaire.

–No hemos encontrado a nadie más, capitán.

Una mueca de disgusto curvó el impasible rostro de Lemaire. Se acercó a Tomás y, retirando a su madre de un empujón, lo levantó del suelo.

–¿Dónde se encuentra *mademoiselle* Madrigal? –exigió; y el tono de su voz indicaba que no iba a permitir una mentira.

Tomás se resistió, pero al final terminó confesando. Sabía de lo que era capaz ese sádico.

–Ha salido hace un buen rato a caballo, como suele hacer por las mañanas. Puede que se haya retrasado.

–¡Miserable! –le escupió su padre a la cara.

El insulto fue secundado por varias personas más, entre ellas Emilia.

–¡Silencio, o les hago ajusticiar! –amenazó el capitán.

Todos obedecieron. Tomás, con la cabeza gacha, no se

atrevía a mirarlos a la cara. El rencor de los presentes era parte de su merecido castigo.

Lemaire valoró las palabras del delator. Si la joven no había regresado era porque sabía de su presencia allí, y debía de estar escondida en algún lugar desde el que podía observar lo que ocurría en la hacienda.

—Recoge tu paga y guárdala; te la has ganado —le indicó, y dirigiéndose al teniente—: Él les llevará hasta el refugio de los guerrilleros. No quiero que quede ninguno con vida. Una vez que hayan liquidado a esa cuadrilla de indeseables, pueden regresar a Sevilla. Yo me quedaré aquí con la mitad de los hombres hasta que encuentre lo que he venido a buscar —ordenó. No quería correr riesgos pese a que apenas llegaban a la docena los habitantes de la hacienda.

Los soldados montaron a caballo y, acompañados por Tomás, partieron de inmediato.

—Que nadie se mueva de este lugar. Si alguno intenta huir, tienen mi permiso para dispararle —indicó a los soldados que quedaron. Sabía que la joven evitaría presentarse mientras estuviese él allí, por eso iba a darle un buen aliciente para que lo hiciera.

—Permita que doña Emilia y el resto de mujeres entren en la casa, señor. No es humano que permanezca aquí, a pleno sol —pidió Bernardo.

—He dicho que todos permanecerán aquí hasta que yo lo ordene.

—Déjalo, Bernardo, no queremos favores de un francés —sentenció Emilia con orgullo.

—Al menos, permita que la señora se siente. Está enferma de las piernas, como ha podido ver —continuó él, desoyendo la orden de Emilia.

Lemaire hizo un gesto a uno de los soldados y este derribó a Bernardo con un golpe de mosquete en los riñones. Una vez en el suelo, se acercó a él.

—No me gusta que me desobedezcan. Ahora, ve a buscar a *mademoiselle* Madrigal, y adviértele que, si no regresa antes del atardecer, la anciana va a sufrir un terrible accidente del que no se recuperará. Lo mismo le ocurrirá a tu mujer si decides huir.

Bernardo ahogó una maldición, pero no tardó en obedecer.

El capitán, después de impartir órdenes a sus hombres, le dijo a Francisca que le preparase la comida, adentrándose en la casa y observándolo todo con mirada codiciosa.

Eugenia se derrumbó desolada al presenciar la tensa escena. Era lo que se temía: si no se entregaba el francés tomaría represalias. Ugarte la miró con pena. Le gustaría ayudarla, pero no podía enfrentarse él solo a los soldados.

—Debo huir y reunirme con mis hombres. Puede acompañarme. Tal vez ese gabacho no cumpla su amenaza —intentó animarla, consciente de que no iba a convencerla.

—Lo hará; sé la clase de persona que es. No puedo poner en peligro la vida de Emilia... ni la del resto. Debo entregarme lo antes posible. —Su gesto de determinación contrastaba con la palidez de su rostro.

A Ugarte le admiró la valentía y entereza que mostraba.

—Si es su deseo, no voy a tratar de convencerla. Ahora he de marcharme; no puedo perder más tiempo.

—Si sale ahora lo descubrirán. Espere a que nos marchemos o, al menos, hasta que anochezca.

—Me arriesgaré. Y no se preocupe, puedo deshacerme de alguno.

Eugenia se alarmó ante las palabras del hombre. Si atacaba a uno solo de los soldados franceses, Lemaire tomaría represalias.

–No se enfrente a ellos. Yo le sacaré de aquí sin que lo vean y me entregaré –propuso.

Eugenia observó que en el patio habían quedado tres soldados custodiando a los retenidos, luego el resto debía de estar repartido por el recinto. En cuanto a Lemaire, imaginaba que estaría en el comedor. Calculó que facilitarle la huida a Ugarte le iba a resultar más complicado de lo que esperaba. La mejor forma era por el mismo camino que habían tomado, aunque eso les llevaría al patio.

Existía otra vía de escape más segura, aunque más difícil. Si conseguían llegar a la puerta trasera de la casa, accederían al huerto y de allí a la zona derruida del muro por la que habían entrado horas antes. Lo malo era que tendrían que atravesar toda la vivienda y apartar el pesado armario que bloqueaba la puerta. No confiaba en poder moverlo sola, y menos sin hacer ruido, ya que Ugarte estaba muy débil a pesar de la asombrosa entereza que mostraba.

Había otro problema. La puerta no estaba cerrada con llave, aunque tenía el inconveniente de abrir para el lado contrario. Debería empujarla, y con ella el armario, hasta que lograran pasar.

Con mucho esfuerzo y extremando la prudencia, consiguieron abrir un hueco y ella pudo pasar al otro lado. Una vez allí, movió el armario lo suficiente para que saliera Ugarte. Volvieron a colocarlo en su sitio y Eugenia abrió la puerta del cuarto para otear el largo pasillo. Cuando estuvo convencida de que podían hacerlo, salieron de allí y bajaron las escaleras.

La casa estaba silenciosa y se preguntó dónde estaría Lemaire. Un soldado apostado frente a la puerta del comedor le hizo suponer que se encontraba allí. Tomaron la dirección opuesta, hacia la cocina. Cuando estaban llegando sintió que le tiraban del brazo. Apenas pudo contener el grito de terror a tiempo para descubrir que Francisca le pedía, mediante señas, que guardara silencio y los arrastró hasta un oscuro rincón. Había adivinado que su intención era escapar por ese lugar y les pidió que esperaran mientras ella entraba en la cocina para comprobar que no había peligro. A los pocos minutos se asomó y les indicó que ya podían pasar.

–¿Emilia se encuentra bien? –le preguntó Eugenia entre susurros.

–Lo está, no se preocupe; es más fuerte de lo que aparenta. Usted es la que debe ponerse a salvo. Siento tanto lo que mi hijo ha hecho… –Las lágrimas comenzaron a salir a raudales de los cansados ojos.

–No es su culpa, Francisca. Él no ha sabido permanecer fiel a los suyos.

Ugarte se adelantó y miró al exterior.

–No hace falta que me acompañe. Ya sé el camino.

–Lo haré. De esa forma podré ayudarle si nos encontramos con alguno de los soldados –insistió Eugenia.

Escondidos entre los frondosos árboles, llegaron a la zona derruida del muro. Eugenia le propuso que esperase allí mientras ella se dirigía a la puerta principal, con lo que atraería la atención de los franceses.

–¿Está segura? Sabe lo que le espera, ¿no? –dijo Ugarte, dándole la oportunidad de arrepentirse.

Eugenia levantó el rostro y lo miró, intentando contener el estremecimiento que ese pensamiento le provocaba.

–No creo que me ocurra nada. Lemaire se limitará a llevarme a Sevilla donde me encarcelarán; lo que no me preocupa porque Ignacio intercederá por mí y evitará que me acusen de traición. Sé que quiere el título de marqués de Aroche y para eso ha de casarse conmigo –aventuró, más para tranquilizar al hombre que por propia convicción–. Pero tiene que prometerme que liberará a mi padre lo antes posible. Puede que Ignacio cambie de idea y decida vengarse acelerando su proceso y enviándolo al cadalso.

–Comprendo su impaciencia, señorita Madrigal, aunque en estos momentos resulta imposible. Apenas tengo un par de hombres en condiciones de batallar; tal vez más tarde...

–¡Lo prometió a cambio de mi colaboración! Yo he cumplido mi parte del trato y mire a la situación que me ha llevado. Espero que usted haga lo mismo. No tengo la culpa de que tuvieran un traidor en su grupo. Es usted un cobarde y un tramposo al no hacer honor a la palabra dada.

Él se volvió a mirarla con el fuego de la ira brillando en sus ojos

–No vuelva a insultarme, chiquilla; no después de lo que ha ocurrido. Cumpliré con mi parte del trato cuando tenga alguna posibilidad de éxito. Lo que no pienso hacer es arriesgar la vida de los pocos hombres que me quedan en una acción suicida. Cuando pueda reunir otra partida y dinero con el que conseguir armas, asaltaremos la prisión y liberaremos a los reos.

–Para entonces puede que sea demasiado tarde, ¿no lo comprende? –imploró con desesperación.

Ugarte la miró con pesar. Sentía no poder ayudarla, pero tenía que mostrarse firme.

–Ya le dije que todos tenemos que hacer sacrificios en esta guerra, y tal vez su padre sea uno de ellos; algo que él mismo se buscó. En vez de confraternizar con los franceses cuando estos ocuparon Sevilla, debió unirse a la resistencia y hacer algo útil, no quedarse guardando sus tesoros para que nadie se los quitara –acusó con fría crudeza.

Eugenia no pudo soportar que injuriara a su padre y lo defendió con vehemencia.

—No diga eso. Él nunca confraternizó con el enemigo solo se quedó para defender lo suyo e impedir que se lo arrebataran. ¡Era el patrimonio de sus hijos!

—En una guerra todos pierden, y muchos de ellos incluso la vida; los bienes materiales son lo que menos importa en estos casos.

—No voy a conformarme y dejar que ajusticien a mi padre. Si usted no me ayuda, ya encontraré a alguien que lo haga —declaró con determinación, sin pararse a pensar lo difícil que resultaría si ella terminaba en prisión.

—Suerte en su empeño, señorita Madrigal —le deseó Ugarte, y se marchó ocultándose entre los olivos.

Capítulo 34

−¡Alto!

La voz de alarma del soldado hizo que Eugenia detuviese su marcha. Había rodeado todo el recinto para entrar por la gran puerta enrejada; con ello daba la oportunidad a Ugarte de alejarse lo suficiente para no ser detenido.

−Identifíquese −le ordenó otro de los soldados, que había acudido ante el grito del primero.

−Soy Eugenia Madrigal de Castro, hija del marqués de Aroche, dueño de esta hacienda.

Eugenia se desasió de la mano que le agarraba el brazo y, sin temor, se encaminó hacia donde estaba Emilia.

−Siento haberte hecho pasar por esto, Mila. −La abrazó con lágrimas en los ojos.

−¿Por qué no has permanecido escondida, niña? Estás poniendo tu vida en peligro. Ya nos las habríamos apañado nosotros −la reprendió angustiada.

−No puedo permitirlo. Este problema lo he creado yo y a mí me corresponde solucionarlo.

−¿Pero no comprendes que te llevarán presa? Saben que colaboras con la guerrilla.

−No creo que Tomás haya revelado mi implicación −

Eugenia no pudo soportar que injuriara a su padre y lo defendió con vehemencia.

—No diga eso. Él nunca confraternizó con el enemigo solo se quedó para defender lo suyo e impedir que se lo arrebataran. ¡Era el patrimonio de sus hijos!

—En una guerra todos pierden, y muchos de ellos incluso la vida; los bienes materiales son lo que menos importa en estos casos.

—No voy a conformarme y dejar que ajusticien a mi padre. Si usted no me ayuda, ya encontraré a alguien que lo haga —declaró con determinación, sin pararse a pensar lo difícil que resultaría si ella terminaba en prisión.

—Suerte en su empeño, señorita Madrigal —le deseó Ugarte, y se marchó ocultándose entre los olivos.

Capítulo 34

—¡Alto!

La voz de alarma del soldado hizo que Eugenia detuviese su marcha. Había rodeado todo el recinto para entrar por la gran puerta enrejada; con ello daba la oportunidad a Ugarte de alejarse lo suficiente para no ser detenido.

—Identifíquese —le ordenó otro de los soldados, que había acudido ante el grito del primero.

—Soy Eugenia Madrigal de Castro, hija del marqués de Aroche, dueño de esta hacienda.

Eugenia se desasió de la mano que le agarraba el brazo y, sin temor, se encaminó hacia donde estaba Emilia.

—Siento haberte hecho pasar por esto, Mila. —La abrazó con lágrimas en los ojos.

—¿Por qué no has permanecido escondida, niña? Estás poniendo tu vida en peligro. Ya nos las habríamos apañado nosotros —la reprendió angustiada.

—No puedo permitirlo. Este problema lo he creado yo y a mí me corresponde solucionarlo.

—¿Pero no comprendes que te llevarán presa? Saben que colaboras con la guerrilla.

—No creo que Tomás haya revelado mi implicación –

respondió animosa para aliviar la angustia de la anciana, sin estar convencida de ello.

—Al fin ha llegado, *mademoiselle*. Se ha demorado en su paseo. ¿Algún problema por el camino?

La voz de Lemaire le llegó con claridad. Eugenia giró la cabeza. Allí estaba, parado a unos metros de ella y mirándola de una forma que le heló la sangre en las venas.

—Ninguno, capitán; gracias por el interés. ¿A qué debemos su visita? —Eugenia mostraba una entereza que distaba mucho de poseer, pero no quería darle el placer de verla asustada.

El hombre curvó su boca en una desagradable sonrisa, al tiempo que la sometía a un atento escrutinio.

—El señor barón de Balbuena me ha mandado a buscarla. Debo llevarla de regreso a Sevilla.

Eugenia evitó preguntar por la razón de esa demanda. Aunque tenía sus sospechas, no quería que Lemaire advirtiese el temor que sentía.

—Entonces, partiremos de inmediato —propuso con naturalidad.

—Creo que sería conveniente pasar aquí la noche. Es tarde para emprender un viaje tan largo y la casa parece muy acogedora.

—Mi prometido no es persona paciente, y si ha pedido que me reúna con él, no deberíamos demorarnos —insistió ella. Deseaba alejarlos de allí para evitar problemas. No se le habían escapado las miradas obscenas que los soldados dirigían a las mujeres.

—No es necesario tanto arrebato, *mademoiselle*. El señor barón estará ausente de la ciudad varios días más y no le importará una pequeña demora. Partiremos mañana —zanjó la cuestión.

Ella tuvo que claudicar.

—Como desee, capitán.

Lemaire respondió con otra ladina sonrisa, que provocó en Eugenia un perceptible estremecimiento de alarma. Su interés en permanecer allí esa noche no presagiaba nada bueno.

—¿Dónde ha dejado el caballo? Me habían comentado que salió a pasear con él.

—Lo he dejado en libertad para que paste a su gusto. Él conoce el camino de regreso.

El hombre soltó una sonora carcajada y se acercó más a ella. No la creía. Lo habría entregado al mismo sirviente que fue a buscarla para que avisase a los guerrilleros de la llegada de sus hombres. Sabía que no era tan inocente como aparentaba.

—Pase dentro, *mademoiselle*; debe de estar cansada y hambrienta —invitó, agarrándola de un brazo para introducirla en la casa.

Eugenia se desasió y se negó a seguirlo.

—¿Y qué ocurre con esas personas? —Señaló a Emilia y al resto de retenidos que permanecían de pie en el centro del patio.

Lemaire los miró con gesto despectivo e hizo señas a uno de los soldados.

—Acompañe a la señora a su habitación y que permanezca allí hasta que yo lo indique. En cuanto al resto, enciérrenlos en el establo.

—Eso es una crueldad. Deje que vuelvan a sus quehaceres. No van a causar ningún problema —protestó Eugenia.

—Es por su seguridad, *mademoiselle*. No quiero que se hagan daño. Ahora, pasemos al interior; tenemos muchas cosas de las que hablar. —Le ofreció el brazo, que ella rechazó.

—No pienso dejarte sola con él —protestó Emilia.

—No te preocupes, pronto estaré contigo —intentó apaciguarla Eugenia para evitar contrariar al capitán.

Emilia se resignó y enfiló el largo pasillo que llevaba a su cuarto, ubicado en la planta baja.

—Pediré a Francisca que te lleve algo de comer, Mila.

—No te molestes, niña; se me han quitado las ganas –denegó, y dirigió a Eugenia una larga mirada cargada de lágrimas; lágrimas de temor y de impotencia al no poder hacer nada para ayudar a su pequeña y evitarle el amenazador destino que le aguardaba.

Eugenia interpretó esa mirada y quiso, con una animosa sonrisa, tranquilizar sus temores, aunque estaba tan asustada como ella; no sabía si volvería a verla.

—¿Pasamos al comedor? –la urgió Lemaire. Y dirigiéndose a Francisca, que permanecía de pie junto a ellos–: Traiga algo de comer a *mademoiselle*.

Eugenia fue a protestar, pero comprendió que negándose no solucionaba nada. Tenía que conservar las fuerzas para lo que le deparara el futuro.

Francisca salió y ellos dos quedaron a solas en la amplia sala.

—Y bien, *ma chère amie*, ¿no tiene nada que explicarme?

Ella se tensó. ¿Lemaire estaba al tanto de su colaboración con Ugarte o solo lo sospechaba y quería que confesase?

—No sé a qué se refiere, capitán –dijo, y lo miró con toda la naturalidad que pudo reunir.

—Albergaba bajo su techo a un miembro de la guerrilla. Como bien sabe, ese hecho está penado por la ley con castigos muy severos.

—Desconocía ese hecho; me acaban de informar –protestó, dando a sus palabras un acento de veracidad con el que pretendía convencer al francés.

—Permítame que lo ponga en duda teniendo en cuenta que su padre está en prisión acusado de colaborar con los opositores –le recordó con voz engañosamente amable.

–Está en su derecho de dudar de mis palabras. Yo continuaré defendiendo que no estaba al tanto de ello y que nunca hemos dado, de forma consciente, cobijo a guerrilleros. Ahora, si me lo permite, me gustaría retirarme a mi cuarto; estoy exhausta –concluyó; y, con gesto ofendido, se dispuso a marcharse.

Lemaire la agarró del brazo y la atrajo hacia él.

–No hemos terminado de hablar.

Eugenia lo miró con los ojos encendidos de ira.

–Haga el favor de soltarme o tendré que informar a mi prometido de su insolente conducta.

–Me da la impresión de que no va a hacer tal cosa, *ma chère*; al contrario, se va a mostrar muy amable conmigo si no quiere que comunique a mis superiores las sospechas que me rondan por la cabeza. –El brillo lujurioso de sus ojos y la ladina sonrisa que mostraba su boca revelaban sus intenciones.

–¿Cómo se atreve? –La indignación bullía en ella mezclada con el temor a ser descubierta y a lo que parecía estar dispuesto a reclamar a cambio de su silencio.

Una grotesca risotada se escuchó por toda respuesta. Su fétido aliento le golpeó el rostro y tuvo que hacer un supremo esfuerzo para contener las náuseas.

–No me engañas con esa carita inocente y tus aires altivos, *petite menteuse*. Estoy convencido de que fuiste tú la que proporcionó a Poncela los datos necesarios para atacar al convoy, y acabaré consiguiendo tu confesión. Pero primero voy a hacer lo que llevo deseando desde la primera vez que te vi. Y puede que, si te muestras cariñosa conmigo, se me olvide que eres una conspiradora. –La empujó sobre la mesa y comenzó a desabrocharse el pantalón.

Eugenia sintió pánico al comprender sus intenciones. Intentó zafarse para huir, pero Lemaire la agarró de los cabellos y la inmovilizó. Ella gritó de dolor y él gruñó excitado, maniobrando para levantarle las faldas.

Eugenia notó las codiciosas manos recorriéndola de forma impúdica y renovó sus esfuerzos por liberarse. Él volvió a golpearla, forcejeando para abrirle las piernas.

–Más vale que te vayas acostumbrando a complacerme como yo te diga o te verás colgando de una cuerda antes de que lo haga tu padre –la amenazó con voz ahogada por los esfuerzos, y aproximó su congestionado rostro al de ella para besarla.

Eugenia le mordió en el labio con todas sus fuerzas, consiguiendo que se apartara con un grito de dolor; momento que aprovechó ella para salir corriendo.

Pero su huida fue corta. A los pocos metros, él la atrapó y la derribó, echándose encima de ella. Eugenia se sintió paralizada de terror y lo miró espantada. Ese gesto incentivó más al hombre. Su respiración se aceleró y su rostro adquirió la crueldad de un lobo hambriento.

–Te gusta que te traten duro, ¿no es eso? –dijo entre jadeos.

Eugenia luchó con todas sus fuerzas, pero su peso la aplastaba y le robaba el aliento. Sintió que perdía el sentido y una honda congoja la invadió. No quería resignarse a su destino y, en un último esfuerzo, tanteó con una de las manos hasta encontrar los troncos cortados para encender la chimenea. Agarró uno y le golpeó la cabeza con todas sus fuerzas.

Lemaire se desplomó hacia un lado, liberándola en parte de su peso, por lo que ella pudo volver a respirar con normalidad.

–*Putain!* –exclamó algo aturdido por el golpe, y se llevó la mano a la zona dolorida.

Eugenia se levantó e intentó huir. Él consiguió atraparla de las faldas y la volvió a derribar, agarrándola del cuello y apretándoselo con intención asesina. Ella comenzó a notar la falta de aire y luchó por retirar esos largos dedos de su garganta, que parecían barras de acero. Desesperada, temió morir y redobló sus fuerzas, que poco a poco la iban abandonando.

Sus pulmones parecían a punto de estallar y una espesa negrura comenzó a invadirla, sintiendo que se hundía en un negro pozo lleno de paz y silencio. Antes de perder la consciencia, su último pensamiento fue para Rafael. Ya no le vería más. No volvería a refugiarse en sus brazos ni a sentir la dicha de sus caricias. Nunca podría...

–¡Mal nacido!

La exclamación inmovilizó a Lemaire, que giró la cabeza para descubrir a la persona que la había pronunciado.

Rafael, que había entrado por uno de los ventanales que daban al patio, llegó hasta el capitán y lo agarró de la casaca, apartándolo de Eugenia de un fuerte empujón.

–¡Vas a morir por esto, te lo juro! –gritó fuera de sí, y se lanzó sobre él dispuesto a cumplir su promesa.

Lemaire, repuesto de su sorpresa, fue más rápido. Consiguió alcanzar la pistola que descansaba sobre una de las mesas y disparó contra Rafael. Este se movió en el último momento y evitó que el disparo impactase en el corazón.

El francés, comprendiendo que había fallado su mejor oportunidad, huyó hacia la puerta para pedir ayuda. Al abrirla, no encontró al soldado de guardia como esperaba. Bernardo, con una enorme navaja, se abalanzó sobre él y se la clavó en el vientre.

Lemaire, con la boca abierta por la sorpresa y los ojos desorbitados de dolor, se apoyó en el marco para intentar mantenerse en pie, agarrando el mango del cuchillo sin fuerzas para extraerlo. Intentó hablar, pedir auxilio, pero la voz no le salía del cuerpo. Sintió que la vida se le escapaba mientras iba deslizándose hasta acabar sentado en el suelo.

Rafael se acercó y lo miró de forma despectiva para, a continuación, correr al lado del cuerpo inerte de Eugenia. La cogió en sus brazos y evaluó los daños. Las señales de los golpes se apreciaban en el rostro y unas feas marcas en su garganta daban fe del peligro que había corrido, pero respiraba.

—Amor, dime algo —la instó con la voz oprimida por el pánico.

Eugenia fue abriendo los ojos para observar con asombro el rostro conocido y amado que se inclinaba sobre ella con gesto desesperado.

—Rafael —logró balbucir apenas pues ese simple gesto le provocaba un vivo dolor.

—No te muevas y respira con lentitud —le aconsejó, experimentando una alegría que amenazaba con ahogarle. ¡Había estado tan cerca de perderla!

Ella obedeció. Detrás de él, Bernardo y Francisca la observaban con preocupación. Les dirigió una sonrisa con la intención de tranquilizarlos. De pronto, al recordar lo ocurrido, una ráfaga de miedo cruzó sus ojos y giró la cabeza buscando a su agresor.

—¿Lemaire?

—No tiene nada que temer, señorita Eugenia. Ese mal nacido no volverá a hacerle daño —le prometió Bernardo con satisfacción.

Eugenia miró a Rafael, que se lo confirmó con un gesto.

El alivio se reflejó en su rostro y comenzó a llorar acunada por los brazos del hombre que amaba. Poco a poco se fue calmando e intentó levantarse.

—¿Qué... ha ocurrido? —preguntó, deseosa de conocer todos los detalles.

Ante su insistencia, Rafael le explicó lo sucedido y las razones que le habían llevado allí y en ese oportuno momento.

Aquella misma mañana, un oficial francés le refirió lo ocurrido en el asalto de los guerrilleros al convoy que transportaba la recaudación hasta el puerto de Málaga. El oficial hizo alusión a que un confidente les había informado de las pretensiones de la guerrilla y cómo pudieron prepararse para repeler el ataque.

Rafael supo que Eugenia corría peligro. El confidente debía de conocer su implicación y la habría delatado, por lo que no tardarían en detenerla. Se reunió con Thacker y partieron de inmediato hacia Torre Blanca, imaginándose lo peor. Encontraron a Bernardo cerca de la hacienda y les explicó lo que sucedía. Por suerte, habían llegado a tiempo.

—Sabemos quién es el delator, aunque no creo que haya revelado mi nombre —confesó Eugenia mirando a Bernardo y Francisca con lástima. Estaban destrozados al descubrir la vileza cometida por su hijo.

—Tomás no es un traidor, señorita Eugenia. Algo ha debido ocurrirle para actuar de esa manera. Él siempre ha sido bueno y honrado; ¿no es verdad? —preguntó Francisca con la mirada fija en su marido. Intentaba por todos los medios justificar a su hijo, sin acabar de creer lo que sus propios ojos le habían mostrado.

—No lo defiendas, mujer. Lo que ha hecho no tiene nombre y pagará por ello; de una u otra forma —respondió Bernardo con el semblante pétreo.

Francisca, incapaz de soportar la vergüenza, salió de allí llorando con amargura.

Una vez que la mujer se hubo marchado, Eugenia le

relató lo ocurrido con Ugarte y lo que él le había contado.

–¿Qué vamos a hacer ahora? ¿Cómo voy a liberar a mi padre? –se angustió al comprender que había perdido la única oportunidad de salvarle y que ambos estaban en peligro. La muerte de Lemaire empeoraba su situación ya de por sí difícil.

–No te preocupes, algo se nos ocurrirá; solo te doy mi palabra de que tu padre no permanecerá en prisión por mucho tiempo más –le aseguró Rafael.

Ella se tranquilizó al escucharle, convencida de que cumpliría su promesa.

–Niña, ¿cómo te encuentras? –se oyó la voz angustiada de Emilia desde la puerta.

Eugenia corrió a refugiarse en sus brazos y a Emilia se le saltaron las lágrimas ante la dicha de verla a salvo. La angustia la había estado torturando al pensar en lo que ese hombre le estaría haciendo.

–Estoy bien, Mila; algo magullada, pero nada grave –confesó, y le sonrió animosa a pesar del dolor que sentía en su labio partido.

La entrada en la sala de un soldado vestido con el uniforme de los dragones alarmó a la joven, que retrocedió asustada.

–Señorita Madrigal –saludó el recién llegado con una elegante reverencia.

A Eugenia le pareció reconocer la voz, aunque el gran mostacho y las enormes patillas que le cubrían las mejillas la despistaron.

–¿Todo en orden, Hugh? –preguntó Rafael.
–Por completo. No he tenido ningún problema en reducirlos.
–¡Señor Thacker!
–El mismo, señorita.

Ese descubrimiento asombró a Eugenia. De no ser por la voz nunca lo habría reconocido.

—Debemos marcharnos de aquí lo antes posible por si al resto de la patrulla se le ocurriese regresar. Deben creer que Lemaire y sus hombres se han marchado. Eso nos dará unas horas de margen —sugirió el inglés.

—Marchen tranquilos. Nosotros les convenceremos de que así ha sido —dijo Emilia—. En cuanto a ti —y se dirigió a Eugenia—, debes partir de inmediato hacia Lisboa y desde allí embarcarte a Inglaterra. Aquí ya no puedes hacer nada por tu padre y, si te apresan, te ajusticiarán.

—No pienso marcharme hasta verlo libre —contestó tozuda.

Rafael la miró y vio en ella el rictus de determinación que tan bien conocía, lo que no impidió que intentase convencerla de que corría peligro si permanecía en zona ocupada, y más si regresaba a Sevilla.

—Doña Emilia tiene razón; estás marcada. El hecho de que hayan venido por ti demuestra que Balbuena conoce o, al menos, sospecha que fuiste tú la que facilitó la información a Poncela. No podrás hacer nada por tu padre, arriesgándote a un gran peligro. Hugh te acompañará hasta zona segura y desde allí podrás regresar a Londres. Nosotros nos encargaremos de liberar a tu padre y procurarle la forma de reunirse contigo.

—Pero si lo intentamos antes de que Ignacio regrese a Sevilla yo podría ayudar.

—¿Cómo? No sabemos cuántas personas conocen tu implicación con la guerrilla y podrían detenerte en cualquier momento. Créeme, si vienes con nosotros constituirás más un estorbo que una ayuda —razonó Rafael.

La sinceridad de esas palabras molestó a Eugenia, que hizo un expresivo mohín de disgusto.

—No lo creo. Puedo cambiar de aspecto y no me reconocerán, así pasaré desapercibida.

—Es una locura, niña. Vas a ocasionar tu desgracia —se lamentó Emilia en un vano intento por convencerla de que no prosiguiera con la idea.

—Correré más peligro quedándome aquí, Mila. Porque lo que no pienso hacer es marcharme sin mi padre.

Emilia suspiró resignada. Sabía que no iba a convencerla.

Rafael miró a Thacker, que se encogió de hombros como toda respuesta.

—Está bien, vendrás con nosotros; pero a la menor señal de peligro te dejaremos en lugar seguro y continuaremos solos —concedió. Al fin y al cabo, ella tenía razón. Necesitaban de toda la ayuda que pudieran brindarle para intentar sacar al marqués de la prisión—. Prepárate; tenemos que partir lo antes posible ya que debemos deshacernos de los cuerpos.

—¿Qué piensan hacer con ellos? —preguntó Bernardo a Rafael.

—De camino a Sevilla los dejaremos en alguna zona apartada. Parecerá una emboscada de la guerrilla. Con suerte, tardarán unos días en encontrarlos; tiempo suficiente para poner a Eugenia y a su padre a resguardo en Cádiz.

—Si lo desean, puedo acompañarles. De alguna ayuda les serviré —se ofreció Bernardo.

—No es necesario, nos las podremos arreglar nosotros. Ustedes deberían abandonar la hacienda y refugiarse en otro lugar. Cuando todo se descubra, los franceses buscarán vengarse.

—No se preocupe, señor Tablada, sabremos salir airosos. Márchense tranquilos y, por favor, cuídela —le pidió Emilia preocupada. No sabía muy bien lo que ocurría entre ellos, pero estaba convencida de que su querida niña estaba en buenas manos. Había oído decir que era un afrancesado y no quiso creerlo; ahora sus acciones le daban la razón.

Eugenia abrazó a Emilia con la emoción empañándole los ojos, y se despidió de ella con la promesa de reunirse en el futuro.

Capítulo 35

Apenas unos minutos antes de las doce de la noche, tres figuras bajaron del coche de alquiler ante la puerta de la Cárcel Real, en la calle Sierpe de Sevilla, que a aquellas horas aparecía desierta.

Cuando llegaron a la maciza puerta de madera tachonada con grandes clavos, un par de soldados que hacían guardia les dieron el alto. Al ver los galones en el uniforme del oficial francés, se cuadraron ante él con respeto. No era habitual que un coronel del cuerpo de dragones imperiales se presentara en aquel lugar y a aquella intempestiva hora.

–¡Abran la puerta! –ordenó Hugh, en un perfecto francés.

Los soldados se apresuraron a obedecer, cediéndoles el paso.

–¡Avisen al oficial de guardia! –continuó en el mismo tono enérgico una vez que estuvieron en el amplio patio del recinto.

Uno de los soldados desapareció por una puerta junto a la caseta de vigilancia y reapareciendo a los pocos minutos bastante acalorado. Hugh pensó que acababa de recibir una sonora bronca de su superior por haberle despertado.

—El teniente Boucher vendrá enseguida, señor.

Hugh asintió y se giró para observar a las dos personas que le acompañaban. Eugenia, cubierta con una amplia mantilla negra que le ocultaba parte del rostro, luchaba por mantener la calma. Rafael, a su lado, hacía grandes esfuerzos por no atraerla a sus brazos e infundirle ánimo; algo que hubiese llamado mucho la atención ya que su raído hábito mostraba que se trataba de un religioso. La capucha que le ocultaba el rostro lo ponía a salvo de la posibilidad de que le reconocieran. Hugh, muy a su pesar, no había tenido tiempo de camuflar su aspecto, algo en lo que era un experto.

A los pocos minutos apareció un joven soñoliento abrochándose la guerrera, que saludó marcialmente al ver al coronel.

—¿Es usted el oficial al mando? —le preguntó Hugh.

Boucher tragó saliva ante la imponente figura que tenía delante.

—No, señor. El capitán Fortescue es quien ostenta el cargo de alcaide, pero en estos momentos está... ocupado —respondió con inquietud.

—No importa. Venimos a ver a un prisionero, don Esteban Madrigal de Castro y Mendoza, marqués de Aroche. Llévenos hasta su celta.

Boucher vaciló. Eso era algo que se salía de las normas.

—Espero que no haya ningún inconveniente —le advirtió Hugh con acritud al observar su vacilación.

—Esta no es hora de visita, señor —respondió Boucher con precaución. Sabía que no era prudente contrariar a un superior, y menos de ese rango, pero no podía contravenir las órdenes de esa manera.

—Me es indiferente que lo sea o no. Lléveme de inmediato —insistió irritado.

–No tengo autoridad para ello, señor. Tendría que consultarlo con mi superior.

–¿Y a qué espera? ¡No tenemos toda la noche!

Boucher se encontraba en un verdadero aprieto. Su superior estaba en compañía de una dama y le había dado órdenes de que no lo molestara bajo ningún concepto. No sabía qué era peor: el saltarse las normas o exponerse a un castigo por molestarlo.

–El comandante no se encuentra disponible en estos momentos y...

Hugh lo miró como si fuera un insignificante insecto al que no le costaría nada pisotear.

–No me haga perder más el tiempo, muchacho, y lléveme a la celda del prisionero antes de que pierda la paciencia por completo y le recomiende para un puesto en primera línea del frente ruso –lo cortó Hugh con voz colérica.

Esas palabras terminaron de decidir al joven teniente, que se apresuró a conducirlo hasta el lugar deseado. Con un poco de suerte, su superior no se enteraría de nada. Y si lo hacía, ya inventaría alguna excusa para justificar esa decisión tomada sin consultarle.

–¡A la orden, mi coronel!

Seguidos por los tres visitantes, Boucher se dirigió hacia el edificio principal. Un escalofrío de temor y aprensión sacudió a Eugenia mientras recorrían los lóbregos pasillos que conducían a las mazmorras. Recordaba la última vez que estuvo allí y temía que la situación de su padre, que ya era precaria, hubiese empeorado al faltarle el apoyo de Ignacio.

Rafael, presintiendo los temores de Eugenia, le rozó el hombro con el fin de infundirle ánimos. Era consciente del peligro que estaban corriendo. Si su estratagema se descubría, todos serían ajusticiados.

En unos minutos llegaron ante la puerta con el número 19, que Eugenia ya conocía, y el teniente indicó a un soldado que la abriera.

−Les ruego que sean breves. Esto es algo muy inhabitual y...

−Le he entendido, teniente. Puede retirarse.

Ante la orden recibida, a Boucher no le quedaba otra opción que obedecer. Hizo un gesto al soldado para que aguardara en el pasillo y él se marchó.

Eugenia entró primero, seguida de Rafael. En la celda reinaba la más absoluta oscuridad. Hugh cogió una de las antorchas del pasillo y se quedó en la puerta con el fin de bloquear la entrada y la visión del interior.

Esteban se incorporó del jergón que le servía de cama desorientado por el brusco despertar y deslumbrado por la luz que iluminaba el estrecho habitáculo.

−¡Padre! −exclamó Eugenia lanzándose a sus brazos.

−Eugenia, ¿qué haces aquí? −su voz sonó temerosa al distinguir la alta figura del oficial francés y, junto a él, la siniestra del monje encapuchado.

−Hemos venido a liberarte −le susurró al oído.

Esteban dio un respingo y la miró con incredulidad.

−No temas, son aliados −le aclaró advirtiendo sus temores.

−Démonos prisa −dijo Rafael mientras se quitaba el hábito.

−¿A qué ha venido él? −preguntó, mirando ceñudo a su hija. En su voz se apreciaba la rabia que intentaba contener. Si Eugenia había recurrido a ese hombre para que la ayudase, él no estaba dispuesto a que lo hiciera.

−Rafael y su amigo te ayudarán a escapar.

−¿Estás segura de ello? No sabes que es un traidor, un vendido a los franceses, un...

—No es cierto, padre. Solo era una estratagema para conseguir información.

Esteban miró a Rafael con el odio que le profesaba desfigurándole el rostro.

—Los traidores nunca cambian, hija. No te dejes engañar. Algo busca y no puede ser bueno.

—Señor marqués, estamos corriendo un grave riesgo para liberarle. Si desea acompañarnos le ruego que se apresure, o volveremos por donde hemos venido y le dejaremos aquí; usted decide —advirtió Rafael, conteniendo a duras penas la furia que lo embargaba ante los insultos del marqués. Ese hombre no podía evitar ser un arrogante egoísta ni en esas circunstancias, hasta el punto de poner la vida de su hija en peligro.

—Padre, por favor, confía en mí —le suplicó Eugenia llorosa.

Esteban se puso en pie con arrogancia y se colocó el hábito que le tendía.

—¿Cuál es el plan? —preguntó a regañadientes.

—Salir de aquí lo antes posible. Usted no hable y camine al lado de Eugenia —le respondió Rafael.

—Y usted, ¿qué hará? —se interesó, comprendiendo que al haberle cedido su disfraz él quedaba en desventaja.

—Los seguiré en cuanto pueda.

Eugenia se alarmó ante esas palabras.

—¿Qué estás diciendo? ¡No puedes quedarte aquí! —lo miró asustada al percatarse de lo que pensaba hacer.

—No te preocupes por mí. No me ocurrirá nada.

—Pero ¿cómo lo harás? ¡Te descubrirán!

—¿Está preparado? —preguntó Hugh con urgencia en la voz.

Rafael asintió. Hugh salió al pasillo y se acercó al soldado que había quedado de guardia.

—Sujete esto —le dijo, y le dio la antorcha.

Cuando el guardia la cogió, Hugh le propinó un fuerte golpe en la mandíbula que lo derribó al suelo, dejándolo inconsciente; a continuación, lo arrastró al interior de la celda.

—Llévatelos lo antes posible. Nos reuniremos en el sitio habitual —le pidió Rafael a su amigo.

—No vamos a hacer tal cosa. Nos iremos todos juntos —protestó Eugenia. No estaba dispuesta a abandonarlo en aquel lugar.

Rafael la miró y reconoció en su rostro la firme decisión que la movía. Con un suspiro de resignación, les indicó a ambos:

—Está bien. Salgan y aguarden fuera.

Ellos obedecieron quedando dentro Hugh, que ya había comenzado a desvestir al soldado. Rafael se colocó el uniforme en pocos minutos. Maniataron y amordazaron al francés y lo tendieron en el jergón, cerrando la puerta de la celda.

Hugh comenzó a caminar hacia la salida avisando a Eugenia y al marqués de que lo siguieran. Esteban, después de tres meses de cautiverio, tenía mermadas sus fuerzas. Eugenia, advirtiéndolo, lo agarró del brazo para que no desfalleciera. Cerrando el grupo iba Rafael, vestido con el uniforme y el mosquete en la mano.

Cuando habían avanzado unos metros por el lóbrego pasillo plagado de puertas, unos sonoros pasos procedentes de la escalera que conducía al exterior los alertaron de que alguien bajaba. Hugh dirigió una significativa mirada a Rafael y ambos se prepararon para lo que pudiese ocurrir.

La aparición de Boucher supuso un alivio.

—Ya hemos terminado, teniente. Preséntele mis respetos al capitán cuando esté disponible —ironizó Hugh sin detenerse.

El teniente se hizo a un lado para dejar pasar a los visitantes. Cuando Rafael, que se había calado el gorro para disimular sus rasgos, continuó caminando el oficial lo detuvo.

–Usted, vuelva a su puesto. No le he dado permiso para que lo abandone –le regañó.

Rafael, con una inclinación de cabeza, dio media vuelta y deshizo el camino.

Eugenia miró atrás alarmada. ¡No podía quedarse allí, acabarían descubriéndolo!

–Pasen delante, por favor –le indicó Hugh ante la reacción de la joven.

Ella lo miró con una muda pregunta en los ojos, que el inglés entendió, aunque se mantuvo firme. No era momento de vacilaciones. Debían liberar al marqués. Desde el primer momento contaban con la posibilidad de que surgieran problemas y Rafael era consciente de ello. Ya se las ingeniaría para salir de allí en cuanto tuviese ocasión y antes de que se descubriese la huida del reo.

Eugenia no estaba de acuerdo en dejar a Rafael atrás sabiendo el peligro que corría. No creía que tardaran mucho en descubrir la suplantación y apresarlo. No, él tenía que acompañarles.

–Pero… –comenzó a protestar.

Rafael le dirigió una contundente mirada, indicándole que obedeciera.

–¿Ocurre algo, *madame*? –preguntó el teniente suspicaz.

–No…, creía que había olvidado mi abanico en la celda, pero lo llevo colgado de la muñeca. –Se lo mostró con una forzada sonrisa mientras dejaba caer el pañuelo. Si Rafael lo veía, tendría una excusa para ir tras ellos y escapar.

Continuaron la marcha con presteza y, cuando estaban a punto de salir al exterior, una contundente voz a su espalda los detuvo.

—¡Esperen!

Los tres se giraron para ver aparecer a Boucher, que los miraba con cierta desconfianza. ¿No le había parecido algo más alto el monje cuando llegaron y, desde luego, mucho más vigoroso? Antes no se tenía que apoyar en la dama para caminar.

—Esto debe de ser suyo, *n'est pas?* —preguntó a Eugenia, mostrándole el pañuelo que había dejado caer momentos antes.

Ella, que había sentido como el corazón se saltaba varios latidos, exhaló un sonoro suspiro.

—¡Oh, qué torpe soy! Gracias, teniente; es usted todo un caballero.

La sonrisa de Eugenia hizo que el oficial olvidara sus recelos.

—Permítanme que les acompañe, por favor —pidió algo turbado. Se sentía cohibido ante la mirada y los elogios de aquella bella dama.

No pudieron negarse al ofrecimiento del francés, que insistió en acompañarlos hasta la salida. Cuando iban a cruzar la puerta, Esteban tropezó y estuvo a punto de caer al suelo. Tanto Eugenia como Hugh se apresuraron a agarrarlo, aunque no pudieron evitar que la capucha que le ocultaba el rostro se desplazase hacia atrás.

—*Mon Dieu!* —exclamó Boucher, sorprendido al reconocer al marqués.

No pudo continuar ya que Rafael, que les había seguido, lo derribó mediante un contundente culatazo de mosquete. Por desgracia, la maniobra no pasó desapercibida para los dos soldados de guardia, que acudieron a socorrer a su teniente.

—¡Deténganse! —gritó uno de ellos.

—Daos pisa. Yo cubriré vuestra huida —les urgió Rafael para que se marchasen de allí.

Hugh desenvainó el sable dispuesto a defenderse mientras descorría los cerrojos de las gruesas puertas. Los guardias dispararon sus mosquetes, que impactaron en la madera.

—Los disparos habrán alertado a los demás. No podrás con todos —sentenció Hugh con desaliento.

—Los contendré mientras vosotros escapáis —insistió Rafael.

—¡No te dejaré! —gritó Eugenia con lágrimas en los ojos, e intentó aferrarse a él.

Rafael dirigió una significativa mirada a Hugh, en la que mostraba su firme decisión y la necesidad de que pusiese a salvo a Eugenia y a su padre lo antes posible.

—Vamos, señorita; él tendrá más oportunidades de escapar si está solo —le aseguró Hugh sin convicción. Sabía que era una lucha perdida y que acabarían por atraparlo. Admiró a su amigo, sin entender que sacrificase su vida por salvar a una persona que lo despreciaba.

La agarró con fuerza y la introdujo en el carruaje junto con su padre, indicando al cochero que partiera de inmediato.

Eugenia observó a Rafael batiéndose con los soldados y un profundo sollozo la sacudió. Tenía el negro presentimiento de que no lograría huir.

Rafael miró atrás y vio cómo se alejaba el carruaje, lo que le infundió nuevas fuerzas. Pero la llegada de más soldados le hizo comprender que era una batalla perdida y no lograría escapar. Dejó caer el sable y se entregó.

Boucher, repuesto del golpe, lo empujó dentro del recinto.

—¿Qué ocurre? —preguntó una voz autoritaria.

–Señor, hemos detenido a este hombre que ha ayudado a escapar a un prisionero, el marqués de Aroche –explicó el teniente con creciente temor. Sabía que no se iba a librar de un buen castigo por su estúpida decisión.

Fortescue lo miró iracundo. Si se hubiese tratado de un reo sin importancia podría salir airoso de ello, pero el marqués era uno de los prisioneros más importantes y a cierta persona de gran influencia le iba a molestar mucho que hubiese escapado; y le haría a él responsable.

–¿Cómo se llama? –le preguntó al detenido.

Rafael levantó la barbilla con orgullo. No iba a esconderse ni suplicar por su vida.

–Rafael Tablada.

El capitán se acercó a él y lo miró con gesto de sorpresa sin poder creer lo que acababa de oír. ¡Ese hombre era una de las personas de confianza del mariscal Soult!

En el rostro de Fortescue apareció una sonrisilla satisfecha. Tal vez no había tenido tan mala suerte.

–Métanlo en una celda y trábenlo con grilletes –ordenó antes de retirarse. De buena gana lo hubiera ajusticiado en ese mismo momento, pero no pensaba desaprovechar la magnífica ocasión. Sin duda, el mariscal estaría satisfecho de haber descubierto a un traidor entre sus filas y le recompensaría por ello.

Capítulo 36

Eugenia se paseaba nerviosa por la pequeña sala, consumida por el miedo y la impaciencia, mientras esperaba la llegada de Thacker. Presentía que no iba a traerle buenas noticias.

Había pasado una semana desde la noche en la que detuvieron al hombre que amaba y el silencio más absoluto se cernía sobre su persona. No sabía si seguía vivo o no, y esa incertidumbre la estaba matando.

Se negaba a marcharse de la ciudad hasta conseguir liberar a Rafael; por ello, la misma noche de la huida habían dejado a su padre en el convento de las Madres Clarisas. Sabía que, entre aquellos muros que ella conocía desde su niñez y donde era apreciada por las monjas, estaría seguro y se repondría de los largos meses de cautiverio. En cuanto a ella, se refugió en la casa que Rafael utilizaba para sus encuentros con el inglés y que tan gratos recuerdos le traía.

Thacker le había aconsejado que no la abandonara, ya que temía que fuese reconocida y arrestada, siendo él, con su facilidad para disfrazarse, el que se movía por la ciudad recabando información sobre la suerte que había corrido su amigo, sin haber logrado nada hasta ese momento; incluso intentó en dos ocasiones colarse en la prisión, lo que le resultó imposible ya que se había redoblado la vigilancia y los permisos estaban restringidos.

«¡Si al menos pudiera recurrir a alguien en busca de ayuda!», pensaba Eugenia con desesperación. Sabía que ninguna de sus antiguas amistades iba a mover un dedo por un burgués afrancesado cuando no lo habían hecho por su propio padre; así que las esperanzas de salvarle, si es que continuaba con vida, eran muy escasas.

Pese a ello, no quiso darse por vencida y le pidió a Hugh que se pusiese en contacto con Amalia para que intercediese ante su padre. Cualquier noticia sobre el futuro que le esperaba a Rafael, incluso si era poco halagüeña, sería mejor que la tortura de no saber nada.

La puerta se abrió de pronto haciendo que Eugenia diese un respingo. Al ver a Thacker en el umbral se lanzó sobre él reclamando noticias. Una mirada a su tétrico rostro le dio muchas de las respuestas.

—¿Está muerto? —logró preguntar a pesar de la opresión en el pecho que le impedía respirar.

—No, pero lo ajusticiarán pasado mañana.

Un desgarrador sollozo salió de la garganta de Eugenia. Hugh la cogió en sus brazos y la consoló mientras ella se deshacía en un enternecedor llanto. Pero en pocos minutos recuperó la entereza. No iba a rendirse. Tenía que encontrar la forma de salvar a Rafael.

—Vamos a liberarlo —dijo con firme convencimiento.

Hugh respiró hondo. Le gustaría compartir el optimismo de esa mujer y ayudar a su amigo, aunque no veía la forma.

—Eugenia...

—¿Dónde será? —lo interrumpió. No quería escuchar sus palabras de desánimo ni iba a dejarse convencer.

—En la plaza del ayuntamiento. Quieren hacer un escarnio público con él. Van a darle garrote.

Eugenia tembló ante esa palabra. Ni siquiera pensaban en un ajusticiamiento honroso. Le tenían destinada la misma muerte que a los ladrones y asesinos.

—Tenemos que buscar la forma de liberarlo antes... antes de que eso ocurra.

—Le he dado vueltas al asunto intentando ver la forma de salvarlo, pero no la encuentro. Según don Avelino, lo tienen en una celda aislada y sin la posibilidad de recibir visitas.

—No importa. Alguna forma habrá de llegar hasta él e impedir que lo ajusticien. Pediré ayuda a Ugarte. Me debe un favor.

—No sabemos dónde se esconde o si continúa vivo.

—Yo lo encontraré. ¿De cuántos hombres dispones?

—Solo de dos. No conozco a nadie más que pueda llegar a tiempo para ayudarnos.

—Ponte en contacto con ellos. Nos reuniremos aquí.

—Eugenia, lo que piensas hacer es muy peligroso. Rafael no permitiría que arriesgaras tu vida de esa forma.

—Él no está aquí para impedírmelo, ¿no es cierto? —Su mirada decidida demostraba que nada iba a detenerla—. Ahora, hazme parecer otra persona.

Eugenia cabalgó sin descanso durante horas, llegando a Torre Blanca ya anochecido. Tenía la intención de buscar a Ugarte y rogaba que los franceses no hubiesen acabado con ellos.

Emilia no la reconoció con su disfraz de anciana y, tras desvelarse el secreto, le propinó una buena reprimenda.

Al explicarle lo sucedido y preguntarle si tenía noticias de los guerrilleros, esta no supo decirle nada. La patrulla que Lemaire mandó a eliminarlos nunca volvió por la hacienda. Los padres de Tomás no sabían nada de él y se temían lo peor.

Esas noticias alentaron a Eugenia a continuar su búsqueda; presagiaba que continuaba con vida. El problema era que nadie en la hacienda sabía o quería decirle dónde encontrarle. Bernardo se ofreció a indagar en el pueblo. Algunos miembros de la partida tenían familia allí y podían sentirse inclinados a hablar, teniendo en cuenta que ella había arriesgado la vida para salvar a su jefe

Eugenia aguardó durante varias horas la llegada de Bernardo. Cuando ya había perdido la esperanza, este regresó acompañado por una mujer. Se trataba de Petra, la manceba de uno de los guerrilleros, que había estado cuidándolo de las heridas sufridas en la emboscada y que tuvo que abandonar el refugio dos días antes al llegar su esposa.

La mujer se comprometió a indicarles el lugar a cambio de una recompensa con la que pensaba marcharse de la aldea y establecerse en una gran ciudad, haciéndole prometer que ocultaría su nombre. Conocía lo despiadado que podía ser Ugarte con los que traicionaban su confianza y ella lo había hecho al revelarles su guarida. También les relató lo ocurrido con la patrulla francesa que salió a dar caza a los sobrevivientes del asalto al convoy. Bernardo se derrumbó ante el crudo relato de los hechos expuesto por la mujer.

Sin demora, Eugenia se encaminó al lugar indicado acompañada por Bernardo, que albergaba la esperanza de encontrar el cuerpo de su hijo para darle cristiana sepultura. Cuando llegaron a las cercanías del refugio, Eugenia le pidió que la esperase allí y ella se encaminó a pie por la empinada ladera de la colina.

Trepó con agilidad por los escarpados riscos hasta llegar a la cima. Desde allí oteó a su alrededor y, al divisar a lo lejos un pequeño resplandor, caminó presurosa en esa dirección; no tenía tiempo que perder.

Cuando faltaban algunos metros para llegar, oyó un leve sonido a su espalda y se giró. Un hombre la encañonaba con un enorme trabuco.

—¿Quién es usted y qué hace en este lugar? —preguntó con voz más sorprendida que amenazadora. No podía creer que la persona que había visto acercarse con tanta rapidez fuese una anciana.

—Soy Eugenia Madrigal de Castro y vengo a ver a Ugarte. Lléveme con él —pidió con urgencia.

El hombre se sorprendió al escuchar aquella voz juvenil saliendo de un cuerpo tan estropeado por los años.

—¿Qué le hace pensar que él está aquí?

—Una corazonada. Ahora, déjese de charla y haga lo que le he dicho —ordenó con autoridad.

El hombre la miró con admiración. La dama tenía coraje.

—Tengo que registrarla —le advirtió con sonrisa socarrona.

Eugenia extrajo una pistola escondida en el bolsillo de su basquiña y se la extendió; después, se levantó un tanto la falda y sacó una pequeña daga que llevaba sujeta con la liga.

—Estas son las armas que llevo, no es necesario que me registre.

El hombre dudó. Al observar el gesto altivo de ella, comprendió que se trataba de una dama y en ese caso era mejor no ofenderla sometiéndola a un registro.

—Está bien. Camine delante de mí y no haga ningún gesto extraño o le rebano el cuello con su propia daga.

Eugenia no se dejó amedrentar por esas palabras y comenzó a caminar en la dirección que le indicaba. Transcurridos varios minutos, llegaron a una pequeña meseta donde se levantaba una edificación de piedra derruida en parte por el tiempo. Se trataba de una antigua cabaña de pastoreo abandonada tiempo atrás y que los guerrilleros habían hecho suya. En el exterior ardía una hoguera y, junto a ella, un par de hombres charlaban mientras fumaban y bebían de una bota para calentarse del frío viento que soplaba con intensidad a esa altura.

El guerrillero que la escoltaba le indicó que se encaminara hacia la cabaña donde ardía un tímido fuego.

–Ugarte, traigo una visita. Está limpia –anunció desde la puerta; tras lo cual, dio a Eugenia un leve empujón para que pasara.

Ugarte se hallaba de espaldas, inclinado sobre un destartalado camastro en el que yacía un hombre de aspecto demacrado y al que estaba alimentando. Cuando ella entró, giró la cabeza y la miró con desgana.

–¿Quién es y qué quiere? –preguntó molesto por haberle interrumpido, y reanudó lo que estaba haciendo.

–Soy Eugenia Madrigal y tengo que hablar con usted.

Ugarte volvió a girar la cabeza y la observó con atención, sorprendido por el aspecto que presentaba la joven y por su presencia en esos páramos.

–¿Cómo ha dado con nosotros? –Le preocupaba el hecho de que los hubiese encontrado. Desconfiaba de ella porque sabía que haría cualquier cosa por salvar a su padre; y el entregarlos a los franceses era una forma de asegurar su libertad.

–Una persona me ha ayudado. Pero no tema, he venido con buenas intenciones.

–¿Y el disfraz?

–Como usted, soy una perseguida por la justicia. Es la forma de pasar desapercibida.

Ugarte pensó que había hecho un gran trabajo. Si no fuera por la voz y la postura erguida que contrastaba con el rostro arrugado y el cuerpo deforme, no la habría reconocido.

—Bien, ¿qué le trae por aquí? ¿Quiere unirse a nosotros? —Una despectiva sonrisa curvó su boca.

Le había llegado la noticia de lo sucedido en la hacienda y de su posterior marcha a Sevilla para liberar a su padre. Imaginaba que, al no conseguirlo, venía a pedirle ayuda. Mal momento había escogido la moza, pensó con fastidio. Sabía que estaba en deuda con ella, pero tendría que esperar un tiempo para poder cobrarla.

—Quiero que me ayude a salvar a una persona.

—Lo siento por su padre, pero ya le dije que en estos momentos es imposible. No tengo hombres suficientes para asaltar la prisión.

—No me refiero a mi padre. Él se encuentra a salvo.

—¿Cómo lo ha conseguido? ¿Ha hecho un trato con Balbuena? —se interesó, renaciendo su recelo.

—Logramos rescatarlo de la prisión y una de las personas que me ayudaron a conseguirlo fue apresada. Se trata de Rafael Tablada, que será ajusticiado pasado mañana.

Ugarte sabía que Tablada era un comerciante amigo de la joven y un afrancesado de la peor especie.

—Siento que haya echado el viaje en balde. Ni puedo ni quiero emplear mi tiempo en liberar a ese traidor —contestó con desprecio.

—Está equivocado. No es la persona que usted piensa. Rafael no ha traicionado a su patria.

—¿No? ¿Y cómo se explica que se codee con la flor y nata del ejército galo? Incluso dicen que es amigo de Soult y hasta conoce al gabacho que ocupa el trono.

—Era solo un medio para conseguir sus propósitos. Es un espía de los ingleses.

El hombre soltó una sonora carcajada.

—Vamos, señorita, ¿usted le cree?

—Sí, le creo —respondió con seriedad. Su disgusto crecía por momentos.

—Entonces permítame decirle que es muy inocente.

—Y usted un mezquino. Le he ayudado en dos ocasiones y ahora se niega a hacer lo propio —le echó en cara, ciega de furia.

—No, yo no le debo ese favor. No pienso arriesgar la vida de los pocos hombres que me quedan por salvar la de uno que, y disculpe mi desconfianza, solo usted defiende.

—No es usted mejor que los franceses, señor. Va a dejar morir a un combatiente por la libertad, un igual, aunque él lo haga de otra forma. Le creía un hombre íntegro. Ya veo que me he equivocado.

Eugenia le dio la espalda y salió de allí. Quería ahorrarse la vergüenza de mostrar sus lágrimas ante una persona tan despreciable.

—¡Espere! —ordenó Ugarte cuando ella se alejaba.

Eugenia se paró con el corazón colmado de esperanza.

—Dígame lo que desea y veré si puedo ayudarla.

Capítulo 37

Rafael miró el cielo por la pequeña ventana enrejada. Por la posición del sol, debía de faltar poco para el mediodía, la hora de su ejecución.

Con un profundo suspiro de resignación, con el que quiso infundirse valor, se levantó del pequeño jergón sobre el que estaba tendido. En su cuerpo y en sus ropas se apreciaban los estragos de los duros interrogatorios a los que había sido sometido. Sin embargo, en ningún momento consiguieron doblegar su voluntad, manteniéndose firme en su historia de que lo había hecho por amor a la hija del marqués.

Excepto Balbuena, nadie sospechaba de las implicaciones de Eugenia con los conspiradores, lo que evitó que le sometieran a torturas para obtener una confesión y delatar a sus contactos. Aun así, el barón consiguió su propósito y convenció a Soult de que le sentenciara con la pena capital, y que esta sirviera de escarnio público.

Rafael no estaba arrepentido de lo que había hecho. Si hubiese luchado en el campo de batalla como tantos otros, podría haber muerto antes. Solo lamentaba no tener la oportunidad de contemplar el bello rostro de Eugenia una vez más antes de morir. En esos días de cautiverio y dolor, había llegado a comprender cuánto la amaba y la felicidad que habría disfrutado a su lado.

No tenía noticias de ella, confiando en que Hugh la hubiese puesto a salvo junto con su padre. Eso le reconfortaba, y el saber que su madre y su hermana estaban lejos y no presenciarían el grotesco espectáculo en el que se iba a convertir su final. Cuando dentro de unos meses la noticia llegase a La Habana, esperaba que el dolor se mitigara pronto y supieran comprender y perdonar la decisión que le llevó a actuar de ese modo y a mantenerlas en la ignorancia de sus verdaderas actividades.

En un rasgo de generosidad que le sorprendió, el mariscal Soult había consentido en dejarle escribir una carta a su familia en la que incluía unas palabras de despedida para Eugenia. En ellas le declaraba su amor y le pedía que no se sintiese responsable de su muerte, ya que él no lo hacía. El saber que había colaborado en la liberación de su padre le ayudaba a enfrentarse a su destino con serenidad.

Rafael oyó el sonido de unos pasos por el corredor y comprendió que venían a por él. Dobló la carta y se la entregó al soldado de guardia. Con la cabeza erguida y un brillo rebelde en sus ojos, se levantó y esperó a las personas que lo conducirían al cadalso.

Balbuena llegó escoltado por varios soldados. La sonrisa despectiva que le dirigió, le calentó a Rafael la sangre; pero no iba a consentir que quebrara su dignidad. No lo había conseguido antes y no lo haría ahora.

—Amigo Tablada, ¿preparado para su último paseo? —Ignacio acompañó sus sarcásticas palabras con una sonora carcajada, que fue coreada por el resto de los presentes.

Rafael se mantuvo sereno y no cedió a la provocación mientras le trababan las manos a la espalda con una cuerda.

Ignacio miró al reo con una sonrisa de satisfacción. Al fin conseguiría librarse de aquel hombre que llevaba ocasionándole problemas desde hacía mucho tiempo. Fue el responsable de la ruptura del compromiso con Eugenia dos años atrás, conspiró contra él ante los altos mandos franceses obstaculizando su nombramiento a un importante cargo municipal, le arrebató la casa de los Aroche al ofrecer una mayor oferta por su alquiler y, sobre todo, era el responsable de que sus planes estuviesen a punto de fracasar ya que, con la liberación del marqués, le resultaría muy difícil obligar a su hija a casarse con él.

No pudo sacarle toda la información que deseaba y eso le enfurecía. Tablada había resultado más resistente de lo que esperaba y aguantó los interrogatorios sin revelar el paradero de Eugenia y el nombre de las personas que le habían ayudado a liberar a don Esteban.

A pesar de ello, se sentía satisfecho por haber logrado convencer a Soult, inclinado a perdonarle la vida, de que él había proporcionado a la guerrilla la información sobre la ruta del convoy con las recaudaciones, robándolas de su hogar, y era necesario realizar un castigo ejemplar que mostrara el auténtico poder del gobernante de la ciudad; lo que le permitió ocultar la implicación de Eugenia en el asunto. De haberse descubierto, ella habría acabado en prisión y, con ello, sus planes de convertirse en el marqués de Aroche. Nadie lo sabía y Lemaire, el único que pudo llegar a sospecharlo, había perecido en una emboscada de la guerrilla.

Ahora, con su ajusticiamiento en un sitio público, vislumbraba la posibilidad de atrapar a su prometida. Estaba convencido de que ella acudiría a presenciar la ejecución. No se privaría de ver por última vez al hombre que la había ayudado y del que en otro tiempo decía estar enamorada; y él estaba preparado para capturarla.

Había dispuesto en la plaza de San Francisco, lugar en el que se procedería a dar garrote al conspirador, a varios hombres con la descripción de la joven, confiando en que la descubrieran. Una mujer alta, de piel clara y ojos azules, era reconocible incluso ocultando su rubio cabello.

Cuando estuviera en su poder, no perdería un minuto en hacerla su esposa. Ya tenía un párroco bien dispuesto para celebrar la ceremonia sin tener en cuenta la voluntad de la desposada; luego, se vengaría de ella en la forma que más le iba a doler: matando a su padre y a su hermano.

Que ella viviera o no dependería de cómo se portara. Si conseguía satisfacerle y darle un hijo, la dejaría vivir; en caso contrario, correría el mismo destino que sus dos anteriores esposas, mojigatas estériles que no supieron estar a la altura de sus exigencias carnales.

—Dígame, Tablada; ¿tanto merece la pena esa mujer que es capaz de morir por ella? ¿Acaso pensaba que, sacando al marqués de la cárcel, este iba a dejar que se casase con su hija? Le creía más inteligente, pero veo que se ha dejado enredar como un tonto por unos bonitos ojos y algunas promesas vacías.

Rafael lo miró de forma despectiva.

—Usted nunca lo entendería.

—¿Eso cree? De todas formas, su silencio no le habrá valido de nada. La atraparé y la convertiré en mi esposa como tenía previsto. Y gozaré de ese hermoso cuerpo todas las veces que desee mientras usted se está pudriendo en su tumba. ¿Cree que ella recordará su sacrificio? No, amigo mío; cuando pase un tiempo le olvidará. Se ha valido de usted para conseguir sus propósitos igual que ha hecho con otros. Es una zorra de la peor especie. —Quería herirlo, quebrar ese orgullo que nunca le había abandonado.

Rafael no pudo soportar las ofensivas palabras y cargó contra él con todas sus fuerzas, golpeándolo en el rostro con la cabeza y derribándolo al suelo. Dos soldados se lanzaron contra él, apartándolo de Balbuena con patadas y culatazos.

Ignacio se levantó del suelo ayudado por uno de los soldados. Le dolía la nariz y, al tocarse el rostro, comprobó que le sangraba.

—¡Bastardo! —Le propinó una patada con saña. Lo mataría en ese mismo momento si pudiera hacerlo; pero Soult y el resto de hombres prominentes de la ciudad aguardaban una ejecución y él no deseaba decepcionarles.

Rafael aguantó el dolor. No quería regalarle a ese hombre el espectáculo de su sufrimiento.

—¡Llévenselo! ¡Que reciba su merecido! —ordenó mientras él se limpiaba la sangre del rostro con un pañuelo.

Los soldados levantaron del suelo a Rafael y lo pusieron en pie, agarrándolo de los brazos para sacarlo de la celda. Él se desasió con energía y enfiló el largo corredor. En el gran patio central les esperaba el carromato que lo conduciría al lugar de su ejecución.

—Quiten esas telas. Quiero que todo el mundo vea al traidor que van a ajusticiar —indicó Ignacio colérico.

Los dos hombres que lo conducían retiraron la capota, dejando desnudo el armazón del vehículo. Rafael subió a él y lo ataron a uno de los postes para que se mantuviese de pie. Ignacio subió al caballo encabezando la comitiva junto a dos soldados; cuatro más la cerraban.

Eugenia se abría paso a codazos entre la multitud que poblaba la plaza, algunos de ellos conocidos, y que se peleaban con el resto por conseguir un mejor puesto desde el que presenciar la ejecución. Sentía asco por aquella gente ruin y cruel que le satisfacía presenciar el asesinato de uno de los suyos como si fuese un sórdido espectáculo. «¿Es que no tienen conciencia?», se preguntó desesperada.

No comprendía la pasividad de la mayoría de españoles, y en este caso de los sevillanos, que no solo habían tolerado a los invasores, también secundaban su comportamiento tiránico y opresor. Rafael era una persona que había luchado por su país y para ellos solo suponía un momento de diversión.

Debía de haber escuchado los consejos de Thacker y permanecer alejada de aquel lugar, pero no podía quedarse en su seguro refugio mientras el hombre que amaba iba a ser ajusticiado. Por ello, camuflada bajo su disfraz de anciana, había acudido como una más a presenciar la ejecución, con la esperanza de que no se produjese.

Las posibilidades de salvarle eran muy pocas y así se lo había confesado Ugarte, con el que viajó desde Torre Blanca a Sevilla y al que había puesto en contacto con el inglés. Ambos unieron sus fuerzas e idearon un plan de fuga en el que se le prohibió intervenir, y en el que el éxito no estaba garantizado.

Sabían que iba a estar muy vigilado y que Balbuena tenía un interés en conducirlo al cadalso. Lo que no habían conseguido era convencerla de que permaneciera oculta. Si al final era ejecutado, ella tenía que estar allí para verle por última vez, lanzarle su mensaje de amor y hacerle saber que su sacrificio no había sido en vano, aunque se le rompiese el corazón. Había salvado la vida de su padre, era cierto, pero eso no la consolaba porque se llevaba la suya a cambio. ¿Cómo podría continuar viviendo después de eso? No lo creía.

La comitiva avanzaba con lentitud hacia el lugar del ajusticiamiento. Cuando circulaba por una estrecha calle, un carro cargado de patatas se cruzó en su camino y acabó volcando la carga, con lo que Ignacio y los soldados que iban delante del carromato quedaron separados del resto.

Al advertirlo, Ignacio intentó volver atrás sorteando el obstáculo, pero este trababa toda la calle sin apenas dejar resquicio por donde pasar. Al mismo tiempo, una pequeña muchedumbre comenzó a congregarse en aquella zona, peleándose por conseguir algo de la mercancía desperdigada por el suelo.

—¡Quítense de nuestro camino! —gritaba Ignacio sin éxito.

Viendo que era imposible avanzar con el caballo, desmontó y obligó a los soldados a hacer lo mismo. Ese pequeño tumulto no presagiaba nada bueno.

—Disparen si es preciso, pero quiero el camino despejado lo antes posible —ordenó a los soldados mientras él se dirigía hacia el carromato. No iba a consentir que se retrasase la ejecución.

Cuando llegó comprobó con estupor que el reo no se hallaba allí. Un grito de cólera surgió de su garganta. Rafael Tablada se le había escapado y ahora tendría que atenerse a las consecuencias.

—¿Me buscabas?

La voz a su espalda no sorprendió a Ignacio, que se giró y disparó; pero, en el mismo momento que lo hacía, un golpe en el brazo que sujetaba el arma desvió la bala, impactando en la pared. Otro contundente golpe, este en la mandíbula, lo derribó al suelo. Desde allí miró a Rafael, libre e imponente, reclamando su venganza.

Ignacio se levantó y arremetió contra él. Rafael lo esquivó con agilidad y volvió a golpearlo, derribándolo por segunda vez. Fue a levantarse y sintió el peso del otro sobre él; tampoco pudo parar la lluvia de golpes que le vino encima.

—Déjalo, Rafael, debemos irnos. Ya nos hemos retrasado demasiado —le pidió Hugh.

Rafael comprendió que su amigo tenía razón. Le hubiese gustado matarlo con sus propias manos, pero tendría su merecido por todo el daño que había causado.

—Nosotros nos encargaremos de él —dijo Ugarte, que era uno de los hombres que conducía el carromato.

Se acercó a Ignacio, que había quedado inconsciente por los golpes, y lo levantó con esfuerzo. Con la ayuda de uno de sus hombres, le quitaron la chaqueta, lo maniataron, amordazaron y le cubrieron la cabeza con un saco de tela. Ugarte volvió a subirse al carromato y comenzó a impartir órdenes a sus hombres, que habían acabado con los soldados franceses y, vistiendo sus ropas, ocupaban su lugar.

—¿Necesita ayuda para escapar a lugar seguro? —preguntó el guerrillero a Rafael.

—Ya me las apañaré —contestó—. Estoy en deuda con usted. Espero pagársela algún día —le agradeció con sinceridad. Le debía la vida.

—Ha sido un honor ayudar a un patriota. Compénseme continuando en la lucha hasta conseguir que no quede ni un gabacho en nuestro suelo.

—Lo haré —afirmó. Quedaba mucho por hacer.

Ugarte arreó las mulas y continuaron el camino.

—¿Dónde está Eugenia? —preguntó Rafael a Hugh. Se colocó el hábito de monje, que ya llevara en otra ocasión, y se cubrió con la capucha para disimular su rostro magullado. Era importante no llamar la atención mientras permaneciera en aquella zona de la ciudad.

—Donde no debería estar —respondió Hugh con gesto de disgusto.

Eugenia vio llegar el carromato con el reo atado a uno de los postes y sintió que le faltaba el aire. Cuando se detuvo, dos soldados lo bajaron sujetándolo de los brazos y lo forzaron a caminar. Llevaba la cabeza cubierta y las manos atadas, pero se revolvía y luchaba por escapar. Sintió como si le atravesaran el corazón con una daga al advertir su resistencia a morir de forma tan cruel. En el fondo, se alegró de que llevase el rostro oculto. No habría soportado su atormentada mirada.

La muchedumbre congregada le insultaba a su paso. Algunos le aclamaban y elogiaban su labor, pero eran los menos y apenas levantaban la voz por miedo a ser considerados simpatizantes de los conspiradores. El temor a las represalias de los franceses era mayor que el deseo de protestar por esa injusticia.

Cuando estuvo a su altura, Eugenia le llamó. Quería que supiera que ella estaba allí, apoyándole en sus últimos momentos. Le pareció que había reconocido su voz porque él recrudeció sus intentos por liberarse, lo que le acarreó un fuerte culatazo en los riñones por parte del soldado que iba detrás de él. Los sonidos que salían de su boca estaban amortiguados y eran ininteligibles, por lo que imaginó que llevaba una mordaza. Ni le permitían gritar su inocencia, se lamentó abatida.

Con gran esfuerzo, lograron subirlo al patíbulo y sentarlo en el garrote. Para conseguir que permaneciera inmóvil, debieron de amarrarlo a él mientras el verdugo le ponía el collar de hierro que acabaría asfixiándole.

—Por orden del rey, don José I, se condena a muerte al reo Rafael Tablada, acusado de alta traición. La muerte será dada en este mismo instante y su cuerpo, una vez que haya exhalado su último suspiro, será enterrado en campo sin cristianar como es propio de los conspiradores contra el gobierno legalmente establecido. Procédase.

Las palabras del alguacil se escucharon en la plaza. La muchedumbre prorrumpió en aplausos mientras el verdugo procedía a girar el torno, acallando así los desesperados sonidos que salían de la oprimida garganta del ejecutado.

Eugenia no pudo continuar mirando. Se dio la vuelta y comenzó a llorar sin consuelo. Notó que unos brazos la agarraban y miró con temor. Al contemplar el rostro que tenía ante ella sintió un leve desvanecimiento.

Rafael la cogió en brazos y la sacó de allí.

—¿Rafael? —preguntó incrédula, una vez repuesta y a resguardo en una oculta esquina. No podía creer que fuese verdad.

Él la miraba con una resplandeciente sonrisa en su maltratado rostro.

—Aquí estoy, amor; no te va a resultar tan fácil librarte de mí. —Posó su boca sobre los trémulos labios femeninos con enloquecida pasión. Necesitaba beber de ella, sentir su calor, para desterrar los restos del calvario que había vivido.

Eugenia se apretó contra aquel cuerpo añorado como si quisiera fundirlo con el suyo y asegurarse de que nunca iban a arrebatárselo. Fue tal la angustia padecida al pensar que lo había perdido, que ahora no pensaba separarse de él más de un palmo.

—¿Quién es el ajusticiado? —preguntó intrigada mientras le acariciaba el rostro con veneración.

—No te preocupes, era alguien que se lo merecía. Ha delatado a muchos buenos españoles que luchaban por su país. Pero esa es una larga historia que te contaré cuando tengamos tiempo. Ahora hay que huir de aquí; el peligro continúa acechándonos.

Rafael la llevó hasta el lugar en el que Hugh los esperaba con un par de caballos y ambos partieron rumbo a la libertad.

Epílogo

El correo de La Habana, 17 de agosto de 1815

¡NAPOLEÓN DERROTADO!
El ejército de la coalición europea, capitaneado por el duque de Wellington y formado por cerca de doscientos mil soldados entre ingleses, prusianos, holandeses y belgas, se enfrentó a las tropas francesas leales a Napoleón en su avance hacia la conquista de los Países Bajos.
Tras varios días de cruentas luchas entre los dos ejércitos, el enfrentamiento definitivo se produjo el día 18 de junio en un paraje cercano a la localidad belga de Waterloo.
Derrotado, Napoleón se refugió en París con la esperanza de resistir. Al faltarle el apoyo de los mandos militares y políticos, terminó abdicando a favor de su hijo el 22 de junio. Tres días después, fue capturado por soldados franceses cuando intentaba embarcar hacia América.

Eugenia entró como una exhalación en la biblioteca.
—¿Has leído la noticia?

Rafael levantó los ojos del libro de cuentas que estaba revisando y sonrió a su esposa.

—¿Qué noticia, amor? —le preguntó a su vez, dirigiéndole una mirada de orgullo y deseo. No podía evitar que le asaltase una fuerte emoción cada vez que la veía.

—¡Napoleón ha sido derrotado! —anunció con una alegría desbordante.

Rafael cogió el periódico que le tendía y leyó con gran satisfacción la información que aparecía en la primera página.

Dos meses antes había llegado a Cuba la noticia de la huida de Napoleón de la isla italiana de Elba, donde se hallaba confinado desde su derrota por las tropas aliadas en abril de 1814, y su posterior entrada en París, proclamándose de nuevo emperador y recibiendo el apoyo del pueblo y la adhesión de la mayoría del ejército. En ese momento, Rafael vio resurgir el fantasma de la guerra. Por suerte, la nueva era bonapartista había durado poco más de tres meses sin dejar apenas huella.

—Me alegro. Europa ya ha sufrido demasiado con ese loco sanguinario.

—¿Crees que podríamos viajar a España? Tengo muchas ganas de ver a mi familia —le pidió con un atisbo de súplica en la voz.

—En tu estado no creo que sea conveniente. Esperemos hasta después del parto —opinó con pesar. Le dolía negarle ese deseo, pero el médico que la atendía había aconsejado que no realizara esfuerzos innecesarios; y un viaje tan largo por mar no era un paseo por el parque.

—¡Quedan cuatro meses! —exclamó ella con un gracioso mohín—. Y me hace ilusión que nuestro nuevo hijo nazca allí.

Rafael sonrió. Su astuta esposa sabía cómo provocarlo. La atrajo hacia él y la sentó en su regazo.

—Ya veremos. No puedo decidir nada de momento. Tengo mucho trabajo.

—Está bien, pero prométeme que lo intentarás. Beatriz puede encargarse del negocio. Está muy capacitada y se ha ofrecido por el tiempo que necesitemos. Incluso podríamos hacer una escala en Londres para ver a mi abuelo y visitar a Hugh, que debe de encontrarse de regreso en su hogar ahora que todo ha terminado.

Tanto Beatriz como su madre se habían adaptado a la vida en la isla y se las veía felices. Beatriz, que continuaba soltera a pesar de los numerosos caballeros que la pretendían, había ganado en belleza al desaparecer la amargura de tiempo atrás. Muy activa, dedicaba la mayor parte del tiempo al colegio para niños pobres que había creado y a ayudar a su hermano en los negocios, sorprendiendo por su habilidad y buenas ideas, que consiguieron mantenerlos a flote durante los años que Rafael permaneció en España luchando contra la ocupación francesa.

—No sabemos qué va a ocurrir con Napoleón. Mientras continúe vivo, existe el peligro de que pueda regresar. El pueblo francés no acaba de aceptar a los Borbones y continuará apoyándolo, como lo ha demostrado en este nuevo intento por hacerse con el poder. —Rafael recordaba el sufrimiento que había causado a sus seres queridos y no deseaba exponerlos de nuevo.

—En esta ocasión no serán tan benévolos con él y lo encerrarán en lugar seguro y bien custodiado; no creo que haya nada que temer —replicó Eugenia, mordiéndole la oreja con sensualidad.

Él sintió un placentero escalofrío y notó cómo su cuerpo se tensaba.

—Está bien, aunque no por mucho tiempo. Me resisto a vivir en un país gobernado por ese tirano —concedió con un suspiro de resignación. Estaba visto que no era capaz de negarle nada.

Eugenia comprendía sus razones y las apoyaba. Fernando VII había supuesto una gran decepción para muchos de los que lucharon por restablecerlo en el trono de España. Las grandes esperanzas puestas en el deseado rey se truncaron desde el mismo momento de su regreso, al derogar la Constitución que las Cortes reunidas en Cádiz habían aprobado el 19 de marzo de 1812.

A partir de ese momento, se había dedicado a perseguir a los liberales que se oponían a la restauración del régimen absolutista, propiciando que el descontento y el malestar se asentaran en una población que tenía muy fresca en su memoria las penalidades que había sufrido en esos seis años de guerra. Como había ocurrido con ellos mismos que, decepcionados por la actitud despótica del rey y el menosprecio de los logros sociales y políticos conseguidos durante esos años, decidieron trasladarse a La Habana donde Rafael tenía a su familia y la mayoría de sus negocios.

Eugenia recordó con amarga claridad aquellos días de incertidumbre y sufrimiento. Su regreso a España tras el encarcelamiento de su padre, el chantaje de Ignacio, su relación con los guerrilleros, la traición de Tomás… Rafael.

Al recordar la valentía de su esposo se le humedecieron los ojos de gratitud y admiración. Había estado tan cerca de perderlo que le parecía un milagro tenerlo a su lado disfrutando de los años de felicidad que llevaban juntos y que habían reforzado el amor nacido entre ellos mucho tiempo atrás.

—Solo el justo para tener a nuestro hijo y pasar un tiempo con la familia. Hace más de un año que no les veo. Y a tu madre le gustaría visitar la tumba de tu padre. Lleva siete años ausente de España.

Emilia le decía en su última carta que, tanto su padre como ella, les echaban mucho de menos y que estaban deseando volver a ver al pequeño Luis, su hijo de cuatro años; a Eugenia le resultaba muy difícil ignorar esa petición encubierta. Como la larga travesía por el Atlántico era muy penosa, prefería ir ella a España.

Ambos estaban delicados de salud. Emilia había empeorado de su dolencia en las piernas y le costaba gran esfuerzo caminar, y a su padre le habían afectado los meses pasados en la prisión, cuya humedad y falta de higiene le dejaron importantes secuelas en los pulmones. Ello le decidió a trasladarse a Torre Blanca, donde el sol y el aire limpio del campo le resultaban muy beneficiosos.

Se sentía desilusionado con la sociedad sevillana, en especial con sus antiguas amistades, que le dieron la espalda cuando más lo necesitaba. El hecho de que un burgués, al que había despreciado en público en numerosas ocasiones, hubiese sido la única persona que le ayudó, debió de ser una gran lección para él, pensaba Eugenia. Así debió de entenderlo su padre pues era apreciable el cambio de actitud hacia su yerno, lo que la hacía muy feliz.

Esteban había cambiado mucho en aquellos cinco años. Ya no era la persona orgullosa y preocupada en exceso por salvaguardar su buen nombre y su patrimonio, que por suerte lograron recuperar casi intacto. La casa de Sevilla, bastante desvalijada, se les restituyó en cuanto la ciudad fue liberada. La hacienda, por su parte, no sufrió en ningún momento el expolio de los franceses y en la actualidad se hallaba en plena producción gracias a los cuidados y la atenta dirección de su dueño.

Otro testimonio que mostraba el cambio de actitud del marqués era el hecho de haberse desentendido de su cuñada. Dolido por su deslealtad y cobardía, no accedió a alojarla en la casa que alquiló en Cádiz. Mariana, que abrigaba la esperanza de casarse con él, pronto comprendió que no iba a ocurrir y acabó haciéndolo con un oficial del ejército con el que ya tenía una relación íntima. Lo último que Eugenia sabía de ella era que, al volver a enviudar, había regresado a la modesta casa paterna.

–Lo haremos; pero deberemos partir antes de que comiencen las tormentas del otoño –le advirtió él.

Rafael también deseaba regresar, al menos por unos meses, y reencontrarse con antiguos camaradas de armas. Cuando huyeron de Sevilla tras ser liberado de su ajusticiamiento, se refugiaron en Cádiz, donde ya se encontraba el padre de Eugenia, y allí permanecieron durante los dos años siguientes, colaborando en la medida de sus posibilidades para liberar al país de la opresión francesa.

Rafael participó de forma activa en la defensa de la ciudad y sirviendo de enlace entre el Consejo de Regencia, que asumía el gobierno del país en ausencia de Fernando VII, y las partidas guerrilleras. En cuanto a Eugenia, se dedicó a colaborar con doña María en el cuidado y atención a los enfermos y necesitados que acudían a refugiarse en la ciudad. En el verano de 1812 las tropas francesas abandonaron Andalucía y ellos pudieron regresar a Sevilla.

–Pon la fecha y estaré preparada –le retó con una exultante sonrisa y mirándolo embelesada durante largos segundos. Nunca pensó que llegaría a disfrutar de aquella felicidad que la rodeaba desde hacía años, y que se vería incrementada con la llegada de aquel nuevo hijo tan deseado. Los ojos se le humedecieron. ¡Cuánto le amaba!

–¿Qué te ocurre? ¿Te encuentras mal? –se alarmó Rafael.

Ella negó con un gesto mientras las lágrimas comenzaban a brotar de sus ojos. Apoyó la cabeza en el hombro de su marido y se entregó a un sereno llanto.

Al igual que en otras ocasiones, Rafael respetó ese momento de alivio. Su esposa era una persona sensible y de gran corazón y él la amaba más que a nada en el mundo.

De pronto, ella experimentó un pequeño sobresalto y se llevó la mano al abultado vientre.

—Este pequeño es mucho más travieso que su hermano. Me temo que va a salir a su padre —confesó con el rostro bañado por las lágrimas, tan bella que quitaba la respiración.

—No creo que puedas acusarme de ello, querida. Si mal no recuerdo, su madre se vio envuelta en algunas arriesgadas aventuras dignas de la más osada de las guerrilleras. Ugarte estaba muy orgulloso de ti, según me confesó hace tiempo.

—¿Cómo es eso? ¿Y no me lo habías comentado? —protestó, levantándose ofendida de su regazo.

—No iba a permitir que alardearas de ello. Bastante presumida eres ya —ironizó, aguantando la carcajada que pugnaba por salir de su garganta al contemplar su iracundo rostro.

—Oh, eres... eres... ¡Te odio! —exclamó lanzando llamas por los ojos.

Rafael cogió a su esposa en brazos y acalló con un apasionado beso sus protestas. Y Eugenia, que se olvidaba de todo cuando su marido la besaba, reconoció que nunca podría odiar a aquel hombre, al que llevaba amando desde que era una niña.

AGRADECIMIENTOS

El periodo histórico español en el que se desarrolla esta historia, y que coincide con la Guerra de Independencia, siempre me ha atraído y sabía que terminaría escribiendo una novela ambientada en esa época; pero fue durante una visita a Sevilla cuando comencé a planteármelo en serio. Al recorrer sus calles, disfrutar de su ambiente tan especial y empaparme de su historia me decidí a ubicarla allí, por lo que, en primer lugar, tengo que agradecer a la ciudad y a sus habitantes que me aportaran el material de base y, sobre todo, el empujoncito que necesitaba para comenzar a escribirla.

A Jane Kelder y Olga Salar, autoras a las que admiro, a los miembros del Club de Lectura de Novela Romántica de Madrid y al Departamento Editorial de HarperCollins Ibérica, integrantes del jurado del VI Premio Internacional HQÑ, por considerar que esta novela era merecedora de dicho galardón.

Y, cómo no, a los lectores, a los que agradezco de antemano que hayan decidido dedicar unas horas de su tiempo a la lectura de esta historia. Espero que disfruten de cada momento y que, como yo, se dejen cautivar por una época tan fascinante como peligrosa.

ÚLTIMOS TÍTULOS PUBLICADOS EN HQN

La promesa más oscura de Gena Showalter

Nosotros y el destino de Claudia Velasco

Las reglas del juego de Anna Casanovas

Descubriéndote de Brenda Novak

Vainilla de Megan Hart

Bajo la luna azul de María José Tirado

Los trenes del azúcar de Mayelen Fouler

Secretos por descubrir de Sherryl Woods

Pasó accidentalmente de Jill Shalvis

El juego del ahorcado de Lis Haley

El indómito escocés de Julia London

Demasiado bueno para ser verdad de Susan Mallery

Contigo lo quiero todo de Olga Salar

Atardecer en central Park de Sarah Morgan

Lo mejor de mi amor de Susan Mallery

Nada más verte de Isabel Keats

www.ingramcontent.com/pod-product-compliance
Lightning Source LLC
LaVergne TN
LVHW091617070526
838199LV00044B/832